이누가미 일족

犬神家の一族

옮긴이 정명원
1974년생으로 이화여자대학교 신문방송학과를 졸업했다. 옮긴 책으로는 《옥문도》《팔묘촌》《악마의 공놀이 노래》《악마가 와서 피리를 분다》《밤 산책》등이 있다.

이누가미 일족

초판 1쇄 발행일 2008년 8월 29일
초판 17쇄 발행일 2023년 8월 30일

지은이 요코미조 세이시
옮긴이 정명원

발행인 윤호권
사업총괄 정유한

편집 나혁진 **디자인** 진승태 **마케팅** 정재영, 윤아림
발행처 ㈜시공사 **주소** 서울시 성동구 상원1길 22, 6-8층(우편번호 04779)
대표전화 02-3486-6877 **팩스(주문)** 02-585-1755
홈페이지 www.sigongsa.com / www.sigongjunior.com

이 책의 출판권은 (주)시공사에 있습니다. 저작권법에 의해
한국 내에서 보호받는 저작물이므로 무단 전재와 무단 복제를 금합니다.

ISBN 978-89-527-5305-2 03830
ISBN 978-89-527-4678-8 (세트)

*시공사는 시공간을 넘는 무한한 콘텐츠 세상을 만듭니다.
*시공사는 더 나은 내일을 함께 만들 여러분의 소중한 의견을 기다립니다.
*잘못 만들어진 책은 구입하신 곳에서 바꾸어 드립니다.

WEPUB 원스톱 출판 투고 플랫폼 '위펍' _wepub.kr
위펍은 다양한 콘텐츠 발굴과 확장의 기회를 높여주는
시공사의 출판IP 투고·매칭 플랫폼입니다.

이누가미 일족
犬神家の一族

요코미조 세이시(橫溝正史) 지음
정명원 옮김

시공사

INUGAMIKE NO ICHIZOKU by Seishi Yokomizo

Copyright ⓒ 1972 by Ryoichi Yokomizo
Original Japanese edition published by Kadokawa Shoten Publishing Co., Ltd.
Korean translation rights arranged with Ryoichi Yokomizo
through Japan Foreign-Rights Centre & Eric Yang Agency

본 저작물의 한국어판 저작권은 EYA(Eric Yang Agency)를 통한
Japan Foreign-Rights Centre와의 계약으로 한국어판권을
SIGONGSA CO.,LTD가 소유합니다. 저작권법에 의하여 한국 내에서
보호를 받는 저작물이므로 무단전재와 무단복제를 금합니다.

등장인물

이누가미 가문
이누가미 사헤 _ 방직업계 재벌
마츠코 _ 이누가미 사헤의 장녀
스케키요 _ 마츠코의 외아들
다케코 _ 이누가미 사헤의 차녀
도라노스케 _ 다케코의 남편
스케타케 _ 다케코의 장남
사요코 _ 다케코의 차녀
우메코 _ 이누가미 사헤의 삼녀
고키치 _ 우메코의 남편
스케토모 _ 우메코의 외아들
아오누마 기쿠노 _ 이누가미 사헤의 애인
아오누마 시즈마 _ 이누가미 사헤와 기쿠노의 사생아

노노미야 가문
노노미야 다이니 _ 나스(那須) 시 신사(神社)의 신관, 이누가미 사헤의 은인
하루요 _ 노노미야 다이니의 처
노리코 _ 노노미야 다이니의 딸
다마요 _ 노노미야 다이니의 손녀
사루조 _ 다마요를 숭배하는 일꾼

야마다 산페이 _ 귀환병 차림의 정체불명 남자
후루다테 교조 _ 이누가미 가문의 고문 변호사
와카바야시 도요이치로 _ 후루다테 법률사무소 소속 변호사
미야카와 고킨 _ 마츠코의 거문고 스승
오야마 다이스케 _ 현재 나스 신사의 신관
다치바나 _ 나스 시 경찰서장
긴다이치 코스케 _ 명탐정

차례

발단 ······ 8
제1장 절세의 미인 ······ 19
제2장 요키·고토·기쿠 ······ 61
제3장 흥보가 도착하다 ······ 119
제4장 버려진 배 ······ 163
제5장 상자 속 ······ 203
제6장 거문고 줄 ······ 243
제7장 아아, 잔인하도다 ······ 281
제8장 운명의 모자 ······ 337
제9장 무서운 우연 ······ 399

대단원 ······ 431

작품 해설 ······ 439

발단

 신슈(信州) 재계의 최고 우두머리, 이누가미 재벌의 창시자, 일본의 생사(生糸)*왕이라 불리는 이누가미 사헤(犬神左兵衛) 옹이 81세의 고령으로 신슈 나스(那須) 호반에서 영면한 것은 쇼와(昭和)** 2×년 2월의 일이었다.
 이누가미 사헤는 입지전적인 인물이다. 사헤 옹의 성공담은 과거 수십 년 동안 여러 신문이나 잡지에 게재되어, 널리 세상에 퍼져 있으나 그중 가장 상세한 것은 사헤 옹의 사후, 이누가미 봉공회(奉公会)에서 발행한《이누가미 사헤전》에 담긴 내용이다.
 책에 의하면, 어려서 고아가 된 사헤가 신슈 나스 호반으로 흘러온 것은 17세 때였다. 그는 자신의 고향을 모른다. 대체 어디

---

*고치에서 뽑아내어 가공하지 않은 상태의 실.
**1926년 12월 25일부터 1987년 1월 7일까지 일본의 연호.

서 태어났는지, 부모가 누구인지 그것조차 모른다. 우선 이누가미라는 묘한 성이 정말 있는 건지 어떤지조차 확실치 않다.

본시 출세하거나 부자가 되면 가문을 포장하고 싶어지는 게 인지상정이나, 사헤 옹에게는 그런 허영이 털끝만큼도 없었다. 그는 언제나 측근에 있는 이들에게 사람은 누구나 발가벗고 태어나는 거라며 큰소리를 쳤다. 또 다른 한편으로 태연히 이런 말도 했다고 한다.

"나는 열일곱이 될 때까지 거지나 다름없는 꼴로 이 지방에서 저 지방으로 흘러 다녔다네. 그러다가 이쪽으로 흘러와 노노미야 어르신의 눈에 든 게 처음 운이 트이게 된 계기였지."

노노미야란 사람은 노노미야 다이니(野々宮大弐)란 이름으로, 나스 호반에 있는 나스 신사의 신관이었는데, 그 사람이야말로 사헤 옹에게 있어서는 평생의 은인으로 그 은혜를 마음에 깊이 새긴 듯, 탁발불기(卓拔不羈)*의 사헤 옹도 말하는 중간 중간 이분 얘기가 나오면 항상 자세를 바로잡았다고 한다.

사헤 옹의 평생 변치 않던 감사의 마음과 다이니의 유족에 대한 성의 있는 보은은 분명 하나의 미담이었다. 하지만 세상사에는 엄연히 한도란 게 있다. 옹의 사후, 이누가미 일족에게 일어난 피투성이의 살인 사건은 모두 노노미야 일족에 대한 사헤 옹이 가진 보은의 마음이 너무 지나쳤던 탓이었다. 이걸 생각해보면, 아무리 선의로 시작한 일도 일처리를 잘못하면 너무나 큰 참

---

*비범하고 자유분방함.

사를 야기할 수 있다는 하나의 좋은 교훈이 될 것이다.

그건 그렇고, 사헤 옹과 노노미야 다이니의 최초의 만남은 다음과 같았다.

사헤 옹의 이야기처럼 당시 거지나 마찬가지였던 꼴로 이 지방에서 저 지방으로 흘러 다니던 사헤는 한때 나스 신사 배전(拜殿)*의 마루 밑에 개처럼 쓰러져 있었다. 당시는 이미 늦가을 무렵으로 신슈 호수의 혹독한 추위 때문에 고타츠** 없이는 지낼 수 없는 시기였다.

그럼에도 불구하고 사헤는 너덜너덜한 누더기 한 장에 노끈으로 만든 띠를 두른 비참한 모습이었고 사흘간 변변한 음식도 먹지 못했다. 어린 사헤는 공복과 한기 때문에 분명히 죽음을 의식하고 있었다. 실제로 그때 노노미야 다이니가 그를 발견하는 게 조금만 늦었다면 사헤는 그 자리에서 죽었을 것이다.

노노미야 다이니는 어린 거지 아이가 마루 밑에 쓰러져 있는 걸 보고는 놀라 안아 들고 집에 왔다. 그리고 처인 하루요(晴世)에게 이것저것 간호를 시켰다. 이것이 다이니와 사헤의 첫 인연이 되었다.

《이누가미 사헤전》에 의하면, 이때 다이니는 42살, 처인 하루요는 22살, 나이 차이가 퍽 났던 부부였으나 사헤 옹의 이야기에

---

* 신사에서 배례(拜禮)를 위하여 세운 건물.
** 각로(脚爐). 일본의 실내 난방 장치의 하나. 나무틀에 화로를 넣고 그 위에 이불·포대기 등을 씌운 것. 이 속에 손·무릎·발을 넣고 몸을 녹임.

의하면 이 하루요란 사람은 여신처럼 상냥하고 게다가 그 아름다움은 성스러울 정도였다고 한다.

그건 그렇고, 부부의 극진한 간호 덕에 선천적으로 건강한 사혜는 오래지 않아 회복했지만 회복한 후에도 다이니는 그를 놓아주려 하지 않았다. 그의 가엾은 처지를 듣고 언제까지나 머물도록 권했다. 사혜 또한 이 따스한 보금자리를 떠나고 싶지 않았다. 이렇게 해서 그는 식객도 고용인도 아닌 형태로 나스 신사 신관의 집에 머물게 되었다. 사혜는 그때까지 학교에 다닌 일이 없는 일자무식이었으나 다이니는 그에게 친자식처럼 잘해주고 제대로 교육을 시켰다.

다이니가 이렇게까지 사혜를 맘에 들어 한 것은 그 영특함을 간파했기 때문이기도 하지만 또 한 가지, 《이누가미 사혜전》에도 나오지 않은 비밀스런 이유가 있었다고 한다. 그것은 사혜가 유례없는 미소년이었다는 것이다. 만년에 이르러서도 사혜 옹은 젊은 날 미모의 흔적을 간직하고 있었으나 어린 시절 그의 아름다움은 그야말로 문자 그대로 옥과 같은 것이었다고 전해진다.

다이니는 그 색을 사랑했다. 두 사람은 당시 남색의 정교를 나누었다고 한다. 그 가장 큰 증거는 사혜가 몸을 의탁하게 되고 나서 몇 년 후에 여신처럼 상냥한 하루요가 한때 친정으로 돌아가 있었던 일이 있었는데, 그것은 다이니가 사혜만을 총애하고 처를 돌아보지 않았던 탓이라고 전해지고 있다.

하지만 부부간의 이런 불화도 사혜가 집을 나가자 해소되었던 듯, 금세 하루요는 노노미야 가로 돌아왔다. 그리고 그 후엔 부부 사이도 좋아진 듯 몇 년 후에 하루요는 첫째 노리코(祝子)를 얻었다. 이 노리코가 나중에 성인이 되어 데릴사위를 들였는데 그 사이에 태어난 것이 다마요(珠世)다. 그리고 다마요야말로 실제 이 이야기의 주인공이지만, 그에 대해서는 좀 더 뒤에 가서 이야기하기로 하자.

아무튼 노노미야 가를 나온 사헤는 다이니의 주선으로 작은 방적 공장에 들어갔는데 그것이야말로 후에 일본 재계의 거물, 이누가미 재단을 구축하게 되는 첫걸음이 되었던 것이다. 영민한 사헤는 남이 몇 년 걸려 배울 것을 1년 만에 습득했다. 게다가 노노미야 가를 나왔다고는 하나, 완전히 의절한 것은 아니고 이후에도 끊임없이 출입하며 다이니의 가르침을 받고 있었으므로 교양도 점점 깊어져 갔던 것이다. 다이니의 처인 하루요도 한번은 사헤 때문에 가출까지 하기도 했지만, 그 후 의심이 풀린 듯 사헤가 오면 친동생처럼 이것저것 돌봐주었다고 한다.

사헤가 방적 공장에 들어간 메이지(明治)* 20년 무렵은 이른바 일본 방적 공장의 요람기 같은 때였다. 사헤는 거기서 일하는 동안 방적 공장의 기강을 확립하고 생사를 매각하는 상법을 배우고는 바로 독립해서 자신의 공장을 갖게 되었는데, 거기 필요한 자본을 제공한 사람이 노노미야 다이니였다고 한다.

그 후의 모든 것이 순조롭게 흘러갔다. 청일, 러일의 양대 전쟁, 나중에는 제1차 세계대전을 거쳐 일본의 국력이 충실해짐과

---

*1868년 9월 8일부터 1912년 7월 30일까지 일본의 연호.

동시에 생사가 수출산업의 으뜸이 되자 이누가미 방적 회사는 확고부동한 일본 제일의 대회사가 되었다.

노노미야 다이니는 메이지 44년 68세로 사망했다. 이누가미 사혜 사업의 첫 투자자였지만 그때 투자한 금액에 약간의 이익을 더한 것을 나중에 받았을 뿐, 사혜가 아무리 입에 침이 마르도록 말해도 그는 절대 이익을 챙기려고 하지 않았다. 그는 평생을 신관으로서 청렴한 생활을 하며 보냈던 것이다.

다이니의 사후 바로 상속자인 노리코에게 데릴사위를 들여 신관직을 잇게 하였는데, 그것은 모두 사혜의 알선에 의해서였다. 이 데릴사위와 노리코 사이에는 오랫동안 아이가 없었으나 결혼 후 십 수년만인 다이쇼(大正)* 13년에 처음으로 여자 아이가 태어났다. 그것이 다마요다.

다마요가 태어났을 무렵에는 할머니인 하루요도 이미 사망했고 또 다마요가 스무 살이 되기 전에 부모가 연달아 죽었기 때문에 다마요는 이누가미 가문에 맡겨졌다. 그리고 거기서 유달리 특별한 대우…… 소중한 주인 가문의 유복자로서 융숭하고 정중한 손님 대접을 받고 있었다.

아무튼 이누가미 사혜 얘기로 돌아와서, 그는 웬일인지 평생 정실을 들이지 않았다. 사혜에게는 마츠코(松子), 다케코(竹子), 우메코(梅子)라는 여자 아이만 셋 있었는데, 세 사람 모두 생모가 달랐고 그중 누구도 사혜의 정식 처는 아니었다. 이 세 명 다

---

*1912년 7월 30일부터 1926년 12월 25일까지 일본의 연호.

데릴사위를 맞아 각자 아이도 있었고 큰 딸 마츠코의 남편이 나스 시(市)의 본점, 둘째 딸 다케코의 남편이 도쿄 지점, 셋째 딸 우메코의 남편이 고베(神戶) 지점의 지배인을 각각 맡고 있었다. 사헤 옹은 이누가미 재단의 거대 실권을 죽을 때까지 한 손에 쥐고 절대 사위들에게 양보하지 않았던 것이다.

각설하고 쇼와 2×년 2월 18일, 이누가미 사헤 임종의 머리맡을 지킨 이누가미 가문의 일족은 다음과 같았다.

우선 큰딸 마츠코. 그녀는 쉰 고개를 두세 살 넘어선 나이였지만 이누가미 가문의 일족 중에서는 당시 가장 고독한 처지였다. 그녀의 남편은 작년에 죽었고 외아들 스케키요(佐清)는 전쟁에 끌려가 아직 돌아오지 않았다. 다만 전쟁이 끝난 후 바로 버마*에서 통지가 와서 살아 있다는 건 알았지만 언제 돌아올지는 알 수 없었다. 그래서 사헤 옹의 세 손자 중에 스케키요만 임종을 지키지 못했던 것이다.

또 마츠코 다음으로는 둘째 딸 다케코와 그 남편인 도라노스케(寅之助) 그리고 둘 사이에 생긴 스케타케(佐武)와 사요코(小夜子) 남매. 스케타케는 스물여덟 살, 누이동생인 사요코는 스물두 살이다.

또 다케코 일가 다음으로 셋째 딸 우메코와 그 남편 고키치(幸吉) 그리고 외동아들인 스케토모(佐智)가 있었다. 스케토모는 스케타케와 한 살 차이인 스물일곱 살이었다.

---

* 오늘날의 미얀마.

이상 여덟 명에 아직 돌아오지 않은 스케키요를 더한 아홉 사람이 사헤 옹과 혈연관계에 있는 사람들로, 이누가미 가문 일족의 전부였다.

　그런데 사헤 옹의 임종을 지키는 자리에 이상 언급한 사람들 외에 또 한 사람 사헤 옹과 인연이 깊은 인물이 있었다. 말할 것도 없이 그것은 노노미야 가에 단 한 사람 남은 자식인 다마요였다. 다마요는 스물여섯이었다.

　사람들은 지금 시시각각으로 약해지는 사헤 옹의 호흡을 지켜보면서 돌처럼 입을 다물고 있다. 이상하게도 사람들의 안색에서는 육친의 임종을 지키는 비애의 감정이 털끝만큼도 드러나지 않았다. 아니, 아니, 비애는커녕 다마요를 제외한 다른 사람들의 얼굴에는 한결 같은 초조한 감정이 드러나 있었다. 그들은 어딘가 지독히 초조해져 있다. 뿐만 아니라 서로 속을 떠보고 있다. 쇠약해져 가는 사헤 옹으로부터 눈을 뗄 때마다 예외 없이 그들은 눈에 시의심 가득 찬 기색을 띤 채 일족인 사람들의 얼굴을 둘러보는 것이다.

　그들이 초조해 하는 까닭은 사헤 옹의 유언을 모르기 때문이다. 옹의 사후, 이 거대한 이누가미 재단의 기강은 누가 잇게 될 것인가. 또 저 막강한 옹의 유산은 어떤 식으로 분배될 것인가. 그에 대해 사헤 옹은 지금까지 한 번도 의사표시를 한 적이 없었던 것이다.

　그들이 초조하고 걱정하는 데는 하나의 이유가 있었다. 사헤는 그의 딸들에 대해서 어쩐 일인지 털끝만큼도 애정을 갖고 있지 않았다. 하물며 사위들에 대해서는 손톱만큼도 신뢰하지 않았던 것이다.

주치의가 맥을 짚는 동안 사헤 옹의 숨은 시시각각으로 가늘어져 간다. 참을 수 없어져 큰 딸인 마츠코가 마침내 앞으로 나섰다.

"아버님, 유언은······? 유언은······?"

마츠코의 목소리를 들은 건지 사헤 옹은 살며시 눈을 떴다.

"아버님, 유언하실 게 있으시면 말씀해 주세요. 모두 아버님의 유언을 듣기 위해 기다리고 있습니다."

마츠코의 말뜻을 이해한 건지 옹은 희미하게 미소 짓고는 떨리는 손가락을 들어 말석에서 기다리는 인물을 가리켰다. 사헤 옹이 가리킨 것은 이누가미 가문의 고문 변호사 후루다테 교조(古館恭三)란 인물이었다. 사헤 옹이 가리키자, 후루다테 변호사는 가볍게 기침을 하고는,

"아, 어르신의 유언장이라면 제가 확실하게 맡아 두고 있습니다."

후루다테 변호사의 이 한마디는 고요한 임종의 자리에 폭탄을 던진 것 같은 효과를 불러일으켰다. 다마요를 제외한 다른 사람들은 깜짝 놀라 후루다테 변호사 쪽을 돌아보았다.

"유언장이 있었던 겁니까?"

헐떡이며 중얼거린 건 둘째 딸 다케코의 남편 도라노스케였다. 그는 그렇게 중얼거리고서 당황해 주머니에서 손수건을 꺼내 이마에 밴 땀을 훔쳤다. 쌀쌀한 2월이었는데도 불구하고.

"그리고 그 유언장은 언제 발표되는 겁니까. 사장님이 돌아가시면 바로……."

그렇게 묻는 사람은 셋째 딸 우메코의 남편 고키치다. 그의 얼굴에는 격한 초조의 빛이 떠올라 있었다.

"아니, 그런 건 아닙니다. 어르신의 의사에 따라 이 유언장은 스케키요 씨가 돌아왔을 때 처음 개봉, 발표하는 걸로 되어 있습니다."

"스케키요 군이……."

그렇게 중얼거린 건 다케코의 아들인 스케타케다. 왠지 모르게 불안한 안색이었다.

"하지만 혹시 스케키요 씨가 돌아오지 못할 경우에는……? 불길한 말을 하는 것 같지만……."

그렇게 말한 것은 둘째 딸 다케코다. 마츠코는 그 말을 듣더니 무시무시한 시선을 찌릿 번뜩였다.

"정말이지 다케코 씨가 말씀하시는 대롭니다. 살아 있다곤 해도 머나먼 버마인 걸요. 고향에 돌아올 때까지 또 어떤 일이 있을지 모르지요."

셋째 딸인 우메코다. 언니의 안색 따윈 아무것도 아니라고 말하는 듯한 표정에 왠지 모르게 독기서린 말투였다.

"아니, 뭐, 그런 경우에는……."

하고 후루다테 변호사는 가볍게 헛기침을 하고,

"어르신의 일주기를 기해 발표하기로 되어 있습니다. 그리고 그때까지 이누가미 가문의 사업 및 재산 관리는 일체 이누가미 봉공회에서 대행하기로 되어 있습니다."

불쾌한 침묵이 휑하니 일동 위에 감돌았다. 다마요를 제외한 다른 사람들의 얼굴에는 일제히 초조와 근심, 그리고 일련의 증오의 빛마저 떠올라 있다. 마츠코조차 희망과 불안, 원망과 증오가 뒤섞인 눈으로 사헤 옹의 얼굴을 응시하고 있다.

사헤 옹은 그러나 변함없이 엷은 미소를 입가에 띠고 공허한 눈을 뜨고 마츠코부터 차례로 일동의 얼굴을 바라보다가 마지막으로 그 눈이 다마요에게 멎은 채 그의 시선은 더 이상 움직이지 않았다.

맥을 짚고 있던 의사가 그때 엄숙한 목소리로 선언했다.

"임종하셨습니다."

이리하여 이누가미 사헤 옹은 81년의 다사다난했던 일생을 마쳤던 것이지만, 지금 와서 생각하면 이 순간이야말로 그 후에 일어난 이누가미 가문의 피투성이 사건의 발단이었던 것이다.

제1장
절세의 미인

이누가미 사헤 옹 사후 8개월 정도 지난 10월 18일에 일어난 일이다. 나스 호반에 있는 나스 호텔에 한 사람의 손님이 와서 방을 잡았다.

  나이는 서른대여섯. 더벅머리에 풍채가 좋지 않은 작은 키의 인물로 구깃구깃한 모직 옷에 구깃구깃한 하카마(袴)*를 입은 차림새. 말할 때는 조금 더듬거리는 버릇이 있다. 숙박부에 기록된 이름은 긴다이치 코스케(金田一耕助)였다.

  혹시 여러분이 《혼진 살인 사건》에서 처음 긴다이치 코스케의 탐정 이야기를 읽으셨다면 이 인물에 관한 설명은 필요 없을 것이다. 하지만 처음 보는 독자 여러분을 위해 여기 짤막하게 설명을 해 두자.

---

*겉에 입는 일본식 하의.

긴다이치 코스케는 매우 유유자적한 풍모를 지닌 탐정이다. 언뜻 보면 어디에도 이렇다 할 장점이 없는 매우 풍채가 좋지 않은 말더듬이 남자지만, 그 멋들어진 추리력은 《혼진 살인 사건》 《옥문도》 그리고 《팔묘촌》 등의 사건에서 증명된 바 있다. 이 남자는 흥분하면 말더듬이 점점 심해지는데다 무턱대고 더벅머리를 긁어대는 버릇이 있다. 그다지 품위 있는 버릇은 아니다.

그건 그렇고, 긴다이치 코스케는 호수를 앞에 둔 2층 객실에 안내되자 이내 객실 전화를 외선으로 연결시켜 달래서 어딘가에 전화를 걸고 있었다.

"아, 그래요. 그럼 한 시간 있다가요……. 예, 좋습니다, 기다리겠습니다. 그럼……."

전화를 끊자 여급을 돌아보며 이렇게 말했다.

"한 시간 정도 있으면 제 이름을 대고 방문하는 사람이 있을 텐데, 그럼 바로 이 방에 안내해 주십시오. 제 이름? 긴다이치 코스케."

긴다이치 코스케는 그 후 목욕을 하고 방에 돌아오자 왠지 언짢은 얼굴을 하고 여행 가방 안에서 한 권의 책과 한 통의 편지를 끄집어냈다. 책은 한 달 정도 전에 이누가미 봉공회로부터 발행된 《이누가미 사헤전》, 편지를 보낸 사람은 이곳 나스 시에 있는 후루다테 법률사무소의 와카바야시 도요이치로(若林豊一郞)란 인물이다.

긴다이치 코스케는 호수가 보이는 툇마루에 의자를 갖고 나와 이미 몇 번이나 읽었던 《이누가미 사헤전》을 이쪽저쪽 뒤적이다가, 이윽고 그것을 옆에 놓고 봉투 속에서 와카바야시 도요이치로란 인물의 편지를 꺼냈다. 편지 내용은 다음과 같이 아주 기괴한 것이었다.

삼가 아룁니다. 바야흐로 가을이 깊어져 가는 시기, 귀하께서 한층 건승하고 번영하고 계신 것을 경축 드리옵니다. 각설하고, 전혀 면식도 없는 소생에게서 갑작스런 서면을 받고 귀하의 한때가 방해된 점, 대단히 송구스럽습니다만 아무쪼록 귀하께 부탁 드리고 싶은 일이 있습니다. 부탁 드리고 싶은 것은 다름이 아니오라 별송한 《이누가미 사혜전》의 주인공 이누가미 사혜 옹의 유족에 관한 일입니다. 최근 이 이누가미 가문의 일족에게 용이치 않은 사태가 발발하지나 않을까 하는 우려를 금할 수 없습니다. 용이치 않은 사태—그것은 귀하의 분야에 속하는 피비린내 나는 사건입니다. 이누가미 가문의 일족 중에 몇 명, 몇 명이나 희생자가 나오는 것은 아닐까—그것을 생각하면 소생은 목하 밤에도 잠이 오지 않을 정도입니다. 아니, 아니, 그것은 장래 일어날 사건이 아니라 현재 이미 일어나고 있고 이것을 이대로 방치해 두면 어떤 참사로 발전할지 예측할 수 없습니다. 이를 미연에 방지하기 위해 아무쪼록 귀하가 오셔서 조사해 주시기를 청탁 드리고 싶어 무례하지만 이 글을 적습니다. 필경 이 편지를 읽고 계시는 귀하께서는 소생이 미친 건 아닐까 의심되시겠지만 결단코 소생은 미친 게 아니라 너무도 우려되고 너무도 근심되고 너무도 공포에 젖은 나머지 귀하께 매달리는 것입니다. 덧붙여 오실 때는 겉봉에 적은 후루다테 법률사무소에 전화를 주시면 즉각 방문 드리겠습니다. 부디

이 글을 허술히 내버려 두지 마시길 거듭 부탁 드립니다.

공경하며 사룁니다.

　　와카바야시 도요이치로 올림

　　긴다이치 코스케 님 배상

　　추신. 덧붙여 이에 대해 절대, 절대 다른 사람에게 발설치 마십시오.

 딱딱한 문어체 글에 익숙한 사람이 무리하게 언문일치형 문장을 쓴 듯한 어딘가 거북한 편지를 받았을 때, 역시 웬만한 일에 동요하지 않는 긴다이치 코스케도 아연함을 금할 수 없었다. 미치광이라고 생각하지 말라고 해도 미치광이라고 생각하지 않을 수가 없었다. 사람을 바보 취급하고 있다고도 생각했다.

 '피비린내 나는 사건'이라든가 '몇 명, 몇 명이나 희생자가 나오는 것은 아닐까'라고 한 점에서 이 편지의 필자는 분명 살인을 예상하고 있는 듯했지만 어째서 그는 그것을 알고 있는 것일까. 살인을 계획하고 있는 인물이 그것을 타인에게 누설했을 리도 없고 우선 살인이라는 게 혹 마음속으로 계획하고 있어도 그렇게 무턱대고 실행할 수 있는 게 아니다. 그런데도 이 편지의 필자가 그것을 필연적인 사실처럼 생각하고 있는 것이 왠지 이상한 느낌이었다.

 더욱이 설사 그런 계획이 있어 그걸 어찌어찌해서 탐지했다고 쳐도, 그렇다면 왜 그걸 희생자가 될 사람들에게 귀띔해 주지 않는 걸까. 아직 사건이 일어나지 않은 현재, 경찰에 고발하는 건 곤란하다 쳐도 불행한 사람들에게 슬쩍 귀띔을 해 주는 정도는 가능하지 않은가. 바로 앞에서 털어놓고 얘기하는 게 곤란하다면 익명의 편지 같은 걸로 알려 줄 방법도 있다.

긴다이치 코스케도 처음엔 이 편지를 웃어넘겨 버릴까 생각했다. 그러나 거기에는 왠지 모르게 신경 쓰이는 부분이 있었다. 그것은 글 속에 있는 '아니, 아니, 그것은 장래 일어날 사건이 아니라 현재 이미 일어나고 있'라는 구절이었다.

그렇다면 뭔가 묘한 사건이 이미 일어났다는 걸까……?

그리고 또 하나, 긴다이치 코스케의 주의를 끈 것은 필자가 법률사무소에 근무하는 인물인 듯하다는 점이었다. 법률사무소에 근무한다고 하면, 변호사나 변호사 견습생이 아닌가. 그런 인물이라면 어쩌면 타인 가정의 비밀을 알고 살인 계획의 냄새를 맡을 수도 있을 것이다.

긴다이치 코스케는 그 자리에서 몇 번이나 그 편지를 반복해서 읽고 그다음에는 같이 보내 온 《이누가미 사혜전》을 읽어 보았다. 그리고 이누가미 가문의 복잡한 가정 사정을 알고는 별안간 흥미가 솟았다.

긴다이치 코스케도 이누가미 사혜 옹이 올봄 일찍이 죽었다는 사실을 알고 있었다. 또 옹의 유언장 공개가 손자 한 사람이 돌아올 때까지 보류되었단 사실을 어딘가에서 읽었던 것도 생각났다. 코스케의 호기심은 점점 강렬해졌다. 그래서 그 무렵 몸담은 사건을 서둘러 처리하고는 여행 가방을 한 손에 들고 훌쩍 이 나스 시로 찾아왔던 것이다.

긴다이치 코스케가 편지와 책을 무릎에 두고 멍하니 그런 생각을 하고 있는데 여급이 차를 가져왔다.

"아, 이봐요. 이봐."

차를 두고 가려는 여급을 코스케는 황급히 불러 세우고는,

"이누가미 씨 저택은 어디쯤이지?"

"이누가미 님 저택이라면 저쪽에 보이는 저거예요."

여급이 가리키는 곳을 보자, 역시 호텔에서 몇 구획 떨어진 자리에 아름다운 크림색의 서양식 건물과 복잡한 경사를 지닌 커다란 일본식 건물의 지붕이 보인다. 이누가미 가문의 안뜰은 직접 호수에 접해 있어 커다란 수문을 통해 호수 물과도 이어져 있는 것 같다.

"역시 멋진 저택이군. 그런데 돌아가신 사헤 씨의 손자 한 분이 아직 돌아오지 않았다고 하던데 그 후 어찌되었나. 아직 소식은 없는 건가."

"아뇨. 저, 스케키요 님이라면 전날 하카타(博多)에 도착하셨다 하여 어머님이 아주 기뻐하시면서 마중 나가셨어요. 지금 도쿄 저택 쪽에 머물고 계시지만 이삼일 안에 이쪽에 돌아오실 거라고 해요."

"허허, 돌아왔다는 건가."

왠지 모르게 때를 잘 맞췄단 생각이 들어 긴다이치 코스케의 가슴은 두근거렸다.

그때다. 이누가미 가문의 수문이 스르르 위로 열리는가 싶더

니 안에서 한 척의 보트가 미끄러져 나왔다. 보트에는 단 한 사람, 젊은 여성이 타고 있다. 그 보트를 전송하듯 남자가 한 사람 수문 밖, 호수와 건물 벽 사이의 통로로 나왔다.

보트의 부인과 통로 위의 남자는 두세 마디 뭔가 말을 주고받는 것 같았지만 보트의 부인이 손을 흔들자 남자는 느릿느릿 수문 안으로 들어갔다. 여자는 익숙한 손놀림으로 노를 저으면서 거침없이 바다로 나아간다. 자못 즐거운 것 같다.

"저 분은 이누가미 가문 사람인가?"

"다마요 님 말이죠. 아니, 이누가미 집안 분은 아니지만, 뭐랄까요, 이누가미 님의 주인 가문의 혈통에 해당하는 분이라고……. 그분은, 그분은 아름다운 분이에요. 아마 그렇게 아름다운 분은 일본에 둘도 없을 거란 평판이랍니다."

"허허, 그런 미인인가. 어디어디, 그럼 한번 얼굴을 봐 볼까."

여급의 과장된 말을 이상하게 생각하면서도 코스케는 여행 가방 안에서 쌍안경을 꺼내 보트의 다마요에게 초점을 맞췄는데, 렌즈에 비치는 그 얼굴을 지켜보는 동안 뭐라 말할 수 없는 전율이 등줄기를 뚫고 지나가는 걸 막을 수 없었다.

아, 여급의 말은 과장이 아니었던 것이다. 긴다이치 코스케도 이제까지 그 같은 미인을 본 적은 한 번도 없었다. 살짝 위를 보며 자못 즐겁게 노를 젓는 다마요의 아름다움이란 정말로 이 세상의 것이라고는 생각되지 않았다. 약간 길게 잘라 끝을 풍성하게 컬한 머리카락, 포동포동한 뺨, 긴 속눈썹, 모양 좋은 코, 당장이라도 그녀에게 달려들어 끌어안고 싶은 충동을 느낄 정도로 매력 있는 입술……. 날씬한 몸에 딱 맞는 스포츠 웨어에 드러난 몸매는 참을 수 없이 아름다워, 정말이지 글로도 말로도 다 표현할 수 없을 정도였다.

 미인도 이 정도 되면 도리어 무섭다. 전율이 느껴진다. 긴다이치 코스케는 숨을 죽이고 다마요의 모습을 지켜보고 있었는데, 그때였다. 다마요의 태도가 갑자기 변했다.

 노 젓는 손을 멈추고 다마요는 보트 안을 둘러보고 있었는데, 어쩐 일인지 갑자기 뭔가 큰 소리로 외쳤다. 소리치는 바람에 노를 손에서 놓쳐서 보트가 휙 기울어져 크게 흔들렸다. 다마요는 보트 안에서 일어서더니 공포로 눈을 크게 뜨고 미친 것처럼 양손을 흔들었다. 그 발밑에서 보트가 순식간에 가라앉아 간다. 긴다이치 코스케는 튕기듯 등의자에서 일어났다.

침실의 살무사

긴다이치 코스케는 이때 손님이 온다는 사실을 결코 잊고 있었던 건 아니다. 하지만 그때까지는 아직 시간이 있다고 생각했고, 뻔히 눈앞에서 물에 빠진 사람을 보고도 모른 척할 수는 없어서 방을 뛰쳐나가 서둘러 계단을 뛰어 내려갔는데, 나중에 생각해 보면 이 사실이 이누가미 가문 사건 조사에 차질을 빚은 첫 번째 원인이었다.

만약 그때 다마요가 물에 빠지지 않았다면, 그리고 긴다이치 코스케가 뛰어나가지 않았다면 이누가미 가문에서 일어난 사건은 좀 더 빨리 해결되었을 것임에 틀림없다.

그건 그렇고 긴다이치 코스케가 계단을 뛰어 내려오니 뒤에서 따라온 여급이,

"손님, 이쪽으로……."

버선발로 뜰에 달려 나오더니 앞장서서 후문으로 달려간다.

긴다이치 코스케도 그 뒤에서 달려갔다. 후문을 여니 밖에는 바로 호수가 있고 작은 부두 아래 보트가 두세 척 나란히 있다. 나스 호텔 전용 보트로 보트 놀이를 하는 손님을 위해 비치해 둔 것이다.

"손님, 보트를 다룰 수 있으세요?"

"응, 괜찮아."

보트라면 코스케도 실력에 자신이 있었다. 코스케가 보트에 뛰어들자 여급이 잽싸게 밧줄을 푼다.

"손님, 조심하세요."

"응. 좋아, 괜찮아."

코스케는 노를 쥐고 혼신의 힘을 다해 젓기 시작했다.

그러고 보니 호수 한가운데에서는 보트가 이미 반 이상 물에 잠겨 다마요가 미친 듯이 구조를 청하고 있다.

나스 호는 그리 깊은 호수는 아니지만 그래서 오히려 위험하다. 호수 밑바닥에서 뻗어 나온 한 길 남짓한 해초가 물속에서 여자 머리카락처럼 뒤얽혀 있으니 자칫 거기 휘말리면 아무리 수영의 달인이라도 익사하는 일이 많고 또 익사하면 좀처럼 시체가 떠오르지 않는다.

다마요의 비명을 들었는지 코스케보다 조금 늦게 맞은편 보트 대여소 부두에서도 두세 척의 보트가 우르르 노를 저어 나왔다. 마찬가지로 여급이 알려 주어서 놀라 뛰어나온 것이리라. 코스케 뒤에서도 나스 호텔 지배인이나 남자 종업원들이 큰 소리로 외치며 보트를 저어 온다.

그들 보트의 선두에 서서 코스케는 정신없이 노를 젓고 있었는데, 그때였다.

이누가미 가문의 수문에서 아까 본 남자가 제방의 침식을 막기 위해 안쪽에 만든 작은 둔덕 위로 뛰어나왔다. 남자는 바다의 상태를 보고는 잽싸게 상의를 벗고 바지를 벗더니 남은 옷가지만 걸친 채 호수에 뛰어들었다. 그러고는 가라앉는 보트를 향해 헤엄치기 시작했는데, 아, 빠르도다, 빠르도다.

양팔이 물레방아처럼 회전하고 맹렬한 물보라가 일어난다. 남자는 마치 은색 뱀처럼 길게 뒤에 주르르 물 꼬리를 끌며 일직선으로 보트 쪽으로 나아갔다.

결국 그 남자가 가장 빨리 다마요 옆에 다다랐다.

코스케가 겨우 근처까지 저어 갔을 때 다마요의 보트는 이미 뱃전까지 물에 잠겼고 다마요는 녹초가 되어 물속에서 남자의 팔에 안겨 있었다.

"여, 정말 큰일 날 뻔했군요. 자, 빨리 올라오십시오."

"어르신, 감사해요. 그럼 아가씨를 부탁 드려요. 전 보트를 붙들고 있을 테니까요."

"아, 그래요. 그럼 그분을……"

"죄송합니다."

다마요는 코스케의 팔에 매달려 겨우 보트로 올라왔다.

"여보세요, 당신도 이 보트에 올라와요."

"아, 감사해요. 그럼 실례를 무릅쓰고……. 보트가 뒤집히면 안 되니까 그쪽을 붙들어 주셔요."

남자는 가볍게 올라왔는데, 그때 처음으로 정면에서 남자의 얼굴을 본 긴다이치 코스케는 뭐라 말할 수 없이 이상한 느낌을 받았다.

그 남자의 얼굴은 원숭이와 똑 닮았다. 이마가 좁고 눈이 처지고 뺨이 이상하게 홀쭉하다. 추하다면 더할 수 없이 추한 얼굴이지만 일거수일투족에 성실함이 드러나 있다.

남자는 다마요를 책망하듯,

"아가씨, 그러니까 말씀 드리지 않았남요. 그렇게 조심하지 않으면 안 된다고 했건만……. 이걸로 세 번째잖아요?"

세 번째란 말이 강하게 코스케의 귓가에 울렸다.

무심코 놀라 다마요의 얼굴을 고쳐 보니 다마요는 장난을 들킨 아이처럼 울다 웃다 하면서,

"하지만 사루조(猿蔵), 어쩔 수 없었어. 보트에 구멍이 뚫려 있으리라곤 전혀 몰랐는걸."

"보트에 구멍이 뚫려 있었다고요?"

코스케는 무심코 눈을 크게 뜨고 다마요의 얼굴을 고쳐 보았다.

"네, 그런 것 같아요. 구멍이 뚫려 있는 걸 뭔가로 막아 놨던 것 같아요. 그 마개가 빠져서……."

거기에 호텔 지배인이나 보트 대여소 손님이 일제히 노를 저어왔다. 코스케는 한동안 뭔가 생각에 잠겼으나 이윽고 지배인을 향해,

"저, 지배인님. 미안하지만, 그 보트를 어떻게든 가라앉지 않도록 기슭까지 가져와 주지 않겠습니까. 나중에 조사해 보고 싶

으니……."

"예."

지배인은 묘한 얼굴을 하고 있었지만 코스케는 그대로 다마요 쪽으로 돌아서서는,

"그럼 댁까지 모셔다 드리죠. 집에 돌아가면 바로 온천에 들어가서 몸을 따뜻하게 하십시오. 그렇지 않으면 감기에 걸릴 겁니다."

"네, 감사합니다."

다시금 왁자지껄하게 떠들고 있는 호텔 지배인과 구경꾼들을 뒤로 하고 코스케는 천천히 보트를 저어 나왔다.

지금 그의 눈앞에는 다마요와 사루조가 앉아 있다. 다마요는 사루조의 넓은 가슴에 머리를 기대고 자못 안심한 모습이다. 사루조는 얼굴은 추하지만 그 체구의 늠름함은 흡사 바위와 같다. 그 사루조의 넓은 팔에 꼭 안겨 있는 다마요를 보니 마치 소나무 고목에 달라붙어 있는 가련한 덩굴 같았다.

그건 그렇고 지금 이렇게 가까이서 보는 다마요의 아름다움은 정말이지 범상치 않았다. 얼굴형이 아름다운 것은 말할 것도 없고 물에 젖어 어렴풋이 핏기가 비치는 피부는 아름답게 윤기가 빛나, 도무지 여색에 마음이 동하는 일이 없는 긴다이치 코스케도 그때 만큼은 가슴이 두근거렸다.

코스케는 한동안 멍하니 다마요의 얼굴을 응시하고 있다가 다마요가 알아차리고 뺨을 확 물들이는 걸 보고는 당황해서 침을 삼켰다. 그리고 다소 수줍은 기분으로 사루조를 향해 이렇게 말

절세의 미인 33

했다.

"아까 당신은 묘한 말을 했죠. 이걸로 세 번째가 아니냐고. 그럼 때때로 이런 일이 일어났다는 겁니까?"

사루조는 눈을 번뜩이더니 탐색하듯 코스케의 얼굴을 보면서 그럼에도 묵직한 말투로,

"그라요. 최근 이따금씩 이상한 일이 있어서 지는 걱정이어요."

"이상한 일이라니……?"

"아, 아무것도 아니에요. 사루조, 바보구나. 또 그런 걸 신경 쓰고 있어? 다 착각이야."

"착각이라니 아가씨, 자칫 잘못했다가는 아가씨 목숨이 위험했잖아요? 아무래도 지는 이상혀요."

"허어, 목숨에 관계된 일이라니 무슨 일이 있었던 겁니까?"

"한 번은 아가씨 침대에 살무사가 웅크리고 있었어요. 다행히 빨리 알아차렸으니 망정이지 어쩌다 물렸으면 죽지는 않아도 크게 다쳤을 거라고요. 그리고 두 번째는 자동차 브레이크가 고장 나 있었어요. 그래서 아가씨, 자칫하면 절벽에서 자동차랑 같이 떨어질 뻔했다고요."

"거짓말이에요. 거짓말. 아무것도 아니에요. 우연히 그렇게 맞아떨어진 거예요. 사루조, 넌 공연한 걱정을 하는 거야."

"하지만 그런 일이 자꾸 일어나면 언제 뭔 일이 터질지 모르잖어요. 그런 생각을 하면 지는 걱정이 되서, 걱정이 되서……."

"바보구나. 이제 더는 아무 일도 일어나지 않을 거야. 난 운이

좋아. 운이 좋으니까 항상 누군가가 구해 주잖니. 그렇게 걱정하면 난 외려 기분이 나빠져."

다마요와 사루조가 옥신각신하는 사이, 보트는 이누가미 가문의 수문에 도착했다.

코스케는 그곳 둔덕 위에 두 사람을 남겨 두고 인사말을 뒤로한 채 호텔 쪽으로 노를 저어 돌아갔는데 그러는 동안 내내 방금 사루조로부터 들은 말을 곱씹어 보았다.

침실의 살무사에 자동차 고장, 거기에 오늘의 보트 구멍. 그 모든 것이 다마요가 말했듯 우연의 일치일까. 거기에는 누군가의 의지가 숨어 있는 것은 아닐까. 누군가의 의지로 그렇게 되었다면, 곧 그 사람은 다마요의 목숨을 노리고 있는 것이다. 그리고 어쩌면 그 사실과 와카바야시 도요이치로의 저 무시무시한 예감 사이에 뭔가 관계가 있는 건 아닐까. 그렇다, 와카바야시란 남자에게 물어보자. 와카바야시 도요이치로는 이미 슬슬 호텔에 와 있을 시간이다. 긴다이치 코스케는 힘을 모아 보트를 저어 나갔다.

숙소에 돌아오자, 마침 와카바야시 도요이치로가 와 있었다.

"저…… 손님이 안 보이시기에 방에 안내해 드렸습니다만……."

여급이 그렇게 말해서 긴다이치 코스케는 서둘러 이층에 올라가 봤지만 손님의 모습은 아무데도 보이지 않았다. 하지만 손님이 와 있는 건 확실했다. 재떨이에는 담배꽁초가 타고 있고, 방 구석에는 본 적 없는 모자를 벗어 놓았다.

아마 변소라도 간 거겠지. ……그렇게 생각하고 긴다이치 코스케는 등의자에 앉아 있었지만 아무리 기다려도 손님의 모습은 나타나지 않았다. 참다못해 코스케는 벨을 눌러 여급을 불렀다.

"손님은 어찌 된 거야. 안 보이잖아."

"어머, 안 계세요? 어쩐 일이지? 화장실에 가신 거 아닐까요?"

"화장실에 갔다고 해도 너무 오래 있잖아. 방을 착각한 거 아닐까. 한번 찾아봐 주지 않겠나?"

"이상하네. 어디 계신 걸까요."

여급은 묘한 얼굴을 하고 나갔지만, 그리고 바로 꺅 하는 비명 소리가 들려왔다. 분명히 여급 소리다.

코스케가 놀라 목소리가 나는 방향으로 달려가자 화장실 앞에서 아까 그 여급이 파랗게 질려 서 있었다.

"무, 무슨 일이야?"

"아, 어르신. ……손님이…… 손님이……."

여급이 가리키는 방향을 보자 화장실 문이 약간 열려 있었다. 거기서 보인 것은 쓰러져 있는 남자의 다리. 코스케는 깜짝 놀라 숨을 삼키고 문을 열어 화장실 안으로 들어갔으나 바로 막대기를 삼킨 것처럼 우뚝 멈춰 서고 말았다.

화장실의 하얀 타일 바닥 위에 검은 안경을 낀 남자가 엎어져 있다. 쓰러지기 전에 어지간히 몸부림친 듯 코트 깃이나 머플러가 흐트러져 있고 바닥을 짚은 양 손가락은 손톱도 들어가지 않을 것처럼 거칠고 울툭불툭했다. 게다가 하얀 타일 위에는 남자가 토한 것 같은 피가 점점이 흩어져 있었다.

　코스케는 한동안 얼어붙은 듯 서 있었지만 마침내 슬그머니 다가가서 남자의 손목을 잡아 보았다. 물론 맥은 뛰지 않았다.

　코스케는 남자가 낀 검은 안경을 벗기고 나서 여급을 돌아보았다.

　"자네, 자네는 이 사람을 본 적 있나?"

　여급은 주뼛주뼛 남자의 얼굴을 들여다보았으나,

　"어머, 와카바야시 씨예요!"

　그 한마디에 코스케의 심장은 꿈틀하고 요동쳤다.

　다시금 그는 망연해져서 굳어 버리고 말았다.

후루다테 변호사

긴다이치 코스케에게 있어 이처럼 큰 모욕은 없었다.

사립탐정과 의뢰인과의 관계는 참회승과 참회인의 관계와 마찬가지라고 긴다이치 코스케는 늘 생각하고 있었다.

죄를 지은 참회인이 비밀을 전부 털어놓고 참회승에게 매달려 우는 것처럼 사건 의뢰인도 다른 사람에게는 밝힐 수 없는 사실을 밝히고 사립탐정의 힘에 의지하려는 것이다. 상대의 인격을 신뢰해야만 가능한 일이고, 그렇기에 신뢰받는 입장이 되면 의뢰인의 신뢰에 보답하지 않으면 안 된다.

긴다이치 코스케는 이제까지 그런 방침으로 일을 해 왔고 지금까지 한 번도 의뢰인의 신뢰를 저버린 적은 없다는 자부심도 갖고 있었다.

하지만 어떤가. 이번 사건의 경우에는 의뢰인은 자신의 면전에 나타나기가 무섭게 살해당한 것이다. 게다가 자신의 방에서……. 코스케에게 있어 이처럼 큰 모욕이 있겠는가.

더욱이 이를 뒤집어 생각하면 와카바야시 도요이치로를 살해한 인물은 와카바야시가 비밀의 실마리를 긴다이치 코스케란 탐정에게 털어놓으리라는 사실을 알고 있었고 이를 막을 목적으로 이런 잔인한 소행을 저질렀음에 틀림없다. 그렇다는 것은 이 사건의 범인은 이미 긴다이치 코스케의 존재를 알고 있어, 그에게 도전해 온 게 아닐까.

그렇게 생각하니 코스케는 마음에 분노가 치밀어 오름과 동시에 맹렬하게 투쟁심이 끓어오르는 것이었다.

전에도 말했듯 코스케는 처음, 이 사건에 대해 반신반의했다. 와카바야시 도요이치로가 겁내는 일이 결과적으로 일어날지 어떨지 의문이라고 생각하고 있었다. 하지만 그 의문들은 이제 일시에 걷혔다. 이 사건은 와카바야시 도요이치로의 편지 내용보다도 한층 더 깊은 속사정을 감추고 있었던 것이다.

그건 그렇고 긴다이치 코스케는 처음에 꽤나 기묘한 입장에 서게 되었다. 긴다이치 코스케는 셜록 홈스가 아니다. 그렇게 명성이 드높을 리 없었기에 전갈을 받고 달려온 나스 경찰서의 서장이나 담당 공무원에게 자신의 입장을 설명하는데 꽤나 곤란함을 느끼지 않으면 안 되었다.

게다가 또한 와카바야시 도요이치로의 편지를 즉시 공표하는 것은 왠지 모르게 꺼림칙했다. 그래서 자신이 나스 시에 온 목적을 확실히 상대에게 설명하는 걸 주저했던 것이다.

결과적으로 담당 공무원들은 코스케에 대해 뭔가 석연치 않아

하는 것 같았다. 그들은 와카바야시 도요이치로와의 관계를 미주알고주알 캐물었다. 그래서 어떤 종류의 조사를 의뢰받고 온 것인지, 그 조사란 건 어떤 것인지, 상대가 죽어 버린 지금은 알 수 없다고 어찌어찌 얼버무렸다.

담당 공무원들은 가능한 한 돌려 말하는 투로 코스케에게 당분간 여기 머물러 있으라고 요청했는데, 코스케도 그에 대해 이의는 없었다. 그 자신, 이번 사건이 마무리될 때까지 절대 나스시를 떠나지 않겠다고 마음을 굳게 다지고 있었던 것이다.

한편 와카바야시 도요이치로의 시체는 그날 중으로 해부되어 사인을 대충 확인했는데, 그에 따르면 역시 그는 어떤 독극물에 의해 살해당했던 것이다. 그런데 그 독극물은 묘하게도 위에서 검출되지 않고 폐에서 발견되었다. 즉 와카바야시 도요이치로는 독을 마신 것이 아니라 흡입한 것이었다.

이 사실로 인해 바로 주목을 끈 것은 와카바야시 도요이치로가 재떨이에 남겨 둔 피우다 만 담배꽁초다. 이 꽁초는 외국 담배였는데 이것을 분석한 결과 독극물을 담배 속에 섞어 놓았다는 사실을 알 수 있었다. 게다가 묘하게도 독을 넣은 담배는 그 꽁초 하나뿐이었다.

와카바야시 도요이치로의 담배 케이스에는 아직 몇 개비의 담배가 남아 있었지만, 그 담배들에서는 특이한 것은 발견되지 않았다. 그런 점을 볼 때 범인은 언제 와카바야시 도요이치로를 죽여야 할지 확실한 계산이 없었지만, 언제라도 좋으니 조만간 와카바야시 도요이치로가 죽기를 바라고 있었으리라.

이런 수법은 굉장히 느긋해 보인다. 하지만 그렇기에 교묘하고 음험하기 짝이 없는 수법이라고도 할 수 있으리라. 왜냐하면 사건이 일어났을 때 범인은 꼭 피해자 근처에 없어도 된다. 그러므로 혐의를 입을 확률이 다른 독극물의 경우에 비해 훨씬 적은 것이다.

긴다이치 코스케는 이 음험하기 그지없는 수법에 혀를 차며 경탄하지 않을 수 없었다. 지금 긴다이치 코스케에게 도전해 온 상대는 만만치 않은 인물인 것이다.

그건 그렇고 와카바야시 도요이치로가 변사한 다음 날 나스 호텔로 긴다이치 코스케를 찾아온 손님이 있었다.

여급이 가져온 명함을 보니, '후루다테 교조'.

코스케는 그것을 보고 무심코 깜짝 놀라 눈을 크게 떴다.

후루다테 교조라면 후루다테 법률사무소의 소장임에 틀림없다. 그리고 그 사람이야말로 이누가미 가문의 고문 변호사이며 또한 이누가미 사혜 옹의 유언장을 보관하고 있는 인물인 것이다.

긴다이치 코스케는 왠지 모를 가슴 두근거림을 느끼며 바로 이쪽으로 모시라고 여급에게 명했다.

후루다테 교조란 사람은 거무스름한 피부에 딱딱한 표정을 한 초로의 신사였다.

그는 직업적인 예리함을 지닌 시선으로 빈틈없이 코스케의 모습을 관찰하면서도 정중한 말투로 처음 뵙는다는 인사를 건넴과 동시에 갑작스런 내방에 대해 사죄의 뜻을 표했다.

코스케는 버릇처럼 벅벅 머리를 긁적거리면서,

"아, 바, 반갑습니다……. 어제는 저도 놀랐지만 당신께서도 필시 놀라셨겠죠."

"그렇습니다. 너무 뜻밖이라 전 아직도 사실이라고 생각되질 않을 정도여서……. 그에 대해 실은 오늘 여쭤 보러 왔습니다만……."

"예."

"어제 경찰한테도 들었는데 와카바야시 군은 당신에게 뭔가 조사를 의뢰하려고 했다던데요……."

"그렇습니다. 그런데 그 얘길 듣기 전에 저런 일이 터져서……. 대체 무슨 조사를 저에게 의뢰하려고 했던 건지 알 수 없게 되어 버렸어요."

"하지만 힌트 정도는 아시겠죠. 편지 같은 걸로 부탁했을 거라 생각하는데요……."

"예, 그건……."

긴다이치 코스케는 잠자코 얼굴을 응시하면서,

"후루다테 씨. 당신은 이누가미 가문의 고문 변호사시죠."

"그렇습니다."

"그렇다면 이누가미 가문의 명예는 지켜 주시겠죠."

"그야 물론입니다."

"실은 말입니다, 후루다테 씨."

긴다이치 코스케는 갑자기 목소리를 낮추고,

"저도 이누가미 가문의 명예를 생각해서 쓸데없는 말은 하지 않는 게 좋겠다고 경찰한테도 입을 다물고 있었습니다만, 실은 와카바야시 씨에게 이런 편지를 받았습니다."

긴다이치 코스케는 그 편지를 내밀어 보였다. 그리고 그 편지를 읽고 있는 후루다테 변호사의 표정을 주의 깊게 지켜보고 있었다.

후루다테 변호사의 얼굴에는 순식간에 깊은 놀라움의 빛이 퍼졌다. 거무스름한 이마에 깊은 주름이 새겨지고 땀이 몽글몽글 솟아났다. 편지를 쥔 손이 부들부들 떨렸다.

"후루다테 씨, 당신은 그 편지 내용에 대해 뭔가 짚이는 데가 있으십니까?"

후루다테 변호사는 한동안 멍한 얼굴을 하고 있다가 코스케가 말을 걸자 깜짝 놀란 듯 어깨를 떨었다.

"아, 아뇨……."

"저는 정말 이상한데요, 이누가미 가문에 무슨 일이 일어날 것 같은 상태라고 해도 와카바야시 씨가 어떻게 그걸 아는 건지……. 이 편지를 보면 와카바야시 씨는 그 사실에 대해 무척 확신하고 있는 것 같은데, 어떻게 그런 확신을 갖게 되었는지 후루다테 씨, 당신은 그에 대해 뭔가 마음 짚이는 데는 없으십니까?"

후루다테 변호사의 얼굴에는 커다란 동요의 기색이 나타나 있었다. 뭔가 마음 짚이는 데가 있는 것 같았다.

코스케는 몸을 내밀고,

"후루다테 씨, 당신은 이 편지에 대해 전혀 모르셨습니까. 와카바야시 씨가 제게 뭔가 조사를 의뢰했다는 걸……."

"몰랐습니다. 다만 이제 와서 생각하면 와카바야시 군의 상태는 뭔가 이상한 구석이 있었어요. 묘하게 벌벌 떨면서 뭔가를 두려워하는 구석이……."

"뭔가를 두려워하고 있었다고요?"

"예, 그렇습니다. 이건 와카바야시 군이 살해당하고 나서 처음 생각했던 거지만……."

"대체 무엇을 두려워하고 있었던 걸까요. 당신은 그에 대해 뭔가 짚이는 데가 없으십니까."

"글쎄요, 그게 말이죠."

후루다테 변호사는 마음속으로 뭔가와 싸우는 기색이었지만 마침내 마음을 정한 듯,

"실은 그에 대해 당신과도 상담해 보려고 생각하고 있었습니다만……. 실은 이누가미 사헤 옹의 유언장 말인데요……."

"예, 유언장이……? 어떻게 됐습니까."

"그 유언장은 제 사무소 금고 속에 들어 있었습니다만, 어제 와카바야시 군의 일이 있고 나서 왠지 가슴이 두근거려 금고를 뒤져 봤더니 그 유언장을 누군가가 읽은 것 같습니다."

코스케는 두근거려 무심코 무릎을 오므렸다.

"유언장을……? 누군가 읽었다고요……?"

후루다테 변호사는 어두운 얼굴로 끄덕였다.

"그런데 누가 그 유언장을 읽으면 곤란한 일이 있습니까?"

"아뇨, 이 유언장은 조만간……이라고 해도 스케키요 군이 드디어 귀환했으니 이삼일 내에 발표하겠지만, 저는 진작부터 이

유언장이 발표되면 뭔가 일대 소동이 일어나지 않을까 가슴을 졸이고 있던 참이었습니다."

"뭔가 이상한 데라도 있습니까, 그 유언장에……?"

"많이요!"

후루다테 변호사는 힘을 주어 말했다.

"좀 비상식적이지 않나 생각될 정도로 이상합니다. 이래서야 마치 유족들이 서로 미워하라고 유도하는 거나 마찬가지라고 저도 최선을 다해 노인께 말씀드렸습니다만 여하튼 사헤 옹이란 사람이 완고한 분이시라……."

"그 유언장 내용이란 걸 좀 알려 주시면 안 되겠습니까."

"안 됩니다."

후루다테 변호사는 손을 젓더니,

"그건 안 됩니다. 고인의 뜻에 의해 스케키요 군이 본가에 돌아올 때까지는 절대 발표하지 못하게 되어 있어서요……."

"알겠습니다. 그럼 억지로 여쭙지는 않겠습니다. 하지만 그 유언장을 읽은 것 같다면…… 어차피 유언장 내용에 흥미를 가진 사람은 이누가미 가문 유족들에 한정되어 있을 텐데, 누군가가 금고를…… ."

"하지만 그건 불가능합니다. 이누가미 가문 사람들 중에서 그 금고를 열 기회가 있었던 사람이 있으리라고 생각되지 않아요. 그래서 전 생각해 봤는데, 와카바야시 군이 누군가에게 매수된 건 아닐까. ……와카바야시 군이라면 금고를 열 수도 있습니다. 그래서 이누가미 가문의 누군가에게 부탁받아 유언장을 복사한

게 아닐까. 하지만 그 결과로 이누가미 가문에 이상한 일이 일어났다. 와카바야시 군은 그걸 두려워한 게 아닐까 생각합니다."

"이누가미 가문에 이상한 일이 일어났다니요?"

후루다테 변호사는 탐색하듯 긴다이치 코스케의 얼굴을 보면서,

"그에 대해서라면 당신도 대충 알고 계시리라 생각하는데요. 어제도 호수에서 이상한 일이 일어났다고……."

코스케는 꿈틀하고 튕기듯 몸을 뒤로 젖혔다.

"아, 그 보트 사건……."

"예, 그래요. 당신은 그 보트를 조사했다던데요……."

"네, 그렇습니다. 조사했습니다. 보트 밑에는 분명 누가 뚫은 것 같은 구멍이 나 있었고 그것을 접착제로 메워 놨더군요. 그렇다면 그 다마요란 여성이 유언장 속에서 뭔가……?"

"그렇습니다. 그 사람이야말로 유언장의 주역입니다. 이누가미 가문의 유산상속에 관해 그 사람이 절대적으로 유리한 입장에 있습니다. 그 사람이 죽기라도 하지 않는 한 이누가미 가문의 상속자는 그 사람의 의사 하나로 정해지게 되어 있습니다."

긴다이치 코스케는 갑자기 어제 본 미인을 떠올렸다.

아아, 그 후광이 비치는 듯한 신비스런 아름다움, 그 보기 드문 미녀를 위해 이누가미 사헤 옹은 대체 어떤 운명을 준비해 둔 것일까.

지는 해를 뒤로 하고 가라앉는 보트, 그 보트 위에서 미친 듯이 손을 흔들고 있던 다마요의 등 뒤로 커다랗게 다가오는 시커먼 손을, 그때 코스케는 환영처럼 눈앞에 그리고 있었다.

스케키요 돌아오다

쇼와 2×년 11월 1일—그것은 긴다이치 코스케가 오고 나서 이미 2주나 지난 다음의 일이지만—신슈 나스 호반에 있는 나스 시에는 아침부터 왠지 모르게 삼엄한 공기가 흐르고 있었다.

남쪽에서 귀환해서, 어찌된 영문인지 그대로 한동안 도쿄에 체류하고 있던 이누가미 가문의 적통, 이누가미 스케키요가 마중하러 간 어머니 마츠코와 함께 어젯밤 늦게 마침내 나스 시 본가에 들어왔다는 통지가 진작 마을 전체에 퍼졌기 때문이다.

나스의 번영은 모두 이누가미 가문의 운명에 달려 있다.

이누가미 가문의 번영은 곧 나스 시의 번영이었다. 일찍이 수입이 별로 없던 추운 산 지방의 호반 마을에서 인구 몇 십만이라는 현재의 도시로 발전했던 것은 모두 거기에 이누가미 재단이라는 거대한 자본의 힘이 씨를 뿌렸기 때문이다. 그 씨앗이 싹을 틔우고 자라고 번영함에 따라, 주변 토지도 번창했다. 그리고 거기에 현재의 나스 시라는 근대적 도시가 형성되었던 것이다.

그러므로 나스 시와 그 주변에 사는 사람들은 이누가미 재단의 사업에 직접 관계하고 있든 아니든, 크든 작든 이누가미 가문의 은혜를 입지 않은 사람은 없었다. 그들은 모두 이누가미 가문의 사업의 혜택을 입고 생활하고 있었고, 그래서 이누가미 가문이야말로 사실상 나스 시의 주권자와 마찬가지였다.

그래서 나스 시민은 모두 이누가미 가문에 대해 큰 관심을 가지고 있었다. 그중에서도 사헤 옹 사후 이누가미 가문의 운명이야말로 모든 시민의 관심이었다고 해도 과언이 아니었으리라.

이누가미 가문의 그 운명을 결정하는 것이 마츠코의 외아들 스케키요다. 그의 귀환을 기다려 사헤 옹의 유언장을 공개하기로 한 것은 나스 시민 모두가 알고 있었다. 그래서 그들은 이누가미 가문 사람들과 마찬가지로, 아니 어쩌면 그 이상의 열정을 가지고 스케키요의 귀환을 손꼽아 기다리고 있었던 것이다.

그 스케키요가 마침내 돌아왔다. 그가 하카타에 상륙했다는 소식은 전류가 전선을 타고 퍼지듯 나스 시민들 사이에 전해졌다. 그들은 그 사람이…… 어쩌면 자신들의 새로운 주인이 될지도 모르는 그 사람이, 한시라도 빨리 나스 시에 돌아와 주기를 일각이 천추 같은 심정으로 기다리고 있었던 것이다.

하지만 어째서일까, 스케키요는 하카타에 마중하러 나온 어머니 마츠코와 함께 도쿄의 별장에 와서 좀처럼 움직일 기미가 없었다. 하루 이틀은 그래도 괜찮았다. 하지만 마츠코 모자의 도쿄 체류가 일주일이 지나 열흘을 넘어가자 나스 시민 사이에서는 차츰 불안한 기운이 흐르기 시작했다.

스케키요는 왜 돌아오지 않는 것일까. 왜 하루라도 빨리 돌아와서 조부의 유언장을 펼쳐 보려고 하지 않는 것일까. 데리러 간 어머니 마츠코는 누구보다 이 사실을 잘 알고 있지 않은가.

그에 대해 혹자는 이렇게 말했다. 스케키요 씨는 병에 걸린 게 아닐까. 그래서 도쿄의 별채에서 정양하고 있는 건 아닐까.

하지만 그에 반대하는 사람은 이런 이유로 앞의 의견을 부정했다. 요양이라면 도쿄보다 나스 시 쪽이 적당하다고 생각한다. 하카타에서 도쿄까지 돌아올 만한 체력이 있다면 한 걸음 더 가서 신슈까지 돌아오는 일은 어렵지 않을 것이다. 기차가 안 된다면 자동차든 뭐든 이누가미 가문의 재력으로라면 못할 게 없다. 또 의사 역시 이누가미 가문의 재력으로라면 얼마든지 도쿄에서 명의를 불러올 수 있지 않은가. 무엇보다 스케키요 씨는 어릴 때부터 도쿄 생활을 즐기지 않았다. 그 사람은 자신이 태어난 나스 호반의 풍물을 더할 수 없이 사랑했고 자신이 태어난 호반의 집에 엄청난 집착을 가지고 있었다. 오랜 전쟁과 그 후의 억류 생활에 지친 스케키요 씨의 건강이 나빠졌다면 나스 호반의 본가야말로 가장 적당한 요양 장소가 아니겠는가. 그러니 스케키요 씨 모자의 도쿄 체류가 계속되는 것은 병 때문이 아닌 것 같다……

하지만 그렇게 말하는 사람도 그렇다면 어떤 이유로 그들 모자가 도쿄에 붙박여 있느냐는 점에서는 만족할 만한 설명을 하지 못했다. 대체 스케키요와 그 어머니 마츠코는 왜 이렇게나 이누가미 일족과 나스 시민을 초조하게 만드는 것일까.

사실 나스 시민도 나스 시민이지만 이누가미 일족의 초조함은 엄청난 것이었다.

이상한 건 단신으로 하카타까지 아들을 마중하러 간 마츠코는 거기서 누이동생인 다케코와 우메코의 남편에게 한걸음 앞서 나스 시로 가서 자신들의 귀가를 기다리고 있으라고 전보를 쳤다는 사실이다. 그래서 다케코와 우메코의 일가는 제각기 도쿄와 고베에서 달려와서 나스 호반의 본채에서 마츠코 모자의 귀가를 이제나저제나 목을 늘이고 기다리고 있었던 것이다.

그럼에도 불구하고 마츠코 모자는 일단 도쿄 별채에서 여장을 풀고는 그대로 2주 이상 거기에 머물러 버리고 말았다. 그리고 이쪽에서 귀성하라고 독촉하자 오늘 돌아가겠다, 내일 돌아가겠다는 전보는 쳤지만 출발할 기미는 전혀 없었다.

게다가 한층 이상한 것은 더 참지 못하고 다케코, 우메코 자매가 몰래 스파이를 보내, 도쿄에 있는 마츠코 모자의 동정을 살피게 했음에도 불구하고 도무지 상황을 알 수 없었다는 점이다. 마츠코도 스케키요도 도쿄의 별채 안쪽에 깊숙이 틀어박혀 있을 뿐, 누구에게도 절대 얼굴을 비치지 않았다는 것이다.

이렇게 마츠코 모자의 도쿄 체류가 한층 의혹을 두텁게 한 지 얼마 안 된 참에 때마침 와카바야시 도요이치로 살인 사건이 일어나서 뭐라 말할 수 없는 불안의 그림자를 나스 시 전체에 드리웠던 것이다.

아무튼 그날 아침…… 즉 11월 1일 아침의 일이다.

그만 늦잠을 자고 11시가 넘어 겨우 아침 겸 점심 식사를 마친 긴다이치 코스케가 호수가 내다보이는 툇마루에 의자를 가지고 나와 멍하니 이쑤시개로 이를 쑤시고 있는데, 생각지도 못한 손님이 찾아왔다.

손님이란 다름 아니라 이누가미 가문의 고문 변호사 후루다테 교조였다.

"야, 이건…… 오늘 당신을 뵙게 되리라고는 조금도 예상 못했는데요."

긴다이치 코스케가 타고난 붙임성 있는 미소를 띠며 인사를 건네자 후루다테 변호사는 언제나처럼 뚱하게 눈썹을 찌푸리고,

"어째서죠?"

"어째서라뇨. 그분이 돌아왔다지 않습니까. 그렇다면 조속히 유언장 공표 단계가 될 테니 오늘쯤 당신은 이누가미 가문에 붙들려 이리 뛰고 저리 뛰고 계시리라 생각했습니다."

"아, 그거 말입니까. 그럼 벌써 그 일에 대해 들으셨습니까?"

"들었고말고요. 여하튼 이렇게 작은 마을이니까요. 게다가 이누가미 가문이라면 이 부근 사람들에게 옛날 영주님 같은 존재라 거기 일어난 사건이라면 크고 작은 것을 가리지 않고 금방 마을에 퍼지고 말아요. 오늘 아침에도 일어나자마자 여급이 보고를 했다는……. 아하하, 이거 실례했습니다. 거기 앉으십시오."

후루다테 변호사는 가볍게 고개를 숙인 채 툇마루에 서서 저편에 보이는 이누가미 가문의 건물을 호수 너머로 응시하다가 마침내 어깨를 꿈틀하고 떨더니 조용히 긴다이치 코스케의 맞은

절세의 미인 51

편에 앉았다.

그러고 보니 오늘은 모닝코트 정장 차림에 커다란 접는 가방을 겨드랑이 사이에 끼고 있다. 후루다테 변호사는 접는 가방을 슬며시 등나무로 만든 티 테이블에 두더니 한동안 아무 말도 하지 않았다.

긴다이치 코스케는 잠자코 얼굴을 응시하다가 이윽고 히죽히죽 웃고 머리를 긁으면서,

"무슨 일이신가요. 굉장히 고심하고 계신 것처럼 보이는데요. 그렇게 정장을 차려입으시고 대관절 어디 가십니까."

"아, 네."

후루다테 변호사는 정신이 든 듯 목구멍에 걸린 것을 삼키더니,

"실은 이제 이누가미 가문에 갈 참입니다만, 그전에 갑작스레 당신이 만나고 싶어져서요……."

"하하, 뭔가 용건이라도……."

"아뇨, 별로 용건 같은 건 없습니다만……."

후루다테 변호사는 잠시 우물거렸으나 마침내 화가 난 말투로,

"제가 왜 이제부터 이누가미 가문에 불려 가는지 그건 말할 필요도 없겠지요. 지금 당신께서도 말씀하셨듯이 사헤 옹의 유언장을 발표하기 위해섭니다. 그러니 저는 지금 바로 이누가미 가문에 가서 친지 분들이 모여 있는 앞에서 유언장을 읽어 드리면 그걸로 소임은 끝날 겁니다. 아무것도 망설일 건 없죠. ……그럼에도 불구하고 저는 왜 이렇게 망설이고 있는지, 왜 이렇게 갈피를 못 잡고 있는지. 그리고 또 뭘 위해 당신을 찾아와서 이렇게

어리석기 짝이 없는 이야기를 하고 있는 건지……. 모르겠어요. 저 스스로도 저를 모르겠습니다."

긴다이치 코스케는 어안이 벙벙해서 변호사의 얼굴을 응시하다가 마침내 하아 하고 한숨을 쉬고는,

"후루다테 씨, 당신은 지쳐 계시군요. 과로예요, 분명. 기운을 차리지 않으시면 안 됩니다. 그리고……."

하고 코스케는 장난스럽게 눈을 빛내더니,

"그리고 당신이 왜 여기 오셨는지…… 그건 저도 알겠습니다. 그건 말이죠, 당신이 의식하고 있든 아니든, 점점 저를 신용하기 시작했다는 증거입니다."

후루다테 변호사는 눈썹을 올리고 코스케의 얼굴을 힐끗 노려보았지만 마침내 떨떠름한 미소를 띠고는,

"아, 어쩌면 그럴지도 모릅니다. 실은 말이죠, 긴다이치 씨. 저는 당신에게 사과하지 않으면 안 될 일이 있습니다."

"글쎄요? 제게 사과하지 않으면 안 될 일이라고 하면……?"

"다름이 아닙니다. 저는 실은 도쿄 동업자에게 부탁해서 당신, 즉 긴다이치 코스케라는 인물의 신원조사를 했습니다."

이 말에는 어지간한 코스케도 깜짝 놀란 듯 눈동자를 굴렸다. 한동안 어이없는 듯 후루다테 변호사를 응시하다가 마침내 폭발하듯 크게 웃음을 터뜨렸다.

"이, 이, 이건 참……. 이건 정말, 차, 차, 참말이지…… 명탐정, 역으로 조사당하다로군요. 그러나…… 아니, 아니, 별로 사과하지 않으셔도 됩니다. 아니, 저에게는 참으로 좋은 교훈이 되

었어요. 실은 말이죠, 상당히 자부심이 있어서 긴다이치 코스케라고 하면 다 알 거라고…… 그렇게 자신하고 있었으니까요. 아하하, 아니, 농담은 그만두고 조사 결과는 어떻게 나왔습니까?"

"음, 그게 말이죠."

후루다테 변호사는 약간 앉은 자리가 불편한 듯 엉덩이를 꿈틀거리면서,

"확실하게 보증하더군요. 수완이든 인물이든 절대적으로 신용해도 된다……. 이렇게 말했으니……."

그렇게는 말했지만 후루다테 변호사의 얼굴에서는 반신반의의 기색이 사라지지 않았다.

"아니, 그런 말을 들으니 송구스럽습니다만……."

기쁠 때 늘 그러듯 긴다이치 코스케는 다섯 손가락으로 참새 둥지 같은 더벅머리를 긁었다.

"그렇군요, 그렇군요. 그래서 걱정되는 친족 회의를 앞두고 저를 찾아오셨다는 거군요."

"그러니까…… 예, 뭐 그렇습니다. 언젠가도 말했듯 저는 이 유언장이 어째 마음에 들지 않습니다. 의뢰인의 뜻에 대해 이러쿵저러쿵 언급하는 건 좀 그렇지만 이 유언장은 지나치게 엉뚱해요. 이래서야 마치 이누가미 가문 유족들을 피로 피를 씻는 분쟁의 소용돌이 속으로 던져 넣는 거나 마찬가집니다. 이게 공표되는 날에는 어떤 소동이 일어날지. ……이 유언장 작성을 의뢰받은 당시부터 저는 막연히 그런 불안을 품고 있었습니다만, 그런 상황에서 일어난 게 요전번의 와카바야시 군 사건이었죠. 그

사건이 아직 정리되지도 않은 마당에 마침내 스케키요 군이 돌아온 건 좋습니다. 이누가미 가문에 있어 이게 경사스런 일일지 어떨지는 제쳐 두고, 오랫동안 외지에서 고생하고 온 사람이 돌아오는 것이니 누가 뭐래도 이건 축하할 일이죠. 하지만 스케키요 군은 왜 그처럼 남의 눈을 피해 돌아오지 않으면 안 되었을까. 왜 그처럼 남에게 얼굴을 보이는 것을 극도로 혐오하는 것일까. 아무래도 그 점이 마음에 걸립니다."

점차 열기를 띠는 후루다테 변호사의 말을 주의 깊게 듣고 있던 코스케는 이 말에 깜짝 놀라 의심스러운 듯 눈썹을 들어올렸다.

"스케키요 군이 남의 눈을 피하고 있다고요?"

"그렇습니다."

"남에게 얼굴을 보이는 것을 꺼린다고요?"

"그렇습니다, 긴다이치 씨. 그에 대해 당신은 아직 못 들으셨나 보군요."

코스케가 멍하니 고개를 젓자 후루다테 변호사는 갑자기 티테이블 위로 몸을 내밀더니,

"실은 말이죠, 긴다이치 씨. 이건 이누가미 가문의 고용인에게 들은 얘기입니다만 마츠코 부인과 스케키요 군은 어젯밤 아무 예고도 없이 본가에 돌아왔어요. 아마 막차로 돌아왔겠죠. 꽤 늦은 시각에 초인종이 울려 현관 당번을 맡은 서생*이 누구지 하면서 대문을 여니 마츠코 부인이 서 있었다고 합니다. 서생이 놀라

---

*남의 집 가사를 돌보면서 공부하는 학생.

서 있는데 마츠코 부인 뒤에 한 남자가 외투 깃을 세우고 들어왔는데 왜인지 그 남자는 새까만 두건 같은 것을 머리에 푹 뒤집어쓰고 있었다고 합니다."

긴다이치 코스케는 갑자기 눈을 크게 떴다. 변호사의 이야기를 들었을 뿐인데도 왠지 엄청난 두려움이 느껴졌기 때문이다.

"두건을……?"

"그렇다고 합니다. 그래서 서생이 깜짝 놀라 우뚝 서 있으니 마츠코 부인은 그저 한 마디, 스케키요예요, 그렇게만 말하고는 말없이 현관에서 안쪽에 있는 자기 거처로 그 사람을 데려갔다고 합니다. 아무튼 그 후 서생에게 이야기를 듣고 이누가미 가문은 난리가 났죠. 여하튼 둘째 따님인 다케코, 셋째 따님인 우메코 일가는 2주 전부터 몰려들어 두 사람이 돌아오기를 기다리고 있었던 참이라, 서생의 보고를 듣고는 곧장 안쪽 방에 인사하러 갔지만 그에 대해 마츠코 부인은 단 한 마디, 스케키요도 나도 피곤하니 내일 보자며, 아무리 졸라도 스케키요 군을 만나게 해 주지 않았다고 합니다. 그게 어젯밤 일입니다만, 오늘 아침이 되어도 아직 아무도 스케키요의 얼굴을 본 하녀가 없다고 해요. 단 한 사람, 스케키요 군인 듯한 인물이 화장실에서 나오는 걸 본 하녀가 있다고 합니다만 그때도 그 사람은 검은 두건을 머리부터 푹 눌러쓰고 있었다고 합니다. 아무래도 그 두건에는 눈 있는 자리에 구멍이 두 개 뚫려 있는 것 같은데 그 구멍 속에서 힐끗 이쪽을 볼 때는 너무 무서워서 서 있을 수도 없더라고 그 하녀가 그랬다고 합니다."

긴다이치 코스케는 뱃속에서 치밀어 올라오는 흥분을 막을 수가 없었다. 뭔가 있다. 마츠코 모자의 불가사의한 도쿄 체류든 얼굴을 보이지 않는 스케키요든, 뭔가 거기서 이상한 냄새가 난다. 그리고 사건이 이상한 냄새를 풍기는 만큼 긴다이치 코스케의 구미를 당기는 것이다.

긴다이치 코스케는 즐거운 듯 벅벅 머리를 긁으면서,

"하지만요, 후루다테 씨. 스케키요 군도 언제까지고 얼굴을 감출 건 아니겠지요. 자신이 확실히 이누가미 스케키요란 사실을 알리기 위해선 언젠가 두건을 벗어야 하지 않을까요?"

"물론 그렇습니다. 사실 오늘 유언장 발표 말인데요, 이것도 돌아온 사람이 스케키요 군이란 사실을 확인하지 않으면 공표할 수 없으니까요. 그래서 저는 단호히 두건을 벗길 것을 주장할 작정이지만 두건 아래 뭐가 나타날까 생각하면 별로 좋은 기분은 아닙니다."

코스케는 한동안 깊은 생각에 잠긴 듯 우거지상을 짓다가,

"아니, 의외로 별일 없을지도 모릅니다. 전쟁에 나갔다 왔으니 얼굴 어딘가에 상처가 있던지…… 그런 걸지도 모르죠. 그보다 와카바야시 군 말인데요."

코스케는 거기서 갑자기 탁자 위로 몸을 내밀고는,

"그 후 와카바야시 군이 유언장 내용을 누설한 상대는 파악하셨습니까?"

"모르겠습니다. 와카바야시 군의 일기 같은 것도 경찰에서 엄중히 조사한 것 같지만 아직 아무 단서도 못 찾은 것 같습니다."

"하지만 와카바야시 군과 가장 친밀한 인물은…… 그러니까 와카바야시 군을 매수하기에 가장 수월했던 인물은……?"

"글쎄요……."

후루다테 변호사는 눈썹 가장자리에 주름을 새기고,

"그렇게 말씀하셔도 짚이는 데가 없습니다. 사헤 옹이 돌아가실 당시, 이누가미 일족은 한동안 모두 여기 있었고 그 후에도 법회 때마다 모였으니 와카바야시 군을 매수하고자 했다면 누구에게든 매수할 기회는 있었겠죠."

"하지만 상대 나름이죠. 와카바야시 군이라고 그렇게 무턱대고 아무한테나 매수당할 리가 없으니까요. 그 사람을 위해서라면…… 하고 와카바야시 군이 생각할 만한 사람은 없습니까."

아무 생각 없이 뱉어낸 코스케의 이 질문은, 그러나 대단히 날카롭게 상대의 마음을 찔렀던 모양이다. 후루다테 변호사는 갑자기 흡 하고 숨을 삼키고 한동안 허공을 응시하다가 마침내 손수건을 꺼내 안절부절 목 언저리를 훔치면서,

"그, 그, 그럴 리는 없습니다. 그, 그, 그 사람이야말로 최근 한동안 위험한 꼴을 당했던 당사자인지라."

이번에는 코스케가 흡 하고 숨을 삼킬 차례였다. 그는 눈을 크게 뜨고 한동안 구멍이 뚫릴 정도로 후루다테 변호사를 바라보다가 마침내 쉰 목소리로 속삭이듯,

"후루다테 씨. 다, 당신이 말씀하신 사람이라면 다마요 씨 말입니까?"

"예? 아, 그, 그렇습니다. 와카바야시 군이 몰래 그분을 사모

하는 것 같은 느낌은 일기 같은 걸 봐도 분명합니다. 그 사람의 부탁이었다면 와카바야시 군은 어떤 일이라도 했겠죠."

"후루다테 씨, 와카바야시 군은 요전에 저를 방문하기 직전 이누가미 가문에 들렀다고 하는데 그때 다마요 씨를 만났습니까?"

"글쎄요. 거, 거기까지는 못 들었습니다만……. 하, 하지만 만났더라도 설마 다마요 씨가 독이 든 담배를…… 그런 아름다운 사람이……."

후루다테 변호사는 횡설수설하더니 이마의 땀을 닦으면서,

"그, 그보다도, 그 당시 이누가미 가문에는 일족 전원이 모여 있었으니까요. 단지 마츠코 부인만은 도쿄에 가 있었지만……."

"후루다테 씨, 사루조란 사람은 뭐하는 사람입니까? 다마요 씨를 무척 따르는 것 같던데……."

"아, 아니."

후루다테 변호사는 허둥지둥 손목시계를 보더니,

"아, 벌써 이렇게 시간이 됐나요. 긴다이치 씨, 저는 이만 실례하겠습니다. 이누가미 가문에서도 기다리고 있을 테니."

"후루다테 씨."

가방을 집어 들고 허둥지둥 방을 나가는 후루다테 변호사의 뒤를 쫓아가,

"이누가미 가문에서 발표한 다음이라면 괜찮겠죠. 제게 그 내용을 알려주셔도……."

후루다테 변호사는 깜짝 놀란 듯 멈춰 서서 코스케의 얼굴을 바라보았다.

"아, 예. 그, 그건 상관없습니다. 그럼 돌아가는 길에 한 번 더 들러서 다시 그에 대해 이야기하죠."

후루다테 변호사는 그렇게 말하고는 가방을 가지고 도망치듯 종종걸음으로 나스 호텔의 계단을 내려갔다.

하지만 실은 코스케는 그보다 훨씬 빨리 유언장의 내용을 알 기회를 얻었으니, 그것은 이런 까닭에서였다.

제2장
요키·고토·기쿠

후루다테 변호사가 돌아간 후 긴다이치 코스케는 한동안 망연한 눈을 한 채 툇마루의 의자에 기대어 있었다.

산 지방의 가을은 점점 깊어져 진청색 호수 표면을 상쾌한 바람이 빛나듯 흘러간다. 날은 바야흐로 한낮. 저편에 보이는 이누가미 가문 서양식 건물의 스테인드글라스에 반짝반짝 가을 햇빛이 반사되고 있다.

모든 것이 평온한 풍경화 속의 한때였다. 그럼에도 호수 너머에 있는 이누가미 가문의 커다란 건물을 바라보았을 때 긴다이치 코스케는 왠지 모르게 서늘한 전율을 느꼈다.

사헤 옹의 유언장이 바야흐로 발표되려고 하고 있을 것이다. 후루다테 변호사의 이야기에 의하면 그 유언장은 터지기 전의 폭탄 같은 내용을 담고 있는 모양이다. 그 유언장이 발표되면 저 아름다운 건물 안에서 대체 무슨 일이 일어날까.

긴다이치 코스케는 다시금 《이누가미 사헤전》을 집어 들었다. 한 시간 남짓 페이지 여기저기를 뒤적이고 있는데, 느닷없이 호수 쪽에서 어이, 하고 부르는 소리가 들려 놀라서 고개를 들었다.

호텔 선창에 보트가 한 척. 그 보트 속에 서서 손을 흔드는 사람은 분명 사루조라는 남자였다. 긴다이치 코스케는 눈썹을 찌푸리고 무심코 툇마루에서 몸을 일으켰다. 사루조가 손을 흔들며 부르고 있는 사람은 아무래도 자신인 것 같은 생각이 들어서였다.

"자네가 부르고 있는 사람이 나인가?"

사루조는 그렇다는 듯 힘껏 고개를 끄덕였다. 긴다이치 코스케는 왠지 모를 이상한 두근거림을 느끼며 서둘러 계단을 내려가 뒤쪽 선창으로 나갔다.

"나한테 무슨 볼일이지?"

"후루다테 씨가 어른을 모시고 오라고 하셔서……."

사루조는 변함없이 무뚝뚝한 말투였다.

"후루다테 변호사가……? 이누가미 가문에 뭔가 사건이라도 일어났나?"

"아뇨, 별로……. 이제부터 유언장을 읽을 테니 괜찮으면 와 주십사 하셔서요."

"아, 그래. 그럼 준비할 테니까 잠시만 기다려 주게."

방으로 돌아와 여관에서 준 솜옷을 모직 하카마*로 갈아입고 오자 보트는 바로 출발했다.

"여보게, 자네, 사루조 군. 내가 가는 걸 이누가미 가문 사람들도 알고 있나?"

"네, 마님의 분부셔요."

"마님이라면 어제 돌아오신 마츠코 부인 말인가?"

"네."

분명 후루다테 변호사는 마츠코 부인이 출타해 있는 사이에 일어난 와카바야시 도요이치로의 변사 사건 및 자신이 품고 있는 불길한 예감에 대해 마츠코 부인에게 호소했을 것이다. 그리고 유언장 발표 결과 일어날 법한 흉사를 미연에 방지하기 위해 긴다이치 코스케를 초대하자고 부인에게 말했을 것이다.

코스케의 가슴은 뛰었다. 어쨌거나 이누가미 일족과 접촉할 기회가 의외로 빨리 다가왔다는 사실이 기뻤다.

"이보게, 사루조 군. 아가씨에게는 그 뒤 아무 일 없나."

"네, 덕분에……."

"요전의 보트 말인데, 그건 이누가미 가문 사람이면 누구든 다 타는 건가."

"아니요. 그기는 아가씨 전용 보트인디요……."

긴다이치 코스케의 가슴은 의심으로 흐트러졌다. 그게 다마요 전용 보트라면 그 보트에 구멍을 뚫은 놈은 곧 다마요 한 사람의 목숨을 노렸다는 게 된다.

"사루조 군, 자네는 요전에 묘한 말을 했지. 최근 다마요 씨에게 종종 영문 모를 재난이 일어났다고."

---

*겉에 입는 일본식 하의.

"네."

"대체 그건 언제부터인가."

"언제부터냐면…… 그렇구먼요. 봄이 끝나갈 무렵부터였어요."

"그럼 사헤 옹이 돌아가신 직후로군."

"네."

"대체 누가 그런 장난을 쳤는지 사루조 군도 모르겠나."

"그걸 알 정도면은,"

사루조는 번쩍, 하고 무섭게 생긴 눈을 번뜩였다.

"지도 보통은 아니지요."

"다마요 씨는 대체 자네한테 뭔가?"

"다마요 님은 지한테는 아주, 아주 소중한 아가씨지요. 지는 돌아가신 사헤 어르신한테 목숨을 걸고라도 아가씨를 지키라고 부탁을 받았어요."

사루조는 이를 드러내며 자신만만하게 말했다. 긴다이치 코스케는 이 못생긴 거인의 바위처럼 늠름한 가슴이나 대목처럼 커다란 팔을 보면서 다시금 왠지 모를 의심스런 두근거림을 느꼈다. 이 거인에게 감시당하는 것이야말로 재난이다. 이 사람은 분명 개처럼 충성스럽게 다마요의 신변을 호위하고 다마요에게 손가락 하나라도 겨누는 사람이 있다면 그 자리에서 당장 달려들어 목을 분질러 버릴 것임에 틀림없다.

"그런데 사루조 군. 어제 스케키요 군이 돌아왔다던데."

"네."

사루조의 입은 다시금 무거워진다.

"자네, 스케키요 군을 보았나."

"아니요, 아직 아무도 그분을 본 사람은 없어요."

"스케키요 군은……."

코스케가 무슨 말인가 하려고 했을 때 보트는 이누가미 가문의 수문을 통과해 저택 내의 보트 하우스로 들어갔다.

보트 하우스를 나온 긴다이치 코스케를 가장 먼저 놀라게 한 것은 넓은 저택 이쪽저쪽에 놓인 엄청나게 커다란 국화 화분이었다. 긴다이치 코스케는 화초에 대해 특별한 취미를 갖고 있지는 않다. 하지만 한창 때인 이 멋들어진 한 무리의 국화를 보았을 때, 무심코 눈을 크게 뜨지 않을 수 없었다. 뜰 안 한 귀퉁이에는 서리에 맞지 않도록 짚으로 감고 바둑판무늬의 장지문으로 막아둔 국화 밭까지 있었다.

"허허, 이거 멋지군. 대체 이건 누가 키우는 건가?"

"지가 해요. 국화는 이 집의 보물이니까."

"보물?"

코스케는 무심코 그렇게 되물었으나 사루조는 그에 대답하지 않고 앞장서서 성큼성큼 걸어가더니 이윽고 안쪽 현관으로 안내했다.

"손님이여요."

사루조가 말하자 바로 안에서 하녀가 나와,

"자, 들어오세요. 모두 기다리고 계십니다."

하고 앞장서서 안내했다. 기나긴 복도였다. 어디까지 이어지는지 알 수 없다. 복도는 미로 같았다. 복도를 따라 무수한 방이 있었다. 하지만 그 방 어디에도 사람 그림자는 없고 저택 전체가 묘지처럼 고요하게 가라앉아 있는 것이 큰일이 터지기 직전의 긴장감을 불러일으켰다.

마침내 긴다이치 코스케는 사람들이 모여 있는 방으로 안내되었다.

"손님을 안내해 드렸습니다."

복도에 손을 짚고 하녀가 장지문을 연 순간, 이누가미 가문 일족의 시선이 일제히 긴다이치 코스케에게 쏠렸다. 후루다테 변호사는 상석에서 목례하면서,

"수고하셨습니다. 이쪽으로 오십시오. 말석이라 정말 죄송합니다만……."

코스케가 가볍게 고개를 숙이고 자리에 앉자,

"여러분, 이 분이 방금 말씀 드린 긴다이치 코스케 씨로……."

이누가미 일족은 각자 코스케를 향해 가볍게 목례했다.

긴다이치 코스케는 그들의 시선이 자신을 떠나 후루다테 변호사 쪽으로 돌아가기를 기다려 천천히 방안을 둘러보았는데, 그 순간 뭐라 말할 수 없는 전율이 등줄기를 서늘하게 훑고 지나감을 느꼈다.

그곳은 열두 장 다다미방 두 칸을 터놓은 방으로, 정면의 나무 단에는 활짝 핀 국화에 뒤덮인 이누가미 사헤 옹의 사진이 장식되어 있다. 그리고 그 단 앞에는 검은 문장이 그려진 하오리와 하카마 차림을 한 세 청년이 앉아 있었는데, 그중 가장 상석에

있는 사람을 보았을 때 코스케의 가슴은 괴이하게 요동쳤다. 그 청년은 시커먼 두건을 머리부터 푹 눌러쓰고 있다. 그 두건에는 눈언저리에 두 개의 구멍이 뚫려 있었는데, 눈을 내리뜨고 고개를 숙이고 있어서 구멍 안은 보이지 않았다. 말할 것도 없이 어제 돌아온 스케키요임에 틀림없다.

스케키요와 나란히 앉아 있는 두 청년의 얼굴은 긴다이치 코스케도 《이누가미 사헤전》에 수록된 사진에서 본 기억이 있었다. 둘째 딸 다케코의 아들 스케타케와 셋째 딸 우메코의 외동아들 스케토모다. 스케타케는 약간 살집이 있고 판자처럼 각진 몸매였으나 스케토모는 호리호리하고 날렵한 체구다. 스케타케의 무뚝뚝하고 안하무인인 거만한 상판에 비해 스케토모의 한시도 한 곳에 머물러 있지 않는 눈매에는 어딘가 경박하고 교활한 표정이 어려, 두드러진 대조를 보이고 있다.

아무튼 세 사람으로부터 조금 떨어진 자리에 다마요가 홀로 아름답고 단정하게 앉아 있다. 이렇게 조용히, 새침하게 앉아 있는 다마요의 아름다움은 정말이지 범상치 않았다. 지난번과 달리 하얀 소매에 검은 문장이 새겨진 옷을 입고 있어서 약간 나이 들어 보이기는 했으나 그 신비로운 아름다움은 실로 이가 떨릴 정도였다.

다마요로부터 조금 떨어진 자리에 후루다테 변호사가 앉아 있다.

또한 다마요의 반대편에는 마츠코, 다케코, 다케코의 남편 도라노스케, 스케타케의 여동생 사요코, 그리고 셋째 딸 우메코와 그 남편 고키치 순으로 나란히 앉아 있다.

사요코도 꽤 아름답다. 혹시 그 자리에 다마요가 없었다면 그녀 또한 충분히 미인으로 통했을 것이다. 하지만 다마요의 보기 드문 아름다움 앞에서는 그녀의 미모도 유난히 희미하게 보인다. 사요코는 그 점을 의식하고 있을 것이다. 이따금 다마요를 보는 눈에 왠지 모르게 심상치 않은 적의가 떠올라 있다. 어딘가 음험한 아름다움이다.

"그럼……."

마침내 가벼운 헛기침과 함께 후루다테 변호사는 무릎에 둔 두꺼운 봉투를 고쳐 쥐었다.

"그럼 슬슬 유언장을 읽어 드릴 텐데, 그전에 마츠코 부인께 청할 게 있습니다."

마츠코는 말없이 변호사를 본다. 약삭빠르게 보이는 쉰 살 부인이다.

"이 유언장은 스케키요 씨가 돌아와 일동이 모두 모였을 때 처음 개봉하도록 되어 있습니다……."

"알고 있습니다. 스케키요는 거기 돌아와 있습니다만."

"하지만……."

하고 변호사는 약간 우물거리면서,

"거기 계신 분이 정말로 스케키요 군인지 아닌지……. 아, 결코 의심하는 건 아닙니다만 잠시 얼굴을 뵐 수 있다면……."

마츠코 부인의 눈이 찌릿 하고 무섭게 빛났다.

"뭐라고요? 그럼 후루다테 씨는 이 스케키요가 가짜라고 의심하신다는 겁니까."

낮고 거세면서도 어딘가 열기를 띤 심술궂은 목소리였다.

"아뇨, 저, 그럴 리는 없겠지만……. 여러분은 어떠십니까. 이대로 괜찮으시겠습니까?"

"그건 곤란하군요."

즉시 다케코가 끼어들었다. 언니인 마츠코의 가늘면서 대나무처럼 억센 체구에 비해 다케코는 통통하고 작은 산 같은 몸을 갖고 있다. 턱도 두 겹이고, 자못 정력적인 느낌이다. 그렇다고 하여 이렇게 살찐 부인에게 있을 법한 사람 좋은 느낌은 털끝만큼도 없고 언니에게 지지 않을 만큼 심술궂은 여자였다.

"우메코 씨, 댁은 어찌 생각하십니까. 한번 두건을 벗은 스케키요 씨의 얼굴을 보고 싶지 않으신지."

"그건 물론이죠."

셋째 딸 우메코도 딱 잘라 대답했다. 세 사람의 배다른 자매 중에서 우메코가 가장 아름답다. 하지만 심술궂은 점도 셋 중 제일이었다.

다케코의 남편 도라노스케와 우메코의 남편 고키치도 다케코의 말에 동의를 표시했다.

도라노스케는 쉰 남짓한 불그스름한 얼굴의 덩치 큰 남자로, 눈매가 날카롭고 떡 벌어진 체형이다. 스케타케의 판자 같은 몸과 거만한 얼굴은 이 아버지와 어머니 다케코로부터 물려받은 것이다. 도라노스케에 비해 고키치는 훨씬 키가 작고 피부가 흰, 온화한 생김새의 남자다. 하지만 아들 스케토모와 똑 닮은 바삐 움직이는 눈은 시커먼 뱃속을 그대로 드러내 주는 것 같다. 얇은 입술에 항상 희미한 웃음을 띠고 있는 남자다.

일순 자리는 고요해졌지만 느닷없이 마츠코가 쉿소리를 질렀다.

"스케키요, 두건을 걷으렴."

스케키요의 두건을 뒤집어쓴 얼굴이 꿈틀 움직였다. 그리고 한참 지나고 나서 스케키요의 오른손이 머뭇거리며 올라가나 했더니 두건을 아래부터 걷어 올렸다.

두건을 걷은 스케키요의 얼굴……. 긴다이치 코스케는 《이누가미 사혜전》에 수록된 사진에서 그 얼굴을 본 기억이 있었다. 하지만 오오, 그 얼굴이란! 그것은 뭐라 말할 수 없이 기묘한 얼굴이었다. 얼굴 전체의 표정이 얼어붙은 것처럼 움직이지 않는다. 좋지 않은 비유지만 그 얼굴은 죽어 있었다. 생기란 게 전혀 없었다. 핏기가 전혀 없는 얼굴이었다.

꺅……! 하고 사요코가 소리 질렀다. 그와 동시에 일동에게 격한 동요가 일었다. 그 웅성거림 속에서 분노에 찬 마츠코가 히스테릭하게 외쳤다.

"스케키요는 얼굴에 지독한 상처를 입었어요. 그래서 저런 가면을 만들어 쓰고 있는 겁니다. 우리가 도쿄에 오래 머문 것도 그 때문입니다. 나는 예전의 스케키요의 얼굴과 똑 닮은 가면을 도쿄에서 만들게 했어요. 스케키요, 그 가면을 반쯤 젖혀 보렴."

스케키요의 떨리는 손가락이 턱을 잡았다. 그리고 어찌되었을까. 마치 얼굴 껍질을 벗기듯 턱부터 가면을 걷어 올리는 게 아넌가.

꺅……! 다시금 사요코가 비명을 올렸다.

긴다이치 코스케도 공포에 젖어 무릎 언저리가 덜덜 떨리는 것을 막을 수 없었다. 쇳덩이라도 삼킨 듯 뱃속이 묵직해졌다.

정교한 고무 가면 아래에서 가면과 똑같은 입술이 나타났다. 그건 별로 이상하지 않았다. 하지만 가면이 코언저리까지 말려 올라갔을 때, 사요코가 세 번째로 꺅 하고 비명을 질렀다.

거기에는 코가 없었다. 코 대신 질퍽하고 검붉은 살덩이가 고름 덩어리처럼 튀어나왔던 것이다.

"스케키요! 이제 됐다! 그만 가면을 내리렴."

스케키요가 원래대로 가면을 내렸을 때 누구나 그걸로 충분하고 생각할 수밖에 없었다. 저 징그럽고 질퍽한 살덩이를 더 보게 된다면 누구든지 당분간 목구멍으로 먹을 게 넘어가지 않을 테니까.

"자, 후루다테 씨. 이걸로 의심은 풀리셨나요. 우리 스케키요가 확실합니다. 얼굴은 조금 변했지만 어미인 제가 보증합니다. 우리 아들 스케키요입니다. 자, 빨리 유언장을 읽어 주십시오."

후루다테 변호사는 압도당한 듯 망연히 눈을 뜨고 있었지만 마츠코의 마지막 말에 헉 하고 제정신으로 돌아와 일동을 둘러보았다. 더 이상 아무도 그에 대해 항의하는 사람은 없다.

격한 충격에 다케코도, 우메코도, 그 남편들도 당황해서 여느 때처럼 걸고 넘어가는 것을 잊고 말았던 것이다.

"그럼……."

후루다테 변호사는 떨리는 손으로 귀중한 봉투를 뜯었다.

그리고 낮으면서도 잘 울리는 목소리로 유언장을 읽기 시작했다.

"하나…… 이누가미 가문의 모든 재산, 즉 모든 사업의 상속권을 의미하는 이누가미 가문의 세 가보, 요키*, 고토**, 기쿠***는 다음 조건 하에 노노미야 다마요에게 물려준다."

다마요의 아름다운 얼굴이 파랗게 질렸다. 다른 사람들의 안색도 다마요에 못지않게 창백해졌다. 증오에 찬 그들의 시선이 불화살처럼 뜨겁게 다마요에게 꽂힌다.

후루다테 변호사는 그에는 전혀 개의치 않고 다음 조건을 계속 읽어나갔다.

"하나…… 단 노노미야 다마요는 그 배우자를 이누가미 사헤의 세 손자, 스케키요, 스케타케, 스케토모 중에서 골라야 한다. 그 선택은 노노미야 다마요의 자유지만, 혹시 다마요가 셋 중 아무와도 결혼하지 않고 다른 배우자를 고를 경우에는 다마요는 요키, 고토, 기쿠의 상속권을 상실한다."

즉 이누가미 가문의 모든 재산 및 모든 사업은 스케키요, 스케타케, 스케토모 세 사람 중 다마요의 사랑을 얻는 자의 손에 들어가게 된다는 것이다.

---

* 도끼.
** 거문고.
*** 국화.

긴다이치 코스케는 뭐라 말할 수 없이 기묘한 흥분으로, 온몸에 전율이 이는 것을 느꼈다. 거기에 또 기묘한 조항이 계속 발표되었다.

피를 부르는 유언장

후루다테 변호사는 떨리는 목소리로 유언장을 계속해서 읽어 나갔다.

"하나. ……노노미야 다마요는 이 유언장이 공표되는 날로부터 3개월 이내에 스케키요, 스케타케, 스케토모 세 사람 중에서 배우자를 선택하지 않으면 안 된다. 혹시 그때 다마요가 선택한 상대가 그 결혼을 거부할 경우에는 그 사람은 이누가미 가문의 상속에 관한 일체의 권리를 포기한 것으로 인정한다. 그리고 세 사람 모두 다마요와의 결혼을 희망하지 않거나 세 사람 모두 사망할 경우에는 다마요는 제2항의 의무로부터 해방되어 아무하고나 결혼할 자유를 얻는다."

그 자리의 공기는 점점 긴박해져 간다. 다마요는 완전히 핏기를 잃고 고개를 푹 숙이고 있었지만 그녀가 몹시 흥분하고 있다는 사실은 와들와들 떨리는 어깨로 봐서도 분명했다. 그녀에게 쏟아지는 이누가미 일족의 증오에 찬 시선은 점점 노골적으로 독기를 더해간다. 만약 시선이 사람을 죽일 수 있다면 다마요는 그 순간 짓눌려 죽었을 것이다.

그렇게 긴박하고 살기에 가득 찬 공기 속에서 후루다테 변호사의 살짝 떨리면서도 잘 울리는 목소리가 주문처럼 계속된다. 마치 지옥 밑바닥에서 복수의 악귀라도 불러내듯.

"하나. ……만약 노노미야 다마요가 요키, 고토, 기쿠의 상속권을 잃거나 이 유언장 공표 전 혹은 이 유언장이 공표되고 나서 3개월 이내에 사망할 경우에는 이누가미 가문의 모든 사업은 스케키요에게 상속되고, 스케타케, 스케토모 두 사람은 현재 그들 아버지가 있는 위치에 따라 스케키요의 사업 경영을 보좌하는 걸로 한다. 그리고 이누가미 가문의 모든 재산은 이누가미 봉공회에 의해 공평하게 5등분되어 그 5분의 1씩을 스케키요, 스케타케, 스케토모에게 주고 남은 5분의 2를 아오누마 기쿠노(青沼菊乃)의 외아들 아오누마 시즈마(青沼静馬)에게 주기로 한다. 단, 그때 분여받는 사람은 각자의 분여액의 20퍼센트씩을 이누가미 봉공회에 기부해야 한다."

아오누마 기쿠노의 외아들 아오누마 시즈마라는 낯선 이름이 나왔을 때 긴다이치 코스케는 놀라서 눈썹을 찌푸렸으나, 일동의 놀라움은 그 정도가 아니었다. 이누가미 일족에게 있어서 그 이름은 마치 폭탄과도 같은 효과를 가져온 모양이다. 후루다테 변호사의 입술에서 그 이름이 나온 순간, 이누가미 가문 사람들은 모두 망연해서 핏기가 가셨지만 그중에서도 마츠코, 다케코,

우메코 세 사람의 놀라움은 특히 크고 심각했다. 말 그대로 그녀들은 뒤로 나가떨어질 정도로 격한 충격을 느꼈다. 이윽고 서로 얼굴을 마주 보는 그 눈 속에는 하나같이 열렬한 증오의 불길이 타오르고 있었다. 그것은 첫 1항을 후루다테 변호사가 말했을 때, 즉 이누가미 가문의 모든 재산 및 모든 사업이 노노미야 다마요에게 상속된다는 말을 들었을 때와 견줄 만한 심각한 증오였다.

아, 아오누마 시즈마는 누구지? 긴다이치 코스케는 《이누가미 사혜전》을 반복해서 정독했지만 그런 이름은 한 번도 본 적이 없었다.

아오누마 기쿠노의 외아들 아오누마 시즈마……. 그는 대관절 사혜 옹과 어떤 인연이 있어서 이토록 막대한 은혜를 입을 수 있단 말인가. 그리고 또, 마츠코, 다케코, 우메코 세 사람은 대체 왜 그 이름에 대해 그토록 격렬한 증오를 드러내는 것일까. 그것은 단순히 자신들 아이의 몫을 가로챈 사람에 대한 증오일까.

아니다! 아니다!

거기에는 좀 더 뿌리 깊은 이유가 있을 거라 생각할 수 있지 않을까?

긴다이치 코스케는 깊은 흥미와 호기심이 뒤섞인 눈으로 이누가미 가문 사람들의 안색을 읽고 있었다. 그때 후루다테 변호사가 가벼운 기침을 하고 다시 유언장을 읽기 시작했다.

"하나. ……이누가미 봉공회는 이 유언장이 공표되고 나서 3개월 안에 전력을 다해 아오누마 시즈마의 행방을 수색, 발견하지 않으면 안 된다. 그리고 그 기간 내에 그 소식을 듣지 못할 경우나 그의 사망을 확인한 경우에는 그가 받아야 할 전액을 이누가미 봉공회에 기부한다. 단, 아오누마 시즈마가 국내에서 발견되지 않을 경우라도 그가 해외 어딘가에 있어 생존할 가능성이 있을 경우에는 이 유언장이 공표되는 날로부터 3년간은 그 금액을 이누가미 봉공회에 보관하고, 그 기간 내에 아오누마 시즈마가 귀환할 때에는 그가 받아야 할 몫을 그에게 주고 귀환하지 않을 경우에는 그것을 이누가미 봉공회에 기부하기로 한다."

일동은 조용해져 있었다. 그것은 뭐라 말할 수 없을 만큼 공포스러운 고요함이었다. 얼음처럼 차가워진 그 고요함 속에서 영문 모를 음침함과 요사스런 기운이 넘쳐흐르는 것을 느끼고, 긴다이치 코스케는 등줄기가 오싹해지지 않을 수 없었다.

후루다테 변호사는 한숨 돌린 후 다시 유언장을 읽기 시작했다.

"하나. ……노노미야 다마요가 요키, 고토, 기쿠의 상속 사유를 잃거나 유언장 공표 전, 혹은 공표 3개월 안에 사망할 경우 그리고 이 상황 중 스케키요, 스케타케, 스케토모 세 사람 중 누군가가 역시 사망할 경우는 다음과 같다. 그 첫 번째, 스케키요가 사망할 경우. 이누가미 가문의 모든 사업은 협력자로서 스케타케, 스케토모에게 양도한다. 스케타케, 스케토모는 동등한 권력을 가지고 일치, 협력하여 이누가미 가문의 사업을 육성해야 한다. 단, 스케키요가 받아야 하는 유산의 분여액은 아오누마 시즈마에게 준다. 이하 모두 그에 준해 세 사람 중 누가 사망할 경우에도 그 분여액은 반드시 아오누마 시즈마에게 가게 되고, 그 모든 금액은 시즈마 생존 여하에 따라 전항과 같이 처리한다. 그러나 스케키요, 스케타케, 스케토모 세 사람 모두 사망할 경우에는 이누가미 가문의 모든 사업, 모든 재산은 모두 아오누마 시즈마에게 돌아가고 요키, 고토, 기쿠의 세 가보는 그에게 보내기로 한다."

이누가미 사헤 옹의 유언장은 실제로는 훨씬 길다. 유언장은 노노미야 다마요를 필두로, 유언장에 이름을 올린 스케키요, 스케타케, 스케토모 등 세 사람의 사촌과 여기에 아오누마 시즈마란 인물을 포함해 다섯 사람의 모든 생사 조합 여부를 구하는 일종의 퍼즐 같은 것이었다.

그것은 지나치게 세밀한 부분까지 파고들어가 있고 이 이상은 지엽적인 문제가 될 경향이 있어서 여기서는 생략하기로 한다. 아무튼 여기까지 읽은 부분을 통독하면 누구나 금세 느끼겠지만 노노미야 다마요가 절대적으로 유리한 입장에 있다는 사실이다.

노노미야 다마요가 지금부터 3개월 이내에 사망할 거라고는 절대 생각할 수 없다. 그렇다면 이누가미 가문의 모든 사업 모든 재산의 진짜 상속자는 그녀의 결정 하나에 달려 있는 것이다. 즉, 스케키요, 스케타케, 스케토모의 운명은 그녀에게 달린 것이다.

또 누구나 기이한 생각을 품지 않을 수 없는 것은 아오누마 시즈마란 인물에 대해서다. 이 유언장을 자세히 음미해 보면 아오누마 시즈마란 인물이야말로 노노미야 다마요 다음으로 유리한 입지를 점하고 있다는 사실을 쉽게 알아차릴 수 있다.

스케키요, 스케타케, 스케토모 세 사람이 노노미야 다마요의 의지에 좌우되지 않고 조부의 유산 분배를 받을 수 있는 경우는 다마요가 권리를 포기하든지 다마요가 죽는 경우에 한정되어 있는데, 그 경우 아오누마 시즈마란 인물에게 어떤 유리함이 있을까?

역시 그는 이누가미 가문의 사업에는 참여할 수 없다. 그러나 모든 재산 분배에 관해서는 다른 세 사람의 곱절을 받는다. 게다가 아오누마 시즈마가 죽을 경우에 스케키요를 비롯한 세 사람은 아무 특전도 받을 수가 없지만, 그 반대로 스케키요 이하 세 사람 중 누가 사망해도 그 몫은 아오누마 시즈마의 품으로 굴러 들어 가게 되는 것이다. 만약 노노미야 다마요를 포함해, 사촌 세 사람이 전원 죽었을 때는 이누가미 가문의 모든 사업과 재산은 모조리 아오누마 시즈마라는 알 수 없는 인물의 수중에 돌아가게 되는 것이다.

즉 이 유언장에 의하면, 이누가미 가문의 모든 사업과 재산은 처음에는 노노미야 다마요의 수중에 들어가게 되고 마지막으로는 아오누마 시즈마에게 떨어지게 되는 것이다.

게다가 스케키요 이하 세 사람은 혼자서는 이누가미 가문의 모든 사업, 모든 재산을 독점할 기회를 전혀 찾을 수 없다. 아무리 세 사람 중 혼자만 살아남고, 노노미야 다마요나 아오누마 시즈마를 비롯한 다른 모두가 죽는다고 해도 이누가미 가문의 모든 사업, 모든 재산을 상속받을 수는 없는 것이다.

왜냐하면 아오누마 시즈마에게 갈 몫은 그대로 이누가미 봉공회에 기부될 것이므로.

아, 이 무슨 기괴한 유언장이란 말인가!

아아 이 무슨 저주와 악의로 가득 찬 유언장이란 말인가. '마치 이누가미 가문 유족들을 피로 피를 씻는 분쟁의 소용돌이 속으로 던져 넣는 거나 마찬가지'라는 후루다테 변호사의 말도 과연 일리가 있다.

대관절 이 유언장을 썼을 때 이누가미 사헤 옹은 제정신이었을까. 만약 그가 제정신이었다고 치면, 그럼에도 현재 자신의 손자에게 이토록 모질고, 아무리 은인의 자손이라 해도 노노미야 다마요나 아오누마 시즈마 같은 정체불명의 인물에게 이렇게까지 잘해줄 수 있는 것일까.

게다가, 사헤 옹의 유언장에 따르면 혜택이 줄어드는 것은 스케키요 이하 세 사촌뿐만이 아니다. 그들보다 훨씬 냉대받는 것은 세 사촌의 어머니들과 그 남편들이다. 그들은 유언장 속에서 완전히 무시당하고 있지 않은가.

마츠코, 다케코, 우메코 세 사람은 사헤 옹의 친딸이면서도 완전히 따돌림당하고 있는 것이다.

사헤 옹은 생전, 이 딸들에게 냉담했다고 하나 그것이 이렇게까지 극단적일 줄이야.

긴다이치 코스케는 온몸에 흐르는 전율을 느끼면서 이누가미 가문의 일족 사람들의 안색을 살피고 있었다.

저 기묘하고 기분 나쁜, 그리고 뭐라 말할 수 없는 요기를 자아내는 가면을 쓴 스케키요는, 가면 때문에 표정은 파악할 수 없었지만 가늘게 어깨를 떨고 있어 격한 충격을 받았다는 사실을 알 수 있었다. 하카마 무릎에 놓인 양손이 부들부들 화가 난 듯 떨렸고, 가면 아래로 폭포수 같은 땀이 턱에서 목까지 흘러내렸다.

판자 같은 풍채를 한 스케타케는 망연히 눈을 부릅뜨고 다다미방 한구석을 뚫어지게 보고 있다. 역시 오만불손한 스케타케도 조부의 기묘한 유언장이 준 일격에는 타격이 큰 모양이다. 그의 이마에는 땀이 배어 나오고 있다.

재주는 있으나 경박한 스케토모는 한시도 가만있지 않았다. 조급하게, 그야말로 보는 사람의 기분이 이상해질 정도로 조급하게 무릎을 떨면서 번개처럼 재빠른 시선으로 그 자리에 있는 사람들의 얼굴을 훔쳐본다. 그러고는 다마요 쪽으로 시선을 옮기더니 일종의 희망과 염려가 뒤섞인 희미한 웃음을 얇은 입술 끄트머리에 떠올렸다.

스케토모의 이런 움직임을 한시도 눈을 떼지 않고 지켜보는 사람은 스케타케의 누이동생인 사요코였다. 그녀는 손에 땀을 쥐고 전신을 돌처럼 경직시킨 채 사촌의 이런 경박한 몸놀림을 지켜보고 있다. 그녀의 전신에서는 소리 없는 기도와 호소가 스케토모를 향해 전파처럼 흘러나오고 있다. 하지만 그 기도도 호소도 아무 효과가 없다는 사실을 알고는, 또한 징그러운 추파를 다마요에게 보내는 걸 볼 때마다 사요코는 입술을 꾹 깨물고 슬프게 고개를 숙이는 것이었다.

마츠코와 다케코와 우메코 세 사람은 세 사람대로 분노의 화신과 같았다. 검붉은 증오—그것은 필경 죽은 사헤 옹에 대한 증오이리라—때문에 마츠코도 다케코도 우메코도 당장이라도 폭발할 것 같았다. 하지만 증오의 대상이 이미 고인이 되어 버렸다는 사실을 알아차리고는 그녀들의 증오는 새삼스럽게 다마요에게 옮아갔다. 아아, 세 여인의 저 독살스런 시선이라니!

다케코의 남편인 도라노스케는 표면적으로는 냉담한 태도를 가장하고 있다. 하지만 그 역시 마음속에서 분노하고 있다는 사실은 그의 불그레한 얼굴이 한층 붉어지고, 금방이라도 뇌출혈이라도 일으키지는 않을까 생각될 정도로 번들번들 기름이 끼고 충혈되어 있는 걸 봐서도 알 수 있었다. 저 번들거리는 눈에서는 마치 독침이라도 나올 것 같다. 그리고 그 독침은 자신의 처자식을 제외한 모든 사람에게 향해 있었다.

우메코의 남편인 고키치의 눈매는 호되게 얻어터진 떠돌이 개의 눈매와 닮아 있었다. 겁먹은 듯 머뭇머뭇 일동의 안색을 살피는, 완전히 풀이 죽은 모습이지만 한 꺼풀 벗기면 방심할 수 없는 음험함이 도사리고 있다. 그 또한 자신의 아들인 스케토모 이외 모든 인물에 대해 시커먼 독기를 내뿜고 있다. 현재의 처 우메코를 바라보는 시선조차 결코 온화하지 않았다.

유언장 낭독이 모두 끝났을 때 다마요의 태도야말로 볼만했다.

후루다테 변호사가 유언장 한 구절 한 구절을 읽어 나감에 따라 그녀는 차츰 침착함을 찾기 시작한 듯싶었다. 그리고 후루다테 변호사가 마지막까지 읽었을 때는 안색은 창백했지만 결코 기가 질려 있다거나 동요하지는 않았다.

다마요는 단정하게 앉아 있다. 아름다운 조각상처럼 조용히……. 그야말로 고요히 앉아 있다. 이누가미 가문 일족의 증오에 가득 찬 눈이 불화살처럼 자신에게 날아드는 것을 그녀는 모르는 것일까. 그녀는 그저 단정하고 조용히 앉아 있다. 다만 그 눈동자에는 기묘한 반짝임이 있었다. 그것은 마치 꿈을 꾸는 듯, 아지랑이를 그리는 듯한 황홀한 반짝임이었다.

갑자기 누군가가 외쳤다.

"거짓말입니다! 거짓말입니다! 그 유언장은 가짭니다."

긴다이치 코스케는 깜짝 놀라 그쪽을 보았다. 그것은 사헤 옹의 장녀 마츠코였다.

"거짓말입니다! 거짓말입니다! 그것은 돌아가신 아버님의 진짜 유언장이 아닙니다. 누군가가…… 누군가가……."

마츠코는 거기서 크게 어깨를 들썩이더니,

"이누가미 가문의 재산을 횡령하기 위해 쓴 속임수입니다. 그건 새빨간 가짜입니다!"

마츠코의 금속성 목소리가 불을 뿜듯 격하게 울려 퍼졌다.

후루다테 변호사는 어깨를 으쓱하고 조급한 말투로 뭔가 말하려 했으나, 곧 진정하고는 손수건을 꺼내 입 주위를 훔치고는 애써 온화한 목소리로 타이르듯 이렇게 말했다.

"마츠코 부인, 저도 이 유언장이 거짓말이었다면 얼마나 좋을까 생각했습니다. 또 이 유언장이 아무리 사헤 옹의 진짜 의지라고 해도 유언장으로서의 형식에 어딘가 결함이 있어서 법적으로 무효라면 얼마나 좋을까 생각했습니다. 하지만 마츠코 부인, 아니, 마츠코 부인뿐만 아니라 모든 분들께도 말씀 드려 둡니다만, 이 유언장은 결코 가짜도 아니고 법적으로도 모든 조건을 구비하고 있습니다. 혹시 당신이 이 유언장에 이의가 있어 법정에서 다투고자 하신다면 마음대로 하십시오. 하지만 분명 당신의 패소로 끝날 겁니다. 이 유언장은 효력이 있습니다. 당신이 뭐라고 하셔도 이 유언장의 정신은 한 글자 한 구절 틀림없이 지키지 않으면 안 되고, 또 순서에 따라 실행되지 않으면 안 되는 것입니다."

후루다테 변호사는 타이르듯 그렇게 말하고는 가면을 쓴 스케키요를 필두로 이누가미 가문 일족 사람들을 차례차례 둘러보았다. 마지막으로 그 시선이 긴다이치 코스케에 이르자 거기 머물러 움직이지 않았다. 그 눈동자 속에는 불안과 근심과 공포, 그리고 어떤 호소가 홍수처럼 넘쳐흐르고 있었다.

긴다이치 코스케는 희미하게 끄덕였다. 그러고는 시선을 변호사가 쥐고 있는 유언장으로 옮겼을 때, 마치 피가 배어 나올 것 같은 어떤 무시무시한 느낌을 받지 않을 수 없었다.

이누가미 계도

"그래서요……?"

하고 긴다이치 코스케는 툭 말을 꺼냈다. 마치 처마를 타고 떨어지는 빗줄기처럼 음침한 목소리였다.

"그래서요……?"

하고 한참 지나 후루다테 변호사가 앵무새처럼 대답했다. 코스케에 지지 않을 만큼 지독히 음침한 목소리였다.

그뿐, 두 사람 모두 침묵한 채 호수 너머로 보이는 이누가미 가문의 웅장한 건물을 바라보고 있다. 산 지방의 가을 해는 빨리 저물어, 이누가미 가문은 지금 창망하게 주홍빛으로 물들어 간다. 후루다테 변호사의 눈에는 그 광경이 바야흐로 불길한 검은 옷에 감싸이는 것처럼 보이는 것일까. 부들부들 가벼운 전율이 변호사의 무릎에서 기어 올라오는 것을 긴다이치 코스케는 놓치지 않았다.

바람이 불었는지 호수 표면이 일렁였다.

후루다테 변호사는 큰일을 끝낸 뒤에 흔히 그렇듯 멍하니 나른한 권태에 몸을 맡기면서 다시 한 번,

"그래서요……?"

하고 음침하고 기계적인 목소리로 물었다.

유언장 발표가 끝난 후 이누가미 가문을 물러 나온 두 사람이었다.

유언장이 빚어낸 저 구제할 길 없는 한심한 모순에, 더할 수 없는 중압감을 느낀 두 사람은 그 후 바로 거의 한 마디도 나누지 않고 누가 먼저랄 것도 없이 나스 호텔로 발을 옮겼다. 그리고 둘이 나란히 코스케의 방에 돌아와 툇마루 의자에 앉은 채 한참 동안 침묵하고 있었던 것이다.

코스케는 입에 물었던, 딱히 피우지도 않은 타다 만 담배를 기세 좋게 재떨이 안에 던져 넣고는 의자를 삐걱거리며 서둘러 몸을 일으켰다.

"자, 후루다테 씨, 이야기해 주십시오. 유언장을 발표하면 당신의 임무도 일단 끝난 거겠죠. 이제 비밀도 비밀이 아니게 되었습니다. 그 유언장에 대해 생각하고 계신 것을 남김없이 여기서 말씀해 주십시오."

후루다테 변호사는 겁먹은 듯 어두운 얼굴을 하고 긴다이치 코스케의 얼굴을 바라보다가 마침내 힘없는 목소리로,

"긴다이치 씨, 당신이 말씀하신 대롭니다. 이미 비밀도 비밀이 아니죠. 하지만 어디서부터 이야기하면 좋을지……."

"후루다테 씨."

코스케는 낮지만 힘이 실린 목소리로,

"아까 이야기를 계속하죠. 그래요, 아까 당신이 이누가미 가문에 가기 직전, 이 방에서 말씀하신 그 다음 이야기를. ……후루다테 씨, 당신은 와카바야시 군을 매수해서 몰래 유언장을 읽은 인물을 다마요 씨라고 의심하고 계신 건 아닙니까?"

후루다테 변호사는 그 말을 듣자 아픈 데를 찔린 것처럼 몸을 꿈틀 떨었지만 이윽고 숨을 몰아쉬면서,

"어, 어째서 당신은 그런 말씀을 하십니까. 아뇨, 누가 와카바야시 군을 매수했는지, 누가 유언장을 읽었는지 그것조차 저는 짐작가지 않습니다. 아니, 그보다 유언장을 읽었는지 어떤지조차 저는 확실히 모릅니다."

"하하하, 후루다테 씨. 새삼스레 그런 말씀을 하시면 안 되죠. 다마요 씨가 간간이 겪은 재난이 우연이라면 지나치게 이야기가 쉽게 풀린다는 생각은 안 드십니까? 당신도 설마……."

"그래요. 그거요, 그거."

후루다테 변호사도 약간 생기가 돌아온 모습으로,

"그게 있지 않습니까. 그 일이 있었으니 다마요 씨가 와카바야시 군을 매수한 본인이 아니란 사실을 알 수 있지 않습니까. 혹시라도 누군가가 와카바야시 군을 매수해서 정말 유언장을 읽었다 쳐도……."

긴다이치 코스케는 의미심장한 미소를 띠고,

"하지만 그럼 다마요 씨는 어째서 그렇게 종종 재난을 겪고 있

는 건가요. 자칫하면 목숨을 잃을지도 모를 그런 재난을……."

"그러니까, 그건 유언장을 읽은 놈이 다마요 씨를 죽이려고 하는 게……. 누가 뭐래도 이누가미 가문의 일족에게 있어서는 다마요 씨야말로 눈엣가시잖아요. 그 사람이 살아 있는 한 이누가미 가문의 상속자는 그 사람의 의지 하나로 결정되는 거니까요……."

"하지만 그럼 그놈은 왜 실패만 하는 걸까요? 침실의 살무사에 자동차 사고, 세 번째는 요전의 보트 사건, ……항상 실패만 하고 있어요. 어째서 좀 더 제대로 하지 못하는 걸까요."

후루다테 변호사는 공포에 젖은 눈을 하고 코스케의 얼굴을 바라보고 있다. 콧방울이 부풀어 오르고 이마에서는 진땀이 배어 나온다. 이윽고 후루다테 변호사는 목에 뭔가 걸린 듯한 목소리로 속삭였다.

"긴다이치 씨, 당신이 하시는 말이 무슨 의민지 잘 모르겠습니다. 당신은 대체 무슨 생각을 하고……."

코스케는 천천히 고개를 가로젓고는,

"아뇨, 알고 계십니다. 당신은 알고 계시면서 일부러 그것을 부인하고 계십니다. 당신은 이렇게 생각하고 계심이 분명해요. 침실에 살무사를 풀어놓은 것도, 자동차 브레이크에 장난을 쳐놓은 것도, 보트에 구멍을 뚫어 놓고 마개로 막아 놓은 것도, 전부 다른 사람이 아닌 다마요 씨 본인이 아닐까 하고……."

"뭣 때문에! 뭣 때문에 다마요 씨가 그런 짓을 한단 말입니까?"

"앞으로 있을 사건의 준비 행동으로……."

"앞으로 있을 사건이라면?"

"스케키요, 스케타케, 스케토모의 3중 살인 사건……."

후루다테 변호사의 이마에는 한층 땀이 맺혔다. 폭포수 같은 땀이 이마에서 뺨으로, 몇 줄기나 흘러내린다. 후루다테 변호사는 그것을 닦으려고도 하지 않은 채 의자 팔걸이를 꽉 잡고 당장이라도 일어날 것 같은 기세였다.

"스케키요, 스케타케, 스케토모의 3중 살인 사건이라고요? 누, 누가 그 세 사람을 죽인다는 겁니까. 그리고 그것과 다마요 씨 사건과 무슨 관계가 있다는 겁니까?"

"자, 들어 주십시오. 후루다테 씨. 다마요 씨는 막대한 재산을 물려받았어요. 엄청난 권력의 상속자가 될 예정이에요. 하지만 거기에는 어쩌면 그녀에게 있어 치명적일지도 모를 조건이 붙어 있죠. 즉 그녀는 스케키요, 스케타케, 스케토모 세 사람 중 하나와 결혼하지 않으면 안 됩니다. 혹시 그들이 셋 다 죽어 버리든가, 아니면 셋 다 다마요 씨와의 결혼을 거부하지 않는 한. …… 그런데 후자 쪽의 조건은 절대 있을 수 없는 일이니까요. 다마요 씨는 그토록 아름답고 게다가 그녀와 결혼하면 이누가미 가문의 막대한 재산을 손에 넣을 수 있으니 엔간한 바보가 아닌 한 이 결혼을 거부할 자는 없을 테니까요. 실제로 저는 오늘 그 자리에서 잽싸게 스케토모 군이 다마요 씨에게 치근대기 시작한 걸 똑똑히 이 눈으로 봤습니다. 그런데……."

"그런데……?"

후루다테 변호사는 앵무새처럼 되묻는다. 그 목소리에는 어딘가 도전하는 듯한 느낌이 있었다.

"그런데 다마요 씨가 혹시 그 세 사람을 모두 싫어한다면……? 게다가 따로 애인이 있다면……? 다마요 씨는 그 셋 중 아무하고도 결혼하고 싶지 않다. 그렇지만 이누가미 가문의 재산을 잃는 것도 싫다. ……그렇다면 다마요 씨로서는 그 세 사람이 죽는 것밖에 다른 길이 없는 거 아니겠습니까. 그래서 다마요 씨는 그 세 사람을 차례로 죽이기로 결심한다. 그리고 그 준비 행동으로 연기한 것이 거듭되는 위기입니다. 즉 나중에 사건이 일어났을 경우, 자신도 희생양의 한 사람인 척하기 위해……."

"긴다이치 씨."

후루다테 변호사는 뜨거운 덩어리라도 토해내듯 안타깝게, 격한 숨을 몰아쉬었다. 그리고 헛기침을 하더니,

"당신은 무서운 사람입니다. 어떻게 그런 무서운 생각을 떠올리시나요? 당신 같은 일을 하는 사람은 모두 그렇게 의심이 많습니까?"

긴다이치는 슬프게 미소 짓고는 고개를 저으면서,

"아뇨, 저는 의심하고 있는 게 아닙니다. 단지 가능성을 쫓아갈 따름입니다. 이럴 경우도 있을 수 있다고. ……그러니 역으로 다음과 같은 경우도 생각할 수 있습니다. 다마요 씨의 위기는 결코 그녀 본인이 가장한 것도 기만도 아니고 누군가 정말로 그녀를 죽이려고 하는 것인데, 그렇다면 이 경우 누가 범인인지, 무엇을 획책하는 건지……."

"그러면, 그 경우는 누가 범인이고 무엇을 획책하는 겁니까?"

"그 경우에는 스케키요, 스케타케, 스케토모 세 사람 모두가 범인일 가능성이 있죠. 즉 셋 중 누군가가 도저히 다마요 씨와 결혼할 자신이 없을 경우, 뻔히 보면서 손가락을 입에 물고 다른 누군가가 다마요 씨와 결혼하는 것을 지켜보고 있을까요? 혹시라도 셋 중 누군가가 다마요 씨와 결혼하면 다른 두 사람은 이누가미 가문의 상속에서 완전히 제외되고 마니까요. 그보다는 차라리 다마요 씨를 죽여 버리면 얼마쯤이라도 자기 몫을 받을 수 있다……."

"무섭군요. 무서워요, 무서운 사람입니다. 긴다이치 씨, 당신은……. 하지만 당신 말씀은 모두 공상에 지나지 않아요. 소설도 아닌 한 인간이 그렇게 냉혈한이 되기란……."

"아니, 이미 냉혈한이 되어 있습니다. 누군가가…… 실제 와카바야시 군을 그런 방법으로 죽이지 않았습니까. 그런데 후루다테 씨, 지금 말한 가능성을 따를 경우 범인의 범위에 들어가는 것은 스케키요, 스케타케, 스케토모 세 사람만이 아닙니다. 세 사람의 양친, 혹은 누이동생들도 그 범위에 포함될 수 있습니다. 자신의 아들에게, 오빠에게 유산이 돌아가면 자신들도 혜택을 받겠죠. ……거기서 문제는 다마요 씨의 침실에 살무사를 풀어 놓는다든지 자동차에 조작을 해 놓는다든지 혹은 보트에 구멍을 뚫어 놓을 기회는 대관절 누가 가장 확실하게 가지고 있느냐입니다. 후루다테 씨, 짚이는 곳은 없으십니까?"

후루다테 변호사는 깜짝 놀라 긴다이치 코스케의 얼굴을 고쳐 보았지만 그 얼굴에는 순식간에 격한 혼란의 빛이 떠올랐다.

"아, 후루다테 씨. 뭔가 짚이는 것이 있는 것처럼 보이는군요. 대체 그건 누굽니까?"

"아뇨, 아뇨. 전 모릅니다. 있다 치면 전부 다죠."

"전부 다……?"

"그래요. 최근 돌아온 스케키요 군을 제외한 전원입니다. 긴다이치 씨, 들어 주십시오. 이누가미 가문의 일족은 매달 한 번, 사헤 옹의 기일에 이 나스에 모입니다. 뭐, 그들은 결코 사헤 옹을 추모하는 게 아니라 서로 속내를 살피기 위해, 선수를 빼앗기지 않기 위해 매달 여기 모이는 겁니다. 하지만 다마요 씨의 재난은 항상 그들이 모일 때에 한해서 일어납니다. 이번에도 그랬고……"

긴다이치 코스케는 무심코 날카로운 외마디를 지르고는 벅벅, 벅벅, 다섯 손가락으로 마구 머리 위의 까치집을 긁기 시작했다.

"후루다테 씨, 이, 이, 이건 실로 흥미진진한 사건입니다. 범인이 누구든 그놈은 결코 자신만 주목받는 어리석은 짓은 하지 않는 거군요."

긴다이치 코스케는 벅벅, 벅벅, 한동안 무의식적으로 더벅머리를 계속해서 긁고 있었지만, 이윽고 차츰 침착함을 되찾더니 젖은 눈을 하고 자신을 보는 후루다테 변호사를 돌아보고 약간 겸연쩍은 듯 미소 지었다.

"하하하, 아, 실례했습니다. 이건 제가 흥분했을 때 버릇입니다. 나쁘게 생각지 말아 주십시오. 그런데…… 저는 지금 두 가지 경우의 가능성을 생각해 보았죠. 다마요 씨의 재난이 그런 척인 경우와 그렇지 않은 경우……. 그런데 후자의 경우라면 또 한 사람, 유력한 용의자를 생각할 수 있군요. 그 사람에게 유언장을 읽을 기회가 있는지 없는지는 별 문제로 하고……."

"누굽니까, 그 사람은……?"

"아오누마 시즈마!"

앗, 하고 희미한 외침이 이를 악문 후루다테 변호사의 입에서 터져 나왔다.

"후루다테 씨, 그 사람에게 기회가 있었는지 없었는지는 별개로 하고, 그 사람이야말로 누구보다 다마요 씨가 죽어 주었으면 하는 강한 동기가 있지요. 왜냐하면 그 사람은 다마요 씨가 죽지 않는 한 절대 유산상속을 받을 수 없으니까요. 다마요 씨가 사헤 옹의 세 손자를 모조리 등한시하느냐 마느냐, 그 사람의 맘대로는 되지 않으니 혹시 이 유산상속을 받고자 한다면 가장 먼저 다마요 씨를 죽이지 않으면 안돼요. 게다가 그 후에 사헤 옹의 세 손자가 죽어 버리면 이누가미 가문의 모든 사업, 모든 재산을 그 사람은 몽땅 상속할 수 있는 겁니다. 후루다테 씨!"

긴다이치 코스케는 말에 힘을 주었다.

"아오누마 시즈마란 누굽니까. 사헤 옹과 대체 어떤 사이입니까. 어째서 그토록 엄청난 은혜를 입게 된 겁니까."

후루다테 변호사는 깊은 한숨을 내쉬었다. 그리고 손수건으로 끈적거리는 땀을 닦고는 어두운 얼굴을 하고 끄덕였다.

"아오누마 시즈마란 인물이야말로 사헤 옹의 만년을 괴롭힌

고뇌와 비통의 근원입니다. 사헤 옹이 그 인물에게 유언장 속에서 큰 역할을 준 것도 결코 무리는 아닙니다. 아오누마 시즈마란 사람은……."

후루다테 변호사는 잠시 침묵했다. 그리고 목에 걸린 걸 삼키더니 더듬더듬 중얼거렸다.

"사헤 옹의 사생아입니다."

긴다이치 코스케는 갑자기 눈썹을 들어 올렸다.

"사생아……?"

"그렇습니다. 사헤 옹에게는 단 한 명의 아들이었습니다."

"하지만…… 하지만…… 그럼 왜……. 아니, 그 얘긴 《이누가미 사헤전》에는 쓰여 있지 않았는데요?"

"그렇죠. 그 얘길 쓰려면 아무래도 마츠코, 다케코, 우메코 세 부인의 잔인한 비행을 폭로하지 않으면 안 되니까요. 사헤 옹은……."

하고 후루다테 변호사는 마치 암송이라도 하는 것처럼 억양 없는 목소리로 이야기를 시작했다.

"쉰을 넘겨 초로의 연배에 이르러 처음으로 사랑을 했던 겁니다. 사헤 옹은 그때까지 세 사람의 측실이 있어, 각각의 배에서 마츠코, 다케코, 우메코 세 사람을 얻었지만, 옹은 그들 측실 중 누구도 특별히 총애하지는 않았어요. 그저 생리적 욕구를 채우기 위해 그녀들을 찾았던 겁니다. 하지만 쉰을 넘겨 처음으로 정말 여자를 사랑했죠. 그 상대가 아오누마 기쿠노(青沼菊乃)라는 여성으로 원래는 이누가미 제사 공장의 여공이었다고 합니다.

나이는 딸인 마츠코 부인보다 젊었다고 합니다. 그런데 어찌어찌하는 사이 기쿠노란 여성이 임신했어요. 그로 인해 마츠코, 다케코, 우메코 세 딸은 공황 상태에 빠졌지요. 원래 그 세 사람은 생모가 달라서 어릴 때부터 별로 사이좋은 자매는 아니었죠. 아니, 사이가 좋기는커녕 시종일관 원수처럼 으르렁거렸던 사이였습니다. 그런데 기쿠노 건에 관한 한 한편이 돼 확실히 일치단결했습니다. 즉 그만큼 기쿠노의 임신은 그들에게 있어 커다란 공황이었던 겁니다."

"왭니까, 기쿠노가 임신하면 왜 안 되는 겁니까?"

후루다테 변호사는 지친 듯한 미소를 띠고,

"당연하지 않습니까. 혹시 기쿠노의 배에서 태어난 아이가 남자 아이라면…… 사헤 옹은 기쿠노에게 빠져 있는데다 지금까지 바라 마지않던 남자 아이를 낳는다면 사헤 옹은 처음으로 정실을 두게 될지도 모르죠. 그리고 이누가미 가문의 모든 재산은 그 아이에게 돌아갈지도 모른다……"

"그렇군요."

긴다이치 코스케는 마음속의 전율을 누르면서 크고 느릿하게 고개를 끄덕였다.

"그래서 세 사람은 일치단결하여 기쿠노를 괴롭혔던 겁니다. 못살게 굴었죠. 그것은 말도 안 되는 방법에 격한 공격 수단을 더했던 것이었습니다. 기쿠노는 점점 참을 수 없게 되었어요. 이대로 나가면 결국 세 딸에게 괴롭힘을 당해 죽겠다 싶었죠. 그래서 사헤 옹의 집을 뛰쳐나가 버렸던 겁니다. 마츠코, 다케코, 우메코 세 사람은 그걸로 안심했지만 기쿠노가 도망친 뒤에 알게 된 바에 의하면 사헤 옹은 그전에 요키, 고토, 기쿠의 세 가보를 기쿠노에게 주었다고 합니다."

"아, 그거요. 그 요키, 고토, 기쿠란 건 대체 뭡니까."

"아, 그건 더 나중에 말씀 드리겠지만, 유언장에도 있듯 그것이야말로 이누가미 가문의 상속권을 의미하는 가보입니다만 이것을 사헤 옹이 기쿠노에게 주고, 혹시 남자 아이가 태어나면 이것을 가지고 자기 이름을 대며 나오라고 일러두었으니 세 사람이 한층 대공황을 일으킨 것도 무리는 아니죠. 게다가 그때 기쿠노가 무사히 남자 아이를 분만했다는 소문을 들었으니 참을 수가 없었어요. 세 사람은 악귀처럼 기쿠노가 있는 곳에 쳐들어갔던 겁니다. 그리고 아직 산후 조리 중인 기쿠노를 협박해 자신이 낳은 아이가 사헤 옹의 핏줄이 아니라는 말을 하도록 무리하게 강요하고 거기에 요키, 고토, 기쿠 세 가보를 받아내어 의기양양하게 돌아왔던 겁니다. 사헤 옹이 만년에 이르러 마츠코, 다케코, 우메코 세 사람에게 얼음처럼 차갑게 대했던 이유는 바로 이런 일이 있었기 때문이었죠."

긴다이치 코스케는 새삼스럽게 마츠코, 다케코, 우메코의 심술궂은 외모를 떠올려 보았다. 그 여자들의 아직 젊고 사나운 말 같던 시절을 생각하니 왠지 오싹 피부에 소름이 돋는 듯한 기분이었다.

"그렇군요……. 그래서 기쿠노 모자는 어찌 되었나요."

"글쎄, 그겁니다. 그때 마츠코, 다케코, 우메코의 공포가 어지간히 사무쳤겠죠. 사헤 옹의 핏줄이 아니라는 말은 했지만 또 거기다 어떤 위해를 가할지 모른다고 아기—그게 시즈마입니다만—를 안은 채 행방불명이 돼 버린 겁니다. 그리고 이제까지 이 모자의 소식은 행방이 묘연한 채입니다. 살아 있다면 시즈마는 스케키요와 동갑인 스물아홉 살이 되었을 터입니다만."

후루다테 변호사는 거기까지 말하고는 후, 하고 어두운 한숨을 쉬었다.

긴다이치 코스케의 가슴에는 어두운 구름 같은 요사스런 상념이 거무튀튀한 그림자를 떨어뜨렸다.

아아, 이누가미 사헤 옹의 유언장은 처음부터 어떤 무서운 목적을 가지고 쓰인 것은 아닐까. 옹은 자신이 죽은 후 마츠코, 다케코, 우메코 세 사람의 피로 피를 씻는 갈등이 일어날 것을 예견하고 일부러 저런 기괴한 유언장을 만든 것은 아닐까.

긴다이치 코스케는 가슴이 막힐 것 같은 어두운 상념으로 한동안 무거운 침묵에 잠겼으나 이윽고 종이와 만년필을 꺼내고는 다음과 같은 메모를 적어 내려갔다.

긴다이치 코스케는 이 계도(系圖) 속에서 뭔가를 찾으려는 듯 긴 시간 동안 잠자코 종이를 응시하고 있었다.

독자 여러분이여, 지금까지 서술한 부분이 이 무서운, 뭐라 정체를 말할 수 없는 이누가미 가문의 일족에게 일어난 연쇄 살인 사건의 발단이다.

그리고 지금 바야흐로 피비린내 나는 참극의 제1막이 열리려고 하고 있는 것이다.

이누가미 가의 가계도

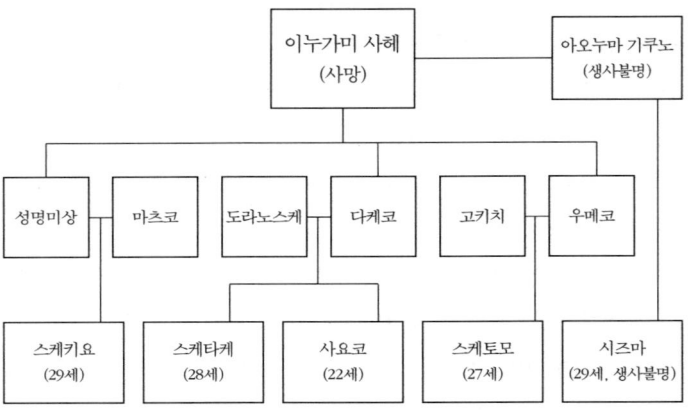

노노미야 가의 가계도

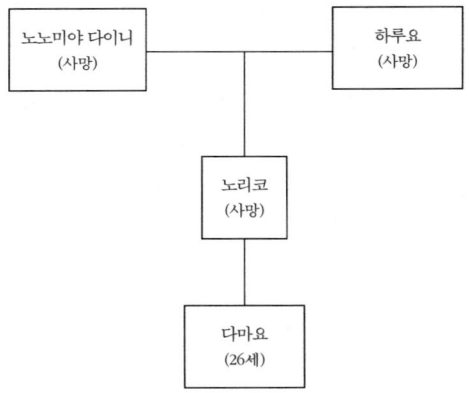

의문의 사루조

 이누가미 사헤 옹의 저 기괴한 유언장은 탐욕스런 저널리즘에게는 안성맞춤의 화제였던 모양이다.

 유언장의 내용과 그것을 둘러싼 이누가미 일족의 싸늘한 갈등에 관한 전말은 모 통신사를 통해 전국 신문에 퍼졌다.

 일류 신문은 그런 개인의 사생활에 관한 기사를 취급하는 걸 좋아하지 않았지만 이류나 삼류 신문은 빠짐없이 이 기사를 대대적으로 다루었다. 게다가 꽤 엽기적인 필치로……

 그래서 이누가미 가문의 상속 문제는 이제 지역적인 관심사가 아니라 전국적인 화제가 되어 있었다. 조금이라도 호기심이 많은 사람이라면 노노미야 다마요가 대체 누구를 배우자로 선택할 것인가에 대해 구경꾼처럼 주목하고 있었다. 개중에는 그에 대해 돈내기를 하는 사람마저 있다고 한다.

 이렇게 전국적인 주목을 모았지만 나스 호반에 있는 이누가미 가문 저택은 마치 질식할 것처럼 고요했다. 다케코나 우메코 일가는 아직 본가에 머물고 있었지만 그들과 마츠코 모자 사이에는 거의 아무 교류도 없이, 제각기 각자의 방에 틀어박힌 채 서로 안색을 읽고 속내를 들여다보려고 하고 있었다.

바야흐로 이누가미 가문 저택에는 서로의 이해가 복잡하게 뒤얽힌 네 개의 태풍이 한데 모여 있었던 것이다. 마츠코 일가와 다케코 일가와 우메코 일가, 그리고 노노미야 다마요라는……

다마요의 입장이야말로 딱했다. 마츠코, 다케코, 우메코 세 자매와 그 일가는 서로 원수처럼 미워하면서도, 노노미야 다마요를 미워하고 저주하는 일에 관해서는 그들 역시 단결하고 있었다. 그러면서도 그들 중 누구 한 사람 그 증오를 공공연히 표현하는 이는 없다. 마츠코, 다케코, 우메코도 마음속에 독침 같은 칼날을 숨기고 있으면서도 다마요에 대해서는 자상하고 사근사근하기 그지없었다. 그리고 이렇게 마음에도 없는 아부를 나이 어린 고아에게 늘어놓지 않으면 안 되는 것에 대해 격한 분노를 느끼고 다마요에 대해 두 배의 분노를 불태우고 있었다.

스케타케와 스케토모는 아마 양친이 시켜서 그랬겠지만, 최근 다마요를 매일같이 찾아왔다. 역시 오만불손한 스케타케는 처음부터 자신만만한 낯으로 뻔히 들여다보이는 아부는 늘어놓지 않았지만, 경박하기 짝이 없는 스케토모는 꼬리를 쳤다. 그는 다마요의 주위를 맴돌며 강아지처럼 재롱을 부리고 끙끙거리고 낑낑 울면서 끝없이 교태를 부렸다.

생각해 보면 다마요라는 여성은 갸륵하다. 그녀는 마치 젖은 피부가 전류에 감전되듯 온몸으로 자신에게 돌아오는 이누가미 일족의 증오와 저주를 느끼면서도 조금도 기가 죽지 않았다. 그녀는 항상 아름답고 긍지 있게, 자신만만한 스케타케에 대해서도, 경박한 스케토모에 대해서도 일관된 태도를 유지하고 있었다. 다만 그들을 자기 방에서 맞을 때는 항상 옆방에 사루조를 대기시켜 두는 것을 잊지 않았다…….

다마요는 또, 기묘한 가면을 뒤집어쓴 스케키요에 대해서도 결코 꽁무니를 빼지 않았다. 다만 스케키요 쪽에서 그녀를 방문하는 일은 절대 없었기에 때때로 그녀 쪽에서 스케키요의 방을 찾아갔지만, 전하는 바에 의하면 이 대면은 참으로 기묘한 것이었던 모양이다. 다마요는 스케키요를 찾아갈 때도 사루조를 데려가는 것을 결코 잊지 않았고 스케키요 쪽도 그녀를 만날 때는 항상 어머니인 마츠코 부인이 함께 있었다. 이렇게 마츠코 부인과 사루조가 합석한 가운데 스케키요와 다마요의 회견이 행해졌는데 어쨌거나 이 회견은 말이 끊기기 일쑤였다.

기묘한 가면을 뒤집어쓴 스케키요는 자신의 추악한 용모를 의식해서인지 거의 입을 여는 적이 없었다. 대개 발언하는 쪽은 주로 다마요였으나 그녀의 말이 질문이거나 스케키요의 과거 문제로 흐르면 마츠코 부인이 항상 거기 끼어들어 대신 대답하곤 했다. 부인은 거리낌없이 그에 대답하면서 교묘히 화제를 다른 데로 옮겼다. 그럴 때 다마요의 안색은 눈에 띄게 나빠져서 어떤가 하면 희미하게 떨리기조차 했다고 한다.

그건 그렇고 그녀의 사랑을 얻기 위해 점점 조급해지는 스케타케와 스케토모 사이에 있으면서도 그녀의 몸에 변이 일어나지 않았던 것은 오로지 사루조 덕분이었을 것이다.

다마요를 자신의 것으로 하는 가장 손쉬운 방법……. 그것은 폭력이든 뭐든지 이용해 다마요를 정복해 버리는 것이다. 그 사실을 스케타케나 스케토모가 모를 리 없었다. 사실, 그들은 그런 노골적인 태도를 드러낸 적이 한두 번이 아니었다. 그럼에도 불구하고 그들이 다마요에게 손가락 하나 댈 수 없었던 것은 사루조란 인물이 있었기 때문이었다. 만약 스케타케나 스케토모가 억지로 다마요를 폭행하려고 했다면 금세 추한 거인에게 목이 부러졌을 것이다.

"아아, 사루조란 남자 말입니까."

후루다테 변호사는 언젠가 다음과 같이 사루조란 인물에 대해 긴다이치 코스케에게 설명했다.

"그 사람, 진짜 이름은 사루조가 아닙니다. 본명은 따로 있지만 저, 보시다시피 원숭이(사루)를 꼭 닮은 얼굴을 하고 있죠. 그래서 어릴 때부터 사루, 사루라고 불렸던 게 지금은 본명처럼 되어 버려서 저도 진짜 이름은 잊어버렸을 정도입니다. 어릴 때부터 고아였어요. 그걸 불쌍히 여겨 다마요 씨의 어머님인 노리코 님이 거둬 키워 준 겁니다. 예, 그래요. 어릴 때부터 다마요 씨와 계속 같이 자랐는데 다마요 씨의 양친이 돌아가시고 다마요 씨가 이누가미 가문에 맡겨졌을 때 함께 따라왔던 겁니다. 조금 모자란 구석은 있지만 그래도 다마요 씨에 대한 충성이랄까, 헌신적인 봉사에는 맹목적인 데가 있습니다. 다마요 씨가 하는 말은 뭐든지 듣습니다. 다마요 씨가 살인을 하라고 하면 태연히 남을 죽일 남잡니다."

 마지막 한 마디는 분명 사루조의 다마요에 대한 맹목적인 충성을 형용하기 위해 아무 생각 없이 뱉은 말임에 틀림없었으나, 그 순간 말한 후루다테 변호사도 들은 긴다이치 코스케도 깜짝 놀라 탐색하듯 서로 얼굴을 마주 보았다.

 후루다테 변호사는 후회의 기색을 띠고 어색하게 헛기침을 했지만 긴다이치 코스케는 일부러 화제를 돌리듯,

 "그렇군요. 사루조라면 이누가미 가문에서 국화를 키운다는……."

 "예, 그렇습니다. 그 국화, 보셨습니까. 조금 모자란 구석도 있지만 사루조란 남자는 국화 재배의 달인입니다. 그건 돌아가신 다마요 씨의 아버님, 나스 신사의 신관이셨는데, 그분에게 배운 겁니다. 국화는 나스 신사나 이누가미 가문에도 유서 깊은 거니까요. 요키, 고토, 기쿠……."

 "그래요, 참. 그 요키, 고토, 기쿠 말인데요. 거기엔 무슨 유래가 있습니까. 나스 신사와도 뭔가 관계가 있습니까."

 "아, 그거요. 요키, 고토, 기쿠는 처음에는 나스 신사의, 뭐라고 해야 하나, 일종의 신기(神器)*였습니다. 즉, 세 종류의 신기죠. 도쿄 배우인 오노에 기쿠고로(尾上菊五郎)**의 집에도 요키

---

*신에게 제사지낼 때 쓰는 그릇.
**가부키 배우.

고토기쿠라는 가언(嘉言)이 있는 것 같던데요. 나스 신사의 요키, 고토, 기쿠는 그와는 별로 아무 관계도 없지만 저기, 사헤 옹의 은인 노노미야 다이니…… 다마요 씨의 조부에 해당하는 분인데요, 그분이 이런 말을 생각해내고 나스 신사의 격언으로 삼았습니다. 그리고 황금으로 요키와 고토와 기쿠를 만들어 이것을 신기로 삼았던 겁니다. 그것을 후년, 사헤 옹이 사업을 시작했을 때 뭐, 앞날을 축복하는 의미였겠죠, 격언과 함께 그 신기를 선물했던 겁니다. 그게 지금 이누가미 가문의 가보가 된 겁니다."

"그 가보는 지금 어디에 있습니까?"

"이누가미 봉공회에 보관되어 있습니다. 언젠가 다마요 씨가 스케키요, 스케타케, 스케토모 세 사람 중에서 배우자를 골랐을 때 그 사람에게 양도될 겁니다. 뭐, 요키도 고토도 기쿠도 한 자 정도의 작은 황금으로 만든 일종의 작은 모형이지만요."

후루다테 변호사는 거기서 눈썹을 찌푸리고,

"원래가 그 요키, 고토, 기쿠는 노노미야 다이니로부터 받은 거라 사헤 옹이 자신이 죽은 후 이것을 다이니 씨의 자손에게 돌려주려고 한 건 뭐 인정으로 납득이 가지 않는 바도 아닙니다만, 여기에 이누가미 가문의 거대한 재산이나 사업이 곁들여져 있으니 이야기가 몹시 성가셔진 거죠. 사헤 옹은 어째서 그런 생각을 하셨을까요."

후루다테 변호사는 한탄하듯 중얼거렸다. 긴다이치 코스케는 생각에 잠긴 눈을 하고,

"그렇군요. 그럼 요키고토기쿠란 말과 그 작은 모형에 관해서는 딱히 자세한 경위는 없다는 거군요. 만약 그게 이누가미 가문의 상속권을 의미하는 게 아니라면……."

"그렇습니다. 황금으로 만들어졌다고 해도 금도금이니까요. 그 자체는 엄청난 값어치가 있는 게 아닙니다. 문제는 이누가미 가문의 상속권에 있는 거죠."

후루다테 변호사는 아무렇지도 않게 그렇게 말했지만, 하지만 나중에 생각해보니 후루다테 변호사는 잘못 생각하고 있었다.

요키, 고토, 기쿠란 이 말 그 자체에야말로 뭐라 말할 수 없는 무서운 의미가 숨겨져 있었던 것이다.

요키고토기쿠(よきこと聞く)*, 좋은 소식을 듣는다. 이 좋은 말은 역시 사헤 옹이 살아 있는 동안은 말 그대로의 의미를 가지고 이누가미 가문을 줄곧 지키고 있었다. 하지만 사헤 옹의 사후에도 마찬가지로 그러했을까. 아니, 아니, 아니. 나중에 생각해보면 그 말은 전혀 반대의 의미를 가지고 이누가미 가문을 줄곧 저주하고 있었던 것이다.

하지만 역시 긴다이치 코스케도 거기까지는 알아차리지 못했다. 그 무서운 사건이 차례차례 일어나 그를 일깨우기 전까지는……

---

*좋은 소식을 듣는다. 기모노에 요키(斧, 도끼), 고토(琴, 거문고), 기쿠(菊, 국화)를 그려 넣으면 좋은 소식을 듣는다는 길상의 의미로 사용된 문양을 가리키는 말이다.

"그런데 아오누마 시즈마란 인물 말인데요. 소식은 알 것 같습니까?"

"글쎄, 그게 말입니다. 유언장을 공개하기 전부터 전국에 수배해서 행방을 찾고 있습니다만 지금은 아직 전혀 실마리가 잡히지 않습니다. 아오누마 기쿠노란 여자가 무사히 그 아이를 키웠다 해도 이번 전쟁이 있었기 때문에요. 어찌 되었을지……."

긴다이치 코스케의 머릿속에는 그때 슬며시 악마의 장난 같은 생각이 번뜩였다. 그는 그 생각이 너무나 느닷없이 떠올랐기 때문에 스스로도 당황하면서도 여전히 떨칠 수가 없었다.

"저, 후루다테 씨. 사루조란 남자는 고아라고 하셨죠. 그리고 연배도 딱 그 정돈데 그 남자가 어디 핏줄인지 알고 계십니까."

후루다테 변호사는 그 말을 듣고는 놀라서 눈을 크게 떴다. 어안이 벙벙한 듯 한동안 긴다이치 코스케를 응시하고 있었다. 그리고 헐떡이듯,

"무, 무슨 말을 하는 겁니까. 긴다이치 씨. 당신은 그 남자를 아오누마 시즈마라고 하시는 겁니까. 그, 그런 바보 같은……."

"그렇죠. 아, 방금 갑자기 그런 생각이 떠올라서요. 아, 지금의 의문은 깨끗이 철회하겠습니다. 제 머리, 오늘 어떻게 된 것 같아요. 어쩌면 사헤 옹이 숨겨 둔 자기 아이를 다마요 씨의 어머님께 맡겼던 건 아닐까……하고 생각해 봤던 겁니다. 하지만 그렇다면 이제까지 아무도 눈치 못 챘을 리가 없겠죠."

"그렇고말고요. 게다가 사헤 옹이란 사람은 몇 번이나 말했듯 굉장히 수려한 남자였습니다. 기쿠노란 사람도, 물론 저는 못 만

나 봤지만, 사헤 옹의 총애를 받을 정도였으니 미인이었음에 틀림없어요. 그런 두 사람 사이에 사루조처럼 추한 아이가 태어났을 리가 없으니까요. 사루조, 그 녀석은 좀 모자란, 국화 키우기의 달인에 지나지 않습니다. 지금 국화 인형*을 만드는데 열중해 있죠."

"국화 인형……?"

긴다이치 코스케는 눈썹을 찌푸렸다.

"그래요. 전에도 그 남자, 사헤 옹의 명령으로 옹의 일대기를 국화 인형으로 만든 적이 있죠. 그 생각을 했는지 올해도 국화 인형을 만들겠다며 뽐내고 있더이다. 물론 전처럼 거한 것은 아니지만요. 그 녀석은 뭐, 화나게만 하지 않으면 득도했다고 할 만한 남잡니다. 하지만…… 그러고 보니 저도 그가 어떤 핏줄 사람인지 지금까지 한 번도 들은 적이 없군요. 좋습니다, 적어도 그런 의문이 있다면 한번 그 녀석의 출신에 대해 조사해 보죠."

후루다테 변호사도 왠지 모르게 차츰 마음이 뒤숭숭한 표정이 되어 갔다.

---

*사람 크기의 인형에 국화꽃이나 잎을 세공하여 인형 의상으로 만든 것.

손바닥 도장

11월 15일. 스케키요가 돌아오고 나서 꼭 2주, 긴다이치 코스케가 오고 나서 슬슬 한 달이 되어 가는 11월 중순.

이날이야말로 이누가미 일족 사이에 최초로 피가 흘렀던 날이고 악마가 슬슬 행동을 개시했던 날이었으나 여기서는 이 살인 사건을 언급하기 전에, 이것이 최초 살인의 전주곡이 되었던 것은 아닐까 생각되는 한 가지 에피소드를 적어 두도록 하겠다.

"긴다이치 코스케 님, 손님이 오셨습니다."

그것은 11월 15일 오후 3시 무렵의 일이었다. 언제나처럼 여관 툇마루에 의자를 가지고 나와 꾸벅꾸벅 생각에 잠겨 있던 긴다이치 코스케는 여급의 목소리에 퍼뜩 명상에서 깨어났다.

"손님? 누구?"

"후루다테 씨이십니다."

"후루다테 씨? 후루다테 씨라면 이쪽으로 오십사고 전해 주세요."

"아뇨, 후루다테 씨, 자동차에서 기다리고 계십니다. 어디 나가신다고 하던데 혹시 괜찮으시면 같이 가 주십사 하던데요."

"아, 그래요."

긴다이치 코스케는 의자에서 벌떡 일어났다. 그리고 여관에서 주는 솜옷을 꾸깃꾸깃한 하오리와 하카마로 갈아입고는 우글쭈글하게 형태가 망가진 모자를 산발을 한 머리 위에 아무렇게나 쓰고 서둘러 여관 현관까지 뛰어나갔다.

나가 보니, 여관 앞에 한 대의 자동차가 서 있고 후루다테 변호사가 창에서 고개를 내밀고 있다.

"여, 기다리셨죠. 대체 어디 가십니까?"

코스케는 종종걸음으로 자동차 앞으로 달려가서 아무 생각 없이 한쪽 발을 계단에 걸쳤으나 그곳에서 깜짝 놀라 숨을 삼켰다. 자동차에 탄 사람은 후루다테 변호사만이 아니었다. 판자 같은 몸매의 스케타케와 여우처럼 교활한 눈매의 스케토모가 함께 타고 있었던 것이다.

"여, 당신들께서도 함께······."

"자, 타십시오."

후루다테 변호사가 보조석으로 좌석을 옮겨서 긴다이치 코스케는 스케토모 옆에 탔다. 자동차는 바로 출발했다.

"다 같이 대체 어디 가십니까?"

"나스 신사입니다."

"나스 신사? 무슨 용건이 있는 겁니까."

"예, 뭐……. 그에 대해선 저쪽에 도착하고 나서 얘기하죠."

운전수를 꺼리는지 후루다테 변호사는 어색하게 헛기침을 하면서 말을 얼버무렸다. 스케타케는 팔짱을 낀 채 뚱하게 입을 다물고 있다. 스케토모는 창을 보고 휘파람을 불면서 자꾸만 궁상맞게 다리를 떨고 있다. 자동차의 진동과는 별개로, 스케토모가 다리를 떠는 게 느껴져서 코스케는 가랑이 부근이 근질거리는 기분이 들었다.

나스 신사는 시의 중심에서 1리(약 3.9킬로미터) 정도 떨어진 곳에 있었다. 자동차는 이미 마을을 벗어나 잎이 떨어진 뽕나무 밭 사이를 달린다. 뽕나무 밭 저편에는 널찍한 논이 펼쳐져 있었으나 벼는 이미 거뒀고 물이 떨어지는 진흙 위에 검은 그루터기가 남아 있는 것이 자못 고요한 전망이었다. 논 저편에는 호수 표면이 면도날처럼 반짝이고 있었고, 거기서 불어오는 바람은 살을 저밀 정도로 차가웠다. 신슈는 겨울이 빨리 온다. 뽕나무 밭 멀리 저편에 보이는 후지산 봉우리도 이미 새하얗게 덮여 있었다.

자동차는 바로 원목으로 만들어진 커다란 신사 대문 앞에 멈췄다.

나스 신사는 유서 깊은 신사다. 넓은 경내에는 큰 삼나무가 우뚝 솟아 있었고, 나란히 늘어선 가스가 등롱(春日燈籠)*에 고운 색의 이끼가 붙어 있다. 굵은 자갈을 밟고 갈 때 코스케는 일종의 긴장으로 몸 안이 조여드는 것 같았다. 스케타케는 변함없이 뚱하게 입을 다물고 있었고, 스케토모는 변함없이 여우처럼 뺀

질거리고 있었으나 아무도 입을 여는 이는 없다. 긴세 일행은 신사의 업무를 담당하는 사무소 앞으로 나왔다.

"아, 어서 오세요. 자동차 소리가 들려서 아마 당신일 거라 짐작하고 있었습니다."

사무소에서 나온 사람은 하얗고 소매가 좁은 평상복에 옅은 노란색의 하카마를 입은 중년 남자였다. 머리를 짧게 자르고 쇠테 안경을 쓰고 있다. 별로 이렇다 할 특징이 없는 남자였다. 이 남자가 나스 신사의 신주로 이름은 오야마 다이스케(大山泰輔)라는 사실을 긴다이치 코스케는 나중에 알았다.

이윽고 오야마 신주에게 안내되어 일행이 들어간 곳은 서늘할 정도로 빈틈없이 청소해 둔 안쪽의 여덟 장 다다미방이었다. 방 앞뜰에는 역시 국화가 멋들어지게 피어 있고 희미한 냄새가 주변에 자욱하다. 방안의 화로에는 숯불이 적당히 피어오르고 있었다.

이윽고 자리를 잡고 인사를 마치자 스케토모가 기다렸다는 듯 나서서,

"그럼 오야마 씨, 바로 그 물건을 보여 주실 수 있습니까."

오야마 신주는 떨떠름한 얼굴로 코스케 쪽을 보고는,

"그런데 이분은……."

---

*갓(笠), 화대(火袋), 중대(中台)가 6각형(간주는 원형)인 가장 표준적인 석등롱의 형식으로 나라(奈良) 가스가 대사의 헌등용(獻燈用)에 많다는 것에서 따온 이름이다.

"아, 이분이라면."

하고 옆에서 후루다테 변호사가 끼어들어,

"걱정하실 필요 없습니다. 긴다이치 씨라고 이번 건에 대해 여러 가지로 조력을 부탁 드릴 분입니다. 그럼 스케타케 씨와 스케토모 씨가 기다리고 계신 것 같으니 아무쪼록……."

"예, 그럼 잠시 기다려 주십시오."

오야마 신주가 방을 나갔다가 바로 정중하게 받들고 온 것은 백목으로 만든 나무 쟁반이다. 쟁반 위에는 금실 비단으로 장식한 세 개의 두루마리가 놓여 있다. 오야마 씨는 쟁반을 일행 앞에 놓고는 하나하나 두루마리를 집어,

"이게 스케타케 씨의 두루마리, 이게 당신의 두루마리입니다."

"아, 저희 건 아무래도 좋습니다. 스케키요 군의 두루마리를 보여 주십시오."

여우 스케토모가 안달이 난 듯 재촉했다.

"예, 이게 스케키요 씨의 두루마리입니다. 자, 보십시오."

스케타케는 변함없이 뚱한 채, 오야마 신주로부터 두루마리를 받아 쥐고는 그것을 휙 펼쳐 보고 있었으나 바로 그것을 스케토모에게 건넸다. 그것은 폭 1척 2촌(약 35~36센티미터), 길이는 2척(약 60센티미터) 남짓한 장식용 두루마리였는데 스케토모는 그것을 받았을 때 굉장히 흥분한 듯 부들부들 손을 떨었다.

"스케타케 군, 이건 분명 스케키요 군의 두루마리가 틀림없지?"

"틀림없어. 위에 쓰여 있는 건 할아버님 글씨이고 스케키요 군

의 서명도 확실해."

"좋아, 이것만 있으면……. 후루다테 씨, 보십시오."

두루마리가 후루다테 변호사의 손으로 옮겨졌을 때 나란히 앉아 있던 긴다이치 코스케에게도 처음으로 내용물이 보였다. 그와 동시에 코스케는 정수리에 쐐기가 박힌 듯한 격한 충격을 느꼈다.

그것은 하얀 비단에 눌러 찍은 오른손바닥 도장이었다. 그 위에는 달필로, '무운장구(武運長久)'라고 쓰여 있고, 왼쪽 가장자리에는 다른 필적으로 '쇼와 18년 7월 6일, 이누가미 스케키요, 23세, 닭띠 남자'라고 쓰여 있었다.

즉, 이 손도장은 그, 엉망진창으로 얼굴이 뭉개진 이누가미 스케키요의 것이다!

긴다이치 코스케는 그제서야 일행이 여기 온 이유를 깨달았고, 뭐라 말할 수 없는 흥분으로 가슴이 쿵쾅쿵쾅 울리는 것을 느꼈다.

"긴다이치 씨, 당신도 이것을 잘 봐 주십시오."

후루다테 변호사는 두루마리를 코스케 쪽으로 밀었다.

"예, 잘 봤습니다. 하지만 이걸 대체 어쩌려는 겁니까."

"알고 있지 않습니까. 이걸로 요전에 돌아온 그 기묘한 가면을 쓴 남자가 진짜 스케키요 군인지 확인해 보려는 겁니다. 두 사람이 같은 지문을 갖는 일은 없죠. 그리고 그 지문은 평생 변하지 않아요. ……긴다이치 군, 그쪽도 그 정도는 알고 있겠죠."

스케토모의 말투에서는 사냥감을 눈앞에 놓고 입맛을 다시는

동물적인 잔혹함이 있었다. 긴다이치 코스케는 식은땀이 끈적끈적하게 흘러 나오는 걸 느끼면서,

"그렇군요. 하지만 왜 이런 게 여기 있는 겁니까?"

"이렇게 된 겁니다. 긴다이치 씨."

후루다테 변호사가 끼어들어 설명을 덧붙였다.

"이 지방에서는 모두 전쟁에 나가기 전에 이런 손도장을 찍은 액자를 신사에 봉납하고 갑니다. 즉 무운이 장구하기를 기원하는 의미죠. 여기 있는 스케타케 씨나 스케토모 씨, 그리고 스케키요 씨도 그중 한 사람입니다만, 이 세 사람은 이 신사와 아주 인연이 깊은 사람들이라서 액자 대신에 이런 두루마리를 봉납하고 그것을 신전 안에 안치해 두었습니다. 우리는 그걸 까맣게 잊어버렸지만 오야마 씨가 기억하고 있어서 뭔가 도움이 되지 않을까 하고 어제 일부러 스케타케 씨와 스케토모 씨에게 알리러 왔던 겁니다."

"여기 신주께서……?"

긴다이치 코스케가 힐끗 보자 오야마 신주는 당황한 듯,

"아, 아니, 실은……. 이번에 돌아온 스케키요 씨에 대해서는 이러쿵저러쿵 말이 많아서 확인할 수 있다면 해 두는 편이 좋겠다 싶어……."

"그럼 당신들께서는 그 사람이 스케키요 씨가 아닐지도 모른다는 의심을 하고 계신 거군요?"

"물론이죠. 그렇게 얼굴이 뭉개진 남자를 신용할 수 있겠습니까?"

스케토모가 말했다.

"하지만 어머니인 마츠코 부인이 그렇게 단언했는데······."

"긴다이치 씨, 당신은 이모란 사람을 모르십니다. 그분은 스케키요가 죽었다면 대역이라도 쓸 사람입니다. 그분은 우리에게 이누가미 가문의 재산을 넘기고 싶지 않은 거예요. 그래서 그것을 막기 위해서라면 가짜든 뭐든 개의치 않아요. 자기 아이라고 주장할 사람입니다."

긴다이치 코스케는 다시금 등골을 근질근질 타고 올라오는 전율을 느꼈다.

"자, 후루다테 씨. 이 손도장 옆에 서명해 주십시오. 긴다이치 씨, 당신도 부탁합니다. 우리는 이걸 갖고 돌아가 가면 쓴 남자에게 손도장을 찍게 해서 비교해 볼 작정인데 속임수를 썼다는 말은 듣고 싶지 않아요. 증인으로서 이 손도장 옆에 서명해 주십시오."

"하지만······ 하지만 혹시 스케키요 씨가 손도장 찍기를 거부한다면."

"무슨, 거부는 안 할 걸."

스케타케가 작은 산 같은 무릎을 흔들며 처음으로 입을 열었다.

"싫다고 한다면 완력으로라도 하게 만들어 주지."

그것은 마치 잇새에 피라도 머금은 듯한 잔인한 목소리였다.

제3장
흥보가 도착하다

11월 16일. 그날 아침 긴다이치 코스케는 여느 때와 달리 늦잠을 자고 10시인데도 아직 이불 속에서 꼼지락거리고 있었다.

코스케가 그렇게 늦잠을 잔 이유는 어젯밤 늦게까지 잠자리에 들지 못했기 때문이다.

어제 나스 신사에서 스케키요의 손도장을 손에 넣은 스케타케와 스케토모는 이제부터 돌아가서 그 기묘한 가면을 쓴 남자에게 새로이 손도장을 찍게 하여 진짜인지 가짜인지 여부를 확인하겠다며 의기충천해 있었다. 그리고 긴다이치 코스케에게도 증인으로서 그 자리에 입회해 줄 것을 간청했지만, 코스케는 거절했다.

뭔가 사건이 일어난 다음이라면 모를까, 그렇지도 않은데 괜히 타인 가정의 사적인 일에 머리를 디밀어 다른 사람에게 이상한 취급을 받는 것은 기분 좋은 일이 아니라고 생각했기 때문이다.

"그렇습니까. 아, 그렇다면 좋습니다. 후루다테 씨도 오실 테니……."

무뚝뚝한 스케타케는 바로 포기했지만,

"하지만 이 두루마리가 문제가 될 경우 당신도 증인이 되어 주십시오. 분명히 나스 신사에서 받은 것이란 사실에 대해……."

여우 같은 스케토모가 다짐을 받았다.

"물론입니다. 거기 제 서명이 있는 한은 저도 몸을 뺄 수 없죠. 그런데 후루다테 씨."

"예."

"방금 말했듯 저로서도 이 자리에 입회하는 건 곤란하지만 결과에 대해서는 가능한 한 빨리 알고 싶습니다. 어떻습니까. 그 기묘한 가면을 쓴 남자가 스케키요 씨든 아니든 가능한 한 빨리 그 결과를 알려 주시면 안 될까요?"

"괜찮고 말고요. 그럼 돌아가는 길에 숙소에 들르도록 하죠."

이렇게 해서 긴다이치 코스케를 여관 앞에 내려 준 자동차는 그대로 이누가미 가문으로 돌아갔다.

후루다테 변호사가 약속을 지켜 긴다이치 코스케의 숙소를 방문한 것은 그날 밤 10시 무렵이었다.

"어땠습니까. 결과는……?"

후루다테 변호사의 얼굴을 본 찰나 코스케는 왠지 가슴이 덜컹 하는 것을 느끼고 무심코 서둘러 묻지 않을 수가 없었다. 그만큼 후루다테 변호사의 얼굴은 어둡고 심각한 동시에 의심으로 가득 차 있었다.

변호사는 가볍게 고개를 젓고는,

"못했습니다."

하고 토해내듯 말했다.

"못해요……? 못하다니요?"

"마츠코 부인이 도통 스케키요 군의 손도장을 찍게 해 주질 않는 겁니다."

"거부했습니까?"

"예, 완강하게……. 스케타케 군이나 스케토모 군의 말을 전혀 들으려고도 하지 않습니다. 그래서야 당분간 절대 불가능하겠죠. 스케키요의 손도장을 찍게 하기 위해서는 스케타케 군이 말했듯 완력으로 하는 수밖에 없겠지만, 아무래도 거기까지는 좀. 결국 오늘밤 결과는 유야무야되어 버렸습니다."

긴다이치 코스케는 왠지 모르게 뱃속이 징 하고 묵직해지는 느낌이었다.

"하지만…… 하지만……."

코스케는 마른 입술을 핥으면서,

"그럼 한층 스케타케 군이나 스케토모 군의 의심을 부채질하지 않을까요?"

"그렇죠. 그래서 저도 입에서 신물이 날 정도로 마츠코 부인을 설득했습니다. 하지만 뭐라 해도 들어줄 사람이 아닙니다. 오히려 노발대발 핏대를 올리며 저한테 호되게 악담을 퍼부었습니다. 그분은 기가 세서 일단 이렇다고 말을 꺼내면 좀처럼 남의 말을 들어줄 사람이 아니니까요."

후루다테 변호사는 후우, 하고 깊고 어두운 한숨을 토해냈다. 그리고 마치 뗢은 것이라도 내뱉듯 그날 밤 일어난 일에 대해 들려주었다. 긴다이치 코스케는 후루다테 변호사의 이야기를 들으면서 그 자리의 정경을 생생하게 머릿속에 그려 보았다.

그곳은 언젠가 유언장이 낭독된 열두 장 다다미방이었다.

정면의 나무 단에 놓인 사헤 옹의 사진 앞에 이누가미 일족이 모여 있다. 기묘하고 기분 나쁜 고무 가면을 뒤집어쓴 스케키요와 마츠코 부인을 중심으로, 스케타케와 스케토모, 그리고 그들의 양친이나 누이동생이 원을 그리며 앉아 있었다. 그 원 안에는 다마요와 후루다테 변호사의 얼굴도 보인다.

가면을 뒤집어쓴 스케키요 앞에는 아까 나스 신사에서 가져온 예의 두루마리와 함께, 따로 한 장의 백지와 붉은 먹이 담긴 벼루와 붓이 놓여 있다.

가면을 뒤집어쓰고 있어서 스케키요의 안색은 알 수 없었지만 어깨가 가늘게 떨리고 있는 것을 보면 그도 어지간히 동요한 모양이다. 그 가면 표면에 쏟아지는 이누가미 가문 사람들의 시선에는 의심과 증오가 충만해 있다.

'그럼 이모님, 이모님은 절대 스케키요 군에게 손도장을 찍게 하지 않겠다는 말씀이십니까?'

살기로 가득 찬 긴 침묵 후에 무뚝뚝한 스케타케가 따지듯 말했다. 마치 잇새로 생피를 뚝뚝 머금은 듯한 목소리였다.

'예, 절대로!'

마츠코 부인이 강인하게 억누르는 듯한 목소리로 대답한다.

그리고 번들번들 빛나는 눈으로 일동의 얼굴을 둘러보면서,

'대관절 이게 어찌된 일입니까. 얼굴이 변했어도 이 아이는 스케키요가 틀림없습니다. 바로 배 아파 낳은 어미인 내가 보증하는 겁니다. 그만큼 확실한 게 어디 있겠습니까. 그런데 어디서 나온 건지도 모를, 하찮은 세간의 소문을 곧이듣고……. 아뇨, 싫어요. 싫습니다. 그런, 그런…….'

'하지만 언니.'

그때 옆에서 스케타케의 어머니인 다케코가 끼어들었다. 조용하고 가라앉은 목소리였지만 밑바닥에는 다분히 심술궂은 울림을 머금고 있었다.

'그럼 오히려 더 스케키요에게 손도장을 찍게 하는 게 좋지 않나요. 아니, 저는 스케키요의 정체에 대해 의심하고 있는 건 아니에요. 하지만 세상 사람들의 입엔 자물쇠를 채울 수가 없으니까. ……하찮은 소문을 잠재우기 위해서도 스케키요에게 손도장을 찍게 하는 게 좋지 않나 생각하는데요. 우메코, 너는 어떻게 생각하니?'

'으음, 네. 저도 다케코 언니의 의견에 찬성해요. 여기서 쓸데없이 마츠코 언니나 스케키요가 거부한다면 세간의 의심은 한층 깊어질 따름이라 생각하는데요……. 그렇죠, 여러분. 어떻게 생각하세요?'

'그야 당연히 그렇죠.'

우메코의 뒤를 이어, 다케코의 남편인 도라노스케도 입을 열었다.

'아니, 세상 사람들만이 아닙니다. 여기서 처형이나 스케키요가 계속 거부한다면 우리도 의심하게 될 겁니다. 고키치 군, 자네는 어떤가.'

'그, 그야 그렇죠.'

우메코의 남편인 고키치가 겁먹은 듯 우물거렸다.

'친척을 의심하다니 예기치 못한 일이지만 처형이나 스케키요가 끝까지 싫다고 하신다면 역시……'

'뭐가 켕기는 데가 있는 것으로밖에 생각되지 않죠.'

따끔하게 일침을 놓듯 다케코가 독살스럽게 비웃었다.

'입 다물어! 다물어, 다물어, 다물어!'

마츠코 부인이 분노로 떨리는 목소리를 낸 것은 그때였다.

'당신들은 무슨 말을 하는 거야. 이 스케키요는 확실한 이누가미 가문의 가장입니다. 가문의 대를 이을 맏아들이에요. 아버지가 그렇게 말도 안 되는 유언장을 남기지만 않았다면 이누가미 가문의 이름도 재산도 전부 이 아이 것이 되었을 거예요. 이 아이는 본가의 자식이에요. 가장입니다. 옛날로 치면 주군이었고 주인입니다. 스케타케도 스케토모도 가신이나 마찬가지. 그런데…… 그런데…… 이 아이를 붙들어 손도장을 찍게 하고 지문을 채취하려 하다니, 마치 죄인 취급 하듯. ……아니, 아니, 나는 결코 이 아이에게 그런 더러운 짓을 시키지 않겠어요. 네, 네. 결코, 결코. ……스케키요, 오너라. 이런 데 있을 필요 없어.'

마츠코 부인은 자리를 박차고 일어섰다.

스케타케의 낯빛이 일시에 변했다.

'이모님, 그럼 이모님은 끝까지…….'

'싫습니다, 싫어요. 자, 스케키요…….'

비틀거리며 가면을 쓴 스케키요가 일어선다. 마츠코 부인이 그 손을 잡았다.

'이모님, 그러시면 저희는…….'

스케타케가 빠득빠득 이를 갈면서, 방을 나가는 마츠코 부인과 가면을 쓴 스케키요의 등 뒤에서 독기 어린 말을 퍼부었다.

'이제 그 남자를 스케키요 군이라고 인정 못합니다.'

'멋대로 하렴!'

가면을 쓴 남자의 손을 끌고 마츠코 부인은 발소리 요란하게 장지문 밖으로 나갔다…….

"흠."

후루다테 변호사의 이야기를 끝까지 들은 코스케는 벅벅, 벅벅, 무턱대고 더벅머리를 긁으면서,

"사태가 제법 급박해졌군요."

"그렇습니다."

후루다테 변호사는 어두운 눈을 하고,

"마츠코 부인은 어째서 그토록 완고하게 거부한 걸까요. 그야 스케타케 군이 이야기를 들이댄 방식은 확실히 서툴렀죠. 처음부터 상대를 죄인 취급 했으니까요. 자존심이 센 마츠코 부인이 화르르 해서……. 한 번 심술을 부리면 손쓸 수 없을 정도로 고집이 센 사람이니 무리도 아닐 거라 생각합니다만……. 하지만 문제가 문제였으니까요. 그 사람이 진짜 스케키요 군이라

면……. 물론 저는 그렇게 믿고 있지만은, 시원하게 손도장을 찍는 게 좋지 않을까 생각하는데요."

"즉 오늘밤 마츠코 부인의 태도에는 두 가지 해석을 내릴 수 있죠. 스케타케 군이나 스케토모 군의 태도가 거슬려서 고집을 부렸거나, 혹은 스케타케 군이나 스케토모 군이 의심한 대로 가면을 쓴 남자가 정말은 스케키요 군이 아니지만 그것을 마츠코 부인이 승인하고 있거나……."

후루다테 변호사는 어두운 눈을 하고 끄덕였다.

"저는 물론 첫 번째 해석 쪽입니다만, 마츠코 부인이 항복하고 스케키요 군의 손도장을 찍게 해 주지 않는 한, 두 번째 해석, 무서운 의심을 씻을 길이 없어요. 아, 있어서는 안 될 일이라 생각하지만요."

후루다테 변호사는 12시 무렵까지 이야기하다 돌아갔다. 긴다이치 코스케는 그러고 나서 바로 잠자리에 들었으나 그의 눈꺼풀은 불을 끈 후에도 오랫동안 감기지 않았다.

그 기묘하고 음험한 고무 가면을 뒤집어쓴 남자의 모습과 비단에 눌러 찍은 오른손도장이 암흑 속에 떠올라 오래도록 그를 괴롭혔다…….

갑자기 머리맡에 놓인 탁상전화가 따르릉 울려서 긴다이치 코스케는 깜짝 놀라 눈을 떴다.

잠자리 속에서 엎드린 채 전화를 끌어당겨 수화기를 들었다. 상대는 접수대의 지배인이었다.

"아, 17번 손님이십니까. 긴다이치 코스케 씨죠. 후루다테 씨로부터 전화가 왔습니다만."

"아, 그래요. 연결해 주십시오."

바로 전화 저편에 후루다테 변호사의 목소리가 들려왔다.

"아, 긴다이치 씨이십니까. 주무시는데 깨워서 죄송하지만 바로 와 주셨으면 하는데요……. 급합니다…… 아주 급해요……."

후루다테 변호사의 목소리는 높다. 높고 떨리고 있다. 코스케는 깜짝 놀라 가슴이 내려앉았다.

"오라니, 어디로요?"

"이누가미 가문…… 이누가미 가문입니다. 모실 차를 보낼 터이니 바로 와 주십시오."

"알겠습니다. 바로 가지요. 하지만 후루다테 씨, 이누가미 가문에 무슨 일이 일어난 겁니까?"

"예, 일어났습니다. 큰일이 터졌습니다. 와카바야시 군의 예언이 들어맞았습니다. 그것도…… 그것도 너무나 이상한 방식으로……. 어쨌든 바로 와 주십시오. 오시면 다 알게 되실 겁니다. 그럼 나중에……."

딸각, 하고 수화기를 내려놓는 소리. ……긴다이치 코스케는 튕기듯 잠자리 속에서 일어나 무심결에 덧문을 하나 열어 보았다. 바깥은 먹을 엷게 바른 듯 어두컴컴하고, 호수 표면 위로 늦가을의 비가 쓸쓸하게 내리고 있었다…….

국화 밭

 긴다이치 코스케는 지금까지 꽤 많은 사건을 다뤄 왔고 무섭고 기묘하고 악몽 같은 시체를 접한 일도 드물지 않다.
 《혼진 살인 사건》에서는 피투성이가 되어 쓰러져 있는 신혼 첫날밤의 남녀를 보았고, 《옥문도》 사건에서는 매화 고목에 거꾸로 매달려 있는 아가씨의 시체나, 그 언니가 범종 안에 갇힌 채 죽어 있는 모습을 보았다. 또 《밤산책》의 사건에서는 목이 잘린 남녀 두 사람의 시체를 보았고, 《팔묘촌》에서는 여러 남녀가 독살당하거나 교살당한 것을 목격했다.
 그래서 아무리 이상하고 무서운 시체에도 이미 면역이 되어 있었을 터인데, 그럼에도 불구하고 역시 이누가미 가문의 사건에서 처음 그 기묘한 살인을 접했을 때에는 숨을 삼킨 채 멈춰 서지 않을 수가 없었다.
 이누가미 가문에서 마중하러 자동차가 온 것은 그로부터 얼마

되지 않아서의 일이었다. 긴다이치 코스케는 서둘러 식사를 마치고 그 자동차에 뛰어올랐다.

길을 가면서 코스케는 운전수에게 뭔가 들으려고 애썼지만 함구령을 받은 것인지 아니면 정말로 모르는 것인지 운전수는 좀처럼 대답해 주지 않았다.

"저도 아직 잘 모릅니다. 누군가가 살해당했다는 얘긴 들었는데 누가 죽었는지는 모릅니다. 하지만 어쨌든 난리가 나서요……."

자동차는 얼마 지나지 않아 이누가미 가문의 정문 앞에 멎었다.

이미 경찰에서 사람이 온 듯 삼엄한 표정을 한 순경이나 사복 차림의 형사들이 문을 나갔다 들어갔다 하고 있다.

자동차가 멈추자 바로 문 안에서 후루다테 변호사가 달려 나왔다.

"긴다이치 씨, 잘 와 주셨습니다. 드디어, 드디어……."

후루다테 변호사는 흥분했는지 코스케의 팔을 붙든 채 뒷말을 잇지 못했다. 저 침착한 변호사를 이토록 흥분하게 만들다니, 대체 어떤 일이 일어난 것일까 하고 코스케는 마음이 심란해졌다.

"후루다테 씨, 대체 무슨 일이……."

"와 주십시오. 이쪽으로 와 주십시오. 보시면 압니다. 무서워요…… 정말 무섭습니다. ……제정신이 아닙니다. 악마가 한 짓이에요. ……대체 뭣 때문에 저런 무서운 장난을……."

후루다테 변호사는 횡설수설했다. 마치 뭔가에 홀린 것처럼 흥분해서 눈에 핏발이 서 있다. 당장이라도 입에서 거품이 나올 것 같았다. 코스케의 손목을 잡은 손바닥이 타는 것처럼 뜨거웠다.

코스케는 말없이 질질 끌려가듯 후루다테 변호사를 따라간다.

문 안에는 꽤 긴 찻길이 있고 저편에 주차장이 보인다. 하지만 후루다테 변호사는 그쪽으로는 가지 않고 옆문을 통해 뜰 쪽으로 걸어갔다.

이 이누가미 가문의 본가는 사헤 옹 사업의 기초가 확고해졌을 때 처음 여기 지어진 것인데, 당시에는 그렇게 큰 건물은 아니었다. 그러던 것이, 그 후 이누가미 가문의 사업이 커지고 재산이 점점 늘자 차츰 주변의 토지를 사들여 차례차례 규모를 넓혀 갔던 것이다. 그래서 건물 전체는 미로처럼 복잡한 구조로 되어 있고 또 몇 채나 분리되어 있었다. 만약 긴다이치 코스케가 혼자 여기서 헤맸다면 미아가 되지 않을 수 없었을 것이다.

하지만 후루다테 변호사는 이 저택의 지리에 훤한 듯 아무 거리낌 없이 척척 안으로 긴다이치 코스케를 끌고 간다.

마침내 서양풍의 바깥뜰을 벗어나 일본풍의 안뜰로 들어갔다. 그 근방에 순경들이 삼삼오오 늦가을 비를 맞으면서 왠지 허둥거리고 있다.

이 안뜰을 지나 세련된 사립문을 빠져나갔을 때, 갑자기 긴다이치 코스케의 눈앞에는 넓고 멋스러운 국화 밭이 나타났다. 그 국화 밭의 멋스러움은 그다지 풍류를 모르는 긴다이치 코스케조차 무심코 눈을 크게 뜨지 않을 수 없을 정도였다.

깨끗이 청소한 흰 모래 저편에는 공들여 지은 다실풍의 건물이 보인다. 그리고 그 다실을 에워싸듯이 바둑판무늬의 덮개를 한 국화 밭이 정연하게 늘어서 있다. 바둑판무늬 덮개 아래는 후물(厚物), 태관(太管), 기쿠이치몬지(菊一文字) 등 커다랗게 핀 국화들이 때마침 늦가을 비가 부슬부슬 내리는 쓸쓸한 뜰에 그윽한 향기를 뿜어내고 있다.

"저깁니다. 저기 무서운 게……."

코스케의 팔을 잡은 변호사가 흥분한 목소리로 속삭였다.

그 말에 보니, 다실 정면에 해당하는 국화 밭 앞에 몇 명의 경찰이 얼어붙은 것처럼 서 있다.

"보아 주십시오, 긴다이치 씨. 저걸, ……저 얼굴을……."

긴다이치 코스케는 경관들을 헤치고 국화 밭 앞으로 나가자마자, 언젠가 후루다테 변호사가 했던 말을 떠올렸다.

'사루조 말입니까. 그 사람은 국화 재배의 달인입니다. 지금 국화 인형을 만들고 있습니다.'

그렇다, 그 국화 인형이다. 게다가 그것은 가부키 '국화 밭'의 한 장면.

중앙에 긴 머리를 뒤통수에서 한데 묶은 기이치 호겐(鬼一法眼)이 서 있다. 기이치 옆에는 미나즈루히메(皆鶴姬)가 소매가 발목까지 내려오는 후리소데*를 펄럭이고 있다. 기이치의 앞에는 시종 아이인 도라조(虎蔵)와 시종인 치에나이(智惠内)가 각각 왼쪽과 오른쪽에 웅크리고 있다. 그리고 적 역인 가사하라 단카이(笠原淡海)가 무대 안쪽 어두컴컴한 자리에 귀신처럼 서 있다.

---

*미혼 여성이 입는 예복.

긴다이치 코스케는 한눈에 그 무대를 둘러보았으나 금세 어떤 사실을 깨달았다. 이들 국화 인형의 얼굴은 모두 각각 이누가미 가문 사람들을 닮아 있었던 것이다.

기이치는 죽은 사헤 옹이었다. 미나즈루히메는 다마요. 앞머리를 내린 시종인 도라조, 즉 우시와카마루(牛若丸)는 저 기묘한 가면을 뒤집어쓴 스케키요를 꼭 닮았고 또 다른 시종인 치에나이, 즉 기산타(喜三太)는 여우같은 스케토모다. 그리고 적 역인 가사하라 단카이는……

긴다이치 코스케는 눈동자를 움직여 어슴푸레한 무대 안쪽으로 눈을 돌렸는데, 그 순간 강한 전류가 관통한 듯 전신이 경련하고 마비되어 가는 것을 느꼈다.

가사하라 단카이. 물론 그것은 판자처럼 떡 벌어진 스케타케였다.

하지만…… 하지만…… 가사하라 단카이라면 긴 머리를 뒤로 올려 한데 묶었어야 한다. 그런데…… 그런데…… 그 가사하라 단카이는 마치 현대인처럼 왼쪽에 가르마를 타고 있었던 것이다. 그리고 또한 저 생생한 검푸른 얼굴!

긴다이치 코스케는 다시금 강한 전류가 흐른 듯 꿈틀하고 격하게 경련하더니 무심코 한 발짝 발을 내밀었다.

"저건…… 저건……"

혀가 입천장에 붙어 생각대로 말이 나와 주지 않는다.

긴다이치 코스케는 몸을 앞으로 내밀고 푸른 대나무로 만들어진 칸막이를 부서뜨릴 것처럼 움켜쥐었는데, 그때였다. 가사하라 단카이의 목이 끄덕이듯 두세 번 흔들흔들 움직이나 싶더니 이윽고 몸통을 떠나 데굴데굴…….

코스케는 개구리라도 밟은 것 같은 소리를 지르며 무심코 뒤로 물러섰다.

가사하라 단카이…… 아니, 스케타케의 목의 절단면에서는 검붉은 피가 가득 달라붙어 뭔가 자욱한 게 보인다. 그것은 무참하면서도 구토를 유발시킬 듯 더럽고 불쾌하고 오싹한 스케타케의 진짜 목이었던 것이다.

"이, 이, 이건……."

얼어붙은 듯한 몇 초의 침묵 후에 긴다이치 코스케가 헐떡이듯 중얼거렸다.

"사, 살해당한 것은 스, 스케타케 군이었군요."

후루다테 변호사와 경관들이 말없이 끄덕였다.

"그, 그리고 범인은 목을 잘라 국화 인형의 목과 바꿔치기 했군요."

후루다테 변호사와 경관들이 다시 끄덕였다.

"하, 하지만…… 범인은 어, 어째서 그, 그렇게 수고로운 짓을 한 겁니까?"

아무도 대답하지 않는다.

"목을 자른 사건은 지금까지 없었던 일은 아니에요. 목 없는 사건……. 그런 예는 간혹 있었습니다. 하지만 그것은 시체의 신원을 감추기 위해서였죠. 그럴 경우 목은 항상 어딘가에 감춰 둡니다. 그런데…… 그런데, 이 목은 어째서 이런 데 장식되어 있는 겁니까?"

"긴다이치 씨, 문제는 그겁니다. 범인은…… 범인이 누군지는 모르겠지만…… 어쨌든 누군가가 스케타케 군을 죽였어요. 게다가 그놈은 어쩔 작정인지 시체를 그대로 두고 목을 잘라 일부러 여기까지 가져와서 국화 인형의 목과 바꿔치기 했다. 왜일까요?"

"왜일까요. 어떤 이유일까요?"

"그건…… 저도 아직 모릅니다."

그 말을 한 사람은 나스 서의 서장이었다. 이름은 다치바나(橘)라고 한다. 짧게 자른 반백의 머리에, 땅딸막하고 키는 크지 않지만 배가 튀어나온, 떡 벌어진 체구의 인물이다. 너구리라는 별명이 있다.

서장도 긴다이치 코스케를 알고 있었지만 긴다이치 코스케도 그 사람을 알고 있었다.

와카바야시 도요이치로의 사건이 일어났을 때 긴다이치 코스케도 취조를 받았다는 사실은 전에도 얘기했다. 다치바나 서장은 그 후 긴다이치 코스케의 신원을 도쿄 경시청에 조회했는데 그 답변이, 코스케에게 있어 무척 유리하게 작용했던 모양이다. 그 이후 다치바나 서장은 반신반의하면서도 이 작은 키에 풍채가 좋지 않은, 더벅머리의 말더듬이 남자를 호기심과 함께 일종의 외경심을 가지고 보고 있었다.

코스케는 다시 한 번 무서운 국화 인형 쪽으로 눈을 돌렸다. 어슴푸레한 무대 속에 귀신처럼 서 있는 목 없는 가사하라 단카이. 그 발밑에 구르고 있는 섬뜩한 스케타케의 목, 게다가 그 바로 옆에는 사헤 옹이나 노노미야 다마요, 그리고 스케키요나 스케토모와 닮은 인형이 붉고 흰 갖가지 국화로 장식한 의상을 몸에 걸치고 차가운 얼굴을 한 채 시치미를 떼고 있다.

바둑판무늬의 비 막이를 두드리는 쓸쓸한 늦가을 빗소리……귀기가 피부에 스민다는 말은 분명 이럴 경우를 가리키는 말이리라.

긴다이치 코스케는 이마에 밴 땀을 닦아냈다.

"그래서……."

"그래서……?"

"몸 쪽은 어디에 있습니까. 목부터 아래 몸통은 어떻게 된 겁니까."

"아, 그건 지금 수색 중입니다만. 그리 멀리 두지는 않았을 거라 싶어요. 보시는 대로 이 '국화 밭'은 그리 흐트러져 있지 않으니 범행 현장은 어딘가 다른 곳에 있겠죠. 그것만 알면……."

다치바나 서장은 거기까지 말하고는 입을 꾹 다물어 버렸다. 그때 두세 사람, 사복차림의 형사가 우르르 몰려들어 오는 게 보여서다. 사복형사 한 명이 달려와 귀에 대고 뭔가 말하자, 서장은 눈썹을 휙 치켜 올렸으나 이내 코스케 쪽을 돌아보고,

"범행 현장을 알아냈다고 합니다. 당신도 같이 가십시다."

앞서가는 서장 일행의 뒤를 따라 긴다이치 코스케는 후루다테 변호사와 어깨를 나란히 하고 걸었다.

"후루다테 씨."

"예."

"저…… 스케타케 군의 목 말인데요. 저건 대체 누가 가장 처음 발견한 겁니까……?"

"사루조예요."

"사루조……?"

긴다이치 코스케는 질린 듯 눈썹을 찌푸렸다.

"네, 그래요. 사루조는 매일 아침 한 번, 국화 손질을 하러 오는데, 오늘 아침에도 저 국화 밭에 와 보니…… 저런 형국이었던 거지요. 그래서 재빨리 제가 있는 곳에 알리러 왔는데……. 그래요, 9시 조금 지나서였어요. 저도 그 말을 듣고 깜짝 놀라 달려왔습니다만, 아, 그때 엄청나게 소란스러웠습니다. 이누가미 일족은 모두 저 국화 밭 앞에 모여 있었는데, 다케코 부인이 울며불며……. 마치 실성한 것 같은 상태였습니다. 그것도 뭐, 무리는 아니겠지만……."

"마츠코 부인과 스케키요 군은……."

"예, 역시 왔습니다. 하지만 스케타케 군의 목을 보고는 잠자코 바로 거실 쪽으로 돌아가 버렸습니다. 아무래도 저는 그 사람들은 버거워요. 스케키요 군은 그렇게 가면을 뒤집어쓰고 있고 마츠코 부인은 마츠코 부인대로 아시는 바 여장부라 좀처럼 감정을 겉으로 드러내지 않으니까요. 스케타케 군의 목을 보고 두 사람이 어떤 기분이었는지 저는 전혀 모르겠습니다."

긴다이치 코스케는 잠자코 생각에 잠겨 있었지만 마침내 생각난 듯,

"그런데 그 두루마리 말인데요. 스케키요 군이 손도장을 찍

은……. 어쩌면 스케타케 군이 그 두루마리를 갖고 있었던 거 아닙니까."

"아뇨, 그 두루마리라면 제가 가지고 돌아왔습니다. 이 가방에 들어 있는데요."

후루다테 변호사는 겨드랑이에 끼운 접는 가방을 두드려 보이더니 갑자기 잠긴 목소리로,

"하지만 긴다이치 씨. 당신 생각에는 스케타케 군은 그 두루마리 때문에 살해당했다……는 겁니까."

긴다이치 코스케는 그 말에는 대답하지 않고,

"당신이 그 두루마리를 맡아 두었다는 걸 이누가미 가문 사람들은 모두 알고 있습니까?"

"예, 마츠코 부인과 스케키요 군을 제외하고는요. 그 두 사람이 가 버린 후에 모두 상담한 결과 제가 맡아 두기로 했거든요."

"그럼 마츠코 부인과 스케키요 군, 두 사람은 몰랐다는 거군요."

"그렇죠. 누군가가 말을 하지 않은 한은……."

"누군가가 말했다……는 경우는 좀 생각하기 힘들지 않습니까. 스케키요 군 모자는 다른 사람들과는 감정적으로 날카롭게 대립하고 있었으니까요."

"그렇게 말씀하시면 그렇죠. 하지만 설마 그 두 사람이……."

그때 서장 일행은 호수에 접한 보트 하우스 옆에 와 있었다. 이 보트 하우스란 것은 유언장이 발표된 날 사루조가 마중 와서 코스케가 보트로 왔던 곳이다.

전체가 철근 콘크리트로 된 장방형 상자 같은 건물로 옥상은 지붕이 붙어 있는 전망대다.

서장 일행은 이 전망대로 통하는 좁은 계단을 올라간다. 긴다이치 코스케와 후루다테 변호사도 그 뒤를 따라갔는데, 한 걸음 전망대로 발을 내디딘 순간, 코스케는 무심코 눈을 크게 떴다.

전망대에는 둥근 등나무 탁자를 둘러싸고 대여섯 개의 등나무 의자가 놓여 있었는데, 그 의자 중 하나가 쓰러져 있고 바닥 위에는 엄청난 피가 흐르고 있었다.

아, 틀림없다. 범행은 분명 여기서 저질러진 것이다. 하지만 시체는……? 그 시체는 전망대 어디에도 없었다.

국화 브로치

"서장님, 범행은 여기서 일어난 겁니다. 범인은 스케타케 씨를 죽인 다음 목을 베고 시체 쪽은 여기서 떨어뜨렸겠죠. 보세요, 이거……."

역시 피 웅덩이 한가운데로부터 한줄기 핏자국이 전망대 다리까지 이어져 있다. 그 피를 따라 전망대 다리까지 와 보니 아래는 바로 호수로, 완만하게 철썩이는 파도 위로 늦가을 비가 쓸쓸하게 파문을 그리고 있다.

"쳇."

서장은 물속을 들여다보면서 짜증스럽게 혀를 찼다.

"그럼 일단 호수를 파헤치지 않으면……."

"이 부근은 물이 깊습니까?"

"아니, 그렇게 깊지는 않지만, 보세요."

하고 서장은 반 정(50미터) 남짓한 물을 가리키면서,

"거기 커다란 파문을 그리고 있는 곳이 있죠. 저건 나나츠가마(七つ釜)라고 하는데, 호수 밑바닥에서 온천이 뿜어져 나옵니다. 그 때문에 이 부근 일대의 물은 끊임없이 완만한 소용돌이를 그리며 흐르고 있죠. 그래서 여기서 시체를 던졌다 해도 지금쯤은 어딘가 멀리까지 흘러갔을 게 분명합니다."

그때 사복 차림의 형사가 서장 옆에 다가왔다.

"서장님, 이런 게 떨어져 있었는데요……"

그것은 직경 1촌(3센티미터) 남짓한 국화 형태의 브로치였다. 황금 국화 줄기 한가운데 커다란 루비가 붙어 있다.

"저쪽에 쓰러져 있는 의자 옆에 떨어져 있었는데요……"

후루다테 변호사가 기묘한 비명을 지른 것은 그때다.

서장과 긴다이치 코스케가 놀라 돌아보자 후루다테 변호사는 눈을 크게 뜨고 집어삼킬 듯 브로치를 응시하고 있다.

"후루다테 씨, 이 브로치를 아십니까."

서장이 묻자 후루다테 변호사는 손수건을 꺼내 당황해서 이마의 땀을 닦았다.

"예, 저, 그건……"

"누구 브로칩니까."

서장이 연거푸 물었다.

"예, 그건 분명 다마요 씨의……"

"다마요 씨?"

긴다이치 코스케도 한 걸음 앞으로 나와,

"하지만 이게 다마요 씨 거라도 그분이 이 사건에 관계가 있다고 단정할 수 없죠. 어젯밤 전에 떨어뜨린 걸지도 모르고……."

"아, 하지만……."

"하지만……?"

"그게 그렇지 않습니다. 저는 어젯밤 다마요 씨가 이 브로치를 가슴에 달고 있는 걸 똑똑히 기억하고 있어요. 예, 그렇습니다. 어젯밤 돌아갈 때쯤 무심코 다마요 씨와 부딪쳤습니다. 그때 이 브로치가 제 조끼에 걸려서……. 그래서 분명히 기억하고 있습니다만……."

후루다테 변호사는 안절부절 목 근처의 땀을 닦고 있다. 서장과 긴다이치 코스케는 의미심장하게 눈빛을 교환했다.

"그건 몇 시쯤의 일이었습니까."

"그래요, 10시 조금 전에. 돌아가려 할 때 일이었기 때문에……."

그럼 다마요는 그 후에 이 전망대에 왔다는 게 된다. 그런 시각에 왜 다마요는 이런 곳에 온 것일까?

그때 계단 쪽에 발소리가 나고 전망대 입구에서 사루조의 못생긴 얼굴이 불쑥 나타났다.

"저, 후루다테 어르신, 저기요……."

"응, 뭐야. 나한테 무슨 용건이지?"

후루다테 변호사는 사루조 옆에 가서 뭔가 이야기를 하고 있었으나 바로 돌아오더니,

"마츠코 부인이 제게 뭔가 할 얘기가 있다고 하시니 잠시 다녀오겠습니다."

"아, 그래요. 그럼 죄송하지만 후루다테 씨, 다마요 씨에게 이쪽으로 와 달라고 전해 주시겠습니까?"

"알겠습니다."

후루다테 변호사가 내려간 후에도 사루조는 가려고 하지 않고 계단 중간에 선 채 머뭇거리며 전망대를 둘러보고 있다.

"사루조 씨, 뭔가 볼일이 남아 있나."

"예에, 저기, 조금……. 묘한 일이 일어나서요……."

"묘한 일이라니……?"

서장이 물었다.

"예에, 저기, 보트가 한 척 없어져서요."

"보트가 한 척?"

"예에, 그래요. 지는 항상 아침에 일어나면 집안을 돌아보는데요, 오늘 아침 일어나자마자 아래 내려가 보니 수문이 열려 있었어요. 그 수문은 어제 해가 지기 전에 분명 내려 두었는데, 이상해서 보트를 두는 방을 들여다보니까 보트 세 척 중에 한 척이 없어진 거여요."

서장과 긴다이치 코스케는 놀란 듯 마주 보았다.

"그럼 어젯밤에 누군가 보트를 저어 나갔다는 건가."

"글쎄요. ……그건 지도 모르겠지만요, 암튼 보트가 한 척……."

"그리고 수문이 열려 있었다는 거로군."

사루조는 뚱한 얼굴로 끄덕였다.

긴다이치 코스케는 본능적으로 호수 쪽을 돌아보았으나 비가 내리는 호수 위에는 보트 같은 것은 한 척도 눈에 띄지 않았다.

"여기 보트에는 뭔가 표시가 되어 있나?"

"예에, 여기 보트에는 모두 이누가미 가문이란 글씨가 검은 페인트로 쓰여 있어요."

서장이 뭔가 속삭이자 금세 세 사람의 사복형사가 전망대에서 내려갔다. 분명 분실한 보트를 찾으러 간 것이리라.

"아, 사루조 군. 고맙네. 뭔가 또 이상한 걸 발견하면 알려 주게."

사루조는 어색하게 인사하고는 그대로 터덜터덜 계단을 내려갔다.

서장은 긴다이치 코스케를 돌아보고,

"긴다이치 씨, 당신은 이걸 어찌 생각하십니까. 범인은 스케타케의 목 없는 시체를 보트로 운반한 건지……."

"글쎄요……."

긴다이치 코스케는 비로 흐려진 호수 표면을 바라보면서,

"그렇다면 범인은 외부인이라는 게 됩니다. 보트를 저어 나간 채 여기로 돌아오지는 않았을 테니까요."

"아니, 도중에 시체를 호수에 던져 넣고 자신은 어딘가의 바위에다 보트를 댄 다음 언덕을 돌아 이쪽으로 돌아오는 방법도 있죠."

"하지만 그건 꽤 위험한 방식입니다. 목을 그렇게 장식해 둔 이상은 뭐라도 그런 위험을 무릅쓰고까지 시체를 숨길 필요는 없다고 생각하는데요."

"흠, 그렇게 말하면 그렇지만……."

서장은 멍하니 그 무서운 피 웅덩이에 시선을 떨어뜨리고 있었지만 갑자기 강하게 고개를 가로젓고는,

"긴다이치 씨, 나는 아무래도 이번 사건은 모르겠습니다. 범인은 어째서 목을 자른 건지. 어째서 그 목을 국화 인형의 목과 바꿔치기한 것인지. 아, 거 참. ……왠지 한기가 드는군요."

그 자리에 다마요가 올라왔다. 역시 다마요도 얼굴이 창백하고 눈동자도 날카롭게 굳어져 있다. 하지만 그럼에도 그녀의 아름다움에는 변함이 없었다. 아니, 아니, 겁에 질려 어딘지 모르게 불안한 모습이 한층 얌전하고 아름다워, 고루한 표현이지만 비에 젖은 해당화처럼 어디서 온 것인지 알 수 없는 덧없음이 그녀의 아름다움을 한층 돋보이게 하는 듯했다. 서장은 가볍게 헛기침을 하고는,

"아, 안녕하십니까. 불러내서 죄송합니다. 거기 앉으시죠."

다마요는 그 무서운 피 웅덩이를 보더니 한순간 겁먹은 듯 눈을 크게 떴으나, 금세 얼굴을 돌려 어색하게 등나무 의자에 앉았다.

"불러낸 건 다름이 아니라 이 브로치, 알고 있습니까?"

다마요는 서장의 손바닥에 있는 국화 브로치에 눈을 돌리고는 의자에 앉은 채 한순간 몸을 굳혔다.

"네……. 저…… 압니다. 그건, 제 브로치입니다."

"그렇군요. 그럼 언제 잃어버렸는지 짐작이 갑니까?"

"네……. 아마…… 어젯밤에……."

"어디서……."

"여기서 떨어뜨린 게 아닌가 싶은데요……."

서장은 긴다이치 코스케와 얼굴을 찌릿 마주 보았다.

"그럼 당신은 어젯밤 여기 오신 겁니까."

"네……."

"몇 시쯤?"

"11시쯤이었다고 생각해요."

"그런 시각에 어인 일로 이런 데 오신 겁니까."

다마요는 양손으로 손수건을 쥐고 있다. 너무 꽉 움켜쥐어서 손수건이 찢어질 것 같다.

"저, 이렇게 된 이상 전부 솔직하게 말씀해 주셨으면 합니다만. 대관절 어쩐 일로 이런 곳에?"

다마요는 갑자기 결심한 듯 고개를 번쩍 쳐들더니,

"실은 어젯밤, 여기서 스케타케 씨를 만났습니다. 비밀리에 얘기할 게 있어서요."

다마요의 뺨은 핏기가 싹 가셨다.

다치바나 서장은 다시금 날카로운 눈빛으로 긴다이치 코스케를 응시했다.

지문이 있는 시계

"어젯밤, 당신은 스케타케 군과 여기서 만났다는 말씀이십니까?"

다치바나 서장의 눈에 문득 희미한 의혹의 빛이 떠오른다. 긴다이치 코스케도 의아한 듯 눈썹을 찌푸리고 핏기가 가신 다마요의 하얀 옆얼굴을 응시하고 있다.

다마요의 아름다운 볼은 스핑크스처럼 비밀을 감춘 채 굳어져 있었다.

"무슨 볼일이 있으셨습니까. 아아……. 음, 아마 스케타케 군 쪽에서 만나자고 했겠죠."

"아뇨, 그렇지 않습니다."

다마요는 단호한 말투로,

"제 쪽에서 스케타케 씨에게 11시쯤 여기 와 달라고 했습니다."

라며 잘라 말하고는 흔들리는 호수 표면을 바라본다. 엄청난 바람이 부는 것인지 물 표면을 두드리는 빗발이 점차 요란해지고 격해진다. 폭풍우가 될지도 모르겠다.

서장과 긴다이치 코스케는 다시금 얼굴을 마주 보았다.

"아아, 그렇군요……"

서장은 숨이 갑갑한 듯 목에 걸린 걸 삼키면서,

"그래서요……? 무슨 볼일이었습니까. 뭔가 은밀하게 이야기하고 싶은 게 있었다고 아까 말씀하셨던 것 같은데……"

"그렇습니다. 아무한테도 알리지 않고 남몰래 스케타케 씨에게만 말씀 드리고 싶은 게 있어서요."

"그 은밀한 이야기란……?"

그러자 다마요는 갑자기 호수로부터 시선을 거두어 서장의 얼굴로 돌리고는,

"예, 이렇게 됐으니 전부 정직하게 말씀 드리겠습니다."

하고 확실히 마음을 정한 듯 눈동자를 고정시키고 묘한 이야기를 시작했다.

"저, 조부님…… 이누가미 조부님께서는 굉장히 귀여움을 받았습니다. 아이 때부터 친손녀처럼 귀여움을 받았어요. 그건 알고 계시죠."

그 사실이라면 긴다이치 코스케와 다치바나 서장도 알고 있었다. 사헤 옹의 유언장을 봐도, 고인이 된 노인이 얼마나 다마요를 사랑했었는지를 알 수 있다.

다마요는 두 사람이 말없이 끄덕이는 걸 보고 다시금 먼 곳을

보는 듯한 눈이 되어 정처 없이 이야기를 이어갔다.

"그 조부님께 저는 시계를 받은 적이 있어요. 아니, 최근 일이 아닙니다. 아직 앞머리를 내리고 있던 아이 시절 일이었습니다. 타반이란 회사에서 나온 금제품으로 뚜껑이 두 개 달린 회중시계였습니다. 아니, 여자용은 아닙니다. 여자용은 아니지만 웬일인지 아이였던 제 마음에 쏙 들어, 조부님 옆에 있으면 항상 그 시계를 꺼내 달라고 해서 만지작거리곤 했습니다. 그랬더니 어느 날 조부님이 웃으시며 그렇게 그 시계가 맘에 들면 네게 주마. 하지만 이건 남자용이니 어른이 되면 찰 수가 없단다. 하지만…… 그래, 그때는 네 신랑 될 사람한테 선물로 주면 되지. 그때까지 소중히 보관하는 거다. 물론 그건 농담이었지만 그렇게 말씀하시고 그 시계를 제게 주셨습니다."

서장과 긴다이치 코스케는 얼떨떨한 얼굴을 하고 다마요의 옆얼굴을 응시하고 있다. 어젯밤 이야기와 그 시계 사이에 대체 무슨 관계가 있다는 것일까?

하지만 서장도 다치바나도 이야기의 맥을 끊는 게 두려워 말없이 기다리고 있었다. 그도 그럴 것이, 이런 피비린내 나는 사건에도 불구하고 돌아가신 사헤 옹의 이야기를 할 때의 다마요의 눈썹에, 눈동자에, 입술에 뭐라 말할 수 없는 상냥한 애정이 홍수처럼 넘쳐흐르는 것을 보았기 때문이다.

다마요는 변함없이 먼 곳을 응시하는 눈길로 묘한 이야기를 계속했다.

"저, 너무 기뻐서, 기뻐서 그 무렵 한시도 그 시계를 떼어 놓지 않았습니다. 잘 때도 머리맡에 놓고…… 째깍째깍…… 아름답게 울리는 소리를 듣는 게 어린 마음에도 기뻐서……. 너무나, 너무나 소중히 여겼답니다. 하지만 아무래도 애라서 어쨌냐면 소중한 시계를 망가뜨리는 일이 있었습니다. 태엽을 지나치게 감는다든가, 무심코 물을 쏟는다든가……. 그럴 때마다 항상 고쳐 주었던 사람이 스케키요 씨였습니다."

스케키요……란 이름이 나오니 다마요의 먼 옛날의 꿈 이야기도 어느 정도 현실감을 띤다. 다치바나 서장도 긴다이치 코스케도 잠시 긴장한 얼굴이 되었다.

"스케키요 씨와 저와는 겨우 세 살밖에 차이 나지 않았지만 그 사람은 어릴 때부터 굉장히 손재주가 좋고 기계를 만지는 걸 좋아했습니다. 라디오를 조립한다든지 전기 기관차를 만든다든지, 그런 걸 굉장히 잘했습니다. 그래서 제 시계를 고치는 일 같은 건 스케키요 씨에게는 식은 죽 먹기였습니다. 다마요, 또 시계를 망가뜨렸어? 안 되겠네? ……그렇게 주의를 주면서, 그러면서도 제 슬픈 얼굴을 보면 아아, 좋아, 고쳐 줄게, 내일까지 기다려, 오늘밤 안으로 고쳐 줄 테니까. ……그리고 그 다음 날이 되어 깨끗하게 고친 시계를 제 손에 돌려줄 때마다 싱글싱글 놀리듯 웃으면서 다마요, 이 시계 좀 더 소중히 하지 않으면 안 돼. 이건 네가 커서 시집갈 때 남편 될 사람한테 줄 시계잖아, 그렇다면 좀 더 소중히 여기지 않으면 안 되지 하고 검지 끝으로 제 뺨을 찌르고……."

이런 이야기를 할 때 다마요의 뺨이 살며시 발그레해지고 아름다운 눈동자가 촉촉하게 젖은 듯 빛났다.

긴다이치 코스케는 무시무시한 고무 가면을 쓴 스케키요를 문득 머릿속에 그려본다. 스케키요는 지금은 흔적도 없이 얼굴이 망가져 기분 나쁜 가면을 쓰고 있지만 예전 스케키요의 얼굴을 그대로 베꼈다는 가면은 비할 바 없이 아름답다.

《이누가미 사헤전》에 나온 사진을 봐도 예전의 스케키요가 유례없는 미모의 소유자란 걸 알 수 있다. 분명 그것은 젊었을 때 다마요의 조부 노노미야 다이니가 그 미색을 사랑했다는 사헤 옹의 피를 이어받은 것이리라.

지금 다마요가 이야기한 에피소드는 분명 다마요가 세일러복 차림의 소학생, 스케키요가 금 버튼을 단 중학생 무렵에 있었던 일일 것이다. 그 무렵 병아리처럼 아름다운 이 한 쌍 사이에 어떤 감정이 오가고 있었을까. 그리고 또한 이 두 사람을 보는 사헤 옹의 가슴속에는 대관절 어떤 생각이 움트고 있었을까.

긴다이치 코스케는 그때 갑자기 아까 본 '국화 밭'의 장면을 떠올렸다.

'국화 밭'의 기이치 호겐은 하인으로 분장해 들어온 도라조, 즉 우시와카마루에게 병법의 비서(秘書) 《육도삼략》 '호랑이의 권'을 줌과 동시에 딸 미나즈루히메와 혼인시켰던 것이다.

그런데 아까 본 국화 인형에서는 기이치는 사헤 옹과 닮았고 우시와카마루와 미나즈루히메는 각각 스케키요와 다마요다. 그렇다면 사헤 옹은 진작부터 스케키요와 다마요를 혼인시키고 거기에 '호랑이의 권'이 아니라 요키, 고토, 기쿠라는 이누가미 가문의 상속권을 줄 생각은 아니었을까.

물론 국화 인형은 사루조가 만든 것이니 그게 사혜 옹의 마음을 그대로 표현한 것이라고 단정할 수는 없다. 게다가 그것을 만든 사루조는 지능도 평범한 정도가 아니라 우둔한 사람이다. 하지만 우둔한 사람의 직감은 종종 평범한 사람을 능가할 때가 있다. 사루조는 사루조 나름대로 사혜 옹의 마음을 헤아리고 있었던 게 아닐까. 혹은 사루조의 우직함을 사랑해 사혜 옹이 비밀리에 가슴속의 계획을 털어놓은 적이 있었던 건지도 모른다. 그래서 사루조는 최근 이누가미 가문의 개운치 않은 분위기에 항의하기 위해 가부키 '국화 밭'에 빗대어 그 같은 인형을 만든 건 아닐까. 그렇다면 이것이 사혜 옹의 뜻이었는지 아닌지는 차치하고서라도, 적어도 사루조의 눈으로 보면 다마요가 결혼할 상대는 스케키요 외에 달리 없고 그러므로 '호랑이의 권'이 아니라 요키, 고토, 기쿠의 세 가보는 이 두 사람이 받아야 하는 것이리라.

하지만 그 스케키요는······.

그 스케키요가 문제인 것이다. 그 스케키요는 이제 옛날의 스케키요가 아니다. 그 유례없는 미모는 지금은 흔적도 없이 훼손되었기 때문에.

긴다이치 코스케는 언젠가 본, 우글쭈글하게 망가진 저 징그러운 고깃덩어리를 떠올리고는 오싹한 두려움과 함께 뭐라 말할 수 없는 암담한 생각에 사로잡혔다.

하지만 긴다이치 코스케의 상념이 계속해서 막다른 골목을 헤맬 수는 없었다. 한동안 이야기를 하지 않고 있던 다마요가 다시금 자세히 이야기하기 시작했던 것이다.

"그 시계는 전쟁 중에 망가져 버렸지만 이미 그때는 그걸 고쳐줄 스케키요 씨는 이 저택에 없었습니다. 군대에 끌려가 먼 남쪽 전선으로……."

다마요는 거기서 잠시 목소리를 흐렸으나 이내 목에 걸린 걸 삼키고는,

"저는 그 시계를 도저히 시계방에 가져갈 기분이 들지 않았습니다. 그도 그럴 것이 첫 번째 이유는 그 시계, 아무 생각 없이 시계방에 수선을 보내면 안의 기계를 바꿔치기할 거란 말을 가끔 들었기에 겁이 났고, 또 다른 이유는 그 시계를 고칠 사람은 스케키요 씨 외에 아무도 없다는 생각을 했기에 아무리 잠깐이라도 스케키요 씨 외의 다른 사람에게 그걸 건네주는 게 싫었기 때문이었습니다. 그래서 시계는 줄곧 고장 나 있었지만 최근 스케키요 씨가 돌아와서……."

다마요는 거기서 잠시 머뭇거렸지만 이내 자신을 격려하듯,

"다행이다……라고 하면 이상하겠지만 스케키요 씨도 제법 마음이 가라앉은 것 같기에 나흘인가 닷새 전 이야기를 나누었을 때 시계를 꺼내 수선해 달라고 부탁했습니다."

긴다이치 코스케는 갑자기 흥미가 발동했다. 흥미를 느꼈을 때의 버릇으로, 그는 별안간 벅벅 더벅머리를 긁기 시작했다.

코스케는 아직 다마요가 말하려는 게 뭔지 잘 파악되지 않는다. 다마요의 가슴속에 대체 어떤 생각이 들어 있는 것인지 그것도 모른다. 하지만 뭐랄까 통렬하게 그의 마음을 자극하는 것

이 있어. 코스케는 무의식중에 벅벅 계속해서 더벅머리를 긁어 댔다.

"그, 그, 그래서, 스, 스, 스케키요 군은, 그, 그, 그 시계를 고쳐 주었습니까?"

다마요는 천천히 고개를 젓고는,

"아뇨, 스케키요 씨는 그 시계를 손에 들고 한동안 보고 있었지만 지금은 그럴 기분이 안 든다며 나중에 하겠다고 말씀하시고 시계는 제게 돌려주었습니다."

거기까지 말하고는 다마요는 입을 딱 다물고 말았다. 또 뒷얘기가 있을까 해서 서장과 긴다이치 코스케는 숨을 삼키고 다마요의 얼굴을 바라보고 있었지만, 다마요는 호수 쪽을 보고 있을 뿐, 그 입술은 좀처럼 열릴 것 같지 않았다.

서장은 곤혹스런 듯 새끼손가락으로 귀밑털을 긁으면서,

"그렇군요. ……그런데 그 얘기와 어젯밤 얘기가 대체 무슨 관계가 있습니까?"

다마요는 하지만, 그 말에 대답하지 않고 갑자기 다른 이야기를 시작했다.

"어젯밤 이 저택에서 어떤 일이 있었는지 두 분 모두 알고 계시죠. 스케타케 씨와 스케토모 씨가 나스 신사에서 가져온 스케키요 씨의…… 손도장을 증거로 스케키요 씨의…… 뭐라고 해야 하나, 정체……."

다마요는 거기서 잠시 눈썹을 찌푸리고는,

"안 좋은 말이지만 그거예요. 그 정체를 확인하겠다고 해서 한

차례 소동이 있었답니다. 마츠코 아주머니는 어찌된 영문인지 스케키요 씨가 손도장을 찍는 걸 한사코 거부하셨어요. 그래서 모처럼 스케타케 씨나 스케토모 씨의 시도도 흐지부지 끝나 버렸습니다만, 그때 제게 문득 생각이 떠올랐습니다. 요전에 스케키요 씨에게 시계 수선을 부탁했을 때 거절당한 건 지금 말씀드렸지요. 그때 제 방에 돌아와 아무 생각 없이 시계 뚜껑을 열어보니 그 뒷면에 선명하게 스케키요 씨의 오른손 엄지손가락 지문이 찍혀 있었다는 사실을."

긴다이치 코스케는 갑자기 벼락을 맞은 것처럼 꿈틀 몸을 떨었다.

아아, 그렇다, 아까부터 통렬하게 그의 마음을 자극하고 있었던 것. 바로 이것이었다.

긴다이치 코스케는 다시금 벅벅, 박박, 무턱대고 머리 위의 참새 둥지를 손가락으로 긁기 시작했다.

다치바나 서장은 기가 찬 듯 한동안 그 모습을 보고 있었지만 이윽고 다마요 쪽을 보더니,

"하지만 그게 스케키요 군의 지문이란 걸 어떻게 압니까."

아아, 어리석은 질문, 어리석은 질문! 그런 거야 바로 알 수 있는 문제가 아닌가! 다마요는 우연히 거기 스케키요의 지문이 찍혔고 우연히 그녀가 그것을 발견한 것처럼 말하고 있지만 분명 그것은 사실이 아닐 것이다. 그녀는 분명 처음부터 그럴 작정으로 스케키요를 함정에 빠뜨렸음에 틀림없다. 그녀는 처음부터 시계 어딘가에 스케키요의 지문을 찍을 작정이었던 것이다.

코스케의 마음을 통렬하게 자극한 것은 즉 그것…… 다마요가 얼마나 현명한지, 그리고 동시에 얼마나 교활한 여성인가 하는 것이었다.

"그건…… 아마 틀림없을 거라 생각합니다. 스케키요 씨에게 가져가기 전에 저는 시계를 깨끗이 닦아 두었고, 게다가 그 시계에 손을 댄 사람은 저와 스케키요 씨 외에는 없었는데 그 지문은 제 게 아니라서요……"

그렇다, 역시 그렇지 않은가. 다마요는 처음부터 그럴 작정으로 시계를 닦아 두었던 것이다. 그렇다 해도 시계 뚜껑 뒷면이라니, 얼마나 영리한 생각인가. 지문을 보존하기 위해 그 이상 알맞은 장소는 없을 것이다.

서장도 겨우 납득한 듯,

"그렇군요. 그래서……?"

"네, 그래서……"

다마요는 더듬거리면서,

"어젯밤 상황으로 보아서는 스케키요 씨의 손도장을 찍는 일 같은 건 당분간 불가능해 보입니다. 그렇다고 이대로 내버려 두면 스케타케 씨나 스케토모 씨, 그리고 그분들 부모님의 의심은 한층 깊어질 겁니다. 그래서 문득 생각한 게 시계에 찍힌 스케키요 씨의 엄지손가락 지문, 조금 주제넘은 짓 같지만 이런 건 한시라도 빨리 확실히 해 두는 편이 좋을 거라 생각해서 스케타케 씨에게 시계의 지문과 두루마리의 손도장을 비교해 달라고 할까 싶어서……"

"그렇군요. 그래서 그 이야기를 하기 위해 스케타케 군을 여기 불러냈단 거군요."

"네."

"그게 어젯밤 11시……?"

"제가 방을 나온 게 딱 11시였습니다. 이 일을 사루조가 알게 되면 또 따라올 게 분명했어요. 그러면 곤란해서 일단 침실로 들어가 11시가 되기를 기다려 몰래 빠져나왔습니다."

"아, 잠깐……."

그때 옆에서 긴다이치 코스케가 처음으로 끼어들었다.

"그때 일을 좀 더 자세히 설명해 주실 수 있습니까? 당신이 방을 나왔을 때가 정확히 11시라면 여기 온 건 11시 2, 3분 지나서란 얘기군요. 그때 스케타케 군은 와 있었습니까?"

"네, 와 있었습니다. 거기 다리에 서서 호수를 보며 담배를 피우고 있었습니다."

"그때…… 당신이 여기 올라올 때 근처에 누군가 없었습니까?"

"글쎄요. ……그런 느낌은 못 받았습니다. 어쨌든 어젯밤은 굉장히 흐렸고 컴컴해서 누군가 있었다 해도 알아차리지 못했을 거라 생각합니다."

"그렇군요. 그래서 당신은 스케타케 군에게 시계 얘기를 했죠?"

"네."

"그리고 그 시계는?"

"스케타케 씨에게 건네주었습니다. 스케타케 씨는 굉장히 기뻐하며 바로 내일 후루다테 씨를 통해 두루마리를 받아 와서 비교해 보겠다고 했습니다."

"스케타케 군은 그 시계를 어떻게 했습니까?"

"조끼 주머니에 넣었던 것 같습니다."

스케타케의 시체의 목부터 아래를 찾을 수 없는 지금, 시계 또한 조끼 주머니에 있는지 없는지는 모르는 일이다.

"그래서…… 그 이야기를 하는데 대충 얼마나 시간이 걸렸습니까?"

"5분까진 안 걸렸다고 생각합니다. 저, 이런 장소에 줄곧 스케타케 씨와 둘이서만 있는 게 싫어서 가능한 한 빨리 이야기를 끝내려고 했습니다."

"그렇군요. 11시 7, 8분 지나서는 헤어졌단 얘기군요. 여길 나간 건 어느 쪽이 먼저였습니까?"

"제가 먼저 나왔습니다."

"그렇다면 스케타케 군 혼자 여기 남아 있었던 얘기군요. 그때 스케타케 군은 뭘 하고 있었습니까?"

글쎄요, 그게…… 하며 다마요의 뺨에는 갑자기 핏기가 돌았다. 한동안 그녀는 손수건을 꾸기며 꼼짝 않고 앞을 응시하고 있었지만 갑자기 화가 난 듯 고개를 강하게 젓더니,

"스케타케 씨는 제게 굉장히 실례되는 짓을 했습니다. 제가 헤어지려고 하자 갑자기 뒤에서 끌어안고……. 이 브로치가 날아간 건 그때 일일 거라 생각합니다. 그때 사루조가 와 주지 않았

다면 어떤 부끄러운 꼴을 당했을지 모릅니다."

서장과 긴다이치 코스케는 무심코 얼굴을 마주 보았다.

"그렇다면 사루조 군도 여기 왔단 얘깁니까?"

"그렇습니다. 저는 그 애한테 비밀로 하고 빠져나올 작정이었는데 역시 냄새를 맡고 뒤를 밟아 온 거예요. 하지만 그 애가 와줘서 다행이라 생각합니다. 그렇지 않았다면……."

"사루조 군은 스케타케 군을 어떻게 했습니까?"

"어떻게 했는지 저도 자세한 건 모릅니다. 뭣보다 그때 저는 스케타케 씨에게 꼼짝 못하게 잡혀 있어서 정신없이 몸부림치고 있었던지라…… 그런데 느닷없이 스케타케 씨가 앗 하고 외치더니 그 자리에 쓰러져서……. 그래요, 그 의자가 넘어진 건 그때 일이었습니다. 스케타케 씨는 의자와 함께 바닥 위로 엎어졌던 겁니다. 그래서 살짝 엿보니 거기 사루조가 서 있는 거예요. 그래서 저는 정신없이 사루조의 부축을 받아 여길 나갔습니다. 그때 스케타케 씨는 아직 바닥 위에 무릎을 꿇은 채 뭔가 상스럽게 욕을 하고 있었던 것 같았습니다."

"그렇군요. 그렇다면 그 후에 범인이 와서 스케타케 군을 죽이고 목을 잘랐단 얘기군요. 당신은 여길 나갈 때 누군가 근처에 있는 걸 못 느끼셨습니까?"

"아뇨, 못 느꼈어요. 아까도 말했듯 근처는 캄캄했고 게다가 저, 완전히 동요해 있어서……."

다마요의 이야기는 대충 이걸로 끝이 났다.

"아, 감사합니다. 일부러 불러내서……."

서장의 말에,

"아뇨."

하고 대답하고 다마요는 일어섰지만 그때 긴다이치 코스케가 옆에서,

"아, 잠깐."

하고 불러 세우더니,

"하나 더, ……하나만 더 여쭙고 싶은 게 있는데, 당신은 어떻게 생각하십니까. 그 가면을 쓴 인물에 대해……. 그 사람이 진짜 스케키요 씨라고 생각하십니까, 아니면……?"

그 순간 다마요의 뺨에서는 삭 하고 핏기가 가셨다. 그녀는 한동안 긴다이치 코스케의 얼굴을 뚫어지게 응시하고 있었지만 이윽고 억양 없는 목소리로 이렇게 말했다.

"물론 저는 그분이 스케키요 씨라고 믿고 있습니다. 그럼요, 스케타케 씨나 스케토모 씨의 의심은 너무 엉뚱하고 어리석었어요."

하지만 그럼에도 불구하고 다마요는 그 남자의 지문을 구하려 했던 것이다.

"아, 감사합니다. 그럼……."

다마요는 가볍게 목례하고는 전망대에서 내려갔는데, 그와 거의 엇갈려 후루다테 변호사가 올라왔다.

"아, 아직 여기 계셨습니까. 실은 마츠코 부인이 다들 와 주십사 하던데요."

"뭔가 특별히 볼일이라도……?"

"예."

후루다테 변호사는 조금 얼떨떨한 표정으로,

"그 일 말입니다. 저어, 그 손도장……. 그 일로 모든 분들 눈앞에서 스케키요 군에게 손도장을 찍게 하겠다는데요."

제4장
버려진 배

아까부터 불기 시작한 바람은 마침내 폭풍우의 형상을 드러냈고 시커먼 바람과 구름이 뭔가에 발광한 양 호수를 두들기고 있다.

 산 지방의 폭풍우에는 기분 나쁜 데가 있다. 구름이 낮게 드리워져 있고, 그것만으로도 사람을 위압하는 느낌인데 호수에서 나는 소리 또한 심상치 않았다. 거무죽죽하게 흐려진 물이 파도를 일으키고 물거품을 일으켜 요동치는 모습은 바다와는 또 다른 무서움이 있다. 만약 누군가 폭풍우가 치는 호수를 들여다본다면 여자의 검은 머리처럼 서로 뒤얽히고 휘감기며 북적거리는 수초(水草)의 거대한 군락을 발견하고 기묘한 불쾌감에 소름이 돋지 않을 수 없을 것이다. 무슨 새인지 한 마리, 폭풍우를 맞으며 어두운 호수 위를 화살처럼 비스듬히 가로질러 간다. 마치 무언가의 영혼처럼.

아무튼 이런 폭풍우에 휩싸인 이누가미 가문의 안채에서는 지금 숨 막힐 듯한 긴장감이 넘쳐흐르고 있다. 예전 그 열두 장 다다미방이다.

사헤 옹의 사진 앞에 모인 이누가미 일족 사이에서는 그때 외부의 폭풍우에도 휘둘리지 않을 만큼 기묘한 고요함 속에 격렬한 심리적인 갈등이 그 칼날을 벼리고 있었다.

정면에는 가면을 쓴 스케키요와 마츠코 부인, 그 앞에는 예의 두루마리와 함께 또 한 장의 백지와 붉은 먹이 담긴 벼루, 그리고 한 필의 붓이 놓여 있다.

살해당한 스케타케의 어머니인 다케코 부인은 눈이 빨갛게 부어 힘이 빠진 듯 기운이 없었지만 그래도 간혹 마츠코 부인에게 던지는 시선에는 범상치 않은 살기가 가득 차 있었다. 스케토모는 겁먹은 기색으로 자꾸만 손톱을 깨물고 있다.

긴다이치 코스케는 차례로 일족 사람들의 얼굴을 바라보고 있었는데, 가장 흥미를 갖고 바라본 것은 다마요의 얼굴이었다. 하지만 여간내기가 아닌 코스케로서도 그때 다마요의 기분만은 알 수 없었다.

그녀는 그저 창백하고 냉랭한 아름다움을 풍기고 있다. 다마요는 스스로 스케키요의 지문을 채취했을 정도니 이 가면의 인물에 대해 깊은 의혹을 품고 있을 터이다. 그 스케키요가 자진해서 손도장을 찍겠다고 했으니 내심 동요하고 있을 것이 분명하다. 그럼에도 불구하고 다마요는 그저 냉정하고 아름다울 따름이다.

거기에 한눈에 경찰 관계자인 것 같은 인물이 들어와 일동에게 목례하고는 서장 옆에 와서 앉았다. 다치바나 서장이 불러들인 감식과 사람으로, 이름은 후지사키(藤崎)라고 한다.

"그럼……."

서장이 재촉하듯 중얼거리자 마츠코 부인은 끄덕였다.

"그럼 이제부터 스케키요에게 손도장을 찍도록 하지요. 하지만 그전에 잠시 여러분께 드리고 싶은 말씀이 있기에……."

마츠코 부인은 가볍게 헛기침을 하고는,

"서장님도 아마 들으셨겠지만 실은 어젯밤에도 이 방에서 비슷한 일이 있었습니다. 스케타케 씨와 스케토모 씨가 항의해 강압적으로 스케키요에게 손도장을 찍게 하려고 했지요. 저는 그때 딱 잘라 거절했습니다. 왜 거절했느냐면 두 사람의 태도가 너무나 무례했기 때문입니다. 처음부터 이 스케키요를 죄인 취급하고…… 그게 분했기에 결코 스케키요에게 손도장을 찍게 하는 분별없는 짓은 하지 않겠다고 생각했습니다. 하지만 이제는 사태가 완전히 달라졌죠. 스케타케 씨가 그런 무서운 일을 당하고, 게다가……."

마츠코 부인은 거기서 독살스런 시선을 동생인 다케코 쪽으로 돌리고는,

"그게 마치 저와 스케키요 짓인 것처럼 이 사람들은 생각하고 있습니다. 아뇨, 입 밖에 내서 말하지는 않아도 표정을 보면 잘 알 수 있지요. 하지만 곰곰이 생각해 보면 그것도 무리는 아닐지도 모릅니다. 저희 쪽에도 분명 잘못이 있습니다. 어젯밤, 그토

록 완강하게 손도장을 찍기를 거부했던 것…… 그 때문에 뭔가 스케키요에게 뒤가 켕기는 데가 있지는 않은가. 그리고 그 때문에 스케타케 씨를 죽인 건 아닐까. ……그렇게 의심을 받는다면 이건 분명 저희 잘못입니다. 그 점에 대해 저는 오늘 아침 처음으로 반성했습니다. 이것은 언제까지나 고집을 피울 계제가 아닙니다. ……그렇게 생각했기에 서장님께 입회를 부탁 드리고 모든 분들의 눈앞에서 스케키요에게 손도장을 찍게 하려고 생각했던 겁니다. 여러분, 이걸로 제 심정은 잘 아시겠지요."

마츠코 부인의 긴 이야기는 그걸로 끝이 났다. 부인은 거기서 일동의 얼굴을 둘러보았지만, 아무도 입을 열어 대답하는 사람은 없었다. 다치바나 서장이 끄덕였을 뿐이다.

"그럼 스케키요……"

가면을 쓴 스케키요가 오른손을 내밀었다. 역시 흥분했는지 내민 손바닥이 떨리고 있다. 마츠코 부인은 붓에 붉은 먹을 듬뿍 묻혀 손바닥에 칠한다. 손바닥이 새빨갛게 칠해지자,

"자, 이 종이에……"

스케키요는 다섯 손가락을 팔손이 나뭇잎처럼 벌려 백지 위에 꽉 눌렀다. 마츠코 부인은 힘을 주어 그 손을 누르면서 독살스런 눈으로 일동을 둘러보더니,

"자, 여러분. 잘 보셨지요. 스케키요는 손도장을 찍었습니다. 아무 속임수도, 사기 짓도 하지 않았습니다. 서장님, 당신이 증인이 되어 주시겠지요?"

"좋습니다. 부인, 자, 이제 됐겠죠."

스케키요가 손을 떼자 서장이 일어나서 그 손도장을 받으러 갔다.

"그런데 두루마리란 것은……?"

"아, 그건 여기에……."

후루다테 변호사가 두루마리를 꺼내 건넸다.

"후지사키 군, 그럼 이걸 자네에게 넘겨 두지. 얼마쯤 있으면 확실한 걸 알 수 있겠나."

"음, 과학적으로 정확한 보고서를 만드는 데는 상당히 시간이 걸리지만 이 두 개의 손이 같은 건지 다른 건지 정도라면 1시간만 있으면 알려 드릴 수 있을 거라 싶습니다."

"그렇군. 그럼 해 주게. 여기서 여러분께 말씀 드려 둡니다만 이 후지사키 군은 지문에 관해선 권위 있는 사람입니다. 이런 시골에 있지만 그 점은 신용하셔도 좋습니다. 그럼 후지사키 군. 부탁하네."

"알겠습니다."

후지사키가 두 개의 손도장을 들고 일어서자,

"아, 잠깐."

하고 마츠코 부인이 불러 세웠다.

"1시간이라고 했죠?"

"예, 1시간이면 여기 보고 드릴 수 있습니다."

"그래요. 그럼 여러분, 1시간 후 다시 한 번 이 방에 모여 주시겠어요? 서장님, 후루다테 씨, 그리고 긴다이치 씨. 저쪽에 식사 준비를 해 뒀습니다. 그럼 스케키요……."

마츠코 부인은 가면을 쓴 스케키요의 손을 잡고 일어섰다.

그 뒤로 일동은 각각 생각에 잠긴 표정으로 각자 방을 나갔다. 서장은 안심한 기색으로,

"자, 이걸로 이쪽은 끝났군요. 긴장한 탓인지 조금 배가 고파요. 후루다테 씨, 긴다이치 군, 긴장을 풀고 식사하러 가지 않겠소?"

하녀의 안내로 다른 방에 내려가 식사를 끝낸 자리에 흠뻑 젖은 형사 두 사람이 분주한 걸음으로 돌아왔다. 아까 보트를 찾으러 간 두 명이다.

"서장님, 잠깐……."

"여. 수고했네, 수고했네. 배고프지? 준비해 뒀으니 자네들도 들게나."

"예, 잘 먹겠습니다만 그전에 잠시 보여 드릴 게 있어서요."

형사의 표정으로 보아 뭔가 발견한 모양이다.

"아, 그런가. 좋아, 좋아. 긴다이치 씨, 당신도 오시죠."

폭풍우는 한층 기세를 높여, 무시무시한 비가 옆으로 들이치듯 내리고 있다. 그 속을 우산을 받치고 형사들의 안내를 받아 간 곳은 그 수문 입구였다. 거기에는 밧줄로 매어 둔 보트 두 척이 나뭇잎처럼 파도에 흔들리고 있다. 뒤에 있는 보트에는 돛에 쓰는 커다란 천이 걸쳐 있었다.

"아아, 보트를 찾았군."

"예, 나스 하류 쪽의 간논미사키(観音岬) 옆에 버려진 걸 발견해서 끌고 왔습니다. 타이밍이 딱 맞았습니다. 조금만 늦게 발견

했다면 이 비로 중대한 증거가 쓸려 내려갈 뻔했습니다."

형사 한 명이 앞에 있는 보트에 올라타더니 밧줄을 끌어 뒤에 있는 보트를 끌어당기고는 거기 걸쳐져 있던 돛천을 걷어냈는데 그 순간 서장과 긴다이치 코스케는 무심코 눈을 크게 떴다.

보트 속은 무서운 피바다였다. 한쪽 면에 끈적끈적하고 거무죽죽한 피가 달라붙어 있었고 바닥에는 기묘하게 빛나는 액체가 묵직하게 고여 있다.

서장과 긴다이치 코스케는 한동안 숨을 삼킨 채 이 무서운 액체를 응시하고 있다가, 이윽고 서장이 어색하게 헛기침을 하면서 코스케 쪽을 돌아보았다.

"긴다이치 씨, 이건 당신의 패배군요. 범인은 역시 이 보트로 목 없는 시체를 운반한 거예요."

코스케는 아직 꿈을 좇는 듯한 눈으로 멍하니 비에 젖은 핏자국을 보면서,

"그렇군요. 이런 확실한 증거가 있으니 이건 제 패배로군요. 하지만 서장님."

코스케는 갑자기 열기를 띤 눈이 되어,

"범인은 왜 그런 짓을 하지 않으면 안 되었을까요? 그렇게 목을 국화 인형 위에 장식해 두었으면서 몸통 쪽은 왜 숨기지 않으면 안 되었을까. 그건 꽤 위험한 짓이라고 생각하는데요."

"그건 나도 모르겠어요. 하지만 이렇게 보트로 옮겼다는 걸 안 이상, 아무래도 호수 속을 뒤져 보지 않으면 알 수 없지. 자네, 자네, 수고했네만 식사가 끝나면 빨리 그 준비를 해 주게."

"옛, 알겠습니다. 그런데 서장님, 조금 묘한 탐문을 했는데요."
"묘한 탐문?"
"예, 그 일로 사와이(沢井) 군이 증인을 데려오기로 했는데……. 아, 저기 왔습니다."

쏟아지는 빗속에서, 형사를 따라 걸어온 사람은 마흔 전후로 보이는, 감색 면으로 만든 기모노에 감색 앞치마 차림의 남자였다. 형사의 소개에 의하면 이 남자는 나스 하류에서 가시와야(柏屋)란 여관……이라기보다 여인숙이라고 하는 표현이 적합한 싸구려 숙소를 경영하는 인물로, 이름은 시마 규헤이(志摩久平)라고 한다.

나스 시는 지금이야 시가 되었지만 10년 정도 전까지만 해도 나스 상류와 하류로 나뉘어져 있었고, 이누가미 가문이 있는 곳은 나스 상류 변두리였다. 거기서 반 리 남짓 줄줄이 늘어서 있던 집이 끊기고 그 맞은편에 나스 하류 마을이 호수를 따라 펼쳐져 있다.

아무튼 가시와야의 주인 시마 규헤이의 말에 따르면,
"아까도 형사님께 말씀 드렸지만, 실은 어젯밤 저희 집에 묘한 손님이 오셔서요……."

그 손님은 분명 귀환병이었다. 군복을 입고 군화를 신고 어깨에 군용 배낭을 걸치고 있었다. 거기까지는 별로 이상한 점은 없었지만, 단지 묘한 사실은 그 남자는 눈썹을 가릴 정도로 전투모를 뒤집어쓰고 스카프를 코끝까지 둘둘 말고 있어서 얼굴에서 보이는 부분이라고는 두 개의 눈뿐이었던 것이다.

하지만 그때는 주인도 여급도 별로 이상하게 생각지 않고 요청대로 방을 제공하고 저녁 식사를 날랐다. 그저 식사를 가져간 여급이 접수대로 돌아와서 보고하길,

"어르신, 아무래도 저 손님 이상해요. 방에 들어가도 스카프를 벗지 않고 시중을 들겠대도 저쪽으로 가 달라고 해요. 얼굴을 보이고 싶지 않은 것 같아요."

여급의 말에 조금 불안해진 주인 규헤이가 숙박부를 가지고 가자 식사를 마친 남자가 아직도 모자를 푹 눌러쓰고 스카프를 두껍게 얼굴에 두르고 있었다. 하지만 그 외에 별로 이상한 점은 없었고 주인이 숙박부를 내밀자,

"자네가 써 주겠나."

하고 불러 주었다는데, 그걸 가져온 것이다.

"이겁니다요."

주인이 보여준 숙박부에는,

도쿄도 고지마치구 산반초 21번지, 무직, 야마다 산페이(山田三平), 30살

이라고 쓰여 있었다.

"사와이 군. 이 주소와 이름, 적어 뒀나."

"예, 적어 두었습니다."

"바로 도쿄 쪽에 조회하게. 진짠지 어쩐지 수상쩍은데…… 그래서? 이야기를 계속해 주게."

서장이 재촉하자,

"예, 말하는 걸 잊어버렸는데 그 손님이 온 건 8시쯤이었어요.

10시쯤 되니 요 근처에 아는 사람이 있으니 잠시 다녀오겠다고 하더니 나갔습니다. 물론 그때도 모자와 스카프로 얼굴은 완전히 감싸고 있었습죠. 그로부터 두 시간 정도 지나서, 예, 12시쯤이었는데요, 슬슬 대문을 닫으려는데 그 손님이 돌아왔습니다만. 이제 와서 생각해 보니 왠지 당황하고 있었던 것 같습니다요. 하지만 그땐 별로 심각하게 마음에 담았던 게 아닌지라……."

"아, 잠깐 기다려요."

긴다이치 코스케가 끼어들었다.

"그때도 역시 얼굴을 가리고……?"

"예, 물론입니다요. 결국 저희는 한 번도 그 손님의 얼굴을 보지 못해서……. 그게 오늘 아침 일찍 5시 무렵의 일이었습죠. 갑자기 출발한다며 숙소를 나가 버렸습니다. 아, 계산이야 어젯밤에 했지만 아무래도 묘한 손님이었어요. 뭔가 있는 게 틀림없다고 우리 직원과도 얘기하는데 그 손님이 머물고 있던 방을 청소하러 간 여급이 이런 걸 발견했습죠……."

주인이 펼쳐 보인 것은 한 장의 일본 수건. 그걸 본 순간, 서장도 긴다이치 코스케도 무심코 눈을 크게 떴다.

귀환원호(援護), 하카다 우애회(友愛会)……라고 염색된 걸 보니 분명 그것은 하카타의 귀환원호국에서 귀환병들에게 나눠 준 게 분명했다. 그 수건에는 거무죽죽한 핏자국이……. 분명히 피에 물든 손을 닦은 자국임에 틀림없었다.

긴다이치 코스케와 다치바나 서장은 무심코 얼굴을 마주 보왔다.

 그때 두 사람의 머릿속에 떠오른 것은 최근 하카타에서 돌아온 가면의 남자, 스케키요였다. 하지만 그 스케키요는 어젯밤 8시부터 10시 무렵까지 안채의 열두 장 다다미방에서 이누가미 일족에게 둘러싸여 있지 않았던가.

의문의 X

 가시와야의 주인, 시마 규헤이의 증언은 갑작스레 이누가미 가문의 첫 참극에 커다란 수수께끼를 던졌는데, 지금 그 증언의 내용을 다시 한 번 요약해 보자.

 어젯밤 이누가미 가문로부터 반 리 남짓 떨어진 나스 하류의 여인숙, 가시와야에 와서 하룻밤 숙박하겠다고 한 귀환병 차림의 남자.—임의로 그 남자를 X라고 하면…….

 X가 가시와야에 온 것은 8시 무렵의 일이다.

 X는 아무한테도 얼굴을 보이지 않았다.

 X가 밝힌 바에 의하면 이름은 야마다 산페이, 주소는 도쿄도 고지마치구 산반초 21번지, 직업은 무직.

 X는 10시 무렵 이 근처에 아는 사람이 있다며 숙소를 나갔다.

 X가 가시와야에 돌아온 것은 12시 전후의 일이었으나, 그때

그는 왠지 모르게 허둥거리고 있는 듯했다.

X는 오늘 아침 5시경, 갑자기 용건이 생각났다며 숙소를 일찌감치 떠나갔다.

X가 머물고 있던 방에서 피로 물든 수건이 발견되었는데, 그 수건에는 '귀환원호, 하카다 우애회'라고 염색되어 있었다.

이상이 X라는 인물이 어젯밤부터 오늘 아침에 걸쳐서 한 행동을 요약한 것인데, 이것을 어젯밤 이누가미 가문에서 일어난 살인 사건과 대조해 보면 거기에서 여러 가지 흥미로운 일치점을 발견할 수 있다.

우선 첫 번째로 스케타케가 살해당한 시각, 다마요의 증언에 의하면 대충 11시 10분 이후의 일인 것 같다고 한다. 그러므로 10시경 나스 하류의 가시와야를 나온 X는 그때까지는 충분히 이누가미 가문에 올 수 있었을 것이다.

그리고 두 번째는 그 보트다. 그 피투성이 보트가 발견된 것은 나스 하류의 간논미사키 부근이었다는데, 거기서 가시와야까지는 5분도 안 걸릴 거다. 그러므로 누군가가 11시 반 경, 스케타케의 목 없는 시체를 보트에 실어 여기서 노를 저어 나간 다음, 중간에 시체를 버리기 위해 일단 뭍로 나가 거기서 간논미사키로 향했다 쳐도 12시경까지 가시와야에 닿을 여유는 충분할 거라 생각된다. 즉 의문의 X의 행동과 어젯밤 살인 사건과는 시간적으로도 일치하는 데가 많다.

"긴다이치 씨, 이거 묘하게 돼 버렸군요. 그렇다면 그놈은 스케타케를 죽이러 왔다는 건지."

"서장님, 그렇게 단정하기는 아직 이릅니다만……."

긴다이치 코스케는 왠지 깊은 곳을 응시하는 듯한 눈을 하면서,

"하지만 그놈이 스케타케 군을 죽이러 왔든 어쨌든지는 별개로 치고, 다음 사실만은 확실하겠죠. 즉 스케타케 군의 목 없는 시체를 보트에 태워 여기서 노를 저어 나간 것 같다는 사실. ……그리고 저는 그런 부분에 뭐라 말할 수 없이 깊은 흥미를 느낍니다만."

"무슨 얘긴지?"

다치바나 서장은 탐색하는 듯한 눈으로 코스케를 본다.

"서장님, 이 사건에서 목부터 아래 몸통을 감추지 않으면 안 될 이유를 도무지 찾을 수가 없다……고 저는 아까부터 몇 번이나 역설했죠. 어쨌든 그렇게 사람 목을 국화 인형의 목과 바꿔치기해 뒀으니 몸통 쪽을 감춰 봐야 의미가 없지 않습니까. 그런데 그 무의미한 짓을, 게다가 엄청난 위험을 무릅쓰고 하고 있어요. 왜일까. 왜 그럴 필요가 있는 걸까. ……아까부터 저는 그 생각을 계속하고 있었습니다만, 지금 가시와야 주인의 이야기를 듣고 있는 동안 겨우 그 이유를 알 듯한 기분이 들었습니다."

"그 이유란 뭔지……?"

"서장님, 가시와야 주인은 왜 X란 인물에 대해 그토록 빨리 전해 주었을까요? 피에 물든 수건이란 명백한 유류품이 있었기 때문이 아닙니까. 그 수건만 없었다면 X란 인물의 행동에 다소 미심쩍은 부분이 있었더라도 이렇게 빨리 알리러 오지는 않았을

거라 생각합니다. 그런 사람들은 이래저래 어딘가에 연루되는 걸 무엇보다 두려워하니까요. 그렇다면 X란 인물은 숙소 주인이 한시라도 빨리 경찰에 알리도록 하기 위해 피 묻은 수건을 두고 갔다고밖에 생각할 수 없지 않겠습니까. 설마 그토록 명백한 증거물을 무심코 잊고 가지는 않겠지요."

"알겠습니다. 긴다이치 씨, 당신이 하고 싶은 말은 X란 인물은 일부러 자기에게 주의가 모이도록 행동하고 있다는 말씀이시죠?"

"그렇습니다, 그렇습니다. 서장님, 그리고 그 피투성이 보트에 대해서도 같은 얘길 할 수 있지 않을까요. 굳이 옮기지 않아도 될 목 없는 시체를 일부러 보트로 옮겼다든지, 피로 물든 보트를 가시와야 근처 간논미사키에 버린다든지……."

다치바나 서장은 눈을 크게 떴다. 그리고 코스케의 얼굴을 뚫어지게 바라보았다. 서장도 겨우 긴다이치 코스케가 전하려는 바를 알아차린 것이다.

"긴다이치 씨, 그럼 당신 생각으로는 그 남자는 누군가를 감싸기 위해 그런 짓을 하고 있다……는 겁니까?"

긴다이치 코스케는 말없이 끄덕였다.

"누굽니까. 대체 누구를 감싸고 있는 겁니까?"

다치바나 서장은 기세등등하게 물었다. 하지만 코스케는 고개를 가볍게 저으면서,

"거기까지는 저도 모르겠습니다. 하지만 감싸려는 사람이 누구든, 이 집에 사는 인물임에 틀림없다는 것만은 확실합니다. 왜

냐하면 의문의 X의 행동은 전부 주의를 밖으로 돌리려는 것이기 때문이죠. 범인은 밖에서 왔다고 생각하게 만들기 위해 행동하고 있는 거니까요. 그렇다는 것은, 반대로 범인은 이 집안에 있다는 게 되지 않을까요?"

"결국 의문의 X는 단순한 공범자에 지나지 않는다. 그리고 진범은 따로 이 집안에 있다는 말씀이군요."

"그렇습니다, 그렇습니다."

"그런데 대체 의문의 X는 누구죠. 이누가미 가문의 일족과 대체 무슨 관계가 있다는 건가요?"

긴다이치 코스케는 느릿느릿 머리를 긁으면서,

"서장님. 그, 그겁니다, 문제는. ……의문의 X란 누구인가. ……그걸 알면 범인도 알 수 있겠죠. 그런데 서장님."

코스케는 서장 쪽을 향해,

"제가 지금 뭘 생각하는지 아십니까?"

다치바나 서장은 묘한 얼굴을 하고 긴다이치 코스케의 얼굴을 본다. 코스케는 장난스러운 미소를 띠면서,

"어젯밤 이 집 안방에서는 스케키요 군의 손도장을 찍기 위해 일족 전원이 모여 있었습니다. 결국 손도장은 못 찍었지만 옥신각신 입씨름이 8시경부터 10시경까지 계속되었단 말입니다. 그런데 한편으로 의문의 X 말인데, 그놈이 가시와야에 나타난 건 8시경 일이고, 그로부터 10시경까지 숙소에 있었단 게 되는데요. 이 사실은 저로서는 굉장히 고마운 일입니다. 우선, 수고를 덜었으니까요. 혹시 그게 아니었다면 저는 이누가미 일족 한 사람 한

사람의 알리바이를 조사하지 않으면 안 되었을 겁니다. 의문의 X가 되어 가시와야로 간 사람은 아닐까 하고……."

다치바나 서장은 눈을 크게 떴다.

"긴다이치 씨, 그럼 당신은 의문의 X 역시 이 집 사람이라고 하시는 겁니까."

"아뇨, 그렇게 생각하고 싶었지만 그렇지 않았다는 걸 지금 말씀 드린 겁니다. 하지만 말이죠, 서장님. 의문의 X는 왜 그렇게 완고하게 얼굴을 숨겼을까요? X가 가시와야에 나타났을 무렵에는 아직 사건이 일어나지도 않았어요. 그런데도 X는 왜 그토록 엄중하게 얼굴을 숨겼을까요? 보통 인간이 얼굴을 보이고 싶지 않을 때는 두 가지 경우를 생각할 수 있습니다. 하나는 얼굴에 추한 상처 같은 게 있을 경우, ……즉 스케키요 군 같은 경우입니다. 그리고 또 한 가지는 뭔가 뒤가 켕기는 게 있고, 덧붙여 자신의 얼굴을 다른 사람이 알고 있을 거라고 자각했을 경우……."

"그렇군요. 이누가미 가문의 일족이라면 모두 이 부근에서는 얼굴이 알려져 있으니……."

다치바나 서장은 잠자코 손톱을 깨물기 시작했다. 이 서장은 생각에 몰입할 때는 손톱을 깨무는 습관이 있는 것 같다.

"긴다이치 씨, 그렇다면 당신 생각에 의하면 이렇게 되는군요. 이 집안에 어떤 사람 둘이 공모하고 있고, 그 공범자 한 사람이 어젯밤 의문의 X가 되어 나스 하류의 가시와야에 나타났다. 그리고 11시 반경 여기 와서 스케타케 군의 목 없는 시체를 보트로 운반, 시체를 호수에 가라앉히고 보트는 간논미사키에 버린 채,

자신은 가시와야에 돌아와 잤다. 즉 그것은 범인은 밖에서 왔다는 걸 드러내기 위해서였다. 그리고 증거인 피에 물든 수건을 가시와야에 남겨 두고 오늘 아침 일찍 그곳을 나가 은밀히 이 집에 돌아와 아무것도 모르는 얼굴로 지내고 있다. ……이런 식으로 생각하고 싶은 거군요."

"그렇습니다, 그렇습니다. 하지만 어젯밤 가족회의란 게 있으니까요. ……모두 알리바이가 있겠죠."

서장의 얼굴이 갑자기 험악해졌다.

"그런가요. 모든 사람에게 알리바이가 있는 걸까요."

긴다이치 코스케는 놀란 듯 서장의 얼굴을 고쳐 보았다.

"서장님, 그럼 누군가 알리바이가 없는 사람이 있습니까?"

"있습니다. 아니, 자세히 조사해 봐야 알겠지만 분명 알리바이를 입증하는 건 어려울 거라 생각되는 인물이 있습니다."

"누굽니까, 서장님. 그건 누굽니까?"

"사루조!"

긴다이치 코스케는 느닷없이 정수리에 쇠로 된 쐐기라도 맞은 양 커다란 충격을 느꼈다. 한순간 그는 손발을 떨었다. 전신이 얼음처럼 식어 가는 것을 느꼈다. 한동안 그는 상대를 죽이기라도 할 것처럼 서장의 얼굴을 노려보다가 마침내 낮고 거의 들리지 않을 정도의 목소리로 중얼거렸다.

"서장님, 하지만 다마요 씨의 말에 의하면 스케타케 군이 다마요 씨에게 무례한 짓을 하려고 했을 때 사루조가 뛰어들어 왔다고……"

딱 잘라 서장이 말했다.

"다마요의 이야기는 못 믿겠습니다."

그렇게 말하고 나서, 하지만 역시 말이 지나치다 싶었는지 후회하는 듯 서장은 어색하게 헛기침을 하면서,

"물론 이건 가정이죠. 이론적으로 따져 보면 이런 가정도 성립 가능하다는 걸 말하는 겁니다. 그러니 다마요 씨와 사루조가 공모했다 치면 다마요 씨의 이야기를 믿지 못하는 건 두말할 나위가 없죠. 하지만 10시경부터 나스 하류에 나가면 11시 10분경에는 여기 돌아올 수 있습니다. 어쨌든 그 남자는 가족회의에는 안 나온 게 확실합니다. 하지만 이 집 전체가 어젯밤에는 가족회의에 온 신경이 가 있었으니 아무도 그 남자에게 신경 쓰지 않았을 게 확실합니다. 물론 만약을 위해 부하에게 잘 조사하도록 시키겠지만 그 남자가 어젯밤 어디 있었는지 확실히 증명할 만한 건 분명 없으리라 생각합니다. 다마요 씨를 제외하면."

아아, 다마요와 사루조!

다치바나 서장이 의심하는 것도 무리는 아니다. 다마요야말로 스케타케를 죽일 만한 가장 강한 동기를 가지고 있음과 동시에, 어젯밤에는 절호의 기회를 가지고 있었던 것이다.

스케타케를 전망대로 불러낸 것은 다마요였다. 게다가 그 시각은 10시에 나스 하류의 여인숙을 나간 의문의 X가 충분히 맞출 수 있는 시간이다. 보트라면 사루조가 누구보다 잘 알고 있으리라.

하지만 다치바나 서장의 의문을 자아낸 것은 그런 지엽적인

사실만이 아니라 좀 더 커다란, 근본적인 문제였다. 즉 다마요란 여성의 문제다. 그녀라면 이런 계획을 세울 수 있을 만한 교활함을 가지고 있고, 게다가 사루조란 남자는 그녀의 명이라면 뭐든 할 정도로 맹목적인 충성심을 지닌 것이다.

긴다이치 코스케는 저 아름다운 다마요와 추한 거인의 기묘한 대조를 생각하고는, 왠지 전신의 털이 설 것 같은 공포를 느끼지 않을 수 없었다.

거문고의 스승

 나스 호반에 있는 이누가미 가문의 본가가 굉장히 복잡한 미로처럼 지어진 건물이란 사실은 전에도 언급했다. 마츠코 부인과 스케키요는 이 미로 안쪽의, 막다른 골목 같은 별채에 살고 있다.

 막다른 골목 같은 별채……라고 해도 결코 좁은 걸 의미하는 것은 아니다. 그러기는커녕, 방의 개수만 5칸이나 있고 복도를 따라 본채까지 이어져 있지만 그와는 따로 현관까지 제대로 붙어 있다.

 즉 이 별채에 거주하는 사람은 무슨 일이 있어 안채와 서먹해졌을 때는 복도에 쇠로 된 셔터 문만 내리면 완전히 독립된 생활을 할 수 있게 된다. 게다가 새끼치듯 이 별채에는 또 넉 장 반 다다미방과 석 장 다다미방이라는 다실풍의 별채가 붙어 있었는데, 이곳이 스케키요의 거처였다.

스케키요는 귀환해 본가에 돌아온 이래 거의 이 거처를 떠나는 일이 없었다. 매일같이 그는 이 넉 장 반 다다미방에 틀어박혀 어머니인 마츠코 부인과 대화하는 일조차 좀처럼 없었다.

아름답지만 생기가 결여된 고무 가면은 항상 어둑한 방구석을 응시하고 있어서, 대체 그가 무슨 생각을 하는 건지 아무도 알 수 없었다. 그리고 그것만으로도 그의 존재는 뭐라 말할 수 없이 섬뜩하게 이누가미 가문의 일족들을 덮치고 있었다.

어머니인 마츠코 부인조차 아무 말도 하지 않는 이 고무 가면을 볼 때마다 오싹하고 전신의 털이 서는 걸 느꼈을 정도다. 그렇다, 마츠코 부인조차 이 가면의 남자를 두려워하고 있었던 것이다. 물론 그녀는 가급적 그것을 겉으로 드러내지 않으려고 노력하고 있었지만······.

지금도 스케키요는 넉 장 반 다다미방에 놓인 독서용 책상 앞에 앉아 꼼짝 않고 한곳을 응시하고 있다. 그의 시선 앞에는 장지문을 열어 둔 둥근 창이 있어, 그 둥근 창 너머로 물결이 일렁이는 호수가 보인다.

비는, 바람은, 한층 격해질 뿐, 호수 표면은 소용돌이처럼 끓어오르고 있었다. 그 비바람과 싸우며 소형 증기선이 한 척, 모터보트가 두세 척 떠 있다. 분명 스케타케의 목 없는 시체를 찾고 있는 것이리라.

스케키요는 어느샌가 책상 위에 양손을 짚고 발돋움하여 둥근 창 너머로 밖을 보고 있었는데, 그때였다. 툇마루를 따라 죽 이어지는 별채 안방으로부터 어머니인 마츠코 부인의 목소리가 들려왔다.

"스케키요, 창을 닫으세요. 비가 들이치니까."

스케키요는 그 순간 움찔해서 어깨를 떨었다. 하지만 바로 순순히,

"예."

하고 대답하고 창 유리문을 닫고는 어깨를 축 늘어뜨렸지만, 때마침 뭘 본 것인지 다시금 그의 전신은 철사처럼 꼿꼿하게 긴장했다.

스케키요가 보고 있는 것은 책상 표면이었다. 깨끗하게 훔친 책상 위에 선명하게 열 손가락 지문이 새겨져 있다. 아까 발돋움해 창밖을 보았을 때 아무 생각 없이 짚은 양손 손가락의 흔적이다. 스케키요는 왠지 그게 무서운 것인 듯 한동안 응시하고 있었지만, 마침내 소맷자락에서 손수건을 꺼내 정성 들여 닦았다. 한 번만으로는 안심이 안 되는 듯 몇 번이고 몇 번이고 닦아냈다.

스케키요가 그러고 있을 때 이 별채 안방에 해당하는 열 장 다다미방에서는 마츠코 부인이 기묘한 인물과 마주앉아 있었다.

그 사람, 연령은 마츠코 부인보다 위인지 아래인지, 머리를 짧게 자른 노부인으로 검고 수수한 기모노 위에 마찬가지로 검고 수수한 겉옷을 입고 있다. 바제도병*에 걸린 양 한쪽 눈은 튀어나오고 한쪽 눈은 움푹 들어가 찌그러져 있다. 게다가 이마에 커다란 흉터가 있어서 보통은 굉장히 음험한 인상일 텐데, 그렇게

---

*갑상선 호르몬의 과잉분비로 일어나는 병.

는 안 보이고 왠지 모르게 고상하고 우아하게 비치는 것은 몸에서 배어 나오는 수련과 교양미 덕택일 것이다.

이 사람은 미야카와 고킨(宮川香琴)이라고 하여 석 달에 한 번이나 반년에 한 번 도쿄에서 오는 이쿠타(生田)류 거문고의 전수자다. 이 부근에서 이나(伊那)에 걸쳐 꽤 제자를 거느리고 있고, 나스에 오면 항상 이누가미 가문을 근거지로 제자들의 집을 돌고 간다.

"그래서 스승님은 언제 여기 도착하셨는지요?"

"어젯밤 도착했습니다. 바로 이쪽에 오려고 했지만, 조금 시간이 늦어서 폐가 되리라 생각해 나스 호텔에 머물렀지요."

"어머나, 그렇게 신경 안 쓰셔도 되는데요."

"아뇨, 부인 혼자시라면 괜찮겠지만 아무래도 친척들이 모두 와 계시다는 이야기를 들었는지라……"

고킨은 불편한 눈을 부드럽게 움직이면서 조용히 말한다. 가늘고 아름다운 목소리에 차분한 말투다.

"하지만 호텔에 머물러서 다행이었어요. 듣자 하니 어젯밤, 여기서 뭔가 무서운 일이 있었다지요?"

"네, 스승님도 들으셨나요?"

"예, 들었지요. 정말로 무서운 일이에요. ……그래서 저, 어차피 이쪽도 분주할 테니 이대로 이나로 가려고 생각했습니다만, 여기 와 있으면서 인사도 하지 않고 가는 것도 좀 그래서……. 정말이지 생각도 못한 일이네요."

"스승님이야말로 공교롭게 되셨어요. 하지만 이왕 오셨으니

한 수 가르침을 받고 싶고, 이나에 가시더라도 잠시 이쪽 형편을 보시고 가시면……."

"네. 그야 그래도 상관없지만……."

거기에 이 별채에서 일하는 하녀가 얼굴을 내밀었다.

"저, 마님. 서장님과 긴다이치 씨가 잠시 뵙고 싶다는데 요……."

고킨 씨는 그 말을 듣고 자리에서 일어섰다.

"부인, 그럼 저는 이걸로 실례하겠습니다. 이나로 가더라도 그 전에 한 번 더 뵙거나 전화 드릴 터이니……."

서장과 긴다이치 코스케는 고킨 씨와 서로 엇갈렸다. 긴다이치 코스케는 고킨의 아담한 뒷모습을 보며,

"묘한 손님이군요."

"네, 저 분이 제 거문고 스승님이십니다."

"눈이 불편하신 것 같군요."

"네, 전혀 보이지 않는 건 아니지만……. 서장님, 그 손도장 감정은 나왔나요?"

마츠코 부인은 서장 쪽으로 고쳐 앉았다.

"아뇨, 아직입니다. 그전에 스케키요 씨에게 잠시 보이고 싶은 게 있어서……."

마츠코 부인은 탐색하듯 두 사람의 얼굴을 보고 있다가 이윽고 스케키요의 이름을 불렀다. 스케키요는 바로 별채에서 나왔다.

"아, 스케키요 씨, 불러내서 죄송합니다. 실은 보아 주십사 하

는 물건은 이것입니다."

피가 흠뻑 묻은 일본 수건을 펼쳐 보이자 스케키요보다 마츠코 부인 쪽이 눈을 크게 떴다.

"어머나, 그런 게 어디 있었나요?"

그래서 서장은 간단히 가시와야 주인의 이야기를 들려주고는,

"그래서 여기, 하카타 우애회라고 염색되어 있죠. 그래서 스케키요 씨에게 뭔가 마음 짚이는 데가 있을까 하고……."

스케키요는 잠자코 생각하고 있었지만 이윽고 마츠코 부인 쪽을 돌아보고,

"어머님, 제가 귀환했을 때 하카타에서 지급받은 것은 어디에 있습니까."

"한데 모아 반침에 넣어 두었어요."

마츠코 부인은 반침을 열고 보자기 꾸러미를 꺼냈다. 보자기를 풀자 군복이나 전투모, 그리고 배낭 같은 게 나왔다. 스케키요는 그 배낭을 열고, 안에서 한 장의 일본 수건을 꺼냈다.

"제가 받았을 때는 이것이었는데요……."

그 수건에는 '귀환원호, 하카타 동포회'라고 염색되어 있었다.

"그렇군요. 그럼 그때그때 지급품이 달라지나? 하지만 스케키요 씨, 누군가 짚이는 인물은 없습니까. 그놈은 야마다 산페이라고 하고, 거처는 도쿄도 고지마치구 산반초 21번지라고 하던데요."

"뭐라고요?"

갑자기 옆에서 날카로운 소리를 지른 것은 어머니인 마츠코

부인이었다.

"고지마치구 산반초 21번지라고요?"

"네, 그렇습니다. 부인, 아십니까."

"알고 말고 할 것도 없지요. 그건 도쿄에 있는 저희 집인 걸요."

긴다이치 코스케가 갑자기 휘파람을 부는 듯한 날카로운 소리를 낸 것은 그때였다. 벅벅, 벅벅, 무턱대고 머리를 긁는다. 다치바나 서장은 찌릿, 날카로운 눈매가 되었다.

"그렇군요. 그럼 한층 그 남자가 어젯밤 사건과 관련이 있다는 사실이 확실해졌군요. 스케키요 씨, 당신은 그 인물이 누군지 짚이는데 없습니까. 전우 같은 사람 중에 돌아와서 방문할 만한 사람……. 뭔가 당신에게 한을 품을 만한 사람……."

스케키요는 천천히 가면을 쓴 목을 가로젓고는,

"없습니다. 꽤 오랫동안이었으니 누군가에게 도쿄 집 번지 정도는 이야기했을지도 모릅니다. 하지만 일부러 이 나스까지 올 만한 남자는 없는데요."

"게다가 서장님."

옆에서 마츠코 부인이 끼어들었다.

"지금 당신은 스케키요에게 한을 품을 만한 인물이라 하셨는데, 살해당한 사람은 스케키요가 아니라 스케타케예요."

"아, 그렇죠."

서장은 머리를 긁으면서,

"그런데 스케타케 씨말인데, 그 사람은 군대에……?"

"물론 갔죠. 하지만 그 아인 운이 좋아서 계속 내지 근무에, 전쟁이 끝났을 무렵에는 분명 치바(千葉)인지 어딘지 그 부근의 고사포 부대에 있었을 거예요. 그 일이라면 다케코에게 물어보면 좀 더 자세히 알 수 있겠지만요."

"그렇군요. 그럼 나중에 물어보죠. 그런데 부인, 또 하나 여쭙고 싶은 게 있는데요."

서장은 코스케 쪽을 힐끗 보고는 단전에 힘을 넣듯 크게 숨을 들이마시면서,

"사루조 말인데요. 사루조도 물론 군대에 갔겠죠?"

"물론 갔죠. 그런 덩치인 걸요."

"그래서 전쟁이 끝날 무렵에는 어디……."

"아마 대만에 있었다고 기억합니다. 하지만 운이 좋아서 꽤 빨리 돌아왔어요. 분명, 전쟁이 끝난 11월이었습니다. 그런데 사루조가 무슨……."

서장은 거기에는 대답하지 않고,

"대만이라면 귀환은 역시 하카타가 아니었을까요."

"그럴지도 모르겠어요. 잘 기억은 안 납니다만."

"저, 부인."

서장은 거기서 목소리 톤을 살짝 바꿔서,

"어젯밤 회의 말인데요. 그건 친척들만 참석했죠?"

"물론 그랬죠. 다마요 씨는 피는 섞이지 않았지만 뭐, 친척이나 마찬가지니까요. ……그밖에 후루다테 씨가 계셨습니다만."

"후루다테 군은 할 일이 있었으니까요. 설마 사루조가 그 자리에……."

"무슨!"

당치도 않다는 듯 마츠코 부인은 눈을 크게 뜨고,

"사루조가 그런 자리에 나올 리 없지요. 걔는 그저 하인…… 그것도 방에는 들어올 수 없는 하인인 걸요."

"음, 그렇군요. 아, 사루조가 어젯밤 어디서 뭘 했는지 알고 싶어서요. 설마 부인은 모르시겠죠?"

"모릅니다. 그물 손질이라도 하고 있지 않았겠어요? 어제 저녁나절에 오래된 거문고 줄을 달라고 왔었으니까."

마츠코 부인의 이야기는 이러했다. 사루조는 그물 낚시를 아주 잘한다고 한다. 사헤 옹이 살아 계실 무렵에는 자주 옹을 모시고 호수는 말할 것도 없고 멀리 덴류가와(天竜川)까지 그물 낚시를 하러 나갔다고 한다.

하지만 전쟁 중에 그물을 점점 입수하기 힘들게 되었다. 그물을 입수하게 힘들어진 것은 물론이고 망가진 그물을 손질할 실조차 입수하기가 곤란해졌다. 그때 사루조가 생각해낸 것이 거문고 실로, 오래된 거문고 실을 가늘게 풀어 그물 손질에 사용하면 좋지 않을까 했고 지금도 그대로 하고 있다고 한다.

"사루조는 제법 손재주가 좋은 남자랍니다. 하지만 사루조가 무슨……."

"아뇨, 별거 아닙니다."

거기 형사 한 사람이 당황해서 들어왔다. 스케타케의 시체가 떠올랐던 것이다.

버려진 배 193

다마요 침묵하다

스케타케의 시체가 예상 밖으로 빨리 떠오른 것은 폭풍 덕택이었다.

거센 폭풍우는 모든 수사를 방해했지만 그 대신 호수 밑바닥에 가라앉아 있던 스케타케의 시체가 의외로 빨리 떠올랐던 것이다.

시체가 떠올랐다는 소식을 듣고 코스케와 다치바나 서장이 수문 입구로 달려가자, 무리 지어 모인 형사나 경관을 헤치며 챙 넓은 방수모를 쓰고 긴 방수 코트를 입은 남자가 한 사람, 전신에서 폭포 같은 물방울을 뚝뚝 흘리면서 모터보트에서 내려왔다.

"여, 어제는 실례했습니다."

그 남자가 느닷없이 말을 걸어 와, 코스케는 깜짝 놀라 상대의 얼굴을 고쳐 보았다. 쇠테 안경을 쓴 그 얼굴은 어디선가 본 듯한 얼굴이었지만 바로 생각나지 않았다. 대답하기가 곤란해서

우왕좌왕하고 있으려니 상대가 싱글거리면서,

"하하하, 기억이 안 나십니까. 나스 신사의 신주입니다."

그 말을 듣고 코스케는 겨우 생각이 났다. 역시 나스 신사의 신주, 오야마 다이스케다.

"아, 아, 이, 이, 이건 실례. 너무 달라지셔서요."

"하하하, 다들 그래요. 하지만 설마 이 빗속을 신주 복장으로 올 수는 없으니까요. 전쟁 중에 이런 기술을 익혔죠."

오야마 다이스케는 겨드랑이에 낀 보스턴백을 두드려 보였다. 분명 그 안에 신주 의상이 들어 있으리라.

"모터보트로 오셨습니까."

"예, 그쪽이 빨라요. 이 폭풍 속에 가능할까 생각했지만 젖는 건 마찬가지니까요. 결심하고 호수를 가로질러 오기로 했습니다만, 아, 덕분에 중간에서 어처구니없는 걸 봤지 뭡니까."

"아, 스케타케 씨의 시체?"

"예, 그래요. 제가 처음 발견했습니다. 그게요, 목 없는 시체잖아요. 기분 나쁘기 짝이 없어서……"

오야마 신주는 얼굴을 찌푸리고 강아지처럼 몸을 떨었다.

"아, 그래요. 고생하셨습니다."

"아니 뭐, 그럼 나중에 뵙지요."

오야마 신주는 다시 한 번 강아지처럼 몸을 떨어 전신에 붙은 물방울을 떨어뜨리고는 보스턴백을 들고 걷기 시작했는데, 뒤에서 긴다이치 코스케가 갑자기 불러 세웠다.

"아, 오야마 씨. 잠깐……"

버려진 배 195

"네, 무슨 일이십니까."

"당신께 좀 여쭤 보고 싶은 게 있는데요, 나중에 언젠가……."

"아, 그래요. 무슨 일인지 모르겠지만 언제라도 좋습니다. 그럼……."

오야마 신주가 가 버리자, 긴다이치 코스케는 처음으로 호수 쪽을 돌아보았다. 수문 입구 바깥에 경찰의 소형 증기선을 필두로 모터보트가 두세 척, 나뭇잎처럼 흔들리며 떠 있다. 시체는 소형 증기선 속에 있는 듯 무시무시한 표정을 한 순경이 증기선을 오가고 있다. 다치바나 서장의 모습도 그 속에 보인다.

긴다이치 코스케는 어떡할까 잠시 망설였지만 그는 특별히 시체 자체에 흥미를 갖고 있지는 않았으므로 증기선 안에 들어가는 것은 그만두었다. 시체의 감별은 의사나 서장에게 맡기면 된다. 끔찍한 기분이 들도록 처참한 시체를 볼 건 없다.

한동안 기다리고 있으려니, 마침내 서장이 땀을 훔치며 소형 증기선에서 나왔다.

"어땠습니까."

"아, 아무리 직업이라도 저런 걸 보는 건 그리 즐겁지 않습니다그려."

서장은 얼굴을 찌푸리고 손수건으로 자꾸만 이마를 문지르고 있다.

"그래서 스케타케 군의 시체인 건 틀림없습니까."

"물론 언젠가 유족들에게 보여줘야겠지만 다행히 구스다(楠田) 군이 전에 두세 번 스케타케 군을 진찰한 적이 있는데 틀림없답니다."

구스다란 사람은 마을 의사로, 경찰의 촉탁의를 겸하고 있다.

"그렇군요. 그럼 틀림없겠네요. 그런데 사인은 파악하셨습니까. 머리 쪽에 특별히 상처도 없었으니……."

"파악했습니다. 등에서 가슴에 걸쳐 딱 한 번 찔렸더군요. 갑자기 기습당해서 분명 신음 소리도 못 내고 죽었을 거라고 구스다 군이 그러더군요."

"그래서 흉기는?"

"일본도 종류가 아닐까 하는 게 구스다 군 이야깁니다. 이 집에는 일본도가 꽤 많이 있을 거예요. 사헤 옹이 한때 열중했으니까요."

"그렇군요. 그럼 일본도로 찔러 죽이고 나중에 목을 베어 떨어뜨렸다는 게 되는 거군요. 베인 곳의 상태는?"

"아무래도 아마추어니까요. 꽤 고생했을 거라고 구스다 군이 그랬습니다."

"그렇군요. 그런데요, 서장님."

코스케는 거기서 갑자기 말에 힘을 주어,

"그 목 없는 시체 전체의 상태 말인데요. 거기 뭔가 시체를 숨길 만한 비밀 같은 게 있었습니까."

다치바나 서장은 그 말을 듣더니 우거지상을 쓰며 귀밑털을 긁었다.

"아니, 그건 별로 이렇다 할 건 없어요. 저래서야 별로 공들여 물속에 가라앉힐 일은 없었을 거라 생각하는데."

"조끼 주머니는 뒤져 보셨죠. 저, 다마요 씨가 건넸다는 시계……."

"물론 찾아보았습니다. 시계는 아무데도 없었습니다. 범인이 낚아채 갔던지, 호수 속에 가라앉았던지……. 하지만 어느 쪽이건 그 시계를 감추기 위해 시체를 가라앉히러 나간 건 아니겠죠. 이건 긴다이치 씨, 당신 말 대로일지도 모르겠습니다."

서장이 생각에 잠긴 눈매를 하고 턱을 쓰다듬고 있을 때였다. 빗속을 달려 형사 한 명이 다가왔다.

"서장님, 감식반 후지사키가 보입니다. 손도장 감정이 끝났답니다."

"아, 그래."

서장은 긴다이치 코스케 쪽을 힐끔 보았다. 왠지 모르게 긴장한 얼굴이다. 긴다이치 코스케도 그 눈을 마주 보며 군침을 꿀꺽 삼켰다.

"바로 가겠네. 그럼 이누가미 가문 여러분들에게도 다시 한 번 아까 그 방에 모여 주십사 전해 주게."

"알겠습니다."

나중 일을 자세히 부하에게 일러두고 다치바나 서장과 긴다이치 코스케가 아까 그 방에 들어가자, 아직 아무도 오지 않은 듯 오야마 신주가 홀로 신주복으로 갈아입고 태연히 홀을 들고 있었다.

두 사람이 들어가자 오야마 신주는 쇠테 안경 속 눈에 주름을 잡으면서,

"여, 야간 실례……. 이 방에서 뭔가 하시려는 겁니까?"

"예, 조금. ……하지만 당신은 계셔도 괜찮습니다. 당신도 관계자 중 한 사람이니까요."

"아이고. 대체 무슨 일을 하시려는 겁니까."

"저, 그 손도장 말인데요. 댁에서 가지고 돌아온……. 그 손도장과 아까 스케키요 군이 우리 눈앞에서 찍은 손도장을 방금 비교 연구했는데, 그 결과를 이제부터 발표한다고 합니다."

"아, 그렇군요."

오야마 신주는 왠지 모르게 엉덩이를 들썩이면서 어색하게 헛기침을 했다. 긴다이치 코스케는 지그시 그 얼굴을 바라보면서,

"그에 대해 오야마 씨, 아까 말씀 드렸듯 저는 한 가지 당신에게 여쭤 보고 싶다고 생각하고 있었습니다. 저, 오야마 씨. 그건 당신 생각이셨나요? 손도장을 비교하면 좋을 거란 얘기를 꺼낸 것은……."

오야마 신주는 깜짝 놀란 듯 긴다이치 코스케의 얼굴을 보았다. 하지만 바로 그 시선을 피하더니, 품에서 손수건을 꺼내 당황해서 이마의 땀을 닦았다. 긴다이치 코스케는 가만히 그 모습을 바라보며,

"아, 그럼 역시 누군가 당신에게 그렇게 하라고 시킨 인물이 있군요. 아무래도 저는 처음부터 이상하다고 생각하고 있었습니다. 당신 같은 분…… 범죄 수사나 탐정소설에 전혀 흥미도 없을 듯한 분이 어떻게 지문이나 손도장 같은 걸 생각하셨나 하고 이상하게 생각하고 있었습니다. 그럼 대체 누굽니까? 당신에게 그

렇게 하라고 시킨 사람은."

"아, 별로 시킨 건 아닙니다만, 그저께던가 저희 신사에 어떤 분이 와서 여기 스케키요 씨의 손도장이 있을 텐데 보여 달라고 하는 겁니다. 저는 그런 두루마리, 한참 전에 잊어버리고 있었는데, 그 얘길 듣고 생각이 났습니다. 별로 거절할 상황도 아니라서 두루마리를 꺼내 보여 주자, 그 사람은 잠자코 그걸 보고 있었습니다만 이윽고 고맙다고 하고는 돌아갔습니다. 그저 그뿐이었습니다. 그저 그뿐이라 저는 도리어 이상하게 생각했습니다. 대체 뭣 때문에 저 사람은 스케키요 씨의 손도장을 보러 온 걸까…… 그런 생각을 하는 사이에 겨우 지문이란 걸 생각해냈던 겁니다. 그래서 어제 스케타케 씨와 스케토모 씨에게 그 얘길 해서……."

긴다이치 코스케와 서장은 얼굴을 마주 보았다.

"그렇군요. 그렇다면 그 사람은 당신에게 암시를 주기 위해 두루마리를 보러 왔던 거군요. 그런데 오야마 씨, 대체 누굽니까, 그 사람은……?"

오야마 신주는 잠시 우물거렸지만 이내 마음을 정한 듯,

"다마요 씨입니다. 아시겠지만 그분은 원래 나스 신사 출신이라 자주 놀러 오십니다."

다마요란 이름을 들은 순간, 긴다이치 코스케와 다치바나 서장 사이에는 불꽃 같은 시선이 오갔다.

또 다마요다! 아니, 아니, 전부 다마요다! ……아아, 다마요는 대체 그 아름다운 얼굴 아래 어떤 계획을 감추고 있는 것일까.

그 다마요는 지금도 스핑크스처럼 수수께끼를 감춘 무표정이다.

가면의 스케키요와 마츠코 부인을 둘러싸고 나란히 앉아 있는 이누가미 가문 사람들이 정도의 차이는 있으되 모두 흥분하고 있건만, 다마요만은 단정하고 존엄스러울 정도로 조용하다. 긴다이치 코스케는 그 조용함이 얄미웠다. 그 무표정이 마음에 들지 않았다. 그리고 너무나 지나친 아름다움에 두려움을 느꼈다.

일동은 고요해져 있었다. 그 긴박한 고요함에, 감식반인 후지사키 씨도 약간 상기된 기색으로 어색하게 헛기침을 하더니,

"예, 그럼 조사 결과를 여기서 발표하겠습니다. 언젠가 상세한 보고서를 서장님 쪽에 제출하겠지만, 여기서는 귀찮은 전문용어는 빼고 극히 간단하게 결론만 말씀 드리면······."

후지사키 씨는 거기서 다시금 목에 걸린 걸 삼키는 듯한 소리를 내더니,

"이 두 개의 손도장은 완전히 동일한 것입니다. 그러므로 거기 계신 분이 스케키요 씨임에 틀림없다는 사실은 이 두 개의 손도장이 무엇보다도 강하게 말해 주고 있습니다."

바늘 떨어지는 소리라도 들릴 것 같은 고요함······ 이란 분명 이럴 때 쓰는 말일 것이다. 아무도 입을 열지 않았다. 모두 마치 후지사키 씨의 말이 들리지 않는 것처럼 어리둥절해서 각자의 시선 끝을 응시하고 있었다.

그러나 그때 긴다이치 코스케는 보았던 것이다. 다마요가 무언가를 말하기 위해 입을 열려던 것을. ······하지만 다음 순간,

그녀는 입을 딱 다물고 눈을 감았다. 그리고 다시 스핑크스처럼 수수께끼를 간직한 무표정이 되었다.

긴다이치 코스케는 그때 뭐라 말할 수 없는 초조함이 뱃속에서 부글부글 치미는 것을 막을 수 없었다. 아, 다마요는 무엇을 말하려고 했던 것일까?

제5장
상자 속

손도장 비교는 끝났다.

저 기묘한 가면을 쓴 인물은 역시 스케키요가 확실했다. 어쩌면 누군가…… 즉 스케키요 이외의 인물이 스케키요로 변장하고 돌아온 것은 아닐까 하던 스케타케와 스케토모의 의심은 단순한 공중누각에 지나지 않았던 것이다.

하지만 그럼에도 불구하고 왠지 석연찮은 공기가 그 자리에 넘쳐흐르고 있었던 것은 왜일까. 모두들 어금니에 뭔가가 낀 것 같은 표정을 하고 있는 것은 대관절 무슨 이유일까.

……역시 두 개의 손도장은 동일한 것이었는지도 모른다. 하지만 지문이란 것은 절대 조작 불가능한 것일까. 혹시 지문 조작이 불가능하다고 해도 거기에 뭔가 음모나 계략이 숨어 있는 것은 아닐까.

이누가미 일족의 악의에 찬 얼굴에서 그 같은 무언의 항의를 읽을 수 있는 것도 무리는 아니겠지만, 묘하게도 어머니인 마츠코 부인조차 왠지 혼란스러워 보이는 것은 어떤 이유일까.

거기 있는 사람이 스케키요 씨임에 틀림없다……라고 후지사키 감식과원이 단언한 찰나, 마츠코 부인의 얼굴에 일종의 불가해한 동요의 빛이 슬며시 어린 것은 대관절 무슨 이유일까.

하지만 역시 마츠코 부인은 강적이었다. 바로 그 동요를 억누르고는 언제나 그렇듯이 심술궂은 눈길로 빤히 일동을 둘러보다가, 이윽고 딱딱하고 퉁명스런 말투로,

"여러분, 지금 하신 말씀 잘 들으셨죠. 그에 대해 이의가 있는 분 안 계십니까. 이의가 있으시면 지금 여기서 말씀해 주셨으면 합니다."

모두 이의는 있었다. 하지만 어떻게 항의하면 좋을지 몰랐다. 일동이 침묵하고 있으려니 마츠코 부인은 거듭 쐐기를 박듯,

"아무 말도 안 하시는 걸 보면 아무도 이의가 있는 분은 없군요. 그럼 이 사람이 스케키요라고 인정해 주시는 거네요. 서장님. 감사합니다. 그럼 스케키요……."

마츠코 부인 뒤에서 가면의 스케키요가 일어선다. 조금 걸음이 흔들리는 것처럼 보인 것은 오랫동안 앉아 있어서 발이 저린 탓일까.

하지만 그때였다. 긴다이치 코스케는 또다시 보았던 것이다. 다마요가 무언가 말하려고 입을 여는 것을.

긴다이치 코스케는 앗, 하고 손에 땀을 쥐고 다마요의 입언저리를 바라본다. 하지만 이번에도 다마요는 도중에 입을 다물었

고…… 그뿐, 고개를 숙이고 말았다.

마쓰코 부인과 스케키요는 이미 방에 없었다.

다마요는 대체 무슨 말을 하려고 했던 것일까. 두 번이나 입을 열려고 했지만 그때의 표정, 의욕으로 봐서 뭔가 심상치 않은 발언을 하려고 했던 것 같다. 그래서 긴다이치 코스케는 그녀가 주저한 것에 대해 뭐라 말할 수 없는 갑갑함을 느꼈지만, 나중에 생각해 보면 코스케는 이때 억지로라도 다마요의 입을 열게끔 했어야 했다. 왜냐하면 그때 다마요가 입을 열었다면 이누가미 가문 사건의 수수께끼는 적어도 반은 풀렸을 것이므로. 그리고 그보다 나중에 일어날 범죄를 미연에 예방할 수 있었을지도 모르므로.

"아, 그래도……."

이누가미 가문 사람들이 삼삼오오 방을 나가자 다치바나 서장이 안심한 듯 말했다.

"가면 남자의 정체가 확실해진 것만으로도 일보 전진이에요. 이런 사건은 양파 껍질을 벗기듯 하나하나 수수께끼를 정리해 가는 것 외에 다른 방법은 없으니까 말이지요."

그건 그렇고 호수에서 올라온 스케타케의 시체는 그날 중으로 해부가 실시돼 재차 이누가미 가문으로 넘겨졌는데, 해부 결과에 의하면 사인은 배후에서 흉부에 걸쳐 칼로 찔렸기 때문이고, 그 시각은 대충 어젯밤 11시부터 12시 사이였을 거라고 했다.

여기서 주목해야 할 점은 상처 입구의 칼자국 상태로 보아 사인이 된 흉기는 단도일 거라는 감정이 나왔다는 사실이다.

긴다이치 코스케는 이 보고를 들었을 때 갑자기 뭐라 말할 수 없이 깊은 흥미를 느꼈다. 사람의 생명을 앗아가는 데는 단도로도 가능할지도 모르지만, 설마 그걸로 목을 벨 수 있을 거라는 생각은 들지 않는다. 그렇다면 범인은 단도와 목 베는 도구 두 가지 흉기를 준비하고 있었던 것일까.

아무튼 스케타케의 시체가 넘겨져, 그날 밤 이누가미 가문에서는 형식뿐인 밤샘이 있었다. 이누가미 가문은 신사 참배를 하기 때문에 이럴 경우 항상 오야마 신주가 일을 맡는다.

긴다이치 코스케도 생각지 못한 인연으로 이 밤샘에 참석하게 되었는데, 그 자리에서 오야마 신주가 묘한 말을 했다.

"긴다이치 씨, 저 최근 재미있는 걸 발견했습니다."

오야마 신주는 술에 취한 게 확실했다. 그렇지 않다면 긴다이치 코스케에게 일부러 그런 얘기를 하러 왔을 리가 없었다.

"재미있는 게 뭡니까."

"아, 재미있는 거라기엔 좀 뭣합니다만, 그러니까 고인의······ 사헤 옹의 비밀인데요. 아니, 비밀이라 해도 이건 공공연한 비밀 같은 건데 여기 사는 사람이라면 다 알고 있는 거죠. 전 최근에 그 확증을 잡았어요."

"뭡니까. 사헤 옹의 비밀이란?"

긴다이치 코스케도 흥미를 느껴 무심코 그렇게 되물었다. 그러자 오야마 신주는 기름기 번들거리는 얼굴을 징그러울 정도로 일그러뜨리며 웃더니,

"저기, 그거 말이에요. 긴다이치 씨는 모르시려나. 그럴 리 없

겠죠. 사헤 옹 얘기를 하는 사람이라면 분명 마지막에 이 얘길 덧붙였을 테니까요."

오야마 신주는 지겹도록 이야기를 끌더니,

"저, 다마요 씨의 조부님인 노노미야 다이니 씨와 사헤 옹 사이에 남색의 정분이 오갔다는 거 말입니다."

"뭐, 뭐, 뭐, 뭐라고요?"

긴다이치 코스케는 무심코 그렇게 소리쳤으나, 이내 정신이 들어 주위를 둘러보았다. 하지만 다행히 밤샘에 참석한 사람들은 모두 저쪽에 떼를 지어 몰려 있어서 코스케 쪽을 주목하는 사람은 하나도 없었다. 코스케도 당황해서 찻잔을 들어 차를 죽 들이켰다.

긴다이치 코스케에게 있어, 지금 오야마 신주가 한 말은 그야말로 청천의 벽력이었다. 전에도 말했듯 이 일만은《이누가미 사헤전》에 쓰여 있지 않아 코스케로서는 처음 듣는 얘기였다.

코스케의 놀람이 너무 컸던지 오야마 신주는 도리어 놀란 듯 눈을 끔뻑거리더니,

"긴다이치 씨, 그럼 당신은 그걸 모르셨단 말입니까."

"몰랐습니다. 《이누가미 사헤전》에도 그런 얘기는 쓰여 있지 않았어요. 노노미야 다이니 씨와의 관계는 제법 상세하게 적혀 있었습니다만……"

"물론 그런 거야 드러내 놓고 할 얘기는 아니니까요. 하지만 여기 사람들은 다 압니다. 후루다테 씨는 아무 말 안하던가요?"

후루다테 변호사는 신사라서 함부로 남의 비밀을 발설하는 일

은 하지 않았을 것이다.

하지만 이 사실…… 노노미야 다이니와 이누가미 사헤 사이에 남색의 정분이 오갔다는 것과 이번 사건은 뭔가 관계가 있는 것일까?

긴다이치 코스케는 마치 심연이라도 들여다보는 듯한 눈길로 한동안 생각에 잠겨 있었지만 이윽고 고개를 들고는,

"그렇군요. 그런데 당신은 방금 뭔가 그 확증을 발견했다고 하셨는데 뭡니까, 그건……."

오야마 신주는 역시 자신의 입방정을 괴로워하는 기색이었으나, 그럼에도 새삼 이 발견을 누구에게라도 자랑하지 않고는 못 배기는 듯했다.

"음, 그거요."

몸을 내밀고 술 냄새 나는 숨결을 뿜으면서 한 얘기는 다음과 같았다.

오야마 신주는 최근 필요에 의해 나스 신사의 보물 창고 속을 정리한 적이 있었는데 그때 발견한 것이 한 개의 오래된 상자였다. 그것은 산더미처럼 쌓인 먼지와 잡동사니에 파묻혀 있어서 오야마 신주도 지금까지 그 같은 상자가 있을 거란 사실을 몰랐는데, 살펴보니 상자와 뚜껑 사이에 꼼꼼히 발라 놓은 종이 위에 뭔가 묵으로 쓰여 있었다. 어쨌거나 제법 오래되었고 발라 놓은 종이도 새까맣게 그을려 있어서 처음에는 좀처럼 읽을 수 없었으나, 그럼에도 노력 끝에 겨우 판독한 바에 의하면 그것은 다음과 같은 글씨였다. ……노노미야 다이니, 이누가미 사헤, 두 사

람의 입회 하에 봉인하다. 메이지 44년 3월 25일.

"메이지 44년 3월 25일…… 이걸 읽었을 때 전 헉, 했습니다. 《이누가미 사혜전》을 읽었으면 아시겠지만 노노미야 다이니 씨가 돌아가신 것은 메이지 44년 5월의 일이었어요. 그러니 상자는 다이니 씨가 죽기 조금 전에 둘이서 봉인한 것입니다. 분명 다이니 씨가 목숨이 얼마 남지 않은 것을 깨닫고 사혜 옹과 둘이서 이 상자 속에 뭔가를 봉인해 놓았던 게 분명하다……. 그렇게 생각했는데요……."

"봉인을 깼습니까?"

긴다이치 코스케의 책망하는 듯한 말투에 오야마 신주는 당황해서 오른손을 흔들며,

"아니, 아니. 봉인을 깼다고 하는 건 어폐가 있습니다. 아까도 말했듯 꽤 오래된 거라 종이를 벌레가 다 먹어서 봉인을 깨든 안 깨든 뚜껑을 들어 올리니 바로 열려 버렸어요."

"그렇군요. 그래서 바로 안을 보셨겠군요. 그런데 대체 뭐가 나왔습니까."

"엄청난 양의 서찰들이었습니다. 예, 상자 가득 서찰이 들어 있었어요. 편지도 있고 매매 장부도 있었고요. 그리고 일기나 메모장…… 옛날 얘기니까 전부 일본 종이였는데, 그런 게 가득 들어 있었습니다. 전 그 속의 편지를 조금 읽어보았는데 그게 즉 연애편지였다 이 말이죠. 다이니 씨와 사혜 옹 사이에 주고받은…… 아니, 옹이라고 해도 그 무렵에는 아직 청초한 미소년이었겠지만요……."

오야마 신주는 그렇게 말하고 겸연쩍은 듯 싱긋 웃었다. 하지만 이내 변명하듯,

"긴다이치 씨, 이런 얘기를 한다고 저를 한심한 호기심의 포로라고 생각하시면 곤란합니다. 저는 사헤 옹을 존경하고 있습니다. 숭배하고 있습니다. 뭐라 말해도 사헤 옹은 우리 나스 사람들의 은인임과 동시에 신슈 제일의 거부였으니까요. 저는 그 거부의 진짜 모습을 알고 싶습니다. 그리고 언젠가 기회가 있으면 그 전기를 써 보고 싶습니다.

《이누가미 사헤전》처럼 아름다운 일만 쓴 게 아니라 그분의 적나라한 모습을 쓰고 싶습니다. 그것은 결코 그분을 상처 입히지 않을 거라 생각해요. 아니, 그것이야말로 난생처음 그분의 참 위대함을 전할 수 있을 거라 생각합니다. 그런 의미에서라도 저는 그 상자의 내용물을 철저하게 조사해 보려고 생각해요. 어쩌면 이 상자에서 지금까지 아무도 몰랐던 귀중한 문헌이 나올지도 모른다고 생각하고 있습니다."

그것은 일종의 자기도취 같은 횡설수설이었다. 오야마 신주는 자신의 말에 취해 있었다. 그는 결코 진심으로 자신의 말에 확신을 갖고 있지는 않았다. 하지만 그럼에도 불구하고 오야마 신주의 예언은 들어맞았던 것이다.

그 후 곧바로 오야마 신주가 상자 속에서 발견한 너무나도 의외의 비밀은 자못 심각하게 이 사건에 영향을 끼쳤는데…… 긴다이치 코스케는 사건이 끝난 후에도 오랫동안 그 일을 생각할 때마다 항상 오싹한 두려움을 느끼지 않을 수 없었다.

석류

 최근에는 정식으로 밤샘하는 집은 거의 없다. 대개 10시나 11시가 되면 끝난다. 이른바 '반' 밤샘이란 것이다.

 하물며 이누가미 가문처럼 서로 미워하는 일족이라면 고인의 양친이나 누이동생 이외에 아무도 밤을 샐 생각은 들지 않을 것이다. 게다가 또한, 목과 몸통을 이어 붙인 고인의 옆에서 시중을 든다는 것은 누구든 그리 기분 좋지 않은 일이었다. 그래서 후루다테 변호사의 의견으로 밤샘은 10시에 일단락 하기로 했다.

 그때쯤에는 폭풍도 웬만큼 가라앉았으나 그래도 하늘에는 아직 먹물 같은 검은 구름이 흐르고 이따금 생각난 듯 여분의 비가 사선으로 내렸다.

 긴다이치 코스케는 그 빗속을 후루다테 변호사와 함께 돌아갔으나, 그 뒤에 이누가미 가문에서는 또 하나의 사건이 일어났던 것이다.

이 사건은 어젯밤의 스케키요 사건이나, 또 더 나중에 잇따라 일어난 두 번의 살인 사건에 비하면 극히 시시하고 어딘가 모자란 사건처럼 생각되기 쉽지만, 천만의 말씀, 이 사건이야말로 엄청나게 중대한 의미를 내포하고 있다는 사실이 나중에 밝혀진다.

사건은 또 다시 다마요를 중심으로 일어났다.

밤샘이 끝나자 다마요는 바로 자기 거실로 돌아왔다. 언급하는 걸 깜박했는데 다마요의 거실도 안채와 복도로 연결된 별채였는데, 이 별채도 마츠코 부인이나 스케키요가 사는 별채와 마찬가지로 다섯 칸으로 되어 있어 따로 현관과 욕실 같은 것도 갖추고 있었다. 그저 스케키요의 별채와 다른 점은 이쪽은 주로 서양풍으로 지었다는 것이다. 다마요는 벌써 몇 년간 사루조와 둘이서 이 별채에 살고 있었다.

아무튼 다마요가 별채에 돌아오자 그 뒤를 쫓아오듯 스케타케의 동생인 사요코가 찾아왔다. 뭔가 할 이야기가 있다고 한다. 아침부터 줄곧 긴장해 있었기에 다마요는 완전히 지쳐서 목욕을 하고 한시라도 빨리 자고 싶었지만, 이야기가 있다는데 쫓아 보낼 수도 없는 노릇이었다. 그래서 사요코를 거실로 안내했는데, 거기서 두 사람 사이에 어떤 이야기가 오갔을까.

"저는 그저, 오빠에 대해 여쭤 보고 싶었습니다. 오빠는 살해당하기 직전에 다마요 씨를 만났다고 들어서, 그때 일에 대해 다마요 씨에게 직접 듣고 싶었어요."

다음 날 경관에게 취조를 받았을 때 사요코는 그때 일에 대해 그렇게 진술했고, 다마요도 맞다고 보증했지만, 그러나 두 사람의 이야기가 그것만이 아니었을 거라는 사실은 최근 이누가미 가문의 사정을 조금이라도 아는 사람이라면 상상 가능할 것이다.

사요코는 다마요의 속내를 캐러 왔던 것이다. 다마요가 스케토모를 어떻게 생각하는지를.

사요코는 불쌍한 아가씨다. 그녀는 결코 추녀는 아니다. 아니, 혼자만 놓고 보면 오히려 평범함 그 이상의 미인이다. 하지만 한 지붕 아래 다마요란 미인이 존재한 탓에, 다마요란 유례없는 미인이 있는 탓에, 그녀의 미모도 현저히 평가절하되고 마는 것이다. 마치 달 앞에서 별이 빛을 잃는 것처럼.

하지만 사헤 옹의 유언장이 발표될 때까지 사요코는 그만치 다마요에 대해 열등감을 느끼지는 않았을 것이다. 아니, 다마요 따위 안중에도 없었다는 편이 정확할 것이다.

역시 다마요는 아름답다. 하지만 그녀는 빈털터리 고아가 아닌가. 타인의 정으로 살아가는 식객이 아닌가. 그에 비해 자신은 물론 아름다움에 있어서는 다마요에 뒤질지도 모른다. 하지만 그것을 상쇄하고도 남는 것을 지니고 있다. 즉 사헤 옹의 손녀라는 신분, 언젠가 막대한 재산의 일부를 받을 거라는 보증. 그래서 남자가 자신과 다마요를 비교하면 어지간한 바보가 아닌 한은 자신을 택할 게 틀림없다. ……사요코는 그 사실을 굳게 믿어 의심치 않았고, 사실 스케토모는 주저 없이 그녀를 선택했다.

어째서인지 사요코는 어릴 때부터 사촌오빠인 스케토모를 좋아했다. 자라남에 따라 그 감정은 차츰 연정으로 변해 갔다. 그에 대해 스케토모 쪽에서는 어땠을까. 그 또한 사요코가 싫지는 않았던 것만은 확실하다.

하지만 그 감정이 사요코만큼 절실했는지는 의문이다. 하지만 그럼에도 불구하고 스케토모는 그녀의 사랑을 받아들였다. 교활한 스케토모의 양친은 이누가미 가문의 재산을 조금이라도 많이 긁어모으기 위해서는 아들과 사요코를 결혼시키는 쪽이 좋을 거라 생각한 듯 오히려 한술 더 떠 사요코의 마음을 잡으라고 아들을 설득했다.

하지만 이제는 사태가 달라졌다. 황금알을 품은 닭이라 생각하고 있던 사요코는 아무 가치도 없는 여자란 걸 알게 되고, 그에 반해 이제까지 상대도 되지 않던 다마요가 갑자기 후광을 받아 부상했던 것이다. 경박한 스케토모 모자가 사요코에 대해 손바닥 뒤집듯 차가워진 것도 무리는 아니다. 그리고 지금 스케토모는 다마요에게 참고 보기 힘들 정도로 꼬리를 흔들어대기 시작했던 것이다.

사요코가 다마요를 만나러 온 것은 이 문제에 관해 다마요의 마음을 타진하기 위해서였을 것이다. 그것은 사요코에게 있어 참기 힘들 정도의 굴욕이었음에 틀림없다. 그럼에도 불구하고 사요코가 오지 않을 수 없었던 것은, 오늘 아침 이후 몸도 마음도 초췌해질 정도로 가슴앓이와 번민으로 괴로워하고 있었기 때문이다.

스케타케가 죽은 지금은 다마요가 스케토모를 선택할지도 모른다는 생각이 너무나 커졌던 탓이다. 왜냐하면 남겨진 두 사람의 후보자 중에서 스케키요는 모두가 알고 있듯 차마 볼 수 없을 정도로 역겨운 얼굴이 되어 있었으니까.

하지만, 그러나, 다마요의 거실에서 두 여자 사이에 어떤 대화가 오갔는지는 영원히 알 수 없으리라. 사요코가 그 이야기를 털어놓는 것은 석상에게 말을 하라고 하는 것보다 어려웠고, 다마요처럼 절제심 있는 여성 역시 사요코에게 치욕이 될 만한 말은 할 리가 없기 때문이다.

아무튼 다마요와 사요코의 이야기는 반 시간 정도로 끝이 났다. 다마요는 사요코를 보내고 바로 거실과 붙어 있는 침실 문을 열었다. 언급하는 것을 깜박했는데 다마요의 거실과 침실 모두 서양풍으로, 침실에는 거실로 통하는 문을 빼고는 출입문은 따로 없었다.

다마요는 한시라도 빨리 눕고 싶어서 사요코를 보내고는 바로 침실 문을 열고 벽에 있는 스위치를 돌려 불을 켰는데, 그 순간 무서운 비명을 목청껏 지르지 않을 수 없었던 것이다.

다마요는 다음 날 다치바나 서장의 질문에 그때 일에 대해 이렇게 말했다.

"예, 그렇습니다. 스위치를 돌리고 불을 켠 순간, 누군가가 침실에서 뛰쳐나왔습니다. 어쨌든 너무 갑작스런 일이라 자세한 건 모르겠지만, 예, 그래요, 확실히 군복을 입은 남자였습니다. 전투모를 깊숙이 눌러쓰고 머플러로 얼굴을 가리고…… 그리고 반짝반짝 빛나는 두 개의 눈만이 지금도 확실히 인상에 남아 있습니다. 그게 마치 검은 회오리바람처럼 잽싸게 제게 다가와서…… 저는 무심코 비명을 질렀습니다. 그러자 그 남자는 저를 들이받듯 지나가 거실에서 재빨리 복도 쪽으로 가 버렸습니다. 그리고 다음 일은 다른 분께 들으신 대롭니다."

"그런데 다마요 씨. 그 남자 말인데요, 그놈은 어째서 당신의 침실에 숨어 있었던 걸까요. 그에 대해 뭔가 짚이는 바가 없으십니까?"

다치바나 서장의 질문에 대해 다마요는 다음과 같이 답했다.

"예, 그건 이렇게 된 거라 생각합니다. 어젯밤 이 별채에 돌아왔을 때는 사요코 씨와 함께여서 눈치 채지 못했습니다만, 나중에 조사해 보니 누군가가 거실을 뒤진 듯한 흔적이 남아 있는 겁니다. 아니, 별로 없어진 물건은 없었습니다만. ……그래서 제가 생각하건대, 그 사람은 여기서 뭔가를 찾고 있었다. 그런데 저와 사요코 씨가 돌아와서 당황해서 침실에 숨었던 건 아닐까 생각합니다. 하지만 보시는 바대로 이 침실은 일방 출구에, 달리 아두데도 문이 없는데다 창은 전부 닫혀 있어서 그걸 열면 소리가 납니다. 그래서 할 수 없이 사요코 씨가 갈 때까지 침실 속에 숨어 있었던 건 아닐까 합니다."

"그렇군요. 그렇다면 이치에 맞습니다만, 하지만 그 남자는 여기서 뭘 찾고 있었던 겁니까. 당신은 뭔가 그 남자가 노릴 만한 걸 갖고 계십니까?"

"글쎄요, 그건 저도 모르겠습니다. 하지만 그 남자가 뭘 찾고 있던 그것은 아주 작은 물건이 분명해요. 반지나 귀걸이 같은 것밖에 들어 있지 않은 서랍까지 열었거든요."

"그런데도 아무것도 없어진 건 없단 말씀이지요?"

"네."

아무튼 이야기를 다시 한 번 원래로 되돌려 다마요의 침실에서 뛰어나온 침입자의 이후 행동을 보자.

다마요의 비명은 제법 커서 이누가미 가문의 저택에 울려 퍼졌는데, 여기서 흥미로운 사실은 이 비명 덕에 이누가미 가문의 일족은 전부 알리바이가 성립되었던 것이다.

우선 스케키요, 그는 그때 자기 거실, 즉 마츠코 부인의 별채에 있었다. 그 사실은 마츠코 부인은 물론이고 오야마 신주가 증명하고 있으니 일단 틀림없다. 오야마 신주는 그날 밤 이누가미 가문에 머물게 되어 마츠코 부인의 방에 와서 이야기를 나누고 있었는데, 그 비명 소리를 들었던 것이다. 오야마 신주는 그때 일에 대해 이렇게 말했다.

"그렇습니다. 그건 10시 반 무렵의 일이었는데요. 마츠코 부인의 방에서 이야기하고 있는데 갑자기 여자 비명 소리가 들리는 겁니다. 우리는 깜짝 놀라 몸을 일으켰는데, 그러자 거기 별채 쪽에서 스케키요 씨가 뛰어나와 저건 다마요 씨 목소리라고 하더니 맨발로 뜰에 뛰어나가는 겁니다. 우리는 깜짝 놀라 툇마루로 뛰어나갔는데 이미 그때는 스케키요 씨의 모습은 보이지 않았습니다. 어쨌거나 어젯밤은 깜깜했고 게다가 공교롭게도 그때는 다시 격한 비가 내릴 때였으니까요······."

아무튼 다음은 스케타케의 아버지인 도라노스케, 그는 그때 아직 처인 다케코와 함께 아들의 시체 옆에서 밤샘을 하고 있었다. 그 사실은 처인 다케코를 비롯해 세 하녀가 증명하고 있다. 하녀들은 밤샘 뒷정리를 하고 있었다. 도라노스케는 비명을 들었지만 자리를 뜨려고 하지 않았다.

마지막으로 스케토모와 그 아버지인 고키치, 그들은 비명이 들려왔을 때 자기네 거실에서 슬슬 잠들려던 참이었다. 이것은 고키치의 처인 우메코를 비롯해 잠자리를 펴던 두 사람의 하녀가 증명하고 있다.

스케토모는 비명을 듣고 안색이 변해 어머니가 말리는 것도 듣지 않고 뛰쳐나갔다. 고키치도 그 뒤를 따랐다.

하지만 다마요의 비명을 누구보다 가까이에서 들었던 것은 말할 것도 없이 사요코였다. 그녀는 다마요의 거실을 나와 안채로 통하는 복도쯤까지 왔는데, 거기서 비명을 듣고는 깜짝 놀라 돌아갔다. 그리고 다마요의 거실 앞까지 왔을 때 복도의 막다른 곳에서 엎치락뒤치락 하는 두 개의 그림자를 보았던 것이다.

한 사람은 군복 차림의 남자, 그리고 또 한 사람은 사루조였다.

"응, 뭐, 뭐라고요? 그럼 사루조와 군복 차림의 남자가 엎치락뒤치락하고 있었다고요?"

이 증언을 들었을 때, 다치바나 서장은 놀라 그렇게 묻지 않을 수 없었다. 무리도 아니다. 다치바나 서장은 군복 차림의 남자가 사루조가 아닐까 의심하고 있었는데 갑자기 그 의혹은 일시에 걷히고 분쇄되고 말았던 것이다.

"네, 틀림없어요. 저는 확실히 이 눈으로 봤을 뿐만 아니라 바로 그 뒤에서 사루조, 하고 불렀을 정도인걸요."

사요코는 그렇게 힘주어 말했다.

아무튼 한순간 엎치락뒤치락하고 있던 사루조와 군복 남자는 다음 순간 엇갈리나 했더니 군복 차림 남자는 잽싸게 복도 밖으로 뛰어나갔다. 복도의 막다른 곳에는 프랑스식 창이 있었고, 그 창밖으로 발코니에서 뜰로 내려갈 수 있게 되어 있었다.

"그때, 지는 그놈을 쫓아가려면 쫓아갈 수도 있었지만 아가씨가 걱정돼서요……."

그때 일을 사루조는 그렇게 말했다. 그리고 또 그날 밤 자신의 행동에 대해 그는 다음과 같이 덧붙였다.

소란이 계속되었기 때문에 사루조는 저택 안을 둘러보고 있었다. 그는 밤샘을 말 그대로 아침까지 계속할 거라고 생각했기 때문에 이미 폐회한 줄 몰랐고, 그래서 다마요가 별채에 돌아왔다는 것도 몰랐다. 하지만 그때 들려온 것이 그 비명 소리였다.

"지는 깜짝 놀라서 발코니에서 프랑스식 창으로 뛰어올라 갔는데 딱 마주친 게 군복 차림 남자로……. 음, 얼굴을 못 봤어요. 암튼 목도리로 칭칭 가리고 있었던지라……."

아무튼 사루조와 사요코가 거실에 뛰어 들어가 다마요를 돌보고 있는데 이어 스케토모와 그 아버지 고키치가 뛰어들어 왔다. 그래서 그들이 제각기 얘기하고 있는데 또 다른 비명 소리가 들려왔다. 그것은 소리 높이 꼬리를 끌면서 때마침 내리던 장대비를 뚫고 들려왔던 것이다.

일동은 그 소리를 듣고 무심코 깜짝 놀라 얼굴을 마주 보았다.

"남자 목소리 같아요."

다마요가 헐떡였다.

"응, 전망대 방향이었어."

스케토모가 겁에 질린 듯 눈을 날카롭게 하고 중얼거렸다.

"어쩌면 스케키요 오빠 아닐까."

사요코가 떨리는 목소리로 속삭였는데, 그 순간 튕기듯 일어난 것은 다마요였다.

"가 봐요. 모두 가 봐요. 사루조, 회중전등을 들고 와……."

밖에는 장대비가 내리고 있었다. 그 속을 한 덩어리가 돼서 달려가자 저편에서 도라노스케와 오야마 신주가 다가왔다.

"무슨 일이야. 지금 그 소린 뭐지?"

도라노스케가 다그치듯 물었다.

"뭔지 모르겠어요. 어쩌면 스케키요 군이 아닐까 해서요."

스케토모가 대답했다. 그리고 또 사람들은 전망대 쪽으로 달려갔다.

비명의 주인공은 역시 스케키요였다. 그는 전망대 계단 아래 길게 늘어져 있었는데, 처음 그것을 본 사람은 다마요였다. 그녀는 비틀거리면서,

"앗, 여기 누군가 사람이……. 사루조, 회중전등을 비춰 봐."

바로 회중전등 불빛이 슥 하고 스케키요의 얼굴을 비췄는데, 그 순간 일동은 무심코 앗 하고 외치고 뒤로 물러섰다.

스케키요는 죽지는 않았다. 턱에 강한 주먹을 맞고 정신을 잃은 것이었지만, 쓰러지는 반동으로 가면이 벗겨진 듯 오오, 뭐라 말할 수 없이 무서운 얼굴이 드러나 있다! 코에서 양 뺨에 걸쳐

석류처럼 벌어진 채 엉망진창으로 허물어진 검붉은 살덩어리!

　사요코는 그것을 보고 꺅 소리 지르며 얼굴을 가렸지만 다마요는 그와 반대로 왠지 뚫어지게 그 무서운 얼굴을 응시하고 있었다.

스케토모, 손톱을 갈다

그 다음 날 이누가미 가문으로 불려 와 다치바나 서장에게서 어젯밤 사건에 대해서 들은 긴다이치 코스케는 깊은 생각에 잠긴 눈이 되었다.

"서장님, 그래서 스케키요 군은 뭐랍니까?"

"스케키요는, 다마요의 비명 소리를 듣고 뛰어나왔는데 누군가가 전망대 쪽으로 가는 게 보였답니다. 그래서 뒤를 쫓았는데 그 계단 아래서 갑자기 얻어맞았다고 합니다."

"그렇군요."

"그래서요, 스케키요는 오늘 아침은 완전히 풀이 죽어 있습니다. 왜냐하면 정신을 잃은 사이에 그 추한 얼굴을 죄다 남에게 보이고 말았으니까요. 다른 사람은 그렇다 치고, 다마요에게 보인 것은 스케키요로서도 충격이 컸을 거라 생각합니다."

"그런데 서장님, 그 군복 차림 남자의 행방은 모르십니까?"

"지금은 아직 모르겠습니다. 하지만 뭐, 어차피 좁은 마을이니까 머잖아 밝혀지겠지요."

"그 남자가 숨어든 흔적은 있겠죠?"

"예, 그건 있습니다. 다마요 씨 응접실에도 침실에도 질퍽한 진흙 발자국이 가득 찍혀 있었습니다. 하지만 건물 외부 같은 경우는 너무 찾기 어려워서……. 어쨌든 어젯밤은 아시다시피 빗물이 남아 있었으니 발자국도 죄다 씻겨 내려가서, 덕분에 어디서 숨어 들어와 어디로 도망쳤는지 전혀 알 수 없게 되었어요."

긴다이치 코스케는 잠자코 한동안 생각에 잠겨 있었으나 이윽고 가볍게 머리를 긁으면서 이렇게 말했다.

"서장님, 어쨌든 어젯밤 사건은 저희에게 있어서 굉장히 중대한 의미를 가지고 있다고 생각합니다. 얼굴을 가린 귀환병 차림의 남자……. 이런 인물이 지금 이누가미 가문에 살고 있는 사람들과는 별개로 진짜 존재하고 있다는 사실이 확실히 증명되었으니까요. 이건 우리가 생각했던 것처럼 지금 이 집에 사는 누군가의 1인 2역은 결코 아니었어요. 그런 놈이 정말 별개로 존재한다는 사실이 이걸로 확실히 밝혀진 거죠."

"그래요. 저도 그런 생각은 했지만은, 하지만 긴다이치 씨, 대체 그놈은 어떤 놈일까요. 이 사건에서 대체 어떤 역할을 하는 걸까요?"

긴다이치 코스케는 가볍게 고개를 저었다.

"그건 저도 모르겠습니다. 그걸 알면 이 사건은 일단락되지 않겠습니까. 하지만 서장님, 어느 쪽이건 그 남자는 이누가미 가문과 뭔가 깊은 연고가 있는 인물임에 틀림없어요. 숙박부에 이누가미 가문의 도쿄 집 주소를 적었을 정도고 어젯밤은 어젯밤대로 다마요 씨의 방을 제대로 찾았으니까요."

서장은 깜짝 놀란 듯 긴다이치 코스케의 얼굴을 고쳐 보더니,

"그렇군요. 그렇다면 그놈은 이 저택의 구조를 꽤 잘 알고 있다는 게 되는군요."

"그렇습니다. 이 집은 보시는 바대로 굉장히 복잡기괴한 구조로 지어져 있으니까요. 저처럼 두세 번 온 정도라면 이 집 지리는 절대 알 수 없어요. 혹시 그놈이 처음부터 다마요 씨 방을 노리고 온 거라면 그놈은 이 저택의 지리를 제법 꿰고 있다는 거죠."

다치바나 서장은 잠자코 생각하고 있었지만, 이윽고 소리 내어 숨을 크게 들이키고는 스스로에게 말하듯 힘을 주어 내뱉었다.

"뭐, 이거나 저거나 그놈을 잡으면 알겠지. 그래, 문제는 그놈을 잡는 겁니다. 우리는 지금까지 그놈이 어쩌면 이 집사람 누군가의 1인 2역이 아닐까 생각했으니 수사에도 실패했지만 뭐, 이제 확실해졌으니 분명 조만간 잡아 보이겠습니다."

하지만 좀처럼 서장이 생각한 대로는 되지 않았다.

얼굴을 가린 귀환병 차림의 남자는 대체 어디서 와서 어디로 간 것인지, 경찰의 필사적인 수색에도 불구하고 그 후 행방이 묘연해졌던 것이다.

아니, 그 남자가 어디에서 왔는지는 금세 알 수 있었다.

11월 15일……. 즉 스케타케가 살해당한 날 저녁, 그런 풍채의

남자가 나스 상류에서 기차를 내리는 걸 봤다는 사람은 꽤 많이 있었다. 그 열차는 도쿄 발 하행 열차였으니 그 남자는 분명 도쿄에서 왔으리라. 게다가 그 남자가 나스 상류에서 나스 하류로 터덜터덜 걸어가는 것을 봤다는 증인도 꽤 많이 있다.

이런 사실들로 보아 그 남자가 정말 용건이 있었던 것은 나스 상류였다고 생각된다. 나스 하류에는 나스 하류대로 역이 따로 있으니 그쪽에 용건이 있었다면 나스 하류까지 타고 갔을 것이다. 그럼에도 불구하고 그 남자는 일부러 나스 하류까지 걸어가서 가시와야에 머물렀으니 그건 분명 나스 상류의 숙소에서 뭔가 곤란한 일이 있었기 때문일 것이다.

아무튼 가시와야를 나온 후 그 남자의 모습을 본 사람도 몇 있었다. 게다가 그중 세 사람이나 그런 남자를 배후에 있는 산에서 보았다고 증언하고 있어서 경찰에서는 열심히 호수를 둘러싼 산들을 조사해 보았으나 결국 이것도 헛수고로 끝났다.

분명 가시와야를 나온 그 남자는 그날 종일 뒷산에 몸을 숨긴 끝에 밤이 되어 다시 이누가미 가문으로 온 것이리라. 그리고 다마요의 방에 숨어들어 스케키요를 혼절시키고 도망쳤고 그 후의 소식을 전혀 알 수 없게 된 것이다.

이렇게 경찰이 초조해 하는 와중에 닷새를 지나 이레를 넘긴 11월 25일. 스케타케가 살해당하고서 정확히 열흘째였는데, 여기 또 무서운 두 번째 살인 사건이 일어났던 것이다. 게다가 이상하게도 이번 사건도 그 계기를 만든 것은 역시 저 아름다운 다마요였다.

이제 그 전말을 이야기하도록 하자.

11월 25일은 산 지방의 호반에서는 이미 완연한 겨울이다. 호수 저편에 멀리 보이는 북 알프스의 산봉우리들은 날마다 흰빛을 더해 간다. 아침에는 호수 암벽에 살얼음이 깔려 있는 일도 있다.

하지만 그렇다고 날씨 좋은 날 한낮처럼 기분 좋은 건 없었다. 분명 일 년 중 그 무렵이 가장 온화한 계절일 것이다. 바람은 다소 스산하지만 양지에 나오면 몸의 심지까지 데워질 것 같은 따스함.

다마요는 그날 이 햇빛을 따라 호수에 보트를 저어 나왔다. 물론 혼자였고, 사루조에게도 비밀이었다. 언젠가의 보트 사건 이후로 사루조는 절대 다마요가 보트 놀이를 하도록 허락하지 않았다. 그걸 알고 다마요는 마치 어린아이가 놀러 나가듯 몰래 보트를 저어 나왔던 것이다.

다마요는 그 사건 이후 마음이 너무나 울적해 있었다. 날이면 날마다 의심 많은 경찰에게 질문 공세를 받는다. 이누가미 가문 사람들에게서는 증오와 적의와 질투의 시선이 마치 불화살처럼 쏟아진다. 다마요는 숨이 막힐 것 같았다.

하지만 그보다 더 그녀가 참을 수 없었던 것은 최근 스케토모 일가의 공세였다.

예전에는 쳐다보지도 않던 스케토모 모자가 최근에는 징그러울 정도로 꼬리를 흔들며 졸졸 따라다닌다. 다마요는 그게 몸서리칠 정도로 싫었다.

오랜만에 호수에 나온 다마요는 뭐랄까 마음이 상쾌해지는 기분이었다. 전부 버리고, 전부 잊어버리고, 이대로 어디론가 노를 저어 가고 싶다고까지 생각했을 정도였다.

바람은 약간 차가웠으나 햇살은 따뜻하고 온화하다. 다마요는 어느새 멀리 호수 중심부까지 노를 저어 나왔다.

빙어의 계절도 끝났는지 호수 위에는 고기잡이배도 보이지 않는다. 멀리 나스 하류 언저리에 고기잡이배가 한 척 그물을 치고 있는 것이 보인다. 그 외에는 배다운 배는 한 척도 보이지 않았다. 고요한 오후의 한 때.

다마요는 노를 들어 올리고는 보트 안에 드러누웠다. 오랜만에 차분하게 올려다보는 하늘은 깜짝 놀랄 정도로 멀고 높고, 가만히 그것을 보고 있으려니 뭐랄까 끌려 들어갈 듯한 기분이다. 다마요는 살며시 눈을 감았다. 어느샌가 그 눈꺼풀에서 엷은 눈물이 스며 나왔다.

다마요는 대체 얼마쯤 그러고 있었던 것일까. 문득 정신을 차려 보니 멀리서 요란한 모터보트 엔진 소리가 들려온다. 처음에 다마요는 신경 쓰지 않았지만 차츰 그 소리가 이쪽으로 가까워지자 문득 일어나 앉아 돌아보았다.

모터보트에 탄 사람은 스케토모였다.

"이런 데 계셨습니까. 여기저기 찾아다녔어요."

"아, 뭔가 용건이 있으신가요?"

"예, 지금 서장님과 긴다이치 코스케란 남자가 와서 무슨 중대한 얘기가 있으니 바로 모이라고 합니다."

"아, 그래요. 그럼 바로 돌아가겠어요."

다마요가 노를 고쳐 쥐자,

"안 됩니다, 보트로는."

스케토모는 모터보트를 옆에 세우더니,

"자, 이쪽에 타십시오. 서장님은 굉장히 서두르고 계십니다. 촌각을 다투는 일이라서……."

"하지만 이 보트는……?"

"그건 나중에 아무나 시켜서 가지러 오라고 하면 됩니다. 자, 어서 타세요. 우물쭈물하면 서장님이 어떻게 화를 내실지 모릅니다."

스케토모의 태도나 말에는 조금도 부자연스런 구석은 없었다. 게다가 또 있을 법한 일이라서 다마요는 이내 수긍했다.

"그런가요. 그럼 부탁 드립니다."

다마요는 보트를 모터보트 옆에 기댔다.

"그래요, 노는 올려 두세요. 흘러가면 성가시니까. 자, 제가 보트를 잡고 있을 테니, 됐습니까. 조심해서……."

"네, 괜찮아요."

다마요는 능숙하게 옮겨 탈 작정이었지만 그래도 한 척의 배가 크게 흔들려서,

"위험해요!"

비틀거리는 바람에 다마요는 스케토모의 가슴에 쓰러졌는데, 그 찰나 스케토모가 팔을 내밀어 다마요를 받치려다가, 그녀의 코를 가렸다. 게다가 손에는 축축하게 젖은 손수건이 쥐

어져 있다.

"아, 뭐, 뭘 하는 거예요?"

다마요는 강하게 저항한다. 하지만 그녀를 힘껏 안은 스케토모는 팔로 그녀의 몸을 꽉 누르고 있었고, 게다가 축축한 손수건은 한층 강하게 코를 압박해 온다.

뭔지 모를 시큼하고 달큼한 냄새가 코에서 머릿속으로 퍼져 나갔다.

"아, 아, 아……."

다마요의 저항은 차츰 약해져 갔고, 이윽고 맥없이 스케토모의 가슴속에서 잠들어 버렸다.

스케토모는 다마요의 흐트러진 머리카락을 쓸어 올린다. 그리고 가볍게 이마에 입을 맞추더니 싱긋 이를 드러내며 웃었다.

두 개의 눈동자가 끓어오르는 정욕으로 불붙은 것처럼 번쩍번쩍 빛나고 있다. 스케토모는 군침을 꿀꺽 삼키고는 야수처럼 혀를 할짝거렸다.

그리고 다마요를 눕히고는 몸을 굽혀 모터보트를 달리기 시작했다.

이누가미 가문과는 정반대 방향으로.

하늘에는 솔개가 한 마리 느슨하게 원을 그리고 있었지만, 그 외에는 누구 한 사람 이 사건에 주의를 기울이는 이는 없었다.

그림자 사람

 나스 시의 기슭 일대에 풍전촌(豊畑村)이라는 작은 마을이 있다.

 옛날부터 가난한 마을이다. 누에고치 가격이 오를 무렵에는 그래도 꽤 여유가 있었던 적도 있었지만 최근 생사 수출이 어려우니 마을 전체가 완전히 불 꺼진 것 같은 상태다. 원래 이것은 꼭 풍전촌만의 문제도 아니고, 나스 호반 일대가 직면하고 있는 고민 가득한 숙명이었지만…….

 아무튼 이 마을 서쪽 변두리에 한줄기 냇물이 흐르고 있어, 그 냇물이 호반에 흘러들어 가는 자리에 커다란 삼각주가 튀어나와 있다. 이 삼각주는 해를 거듭할수록 커지고 있다. 즉 냇물이 운반하는 토사 때문에 호반은 그 부분부터 차츰 침식되어 가는 것이다. 삼각주에는 지금 갈대가 스산하게 나부끼고 있다.

 스케토모의 모터보트는 이 갈대 사이에 있는 강어귀로 미끄러지듯 들어갔다.

거기까지 오자 스케토모는 모터보트의 속력을 늦추고 언제나 그렇듯 여우처럼 움직이는 눈으로 흠칫거리며 주위를 둘러보았다. 하지만 눈에 들어오는 것은 스산하게 나부끼는 갈대뿐. 수확이 끝난 논에도, 뽕 밭에도 인기척 하나 보이지 않았다.

하늘에는 아까의 솔개가 한 마리 끈질기게 원을 그리며 이 모습을 지켜보고 있었지만······.

운이 좋다고 홀로 미소 지은 스케토모는 남의 눈을 피하듯 등을 둥글게 말고 갈대 사이로 저어 간다. 그러자 금세 가는 길에 있는 갈대 이삭 쪽에서 서양풍으로 지어진 한 칸 건물이 홀연히 모습을 드러냈다. 게다가 지금은 흔적도 없이 황폐해져 있지만 옛날에는 상당히 훌륭했으리라고 생각되는 건물이다.

이런 곳에서 처음 이 건물을 마주한 사람은 누구나 잠시 의아해 하겠지만 내력을 들어보면 별로 이상할 것도 없다.

이 풍전촌은 바로 이누가미 가문이 일어선 땅이고, 갈대 사이로 보이는 이 건물이야말로 사헤 옹이 처음 지은 본가다. 그 후 풍전촌에서는 좀 불편했기에 사업의 중심지를 나스 상류로 옮김과 동시에 본가도 그쪽으로 새롭게 건축했다.

그 이래 풍전촌에 있는 이 건물은 아무도 사는 사람 없이 안 쓰는 장물 같은 존재가 됐지만, 그래도 이누가미 가문에 있어 일종의 기념물 정도의 의미를 가지고 보존되어 왔던 것이다. 하지만 그것도 전쟁이 일어나자 점차 손질이 소홀해졌다. 그사이에 집을 지키고 있던 남자들은 소집당했다. 그런 이유로 점점 황폐해지도록 놓아둘 수밖에 없게 되었다. 게다가 사혜 옹이 죽고 나서는 아무도 이런 옛 저택에 미련을 두지 않았기 때문에 한층 황폐해졌고, 최근에는 유령 저택이란 이름까지 붙었다.

스케토모가 가려고 한 곳은 아무래도 이 서양풍 저택이었던 모양이다.

분명 이 서양풍 저택도 옛날에는 직접 호숫가에 지었으리라. 그게 지금은 해를 거듭할수록 발달한 삼각주 때문에 물가에서 멀리 떨어져 스산한 갈대가 떠 있는 곳에 잊힌 채 서 있는 것이다.

스케토모는 냇물을 올라가더니 이 서양풍 건물 밖, 갈대가 떠 있는 곳으로 모터보트를 돌진시켰다. 이 부근까지 오면 물이 얕아지고 진흙이 깊어져서 모터보트의 운전도 좀처럼 쉽지 않다.

그래도 겨우 갈대숲 사이에 모터보트를 매고는 훌쩍 삼각주 위로 뛰어내렸다. 그 순간 갈대뿌리 부근에서 새가 두세 마리 날아올라 스케토모는 흠칫 놀랐다.

"쳇! 깜짝 놀랐잖아!"

스케토모는 분한 듯 혀를 차고 밧줄을 풀어 모터보트를 끌어당겼다. 모터보트를 사람 눈에 띄지 않는 곳에 매어 두지 않고는 마음이 놓이지 않았다. 금세 갈대숲 속에 모터보트를 숨겨 두고 스케토모는 처음으로 안심한 듯 이마의 땀을 훔치면서 보트 바닥에서 곤하게 잠들어 있는 다마요의 자는 얼굴로 눈을 돌렸다.

그와 동시에 이가 갈릴 것 같은 전율이 스케토모의 전신을 훑고 지나갔다.

아아, 무심하게 잠들어 있는 다마요의 아름다움! 아까 클로로 포름을 들이마셨을 때 조금 몸부림쳤던 흔적이 흐트러진 머리카락이나 찌푸린 눈썹 언저리에 남아 있었지만, 결코 그녀의 아름다움에 흠집을 내지는 못했다. 조금 땀이 밴 이마 위에 갈대 사이를 비집고 들어오는 햇살이 금색의 반점을 만들며 춤추고 있다. 숨결이 다소 흐트러져 있었다.

스케토모는 군침을 꿀꺽 삼켰다. 그리고 당황해서 주위를 둘러보았다. 이 달콤한 먹이를 마치 누군가가 엿보기라도 하는 것처럼.

스케토모는 한동안 그렇게 갈대밭에 웅크린 채 보트 속 다마요의 자는 모습을 응시하고 있었다. 아무리 봐도 질리지 않았기 때문이지만, 또 한 가지 이유는 스케토모도 아직 확신이 서지 않았기 때문인 듯도 싶다.

스케토모는 갈대 사이에서 웅크린 채 자꾸만 손톱을 깨물었다. 손톱을 깨물면서 다마요의 자는 얼굴을 응시하고 있다. 장난에 손댄 어린아이가 마지막까지 그 장난을 실행할지 어떨지 망설이는 모습이다. 상대가 지나치게 아름다운 것이 도리어 그의 용기를 꺾고 있는 것이다.

"에이, 망설일 거 있나. 어차피 조만간 그렇게 될 거잖아."

스스로를 나무라듯 중얼거리고는 스케토모는 팔을 불쑥 내밀어 다마요의 몸을 안아 올렸다. 모터보트가 흔들흔들 흔들리고, 미꾸라지가 갈대 사이로 뛰어오른다.

갈수록 묵직해지는 다마요의 따스한 체온, 신선한 과실 같은 처녀의 향기, 매끄러운 피부 아래 맥박 치는 가는 혈관! ······스케토모는 그것만으로 벌써 압도될 것처럼 피가 요동치는 것을 느꼈다.

스케토모는 코를 벌름거리고 눈에 핏발을 세운 채 다마요를 안고 갈대 사이를 헤쳐 간다. 지독한 땀이다. 뺨을 타고 주룩 흘러내린다. 그런데도 11월의 공기는 차다.

갈대 밭을 지나자 거기에 모양만 남은 울타리가 있다. 흰색 페인트를 칠한 널빤지로 만들어진 울타리가 8할쯤 망가지고 부스러져 진흙과 흙에 뒤섞여 있다. 울타리 속에도 갈대가 스산하게 피어 있다. 스케토모는 다마요를 안은 채 종종걸음으로 울타리 속을 내달렸다.

스케토모는 갈대 사이를 나아가 초조하게 빈 저택으로 다가간다, 마치 포획물을 입에 문 여우처럼. 스케토모는 누구에게도 들키고 싶지 않았고, 또 보여서는 안 되었다. 그는 호수 위도 육지 쪽도 살피지 않을 수 없었다.

갑자기 스케토모는 깜짝 놀란 듯 숨을 삼키고 갈대 사이에 엎드렸다. 그리고 그대로 한동안 다마요의 몸을 안은 채 돌처럼 몸을 굳히고 주변의 상황을 엿보고 있었다.

어딘가에서 누군가가 보고 있다! ……그런 기분이 강하게 들었기 때문이다.

일 초…… 이 초…….

스케토모의 심장은 쿵쾅쿵쾅 울렸다. 이마에는 끈적끈적 끈끈한 땀이 흘러나왔다.

하지만…… 딱히 아무 일도 일어나지 않았다. 주변은 잠잠해졌고 소리라고는 바람에 흔들리는 갈대잎이 스치는 소리뿐.

스케토모는 조심조심 얼굴을 들고 갈대 사이로 저편에 보이는 서양풍 건물의 창을 올려다보았다. 아까 분명 그 창에 뭔가가 움직이는 기척을 느꼈던 것이다.

바람이 불었다.

그러자 유리문이 떨어진 창 너머에서 거무스름하게 변한 커튼이 펄럭펄럭 흔들렸다. 커튼은 넝마 이상으로 참담하게 찢어져 바람이 불 때마다 파닥파닥 창문틀을 두드린다. 이 정도로 넝마가 되어 있으니 도둑맞지 않고 이 저택에 남아 있는 것이다.

스케토모는 화난 듯 혀를 차고는 다시금 다마요의 몸을 고쳐 안았다. 그리고 다시 한 번 주변을 정찰하고는 달아나는 토끼처럼 갈대 사이를 나와 오래된 저택의 테라스에서 응접실로 뛰어들었다.

코를 확 찌르는 곰팡이 냄새. 벽과 천장에서 장식처럼 늘어진 거미줄.

호수에는 무수한 벌레가 울고 있었고, 그 벌레를 노리고 거미가 도처에 그물을 치고 있었다. 스케토모가 뛰어 들어간 찰나, 거미줄에 걸린 벌레 중 아직 살아 있는 놈이 일제히 파닥거려서 늘어진 거미줄이 폭풍우에 맞은 것처럼 격하게 흔들렸다. 그리고 그와 동시에 고기 썩는 것처럼 뭐라 말할 수 없는 악취가 날카롭게 코를 찔렀다.

스케토모는 얼굴을 돌리면서 홀을 보고 계단에 발을 디뎠다. 하지만 그 찰나, 그는 다시금 깜짝 놀라 그 자리에 멈춰 섰다.

최근 누군가가 이 계단을 올라간 사람이 있음에 틀림없다. 선명하게 찍힌 발자국……

스케토모는 마치 그것이 무서운 것인 양 숨을 죽이고 지켜보고 있었지만 이내 뭐냐는 듯 커다랗게 한숨을 쉬었다. 구두 발자국은 그거 하나만이 아니었다. 현관에서 복도에 걸쳐 또 몇 종류의 새로운 발자국이 주변 하나 가득 진득하게 찍혀 있었다.

스케토모는 요사이 경찰들이 귀환병 차림의 남자를 찾아 이 빈 저택을 수색했다는 사실을 떠올렸다. 뭐야, 그럼 이 발자국은 경찰들 발자국인가……

스케토모는 가슴을 쓸어내리고는 가능한 한 발소리를 낮추어 계단을 올라가기 시작했다. 조금만 계단이 비틀거려도 집 안에 소리가 울린다. 스케토모는 그때마다 간담이 서늘해졌다.

2층도 1층에 지지 않을 정도로 살풍경의 극치다. 전에도 말했듯 창유리란 유리는 죄다 잡아떼었고 문의 경첩도 제대로 남아 있는 곳은 드물다.

스케토모는 미리 봐 두었던 듯 그 문들 중에 하나를 발로 열고 다마요의 몸을 옮겼다. 장식도 아무것도 없는, 휑뎅그렁하고 살풍경한 방. 그래도 방구석에 철제 침대와 튼튼한 의자가 놓여 있다. 침대에는 봉이 비어져 나온 짚으로 된 매트가 깔려 있었으나 물론 침구나 이불 같은 것은 없다. 전부 썰렁한 폐허 같은 상태다.

스케토모는 그 매트 위에 살며시 다마요의 몸을 놓았다. 그리고 흘러내리는 땀을 훔치면서 변함없이 여우처럼 잘도 움직이는 눈동자로 끊임없이 주변 상황에 신경을 기울였다.

만사 오케이인 듯싶다. 아무도 스케토모가 이 같은 폐허로 다마요를 데려왔다는 걸 모를 것이다. 모든 것은 잠깐 사이에 결정될 것이다. 그게 끝나면 다마요가 아무리 울어도 만사가 자기 뜻대로 될 것이다. 그리고 그때야말로 자신은 색과 돈과 권력 세 가지를 동시에 움켜쥘 수 있을 테지.

스케토모는 부들부들 떨었다. 지나치게 흥분한 탓인지도 모른다. 흥분 때문에 입 안이 바싹 마르고 무릎이 덜덜 떨렸다.

스케토모는 부들거리면서 손가락으로 넥타이를 푼다. 그리고 잡아떼듯 상의와 와이셔츠를 벗더니 그것을 의자 위로 던졌다. 조금 지나치게 밝아서 꺼림칙하지만 공교롭게도 창에는 문도 없고 커튼도 없다.

스케토모는 잠시 불안한 얼굴로 손톱을 깨물면서 방안을 둘러보고 있었지만,

"어때, 망설이긴. 누가 보고 있는 것도 아니고…… 게다가 상대는 잘도 자고 있는 걸."

침대 위에 몸을 구부리고 스케토모는 하나하나 다마요의 옷을 벗겨 간다. 느슨한 어깨부터 탐스러운 가슴의 능선이 드러남에 따라 스케토모의 흥분은 이제 막을 수 없게 되어 버린 모양이다.

손가락이 결리는 듯 부들부들 떨리고 숨이 폭풍우처럼 거칠어진다.

……그때였다.

어딘가에서 꿈틀하는 희미한 소리. 그에 이어 끼익 하고 마루를 밟는 소리.

스케토모는 메뚜기처럼 침대 옆에서 일어나 앉았다. 그리고 다가오는 적을 엎드려 기다리듯 자세를 잡고 가만히 주변의 기척을 살피고 있다. 소리는 그러나, 그것뿐 두 번 다시 들리지 않는다.

스케토모는 그래도 아직 마음이 놓이지 않아서 방을 나와 집 안을 돌아보았다. 아무데도 이상은 없다. 그저 부엌 구석에 들쥐 둥지가 있어서 아기 쥐가 태어나 있는 것을 발견했다.

(뭐야, 이놈이 움직이는 소리였나……)

지긋지긋한 듯 혀를 차고 계단을 올라온 스케토모는 아무 생각 없이 문을 열려다가 흡 하고 숨을 삼켰다.

아까 여기를 나갔을 때 문을 열어 두고 갔을 터였다. 그런데 이렇게 닫혀 있는 것은 어찌 된 영문일까. 어떤 이유로 저절로 닫힌 것일까.

스케토모는 손잡이에 손을 대고는 주의 깊게 문을 열었다. 방 안에는 별로 이상은 없는 것 같다. 스케토모는 안심하고 침대 옆으로 다가왔으나, 갑자기 머리 꼭대기에 쇠못이 박힌 것 같은 전율을 느꼈다. 드러나 있던 다마요의 가슴 위에 누군가가 상의를 걸쳐 두고 간 것이다!

구두 뒤축이 마룻바닥에 붙은 것처럼 스케토모는 몸을 까닥도 할 수 없었다. 그는 원래 대담한 남자가 아니다. 아니, 아니, 극히 소심한 사람인 것이다. 그래서 오늘 이런 행동을 하기까지는 엄청난 결심이 필요했고 마침내 그 행동에 착수하고 나서도 끊임없이 벌벌 떨지 않으면 안 되었던 것이다.

스케토모는 온몸에 흠뻑 땀을 흘리고 있었다. 입안이 바싹 마르고 목구멍 안쪽이 타오를 것 같았다. 뭔가 말하고 싶다고 생각했지만 혀가 꼬여 말이 나오지 않았다.

"누가…… 누가 있나……."

겨우 그는 그렇게만 말했다.

그러자 그에 응답하듯 옆방으로 통하는 문 맞은편에서 끼익 하고 마루가 울리는 소리가 났다.

아아, 누가 있다. ……옆방이다. ……자신은 왜 그걸 좀 더 빨리 확인해 보지 않았을까. ……아까 창에서 보고 있던 눈…… 그건 역시 착각이 아니었다. ……그놈이 이 집에, 게다가 이 옆방에 숨어 있는 것이다. ……오오, 자신은 왜 좀 더 빨리 그것을 확인하지 못했을까.

"누구냐! 나와라, 거기 숨어 있는 건 누구냐……."

말하자마자 문이 열리기 시작했다. 조금씩, 아주 천천히. …… 그리고 스케토모는 금세 보았다. 거기 서 있는 남자를.

그것은 전투모를 뒤집어쓰고 머플러로 얼굴을 감춘 귀환병 차림의 남자였다.

그리고 1시간 정도 후의 일이다.

이누가미 가문에 있는 사루조에게 이상한 전화가 걸려왔다.

"사루조 씨입니까. 사루조 씨죠. 사루조 씨 맞죠. 아니, 이쪽은 누구라도 좋습니다. 실은 다마요 씨에 관해 당신의 주의를 환기시키고 싶어서요. 다마요 씨는 지금 풍전촌의 빈 저택에 있습니다. 아, 물론 예전에 이누가미 가문이 살고 있던 집으로, 계단을 올라가 왼쪽 첫 번째 방. 바로 데리러 와 주십시오. 아아, 하지만 너무 떠들지 않는 편이 좋아요. 남이 알면 다마요 씨에게 치욕이 될 테니까. 모두 당신 혼자 처리하는 편이 좋겠죠. 아, 그리고 다마요 씨는 아마 아직 잠들어 있을 거라 생각하는데, 그 점에 대해서는 걱정하지 않으셔도 좋습니다. 약 때문이니까 시간이 되면 자연히 깰 겁니다. 그럼 부탁 드립니다. 한시라도 빨리 가는 편이 좋아요. 그럼 안녕히."

제6장
거문고 줄

비몽사몽간에 들려온 새 지저귀는 소리가 차츰 현실 세계의 것으로 들리자, 다마요는 겨우 눈을 떴다.

강제로 괴로운 압박을 당한 양 무의식중에 양손을 내밀어 일어나려고 하는 사이에 다마요는 마침내 눈을 떴다.

눈을 떴지만 다마요는 바로 상황이 이해되지 않아서 한동안 멍하니 눈을 뜨고 있었다.

왠지 머리가 아프고 몸 마디마디가 나른하다.

일어나는 것도 힘겨웠다. 여느 때의 아침과 다르다. 혹시 병에 걸린 건 아닐까.

그런 생각을 하는 사이에 겨우 다마요의 뇌리에 호수에서의 일이 되살아났다. 요란하게 기울어진 모터보트, 스케토모에게 안긴 순간 코를 꽉 누른 손수건. ……그 이후는 하나도 기억에 없다.

다마요는 갑자기 침대 위에서 벌떡 일어났다. 비명이 목구멍을 비집고 나오려는 것을 겨우 억눌렀다. 비명은 겨우 눌렀지만 전신이 떨리는 것을 막을 수 없었다. 살갗이 후끈후끈했다.

다마요는 파자마 앞을 여민 채 잠자코 자기 몸을 들여다보았다.

이것이 그 흔적은 아닐까. 이토록 머리가 묵직하고 몸이 나른한 것…… 이것이 순결을 유린당한 증거가 아닐까.

다마요는 격한 분노로 몸을 떨었다. 분노 뒤에 뭐라 말할 수 없는 슬픔과 절망이 치밀어 올라왔다.

다마요는 침대에 앉은 채 미동도 하지 않고 눈을 부릅뜨고 있었다. 절망 때문에 주변이 까맣게 변하는 기분이 들었다.

하지만 그러는 동안 다마요는 묘한 사실을 알아차렸다. 그녀가 지금 있는 곳은 자기 자신의 침실이고 그녀가 누워 있는 곳은 그녀 자신의 침대였다. 파자마도 본인의 것을 몸에 걸치고 있다.

이건 대체 어찌된 일일까.

스케토모는 자신을 욕보이려고 이 방에 데려온 걸까. 아니, 아니, 그럴 리 없다. 그렇다면 스케토모는 그의 사악한 욕망을 채운 후 자신을 여기 데려다 놓은 것일까…….

다마요의 가슴에 다시금 새로이 슬픈 분노가 치밀어 올라왔다.

그때 문밖에서 희미한 소리가 들렸다. 다마요는 당황해서 이불을 가슴까지 끌어올리면서,

"누구?"

하고 날카롭게 물었다. 바로 대답이 없기에 다시 한 번,

"거기 누구 있어요?"

하고 되풀이해 묻자,

"죄송하구먼요. 아가씨, 기분은 어떠신가 걱정이 되어서요……."

사루조의 목소리였다. 변함없이 소박하고 꾸밈없는 목소리였지만 다정한 염려가 배어 있다. 다마요는 바로 대답이 나오지 않았다.

사루조는 알고 있는 걸까. 자신이 스케토모에게 여자로서 더할 수 없는 치욕을 당했을지도 모른다는 사실을…….

"음, 저, 괜찮아. 별일 없어."

"예, 그건 다행이구먼요. ……그런데 아가씨, 그에 대해 부디 아가씨께 보여 드리고 싶은 게 있어서요……. 예, 한시라도 빨리 보여 드리는 편이 좋겠다 싶은데요……. 아니, 한시라도 빨리 보시는 편이 아가씨도 안심이 될 거라 생각해서요……."

"뭔데, 그게?"

"종이 쪼가리에요. 작은 종이 쪼가리요."

"내가 그 종이를 보면 안심이 될 거라고?"

"예, 그렇구먼요."

다마요는 잠시 생각한 후에,

"그럼 문틈으로 넣어 줘."

그녀는 아직 아무도 만나고 싶지 않았다. 사루조에게조차 얼굴을 보이고 싶지 않았던 것이다.

"예, 그럼 여기 넣어 두겠어요. ……그걸 보심 안심되실 거예요. 진정하신 후에 차차 말씀 드리겠지만, 일단 한동안 조용히 주무세요."

마치 유모처럼 다정하고 위로로 가득 찬 말투였다. 다마요는 금세 눈물이 글썽해졌다.

"사루조, 지금 몇 시쯤?"

"예, 10시 조금 지났구먼요."

"그건 아는데……."

머리맡의 시계를 보면서 중얼거리는, 떨리는 듯한 다마요의 목소리에 사루조도 새삼스럽게 알아차린 듯,

"아, 지가 잘못했어요. 아가씨는 짐작이 안 가시겠네요. 예, 지금은 하루가 지났어요. 그때부터 하룻밤 지나 지금은 아침 10시 넘은…… 아시겠어요?"

"아, 그렇구나."

"그럼 종이 쪼가리를 여기 넣어 둘 테니 이걸 읽고 편히 주무셔요. 지는 저쪽에서 서장이 불러서 잠깐 다녀오겠어요."

사루조의 발소리가 복도로 옮아 가고 점차 멀어지기를 기다려, 다마요는 침대에서 미끄러져 내려왔다. 방금 사루조가 끼워 넣은 종이가 문틈으로 비어져 나와 있다.

다마요는 그것을 가지고 침대로 돌아왔다. 수첩 종이를 찢은 것 같은 작은 종이에 알아보기 어려운 글씨로 뭔가 쓰여 있다. 다마요는 머리맡의 전기 스탠드를 켰다.

그것은 아무리 봐도 필적을 속이기 위해서라고 밖에 볼 수 없는, 묘하게 어색하고 딱딱한 글씨였다. 다마요는 그것을 읽으면

서 전신이 차가워지는 걸 느꼈지만, 이내 다음 순간 몸 안이 타오를 듯 뜨거워지는 것을 느꼈다.

거기에는 이런 말이 쓰여 있었다.

―스케토모 군은 실패했다. 다마요 씨는 지금도 이제까지와 다름없이 순결하다는 사실을 증명한다.

그림자 사람

정말일까, 이것은. ……대체 그림자 사람이란 어떤 사람일까. 아니, 아니, 그것보다 사루조는 어떻게 이런 종이를 가지고 있는 것일까.

"사루조! 사루조!"

다마요는 당황해서 사루조의 이름을 불렀지만 대답이 없는 게 당연했다.

다마요는 잠시 생각한 후 침대에서 빠져나와 서둘러 옷을 갈아입었다. 아직 조금 몸이 휘청거렸지만 그런 걸 따질 때가 아니다. 이 의혹…… 이 무서운 의혹에서 한시라도 빨리 해방되지 않으면 안 된다.

옷을 갈아입고 간단하게 아침 화장을 마친 다음, 다마요는 사루조를 찾으러 복도로 나왔다. 사루조의 모습은 별채 어디에도 보이지 않았다.

그래, 참. 서장님이 와서 불렀다고 했지……. 생각해내고는 다마요가 복도를 따라 안채로 오니 거실 문이 열려 있고 안에 사람들이 모여 있는 것이 보였다.

"어머, 다마요 님!"

다마요의 모습을 보고 가장 먼저 뛰어나온 사람은 사요코였다.

"상태가 나쁘다고 들었는데 어떠세요? 정말 얼굴색이 안 좋아요."

그런 사요코 본인도 아주 좋지 않은 얼굴색이다.

"예, 고마워요. 사요코 님."

다마요는 거실 안을 들여다보고,

"또 무슨 일이 생겼나요?"

하고 눈썹을 찌푸렸다.

거실 안에는 다치바나 서장과 긴다이치 코스케를 필두로, 이누가미 가문의 일족이 전부 자리하고 있다. 게다가 스케토모의 모습이 보이지 않는 것과 사루조가 묘하게 고집스런 얼굴을 하고 앉아 있는 것이 문득 다마요의 마음을 어둡게 했다.

"예. 저, 조금……."

사요코는 뭔가를 묻고 싶어 하는 눈으로 다마요의 얼굴을 보면서,

"스케토모 씨의 모습이 보이질 않아요. 어젯밤부터……."

다마요는 화끈 얼굴이 붉어졌다. 사요코는 어젯밤 일을 알고 있어서 자신에게서 말이 나오도록 유도하려는 것일까.

"예, 그래서……?"

"그래서 우메코 이모님이나 고키치 이모부님이 걱정되셔서 서장님께 전화를 했어요. 어쩌면 또…… 무슨 일이 일어난 건 아닐

까 하고……."

 사요코의 얼굴은 수심에 가득 차 불쌍할 정도로 일그러져 있다. 분명 스케토모 실종 때문에 가장 가슴 졸이고 있는 사람은 양친인 우메코나 고키치보다도 사요코 자신일 것이다.

 그때 거실 안에서 싱글거리며 나온 사람은 다치바나 서장이었다.

 "다마요 씨, 기분이 안 좋다고 들었는데 괜찮으십니까?"

 "네, 저……."

 "혹시 괜찮으시면 여기 들어오시겠습니까. 실은 당신께 도와주십사 하는 게 있어서요."

 다마요는 서장의 얼굴을 보았다. 그리고 방안에 있는 사루조에게 눈을 돌렸다. 사루조는 화난 듯 눈을 부라린 채 다마요의 얼굴을 바라보고 있다.

 다마요는 떨리는 시선으로 서장을 보면서,

 "저…… 대체 무슨 일인가요."

 "글쎄, 여기 들어오십시오."

 다마요는 할 수 없이 거실에 들어가 서장이 가리키는 의자에 앉았다. 사요코는 염려스러운 듯 옆에 다가와서 의자 뒤에 섰다. 스케토모의 양친이나 다케코 부부, 그리고 마츠코, 스케키요 모자가 각자 생각에 잠긴 모습으로 앉아 있다. 긴다이치 코스케는 조금 떨어진 곳에 서서 아무렇지도 않게 일동의 모습을 지켜보고 있었다.

 "도와주십사 하는 것은 다름이 아닙니다. 아, 사요코 씨한테 들으셨겠지만 스케토모 씨가 어제부터 행방불명입니다. 별일 아닐지도 모르지만 이런 상황이라 부모님께서도 굉장히 걱정이 되셔서 다급하게 행방을 찾아 달라고 하셨습니다. 그런데…….."

서장은 탐색하는 눈으로 다마요의 얼굴을 응시하면서,

"이래저래 조사하는 사이, 사루조 군이 그걸 알고 있지 않을까 생각되는 데가 있었어요. 다른 고용인이 그러더군요. 그래서 방금 사루조 군에게 물어봤지만 사루조 군이 말하길 이건 아가씨와도 관계된 일이라 아가씨의 허락 없이는 절대 말할 수 없다며, 이렇게 버티고 있는 겁니다. 그래서 부탁이란 건 당신께서 사루조 군에게 얘기하라고 말해 주십사 하는 거죠."

다마요는 사악 하고 전신의 피가 차가워지는 것을 느꼈다. 그녀는 처음으로 자신이 불편한 상황에 놓인 것을 깨달았던 것이다. 서장은 아무것도 모른다. 아무것도 모르니까 이렇게 무자비한 부탁을 아무렇지도 않게 하는 거겠지. 다마요는 소용돌이치는 심정으로 눈을 감았는데, 그때 강하게 그녀의 팔을 잡은 사람이 있었다. 눈을 떠 보니 사요코였다. 사요코는 눈물을 담은 눈으로 애원하듯 다마요를 응시하고 있다. 다마요는 손에 쥐고 있던 '그림자 사람'의 편지를 무심코 꽉 움켜쥐었다.

"네. 저…… 그 일이라면 저도 사루조에게 묻고 싶었던 참이었습니다. 하지만 사루조의 이야기를 듣기 전에 제 이야기부터 말씀 드리죠. 그렇지 않으면 이야기의 전후 사정을 잘 모르게 될지도 모르니까요."

다마요의 양 볼에서는 핏기가 완전히 가셨다. 무릎 위에 놓인 양손이 희미하게 부들부들 떨렸다. 하지만 그녀는 막힘없이 어제 호수에서 일어난 일을 일동 앞에서 이야기했다. 워낙에 그것은 그리 긴 이야기는 아니었으나…….

이야기를 다 들은 일동은 망연해서 다마요의 얼굴을 고쳐 보았다. 스케토모의 양친, 우메코와 고키치는 의미심장하게 얼굴을 마주 보고 있다. 다치바나 서장도 이 잔혹한 이야기를 끄집어낸 자신의 잘못을 깨달았는지 자꾸만 의미 없는 헛기침을 하고 있다. 사요코는 눈을 크게 뜨고 다마요의 손을 잡았다. 다마요는 그것을 마주 잡아 주면서,

"그런 까닭에 모터보트에 탄 다음 일은 저는 아무것도 모릅니다. 스케토모 씨가 저를 어디로 끌고 갔는지, 무슨 일을 당했는지……."

다마요는 거기서 잠시 숨을 삼켰지만 이내 용기를 내어,

"저는 전혀 기억이 없습니다. 그리고 아까 눈을 떠보니 저는 제 침대에서 자고 있었습니다. 하지만 그에 대해 아무래도 사루조가 아는 듯합니다. 그러니 사루조의 이야기를 가장 듣고 싶은 것은 여러분보다도 다름 아닌 접니다. 저는 듣고 싶습니다. 알고 싶습니다. 스케토모 씨가 제게 무슨 짓을 했는지……."

가능한 한 침착해지려 노력해도 누르기 힘든 분노가 푸른 불꽃이 되어 피어오른다. 목소리가 떨리고 날카롭게 울렸다. 사요코가 슬프게 그 손을 움켜쥔다.

"자, 사루조. 말해 줘. 아니, 아무것도 염려할 거 없어. 네가 아는 것만 말해 줬으면 해. 아무리 나쁜 일이라도 나중에 역시 그

랬구나 하고 깨닫는 것보다 지금 여기서 확실히 알고 싶어. 그리고 각오를 정하고 싶어."

"아가씨, 아까 종이 쪼가리를 보셨나요."

"그래, 봤어요. 이 종이에 대한 설명도 같이 듣겠어."

사루조는 안절부절못하고 입술을 핥으면서 한마디 한마디씩 어제 일을 이야기하기 시작했다. 말을 잘 못하는 그는 조금만 이야기가 길어지면 술술 말이 나오지 않는 것이다. 그래서 서장이나 다마요가 이따금 끼어들어 뒤를 재촉하지 않으면 안 되었다.

사루조의 이야기는 이러했다. 어제 저녁 4시 무렵이었다. 사루조에게 어디에선지는 모르지만 전화가 걸려 왔다. 전화는 다마요가 있는 곳을 알려 주기 위한 것이었다. 사루조로서는 의미를 잘 알 수 없었지만, 일을 시끄럽게 만들면 다마요의 수치가 될 것이니 아무도 모르게 슬며시 데리러 가는 게 좋겠다는 것이었다. 그리고 할 말만 하고는 상대는 전화를 끊어 버렸다.

"그래서 사루조 씨는 다마요 씨를 데리러 간 거군요."

"예, 아무한테도 알리면 안 되니까 몰래 보트로 갔지요."

"그랬더니 정말 다마요 씨가 풍전촌의 빈집에 있었군요."

"예."

"그때 상황을 좀 더 자세히 설명해 주시지 않겠습니까. 스케토모 씨는 이미 거기 없었나요?"

"아가씨는 침대 위에서 잠들어 계셔서, 전 영락없이 돌아가셨나 했어요. 그 정도로 안색이 나빠서요. 하지만 금세 그게 아니란 걸 알았습죠. 아가씨는 약을 마시고 잠들어 계셨던 거였어요.

입술 가장자리에서 강한 약 냄새가 나더만요."

"스케토모는…… 스케토모는 어찌 된 겁니까?"

우메코의 히스테릭한 목소리가 조용한 거실을 꿰뚫었다.

그 말을 듣고 사루조는 엄청난 기세로 그쪽에 몸을 돌렸다. 강렬하게 빛나는 눈으로 상대의 얼굴을 노려보았다.

"스케토모? ……어, 그 짐승 말인가. 그 짐승도 거기 있었어요. 아, 같은 방에 있었죠. 하지만 그놈은 아무것도 할 수 없었어요. 반나체로 의자에 꽁꽁 묶여 있었으니까요. 거기다 재갈을 물고요. 비참한 꼬락서니였죠."

"사루조 군, 자네가 묶었나?"

옆에서 긴다이치 코스케가 온화한 음성으로 끼어들었다.

"아니요, 지는 아니여요. 지는 아니여요. 아마 지한테 전화를 건 그림자 사람 짓이겠죠."

"그림자 사람……?"

서장이 눈썹을 찌푸리고,

"그림자 사람은 뭡니까."

"아가씨, 아까 종이 쪼가리 갖고 계셔요?"

다마요는 잠자코 종이쪽지를 서장에게 내밀었다. 서장은 그것을 읽더니 허허, 하고 눈썹을 찌푸렸으나 이내 그것을 긴다이치 코스케에게 건네주었다. 긴다이치 코스케도 놀란 듯 눈썹을 찌푸렸다.

"사루조 씨, 이 종이쪽지는 어디 있었습니까."

"아가씨의 가슴 위에 안전핀으로 붙여져 있었는데요."

"그렇군요. 서장님, 이 종이는 소중히 간직해야 되겠는데요."
"아, 어쨌든 보관해 두죠."
서장은 그 종이를 주머니에 넣으면서,
"그런데 사루조 씨, 그리고 자네는 어떻게 했나. 다마요 씨를 모시고 돌아왔나."
"예, 그렇구먼요. 아, 그래요, 보트로 갔지만 돌아올 땐 모터보트로 왔어요. 스케토모 짐승 놈이 타고 간 보트니 망설일 거 없다 하고 타고 왔지요."
"그리고 스케토모는…… 스케토모는 어떻게 된 건가요?"
우메코 부인이 다시금 새된 소리를 질렀다.
"스케토모? 그놈은 아직 그 방에 있겠지. 내야 그놈꺼정 데려올 의리는 없으니까."
사루조는 코웃음을 쳤다.
"묶여서…… 재갈을 물린 채……."
우메코 부인이 비명을 올렸다.
"예에에에, 그래요. 게다가 윗도리는 다 벗었지. 입에 담기도 드러워서 그놈이 더듬거리며 사정하는 걸 상대도 안 해줬어. 아니, 그건 아니다. 나가면서 한 방 주먹을 먹여 주었지요, 하하하하……."
우메코 부인이 실성한 듯 일어나서 아우성을 쳤다.
"누가 가서 그 아일 구해 줘요……. 그 아이 얼어 죽어요!"
나스 호수의 수문으로 모터보트가 나간 것은 그로부터 얼마 지나지 않아서였다. 모터보트에 탄 사람은 다치바나 서장과 긴다이치 코스케, 그리고 스케토모의 아버지인 고키치와 안내역으로 사루조. 사요코도 어떻게든 가겠다며 모터보트에 같이 타고 있었다.

풍전촌의 삼각지에 다다르자, 어젯밤 사루조가 버려 둔 보트가 아직 갈대 사이에 떠 있었다. 그걸 봐도 스케토모는 아직 그 집에 있는 게 확실했다.

그렇다, 스케토모는 그 집에 있었던 것이다.

사루조의 안내로 일동이 그 살풍경한 침실에 들어가자, 상반신 알몸의 스케토모는 재갈을 물고 손을 뒤로 돌려 의자에 묶인 채 푹 고개를 수그리고 있었다.

"하하하하, 고소하다, 정신을 잃었구나! 이걸로 조금은 혼이 났겠지."

사루조가 밉살스럽게 독설을 퍼부었다. 고키치가 옆으로 달려가 서둘러 재갈을 풀고 아들의 얼굴을 들어 올렸다.

하지만 그 순간, 비명과 함께 고키치가 물러섰기 때문에 스케토모의 고개는 꺾이듯 푹 다시 아래로 처졌다. 그리고 그와 동시에 사람들은 보았다. 스케토모의 목에 기묘한 것이 감겨 있는 것을.

그것은 거문고 줄이었다. 거문고 줄은 스케토모의 목에 세 겹으로 감겨 있었고, 게다가 깊이 파고들어 무서운 멍을 그리며 감겨 있었다. 혼이 빠져나가는 듯한 비명을 지르며 누군가가 바닥에 쓰러졌다. 사요코였다.

가련한 사요코

거문고 줄, 아아, 거문고 줄. ……연락을 받고 달려온 나스서 사람들이 난리를 치며 현장 사진을 찍는 것을 멍하니 지켜보는 긴다이치 코스케의 머리에는 지금 무서운 상념이 소용돌이치기 시작하고 있었다.

스케타케가 살해당했을 때 그의 목이 몸통에서 잘려 국화 인형의 머리와 뒤바뀌어져 있었다. 당시 코스케는 그 의미를 몰라 고심했으나 지금 이렇게 두 번째 시체 목에 거문고 줄이 감겨 있는 걸 보니 어떤 무서운 의심이 번개처럼 그의 머리를 스치는 것이다.

거문고와 국화. ……그것은 둘 다 이누가미 가문을 축복하는 의미에서 가보로 둔 요키(도끼), 고토(거문고), 기쿠(국화) 중 하나가 아닌가. 그렇다면 이번 연쇄 살인에는 이누가미 가문을 축복하는 말, ……가보와 뭔가 관계가 있는 것일까. 있는 거다. 있음에 틀림없다. 스케타케와 국화 인형만이라면 우연으로 넘길 수 있을지도 모르지만 이렇게 두 번째 살인에 거문고가 얽혀 있으니 우연이라기에는 지나치게 아귀가 들어맞는다.

그렇다. 이번 연쇄 살인은 뭔가 이누가미 가문의 가훈, 혹은 가보와 깊은 관계가 있는 게 분명하다. 그리고 범인은 고의적으로 이걸 과시하려 하고 있는 것이다. ……긴다이치 코스케는 그렇게 생각하자 갑자기 다시금 새로운 공포로 전신이 얼음처럼 차가워지는 것을 느꼈다.

요키, 고토, 기쿠 셋 중에 고토(거문고)와 기쿠(국화)가 사용되었다는 건 요키(도끼)도 언젠가 사용된다는 게 아닐까. 하지만 그건 대체 누구에게……?

긴다이치 코스케의 망막에 그때 뚜렷이 떠오른 것은 가면을 쓴 스케키요의 얼굴. ……국화가 스케타케에게, 거문고가 스케토모에게 사용되었으니 남은 도끼는 마지막 한 명인 스케키요에게 사용되지 않을까. ……거기까지 생각이 미쳤을 때 긴다이치 코스케는 갑자기 전신에 소름이 끼치는 듯한 공포를 느꼈다. 왜냐하면 세 사람을 죽이고 가장 이익을 얻는 사람이 누군지에 생각이 닿아서였다.

아무튼 다치바나 서장의 명령으로 사진 기사 일행이 의자에 묶인 스케토모의 시체를 모든 각도에서 찍고 나니, 그 자리에 촉탁의인 구스다 씨가 허겁지겁 달려왔다.

"다치바나 씨, 또 죽었다고요?"

"여, 선생님. 아무래도 안 되겠어요. 이런 사건은 웬만하면 사양하고 싶은데……. 밧줄을 풀까요?"

"아, 잠깐 기다려 주세요."

구스다 씨는 의자에 묶인 스케토모의 시체를 자세히 조사하고는 그게 끝나자,

"그럼 밧줄을 풀어 주십시오. 사진은?"

"다 찍었습니다. 가와다 군, 밧줄을."

"아, 잠시 기다려 주십시오."

형사가 밧줄을 풀려는 것을 당황해서 말린 것은 긴다이치 코스케였다.

"서장님, 사루조를 여기 불러 주시지 않겠습니까. 밧줄을 풀기 전에 다시 한 번 제대로 확인해 보고 싶으니까요."

형사에게 불려 들어온 사루조는 역시 굳어진 표정이었다.

"사루조 씨, 만약을 위해 다시 한 번 말해 두고 싶은데요, 당신이 어제 여기 왔을 때는 스케토모 씨는 분명 이 의자에 묶여 있었다는 거죠?"

사루조는 어두운 표정을 하고 끄덕였다.

"그때 스케토모 씨는 확실히 살아……?"

"예, 그야 물론……."

"스케토모 씨는 그때 무슨 말을 했습니까."

"예, 뭔가 말하려는 듯했지만 말씀 드렸다시피 재갈을 물고 있어서 말이 나오지 않았던 것 같아요……."

"당신은 재갈을 풀어 주려고도 하지 않았던 거군요."

사루조는 발끈한 듯 코스케를 노려보았지만 이내 시선을 돌리

더니,

"그야 지는 이렇게 될 걸 알았다면 재갈을 빼거나 밧줄을 풀거나 했겠지만…… 아무래도 그땐 화가 나 못 참겠……."

"주먹을 날렸다는 건가요?"

사루조는 어두운 표정으로 끄덕였다. 역시나 그때 자신이 한 짓을 지금 와서는 후회하고 있는 걸지도 모른다.

"아, 잘 알겠습니다. 그래서 당신이 다마요 씨를 데리고 여길 나간 것은……?"

"예, 4시 반인가, 대충 5시 가까이 되었을지도 모르겠어요. 주변이 컴컴해져 있었으니까."

"그렇군요. 그럼 4시 반부터 5시 무렵까지는 스케토모 씨는 아직 살아 있었다는 게 되는군요. 설마 당신이 때린 게 잘못 돼 죽은 건……."

"당치도 않아요. 전 약간 친 것뿐……."

사루조가 정색을 하며 저항하는 걸 긴다이치 코스케는 부드럽게 달래고는,

"그럼 마지막으로 한 가지 더 물어보겠는데, 당신이 나갈 때의 스케토모 씨의 몸 상태 말인데, 확실히 이대로가 틀림없나요? 밧줄 묶은 법이라던가……."

"글쎄요. ……옆에 가서 살펴본 게 아니라서 묶은 법은 모르겠지만 대충 그런 모습이었어요."

"아, 그래요. 고맙습니다. 저쪽에 가도 좋아요. 용건이 있으면 또 부를 테니……. 서장님, 잠깐 봐 주십시오."

사루조가 가는 걸 기다려 긴다이치 코스케는 다치바나 서장 쪽을 돌아보았다.

"그물을 풀기 전에 잘 보아 두셨으면 합니다. 스케토모 군의 상반신에는 보세요, 이렇게 한쪽에 찰과상이 있습니다. 분명 이건 밧줄 때문에 생긴 희미한 상처죠. 이렇게 희미한 상처만 생기려면 밧줄을 상당히 느슨하게 묶지 않으면 안 되는데 이 포박한 모습은 보시다시피……."

긴다이치 코스케는 스케토모를 동여맨 밧줄 틈에 억지로 손가락을 쑤셔 넣으면서,

"손가락 하나 들어가기조차 어려울 정도로 빈틈없이 꽉 스케토모 군의 몸을 조이고 있어요. 이건 어찌된 영문일까요."

다치바나 서장은 이상한 듯 눈을 크게 떴다.

"긴다이치 씨, 그, 그건 무슨 뜻입니까?"

"무슨 뜻인지, ……그건 저도 생각 중입니다."

긴다이치 코스케는 멍하니 머리를 긁으면서,

"아무튼 이건 이상해요. 이 한쪽의 희미한 상처와 꿈쩍도 할 수 없을 정도로 묶은 것과는……. 서장님, 이 사실을 잘 기억해 주십시오. 아, 실례했습니다. 밧줄을 푸세요."

포박이 풀리고 스케토모의 시체는 침대 위에 눕혀졌다. 구스다 의사가 그것을 조사하는 자리에 형사 한 명이 얼굴을 내밀고,

"서장님, 잠깐만……."

"응? 무슨 일인가?"

"잠시 보아 주셨으면 하는 게 있는데요."

"아, 그래. 가와다 군, 자네는 여기 있어 주게. 선생님께 뭔가 용건이 있을지도 모르니. 그런데 선생님."

"예?"

"또 한 명, 기절한 여자 분이 다른 방에 있는데 이쪽 일이 끝나면 그쪽도 봐 주십시오. 이누가미 가문의 사요코 씨인데요……."

서장 뒤를 긴다이치 코스케도 따라갔다. 형사가 안내한 곳은 부엌 옆에 있는 목욕탕의 탈의실이었다. 거기 마루방에 흙으로 만든 풍로가 하나, 냄비, 가마, 오지 주전자, 귤 박스 속에 숯이 반쯤 들어 있는 게 보인다. 긴다이치 코스케와 다치바나 서장은 그걸 보고 무심코 눈썹을 치켜 올렸다. 분명히 최근 누군가 거기서 취사를 한 사람이 있는 것이다.

"저, 서장님."

형사는 두 사람의 얼굴을 보면서,

"스케타케의 사건 직후 저희는 이 빈집을 조사했던 적이 있습니다. 가시와야에 묵었다는 귀환병 차림의 남자가 혹시 숨어 있지 않을까 해서요. ……하지만 그때는 이런 게 전혀 없었어요. 그래서 누군가 숨어들었다면 분명 그 뒤의 일입니다."

"그렇군요."

긴다이치 코스케가 기쁜 듯 더벅머리를 긁으면서,

"당신이 한 번 여길 조사했다. 그러니 여기야말로 숨을 만한 가장 안전한 장소라고 그놈은 생각했을지도 모르겠네요."

"그렇습니다. 저도 그 생각을 했는데 그렇다면 그놈은 우리가 여길 조사했다는 걸 알고 있다는 게 되죠. 어떻게 그걸 알 수 있었을지……."

"그, 그겁니다. 혀, 형사님. 제가 굉장히 흥미가 있는 부분은요. ……어쩌면 그놈은 형사님들이 하신 일을 죄다 파악하고 있는지도 모릅니다."

긴다이치 코스케는 자못 기쁜 모습이었으나 다치바나 서장은 오히려 불쾌한 듯,

"긴다이치 씨, 그건 무슨 뜻인가요. 당신 말을 듣자 하니 마치 여기 있던 사람이 우리가 찾는 인물임에 틀림없다는 것처럼 말씀하시는데, 그렇지는 않지 않습니까. 누군가 다른 뜨내기가……."

"아니, 아, 서장님. 서장님께 보여 드리고 싶은 건 여기만이 아니고……."

형사는 목욕탕으로 통하는 문을 열고,

"보십시오. 여기 숨어 있던 놈은 이곳 목욕탕에서 세탁을 하고 있었어요. 물을 데우는 것도 여기서 하면 좋았겠지만 그러면 빛이 밖으로 새어 나갈 염려가 있죠. 부엌에서도 마찬가지로 그럴 염려가 있어서 탈의실 외에 물을 데울 장소는 없었던 것 같습니다. 여기라면 밖에서도 절대 보이지 않을 테니까요. 그런데 이 목욕탕 말인데요……."

그러나 형사는 그 이상 말할 필요가 없었다. 푸성귀 이파리 등이 흩어져 있는 하얀 타일 위에 그야말로 누른 듯이 뚜렷하게 찍혀 있는 것은 분명 커다란 군화 발자국이 아닌가. 다치바나 서장도 그것을 보더니 무심코 커다랗게 신음 소리를 냈다.

"물론 군화를 신고 있었다고 저희가 찾고 있던 인물이라고는 할 수 없습니다. 하지만 전후 사정으로 판단해 볼 때……."

"그렇군, 이런 발자국이 있는 이상 그 가능성에 한 걸음 다가섰다는 건 확실하군. 니시모토 군, 이 발자국은 본떠 두게."

다치바나 서장은 거기서 긴다이치 코스케 쪽을 돌아보고는 화난 듯 말했다.

"그럼 뭐죠, 긴다이치 씨. 귀환병 차림의 남자가 거기 숨어 있는 것도 모르고 스케토모가 다마요를 여기 데려왔다. 그래서 그놈과 스케토모가 싸웠고 스케토모는 의자에 결박당했다. 여기 숨어 있었던 놈은 스케토모를 의자에 묶어 두고는 사루조에게 전화를 걸어 다마요가 여기 있음을 알렸다. 그래서 사루조가 왔는데 사루조는 다마요를 데리고 돌아갔을 뿐, 스케토모는 의자에 묶어 둔 채 내버려 두었다……. 지금까지 아는 바로는 이렇게 되었던 건데, 하지만 그렇게 되면 긴다이치 씨."

서장은 말에 힘을 주어,

"스케토모를 살해한 건 대체 누군가요. 사루조가 가 버린 후 귀환병 차림의 남자가 되돌아와서 새삼 스케토모를 교살했다 이겁니까?"

긴다이치 코스케는 천천히 고개를 저으면서,

"서장님, 저도 지금 그 생각을 하던 참입니다. 그놈, 스케토모 군을 죽인 거라면 왜 사루조를 부르기 전에 죽이지 않았을까. 일단 사루조를 부른 이상, 이 집이 주목받을 거라는 건 알고 있죠. 불행인지 다행인지 사루조는 저런 남자라 오늘 아침까지 입을 다물고 있었지만 여기 숨어 있던 남자는 그런 짐작은 못했을 테니까요. 그렇다면 사루조에게 일단 여기를 가르쳐 준 후 돌아왔다는 건 진짜 위험한 거예요. 게다가…… 아, 어느 쪽이든 스케토모 군이 살해당한 시각이 확실해지기 전에는 함부로 말할 수 없습니다만."

다치바나 서장은 잠자코 생각하고 있었으나 이윽고 형사 쪽을 돌아보더니,

"니시모토 군, 또 뭐가 있나?"

"예. 또 하나, 광을 보아 주시겠습니까?"

그 광이라는 것은 부엌문 바로 밖에 있는 두 평 정도의 건물이었는데, 잡동사니가 가득 찬 토방 귀퉁이에 새 짚이 산더미처럼 쌓여 있었다.

긴다이치 코스케와 다치바나 서장은 그것을 보고는 무심코 눈을 크게 떴다.

"여기서 숙박하고 있었던 거군요."

"그렇습니다. 마침 수확한 뒤라서 가는 곳마다 짚이 있었죠. 그 속에서 조금씩 뽑아내면 아무도 몰랐을 겁니다. 게다가 보세요."

형사는 타닥타닥 짚을 밟으면서,

"짚이 이렇게 두터우니 웬만한 이부자리보다 훨씬 따뜻했을지도 모르겠군요."

"그렇군."

다치바나 서장은 멍하니 짚으로 만든 이부자리를 보면서,

"그럼 여기 누군가가 숨어 있다는 건 틀림없는 사실이라는 게 되는군. 설마 이거, 눈속임은······."

"눈속임이라니요?"

형사가 깜짝 놀란 듯 묻자 다치바나 서장은 갑자기 화난 말투로 이렇게 말했다.

"저, 긴다이치 씨. 어제 여기서 무슨 일이 일어났는지 아직 저희는 전혀 진실을 모릅니다. 물론 우리는 다마요와 사루조의 입에서 일단 그럴 듯한 이야기를 들었죠. 하지만 그게 진실이라고 누가 보증합니까. 다마요의 이야기는 스케토모가 수면제를 마시게 해 그녀를 여기 끌고 왔다지만 어쩌면 그와 반대로 다마요야말로 스케토모를 유혹해서 여기 데려온 걸지도 모르잖습니까. 사루조는 정체불명의 인물한테서 전화가 걸려 와 여기 왔다지만 그거야말로 거짓말이고 그놈 쪽에서 먼저 와서 여기 잠복하고 있었을 수도 있지 않을까요. 긴다이치 씨, 당신도 기억하시겠지만 그놈은 밧줄을 만들 재료로 오래된 거문고 줄을 가지고 있었어요."

니시모토 형사는 어안이 벙벙한 듯 서장의 얼굴을 고쳐 보고,

"서장님, 그럼 서장님 생각에는 여기 남아 있는 여러 흔적은 모두 속임수라는 말씀이십니까. 그리고 스케토모 살해는 다마요와 사루조가 공모해서······."

"아, 단언은 못해. 하지만 그런 식으로 생각 못할 건 없다는 얘기지. 게다가 그 발자국 말인데, 그건 아무래도 지나치게 뚜렷하지 않나, 마치 도장을 찍은 것처럼. 하지만······ 뭐 됐어. 자네는

자네대로 좀 더 자세히 조사해 보게. 긴다이치 씨, 구스다 군의 작업도 슬슬 끝났겠군요. 가 봅시다."

두 사람이 2층으로 돌아가 보니 의사의 모습은 보이지 않고 형사가 한 사람 시체를 지키고 있었다.

"가와다 군, 구스다 씨는?"

"예, 저쪽에 계신 여자 분한테 가셨는데요……."

"아, 그래. 검시 결과는?"

"예, 그에 대해서는 언젠가 해부한 후 자세한 보고를 할 모양입니다만, 대충 말씀 드리면……."

하고 가와다 형사는 수첩을 보면서,

"사후 경과 시간은 대충 17시간에서 18시간이랍니다. 따라서 현재 시간부터 거슬러 보면 범행이 있었던 것은 어젯밤 8시에서 9시 사이란 게 됩니다."

어젯밤 8시에서 9시 사이라는 말을 듣고 다치바나 서장과 긴다이치 코스케는 무심코 얼굴을 마주 보았다. 사루조의 말에 따르면 그가 여기를 나간 것은 어제 저녁 4시 반에서 5시 사이라고 한다. 그렇다면 누구한테 살해당했든 스케토모는 그 후 3시간 내지 4시간이나 의자에 결박된 채 살아 있었다는 것일까.

형사는 두 사람의 얼굴을 번갈아 보면서,

"그렇습니다. 그렇게 됩니다. 하지만 이상한 것은 그것만이 아니고 시체를 묶은 거문고 줄 말인데요. 이건 시체를 묶은 것이고, 피해자가 실제로 교살당한 것은 이 거문고 줄이 아니라 굵은 끈 같은 거라고 구스다 씨가 그러던데요."

"뭐, 뭐라고!"

다치바나 서장은 말 그대로 펄쩍 뛰어올랐는데, 그때였다. 마치 그 목소리에 응답하듯 저쪽 방에서 여자의 요란한 쇳소리가 들려왔다.

긴다이치 코스케와 다치바나 서장은 깜짝 놀라 얼굴을 마주 보았다. 사요코란 건 알고 있었지만 그게 너무나 애처롭고 비통한 울림을 띠고 있어서였다.

"서장님, 가 보죠. 저 소리는 보통 일이 아닙니다."

사요코는 세 칸 떨어진 방에서 사루조와 고키치의 간호를 받고 있었는데, 긴다이치 코스케와 다치바나 서장은 그 방에 한걸음 발을 디딘 찰나 무심코 망연해서 우뚝 멈춰 서 버렸다.

양쪽에서 사루조와 고키치에게 꽉 붙들린 사요코의 얼굴은 더 이상 평범한 사람의 그것이 아니었다. 눈을 치뜨고 뺨 근육이 믿을 수 없을 정도의 기세로 경련하고 있다. 그리고 또 지독한 힘이다. 저 힘센 사루조조차 뿌리칠 정도였다.

"사루조, 꽉 잡아 주게. 또 한 방 놓을 테니. 또 한 방 놓으면 괜찮을 거라 생각하네만……."

구스다 씨가 재빨리 몇 대 더 주사를 놓았다. 사요코의 입술에서는 다시금 세 번 창자를 도려낼 것 같은 비통한 외침이 새어 나왔으나, 그래도 약이 효과가 있었는지 차츰 조용해지더니 마침내 그녀는 사루조의 가슴에 기대 아이처럼 잠들어 버렸다.

"불쌍하게도."

구스다 씨는 주사기를 거두면서 침통한 목소리로 중얼거렸다.

"흥분한 겁니다. 일시적인 발작으로 가라앉으면 좋겠는데……."

다치바나 서장이 그 말을 듣고,

"선생님, 그럼 발광할 우려가 있다는 겁니까."

"장담 못합니다. 충격이 너무 커서요. ……서장님."

구스다 씨는 심각한 얼굴을 하고 다치바나 서장과 긴다이치 코스케를 번갈아 보면서,

"이 사람은 임신 중이에요. 임신 3개월."

검지의 피

스케토모가 살해당했다.

스케토모가 시체가 되어 발견되었다는 뉴스는 호수 저편에서 전류처럼 이누가미 가문에 전해져 눈 깜짝하는 사이에 마비될 것 같은 공황 상태를 몰고 왔던 것이다. 그중에서도 이 일로 가장 큰 충격을 받은 사람은 스케토모의 어머니 우메코란 사실은 새삼 말할 것도 없다.

우메코는 어젯밤 내내 불안과 가슴앓이 때문에 지병인 히스테리가 도질 기세였는데 이 흉보가 날아들자 마침내 폭발했다. 그녀는 비탄과 통분으로 이 흉보를 전한 요시이 형사에게 망측한 말을 했는데, 그것은 어머니로서는 무리가 아니라 해도 여기서 가벼이 넘길 수 없는 것은 스케토모의 변사를 들었던 찰나 그녀가 이렇게 외쳤다는 사실이다.

"제기랄! 제기랄! 마츠코 년! 그년이 죽인 거야. 그년이 스케토모를 죽인 거야. 형사님, 그년을 잡아 주세요. 마스코를 잡아 사형시켜 주세요. 아뇨, 아뇨, 보통 사형 가지곤 안돼요. 거꾸로 매달아 여덟 조각으로 찢어서 불에 태워 머리카락을 죄다 뽑아 버리고 싶어."

우메코는 야차처럼 사납게 울부짖으며 그밖에 여러 가지 무시무시한 형벌을 읊은 끝에 마침내 흐느껴 울기 시작했다. 그리고 우는 동안 얼마쯤 마음이 진정되었는지 울먹이면서 요시이 형사에게 이런 말을 했던 것이다.

"저기, 형사님. 당신도 선대의 유언장 얘길 아시죠. 그 유언장만 없으면 마스코의 자식인 스케키요가 이누가미 가문의 상속인이 되었을 거예요. 마스코도 그럴 작정이었고 그렇게 되면 자신은 스케키요의 후원자가 되어 비구니쇼군*처럼 위세를 떨칠 작정이었죠. 그런데 어쩌죠. 아버님의 유언장 때문에 마스코 년은 완전히 계산이 빗나가 버렸어. 이누가미 가문의 상속인이 되기 위해서는 다마요와 부부가 되지 않으면 안돼요. 그런데 어떤가요, 자신의 자식인 스케키요는 엉망진창으로 얼굴이 뭉그러져 석류처럼 벌겋게 벌어지고…… 아아, 징그러워, 생각만 해도 오싹해져요. 다마요가 아무리 별난 취미가 있더라도 어떻게 그런 괴물을 남편으로 삼겠습니까. 그래서 이 신랑 선택 경쟁에서는 처음부터 스케키요는 질 게 뻔했던 거예요. 마스코 년은 그게 분

---

* 미나모토노 요리토모(源賴朝)의 처 마사코(政子)의 별칭. 남편의 사후 비구니의 몸으로 내정을 움직였다고 한다.

해서 먼저 스케타케를 죽이고 우리 애 스케토모를 죽인 거예요. 이렇게 두 사람을 죽여 버리면 싫어도 다마요는 그 괴물과 부부가 될 게 뻔해요. 혹시 또 다마요가 싫다고 한다면 상속권이 사라지니까 그때야말로 스케키요가 이누가미 가문의 전 재산을 독차지할 수 있죠. 아, 못된, 못된, 못된 마츠코 년! 형사님, 그년을 잡아 주세요. 마츠코 년을 잡아 주세요."

우메코는 자꾸만 말이 격해졌다. 하지만 그때 요시이 형사가 생각난 듯 스케토모의 사인은 교살이고 범인은 스케토모를 교살한 후 어쩐 일인지 그 목에 거문고 줄을 감아 놓았다고 보고하자, 우메코는 깜짝 놀라 눈을 크게 떴다.

"거문고 줄이라고요?"

하고 얼떨떨한 눈이 되어,

"거문고 줄로 교살당했다는 건가요?"

하고 멍하니 되물었다.

"아뇨, 그건 아닙니다. 교살한 것은 좀 더 굵은 밧줄 같은 거라고 합니다만 그 후에 범인은 스케토모 씨의 목에 거문고 줄을 감았다고 하네요. 무슨 이유로 그런 짓을 한 건지 그게 이상하다고 서장님도 고개를 갸웃거리고 계십니다."

"거문고 줄."

우메코가 천천히 입 안에서 중얼거렸다. 그리고 다시 한 번,

"거문고 줄…… 거문고……."

하고 입 안에서 되뇌다가 그사이에 뭔가 생각난 게 있는지 문득 안색이 변했다.

"아아…… 거문고! ……국화!"

크고 거칠게 숨을 쉬더니 그것뿐, 입을 딱 다물어 버리고 말았다.

아무튼 풍전촌에서 온 보고로 우메코 다음으로 큰 충격을 받았던 것은 말할 나위도 없이 사요코의 어머니인 다케코였다.

단 그녀가 충격을 받은 것은 스케토모 때문이 아니다. 스케토모가 살해당했다는 사실에 그녀는 아무 느낌도 없었던 것 같다. 오히려 자신의 처지에 비해볼 때 통쾌하기까지 생각되었을 지도 모른다.

하지만 그 후 요시이 형사의 입에서 사요코의 발광에 대해 듣고 더욱이 사요코가 임신했다는 이야기를 듣자 그녀도 우메코와 마찬가지로 히스테리 발작을 일으켜 경망스런 말을 늘어놓았는데, 그 내용이 우메코의 말과 똑같았다.

다케코 역시, 언니인 마츠코가 범인이며 자신의 아들 스케키요를 상속인으로 만들기 위해 스케타케와 스케토모를 죽인 거라고 외쳤다.

게다가 흥미로운 사실은 그 거문고 줄에 관한 요시이 형사의 보고에 대해서는 우메코와 똑같은 반응을 보였다는 것이다.

"거문고 줄…… 거문고 줄이라고요?"

처음에는 다케코도 그저 이상한 듯 고개를 갸우뚱거릴 따름이었으나 그러는 사이 뭔가 짚이는 데가 있는 듯 숨을 크게 삼키고는,

"아아, 거문고!"

겁에 질린 듯한 눈빛으로,

"그리고 요전에는 국화였어!"

헐떡이듯 외치더니 바로 침묵하고는 생각에 잠겼다. 그리고 형사나 남편인 도라노스케가 아무리 물어봐도 침묵한 채 대꾸도 하지 않았다. 그러더니 창백한 얼굴을 한 채 벌떡 일어서서,

"……저, 우메코한테 상담하고 오겠어요. ……설마 그럴 리는 없지만 왠지 무서워. ……일단 우메코와 상담한 끝에 이야기할지도 몰라요."

그러고는 마치 유령 같은 걸음걸이로 비틀거리며 방을 나갔다고 한다.

풍전촌에서 보고를 받고 가장 동요가 없었던 사람은 말할 것도 없이 스케키요의 어머니인 마츠코였다.

요시이 형사가 마지막으로 마츠코 부인의 방에 왔을 때 그녀는 거문고 스승인 미야카와 고킨을 상대로 연습을 하고 있던 참이었다. 거문고 스승인 미야카와 고킨 여사는 스케타케의 사건이 있었을 때 나스에 있었지만 그 후 이나의 제자들 사이를 돌아다닌 끝에 어제부터 다시 나스의 숙소로 돌아와 있었다.

형사가 들어가자 그 모습을 발견하고 가면의 스케키요도 자신의 방에서 나와 말없이 어머니와 고킨 여사 사이에 앉았다.

어차피 알게 될 일인지라 형사는 고킨이 있는 것도 아랑곳 않고 스케토모가 죽은 사실을 전하고 덧붙여 사요코가 발광한 사실을 알렸으나 마츠코 부인은 그 얘기를 듣고도 눈썹 하나 까딱하지 않았다. 아니, 눈썹을 까딱하기는커녕 태연하게 거문고를

뜯고 있을 뿐이었다. 그 태도가 자못 강인하고 밉살스러웠다.

형사의 보고를 듣고 가장 놀란 것은 오히려 고킨 쪽이었을 것이다. 그녀는 역시 형사가 들어왔을 때부터 거문고를 뜯던 손을 멈추고 얌전히 기다리고 있었으나 형사의 이야기를 듣고는 겁먹은 듯 불편한 눈을 크게 뜨고 가느다란 어깨를 떨더니 후, 하고 깊은 한숨을 쉬었다.

스케키요는 어떤 표정을 하고 있는지 역시 가면 때문에 보이지 않았다. 하얀 가면은 그저 무심하다 싶을 만큼 고요할 따름이었다.

잠시 동안 정처 없는 침묵이 방안에 흘렀다. 마츠코 부인은 변함없이 태연하게 거문고를 뜯고 있다. 분명 그녀는 동생들이 자신을 어떤 눈으로 보고 있는지 알 것이다. 그리고 그런 공기를 떨치기 위해 일부러 허세를 부리고 있는 것이리라.

하지만 마츠코 부인의 이 허세도 이윽고 흐트러질 때가 왔다. 그것은 형사가 스케토모의 목에 감긴 거문고 줄에 대해 말했을 때였다.

"그래서 서장님도 이상하게 생각하고 있습니다. 거문고 줄로 교살했다면 모르지만, 그게 아니라 다른 줄로 교살했으면서 왜 거문고 줄을 감았는지, 마치 그걸로 교살한 것처럼……."

마츠코 부인이 거문고를 뜯던 손이 차츰 어색해졌다. 형사의 이야기에 관심을 가지기 시작했음이 분명했다. 하지만 그래도 아직 손을 멈추지는 않았다.

"그래서 범인은……."

형사가 말을 이어,

"어떤 이유로 특별히 거문고 줄에 주의를 기울였다…… 그렇게 해석하는 것 외엔 달리 방법이 없습니다. 거문고 줄…… 혹은 거문고일지도 모르죠. 그런데 요전 스케타케 씨 사건 때는 국화 인형이 이용되었죠. 국화 인형…… 즉 국화. 그리고 이번에는 거문고입니다. 거문고와 국화. ……도끼, 거문고, 국화……."

그 순간 마츠코 부인의 손끝에서 디리리링, 탁, 하고 요상한 소리가 나는가 싶더니 툭 하고 거문고 줄이 하나 끊어졌다.

"앗!"

마츠코 부인과 고킨이 소리친 것은 거의 동시였다. 고킨은 겁먹은 듯 몸을 일으켰고 마츠코 부인은 서둘러 오른손에 끼고 있던 거문고 술대를 뺐다. 거문고 줄이 끊어지는 바람에 마츠코 부인은 검지를 다친 듯 뚝뚝 피가 나오고 있었다.

마츠코 부인은 소매에서 손수건을 꺼내 서둘러 그 손가락을 싸맸다.

"어, 다치셨군요."

형사가 물었다.

"네, 방금 거문고 줄이 끊어지는 바람에……."

고킨은 몸을 일으킨 채 다시금 격한 숨을 쉬고 있다가 마츠코 부인의 말을 듣더니 이상한 듯 눈썹을 찌푸리고,

"방금 거문고 줄이 끊어지는 바람에……?"

하고 혼잣말처럼 중얼거렸다.

형사가 범상치 않은 빛을 마츠코 부인의 눈에서 본 것은 바로

그 순간이었다. 그것은 마치 살기와도 같은 격한 증오의 빛이었다. 하지만 그것도 한순간의 번뜩임이었고, 금세 원래의 냉정한 기색으로 돌아갔기에 형사는 대체 왜 그런 격렬한 눈빛이 떠오른 건지, 또 증오의 빛은 대체 누구를 향한 것인지 전혀 짐작이 가지 않았다.

눈이 불편한 고킨은 원래부터 그런 건 알아차리지 못했는지 변함없이 몸을 일으킨 채 동요하는 모습이다. 그리고 그 옆에서는 스케키요가 따분한 듯 기다리고 있다. 어쩐 일인지 스케키요는 아까 고킨이 앗 하고 외치고 몸을 일으켰을 때 반사적으로 옆에 달려가 부축하려는 듯한 모습을 했었다.

마츠코 부인은 이상한 듯 그런 두 사람을 지켜보고 있었지만 이윽고 요시이 형사를 바라보고는,

"그건 사실인가요? 스케토모 씨의 목에 줄이 감겨 있었다는 건?"

"저, 저는 이걸로 실례하겠습니다."

느닷없이 고킨이 그렇게 말했다. 그리고 안절부절못하며 일어섰다. 방금 들은 이야기에 겁을 먹은 것인지 지독히 안색이 나쁘고 발걸음이 조금 휘청거리는 것 같았다.

"아, 그럼 제가 거기까지 모셔다 드리죠."

스케키요가 따라 일어섰다. 고킨은 놀란 듯 불편한 눈을 크게 뜨고,

"어머. 아니에요, 도련님."

"괜찮습니다. 위험하니까 거기까지 모셔다 드리게 해 주세요."

다정하게 손을 잡자, 고킨도 뿌리칠 수가 없었다.

"송구합니다. 그럼 부인, 실례하겠습니다."

마츠코 부인은 고개를 기울인 채 이상한 듯 두 사람의 모습을 지켜보고 있다가 이윽고 형사 쪽으로 고쳐 앉더니,

"형사님. 지금 말씀하신 것은 사실인가요? 스케토모 씨의 목에 거문고 줄이 감겨 있었다는 건?"

하고 다시 한 번 같은 말을 물었다.

"사실이고 말고요. 그에 대해 부인, 뭔가 짚이시는 거 없습니까?"

마츠코 부인은 잠자코 한동안 생각하고 있었지만 이윽고 뭔가에 홀린 듯한 눈을 들더니,

"네……. 저…… 없는 건 아니지만…… 저, 동생들은 그에 대해 뭐라고 안했나요?"

"네, 다른 부인들도 뭔가 짚이는 데가 있는 것 같았습니다만 확실히 말해 주시지는 않는군요."

그 자리에 고킨을 바래다주고 스케키요가 돌아왔으나 그는 거기 앉으려고 하지 않고 잠자코 두 사람에게 고개를 숙이고는 그대로 안쪽 방으로 들어갔다. 그러자 그때 무슨 이유에서인지 마츠코 부인이 꿈틀 어깨를 떨었다. 마치 옆을 지나가는 스케키요의 몸에서 차가운 바람이라도 흘러나온 것처럼.

"부인, 짚이는 데가 있다면 말씀해 주시지 않겠습니까. 이런 사실은 확실히 해 두시는 편이 좋습니다만……."

"네, 저……."

마츠코 부인은 변함없이 얼어붙은 듯한 눈빛으로 허공을 응시하면서,

"이건 저 혼자 말씀 드리기 어렵습니다. 그건 너무 이상해서 믿어지지 않고, 한번 동생들과 제대로 상담해 본 다음 언젠가 서장님을 뵙고 나서……."

그러고 나서 마츠코 부인은 종을 울려 하녀를 불러 후루다테 변호사를 불러 달라고 명하더니, 그 이후 잠자코 생각에 잠겨 버렸다.

다치바나 서장과 긴다이치 코스케가 풍전촌에서 돌아온 것은 그로부터 2시간 정도 후의 일이었다.

제7장
아아, 잔인하도다

열두 장 다다미방 두 칸을 터서 만든 이누가미 가문의 안방, 정면에 있는 나무로 만든 단에는 여전히 커다란 국화에 둘러싸인 고 이누가미 사헤 옹의 사진이 놓여 있다. 늙었지만 옛날 미모의 흔적을 간직한 단려한 사진이다.

그 앞에 모인 이누가미 일족 중 오늘은 또 두 사람의 남녀가 빠져 있다. 최근 이 방에 모임이 있을 때마다 마치 이가 빠지는 것처럼 일족의 중요 인물이 빠져나가는 것을 정면에 있는 단에 장식된 사헤 옹의 사진은 어떻게 생각하고 있을까.

요전에는 스케타케가 빠졌다. 그리고 오늘은 스케토모와 사요코다. 사요코는 무서운 충격 때문에 일시적으로 미쳐 버렸지만 언젠가 상태가 돌아올지도 모른다. 하지만 마침 그 무렵 나스 병원 안쪽 수술대 위에 놓인 채 구스다 원장의 집도 아래 해부당하는 스케토모는 두 번 다시 이누가미 가문의 친족 회의에 참석할 수 없을 것이다.

이렇게 해서 사헤 옹의 피를 이어받은 남성은 소식 불명인 아오누마 시즈마를 제외하고는 단 한 사람, 스케키요만이 남아 있었다. 이 스케키요는 지금도 역시 하얀 고무 가면에 인기척 없는 산속 오래된 늪 같은 무서운 고요함을 머금은 채 조용히 앉아 있다. 마치 피도 통하지 않는 차가운 석상처럼.

스케키요의 옆에는 마츠코 부인.

그리고 그 두 사람으로부터 조금 떨어진 곳에 다케코와 남편인 도라노스케.

그리고 거기서 조금 떨어진 자리에, 울어서 눈이 새빨갛게 부은 우메코와 남편인 고키치가 있다.

이누가미 가문의 일족은 이제 이들만 남았으나 그 속에 이 무리로부터 조금 떨어져 다마요가 앉아 있었음은 말할 필요도 없다. 어제부터 계속된 충격으로, 다마요는 약간 수척해 있었으나 그래도 그 빛나는 아름다움은 조금도 상하지 않았다. 아니, 그녀의 신비한 아름다움은 마르지 않는 샘물처럼 끝이 없었다. 보면 볼수록 아름다움은 두드러졌다. 오늘은 드물게 다마요 옆에 사루조가 앉아 있다.

그건 그렇고 그들에게서 조금 떨어진 곳에 풍전촌에서 돌아온 다치바나 서장과 긴다이치 코스케. 마츠코 부인에게 불려 온 후루다테 변호사. 거기에 한발 앞서 풍전촌에서 흉보를 가져온 요시이 형사도 앉아 있다. 누구나 지금 신비의 장막을 걸어 놓은 것 같은 긴장 때문에 숨이 막힌 듯한 표정이다.

일동 사이에 놓여 있는 오동나무 불통 속에서 석탄불이 튀는 소리조차 들릴 정도로 고요하다. 맑은 국화 향과 더불어 뭐라 말할 수 없는 스산한 귀기가 방안에 넘쳐흐른다.

숨이 막힐 듯한 침묵. ……그 침묵을 깨고 입을 연 것은 마츠코 부인이었다.

"그럼 질문에 따라 저부터 말씀 드리겠습니다. 다케코 씨, 우메코 씨, 전부 이야기해도 괜찮겠죠."

언제나처럼 무뚝뚝하고 강인한 말투다. 마츠코 부인이 다짐하자 다케코도 우메코도 새삼 겁먹은 듯 서로 얼굴을 마주 보았지만 그래도 할 수 없는 듯 어두운 눈을 하고 끄덕였다.

"이 이야기는 저희들끼리의 비밀로, 지금까지 아무한테도 발설한 적이 없는 이야깁니다. 아니, 할 수만 있다면 평생 아무한테도 털어놓고 싶지 않았고 또 결코 아무한테도 이야기하지 말자고 셋이서 굳게 다짐한 비밀입니다. 하지만 이 같은 사태가 되고 보니 이제 이 이상 감출 수도 없겠군요. 다케코 씨도 우메코 씨도 자식들의 살해범을 잡기 위해 아무래도 어쩔 수 없이 이 이야기를 털어놓아야 한다고 동의했습니다. 이 이야기를 듣고 여러분께서 저희에 대해 어떤 감정을 갖더라도 그건 이미 어쩔 수 없는 일입니다. 사람에게는 각자의 입장이 있습니다. 인간은 누구나 자신의 행복을 지키지 않으면 안 되는 것이고, 하물며 어머니라면 자신만이 아니라 자식의 행복을 위해서도 싸우지 않으면 안 됩니다. 아무리 남들에게 비난을 받더라도 말이죠."

마츠코 부인은 거기서 잠시 말을 끊고는 독수리처럼 날카로운 시선으로 흘끗 일동을 둘러보고 숨을 들이켜더니 다시금 이야기를 이었다.

"이야기는 여기 있는 스케키요가 태어났을 무렵이니 이럭저럭 30년 전 옛날로 거슬러 올라갑니다. 그 무렵 돌아가신 아버지 이누가미 사헤가 아오누마 기쿠노라는 천한 여자를 총애했던 것은 아마 다들 들어서 알고 계시겠지요. 기쿠노란 사람은 돌아가신 아버지가 경영했던 제사 공장에서 근무하던 여자로, 그 무렵 열여덟 내지 열아홉 살이었을까요. 딱히 예쁜 것도 아니고 또 딱히 재주가 뛰어난 것도 아닌, 그저 얌전할 따름인 평범한 아가씨였습니다만, 어쩐 일인지 돌아가신 아버지가 푹 빠져서, 아무튼 그 여자에게 손댄 이래, 그게 늘그막의 사랑이란 건지 곁에서 보기 한심할 정도로 열중하고 말았던 겁니다. 그 무렵 아버지는 쉰 고개를 두세 살 넘긴 나이였고 이누가미 가문의 사업의 기초도 겨우 안정되어 이누가미 사헤라고 하면 일본에서도 일류 사업가로 꼽히고 있었건만, 고작 열여덟인가 열아홉의, 그것도 자신의 공장에서 일하는 아주 신분이 낮은 여공 출신 아가씨에게 빠져 버렸으니 세간에 이 이상 좋지 않은 소문은 없었습니다."

새삼스레 당시의 분노가 치밀어 온 건지 마츠코 부인은 목소리를 떨며,

"역시 돌아가신 아버지도 저희를 꺼렸는지 그 여자를 이 집에 끌어들이는 짓은 하지 않고 변두리에 적당한 집을 사서 거기 살도록 했습니다만, 처음에는 남의 눈을 피해 이따금씩 드나들던 것이 점점 뻔뻔스러워져서 종국에는 마침내 죽치고 들어앉게 되

었습니다. 그 무렵의 저희 일가에 대한 세간의 인식이 얼마나 나빴을지 생각해 보세요."

마츠코 부인은 점점 흥분하여,

"이게 흔히 볼 수 있는 여느 부호 노인의 회춘 얘기라면 또 괜찮겠죠. 그런 일은 흔하니까요. 하지만 그와는 다른, 적어도 신슈 재계의 거두, 나가노 현의 대표 인물, 나스의 아버지라 불리는 이누가미 사헤의 불미스런 사건이니 세간의 비난도 거셌습니다. 키 큰 나무가 바람을 많이 맞듯 아버지도 유명해지면 질수록 정적이나 상업적인 경쟁 상대, 그밖에 이런저런 적들이 많았습니다만, 그 무리들이 기회는 이때라며 신문에도 기사가 났죠. 누가 만든 건지 이상하고 난잡한 노래를 만들어 퍼뜨렸죠. 정말 그때 일을 생각하면 지금도 몸이 움츠러들 정도로 싫은 생각이 들었습니다. 하지만 그것뿐이라면 괜찮습니다. 남에게 손가락질을 당할 정도라면 어떻게든 참을 수 있겠지요. 하지만 그러는 동안 그냥 넘길 수 없는 소문이 제 귀에 들어왔던 겁니다."

집념이 강한 마츠코 부인은 새삼 당시의 분노를 잊기 어려운 듯 빠득빠득 이를 가는 소리를 냈다.

"기쿠노가 임신해서 사헤 씨는 그 여자를 정처로 이 집에 들이고, 대신 우리를 여기서 내쫓을 작정이라는 평판이었습니다. 아, 그 얘기를 들었을 때의 제 분노, 상상해 보십시오. 아니, 아니, 그건 저만의 분노는 아니었습니다. 제가 어머니로부터 물려받은 한과 분노였습니다. 그리고 이와 같은 한과 분노는 다케코 씨, 우메코 씨의 가슴에도 불타고 있었습니다."

마츠코 부인은 다케코와 우메코의 얼굴을 돌아보았다. 두 사람 모두 동의하듯 끄덕였다. 이 건에 관한 한 이 세 사람의 배다른 자매들도 항상 의견을 같이하는 것이다.

"여러분도 들어서 아시겠지만 저희 세 사람은 셋 다 어머니가 다릅니다. 그리고 세 사람의 어머니는 모두 아버지의 정처는 되지 못하고 평생 첩으로 남았고, 그 사실을 세 어머니는 얼마나 아쉽고 안타깝게 생각하셨던지. 기쿠노 사건이 일어났던 무렵에는 저희들의 어머니는 셋 다 이미 돌아가셨지만, 제 기억에 남아 있는 세 여자들에 대한 아버지의 태도는 인간에 대한 것이 아니었습니다. 여러분은 이 집 여기저기 별채가 붙어 있는 것을 이상하게 생각하셨겠지만 그것이야말로 그 당시의 짐승 같은 아버지의 흔적인 것입니다. 아버지는 그 별채에 한 사람씩 세 여자를 두고 사육하고 있었습니다. 예, 그건 이미 사육한다는 표현 외에 달리 표현할 말이 없을 정도의 취급이었습니다. 아버지는 세 사람 중 누구한테도 애정 같은 건 털끝만큼도 없었고 그저 그때그때 남자의 추잡한 정념을 충족시킬 도구로서 사육하고 있었던 겁니다. 아니, 애정은커녕 아버지는 내심 그 세 사람을 업신여기고 있었습니다. 그래서 그 세 사람이 남들처럼 아버지의 정욕의 결과물을 배어 저희를 낳았을 때는 항상 지독히 불쾌해 했다고 합니다. 아버지로서는 저희 어머니들이 그저 얌전히 아버지에게 몸을 맡기면 되는 것이고 아이를 낳는 것은 쓸데없는 짓이라는 심정이었던 것 같습니다. 그런 식이었으니 태어난 저희에 대해 얼마나 차가운 아버지였던지 상상하기 어렵지 않으실 거라 믿습니다."

 마츠코 부인의 목소리는 분노에 떨렸고 열변은 어느새 불처럼 뜨거워져 있었다. 다케코도 우메코도 뺨을 굳힌 채 끄덕이고 있었다.

 "아버지가 저희를 길러 준 것은 개나 고양이 새끼와 달리 버릴 수도 죽여 버릴 수도 없었던, 단지 그 이유 때문이었겠죠. 아버지는 끔찍해 하면서도 저희를 길렀습니다. 아버지는 저희에 대해 털끝만큼도 부모다운 애정을 가지고 있지 않았어요. 게다가 이제 아버지는 어디의 말 뼈다귀인지 소 뼈다귀인지 모를 천박한 여자에게 빠져 우리를 쫓아내고 그 여자를 이 집에 들이려고 하고 있다. 그것도 정처로. ……저의 분노가 폭발한 것도 무리는 아니지요."

 긴다이치 코스케는 겨드랑이 아래 흐르는 차가운 땀을 막을 수 없었다. 지금 듣고 있는 아비 자식 간의 갈등, 증오는 도저히 평범한 것이라고는 생각되지 않았다.

 긴다이치 코스케는 생각했다. 그렇다 해도 어째서 이누가미 사헤 옹은 세 측실이나 그 측실이 낳은 딸들에 대해 이다지도 차갑게 대했을까. 사헤 옹의 성격에는 뭔가 커다란 인격적 결함이 있었던 것일까?

 아니, 아니, 《이누가미 사헤전》에 의하면 이누가미 사헤란 인물은 그토록 성공한 사람치고는 드물 정도로 인정이 두텁고 정에 약한 인물이었다고 한다. 물론 거기에는 얼마쯤 과장이나 왜곡이 있을지도 모르지만 실제 코스케가 나스에 온 이후 들은 바로도 《이누가미 사헤전》과 마찬가지였다. 나스 시의 사람들은 지금도 사헤 옹을 자애로운 아버지처럼 흠모하고 있다. 그럼에도 사헤 옹은 자기 자식들이나 첩에 대해서만큼은 왜 그토록 냉혹했을까. ……긴다이치 코스케는 그때 문득 언젠가 오야마 신주로부터 들었던 젊은 사헤에 얽힌 당치도 않은 소문을 생각해냈다. 다마요의 조부인 노노미야 다이니와 젊은 날 사헤 사이에 남색의 정교가 있었다는 것, 어쩌면 그 일이 사헤 옹의 첩이나 자식에 대한 태도에 뭔가 큰 영향을 미쳤던 건 아닐까. 즉 인생 초기에 동성애를 체험했다는 것이 그 후 사헤 옹의 성 생활에 영향을 주어 첩이나 딸들에 대해서도 인간다운 감정을 느낄 수 없었던 것은 아닐까. 하지만 그것만으로는 사헤 옹의 첩이나 딸들에 대한, 이상할 정도의 냉혹함을 설명할 수는 없었다. 또 있다. 거기에는 다른 복잡한 이유가 있을 게 틀림없다. 대체 그것은 무엇일까……?

하지만 마츠코 부인의 이야기가 다시금 계속되어 긴다이치 코스케의 명상은 그쯤에서 끊어지지 않을 수 없었다.

마츠코 부인은 말했다.

"그때 제가 분노에 불탄 것은 또 한 가지 이유가 있었습니다. 그 무렵 저는 이미 결혼했고 그해 봄, 아이를 낳은 참이었습니다. 그게 여기 있는 스케키요입니다. 아버지는 제 남편에게는 절대 상속을 넘겨주지 않겠지만 스케키요야말로 아버지의 직계 손자니 언젠가는 이 아이가 이누가미 가문을 이을 거라고 남들도 말하기에 저도 기뻤습니다. 하지만 이제 기쿠노가 아버지의 정처로 들어와 혹시라도 남자 아이를 낳는다면 그 아이야말로 아버지의 적자가 되고 이누가미 가문의 전 재산은 그 아이에게 넘어가게 됩니다. 저는 두 배의 분노로 불탔습니다. 어머니로부터 이어받은 한과 제 아이를 위한 노여움으로 몸도 마음도 불타올랐습니다. 그리고 마찬가지의 한과 분노는 다케코 씨나 우메코 씨에게도 있었죠. 다케코 씨는 그 무렵 이미 도라노스케 씨와 결혼해서 임신의 징조가 있었습니다. 우메코 씨는 아직 결혼은 하지 않았지만 고키치 씨와 약혼했고 내년 봄을 기다려 식을 올릴 예정이었습니다. 저희 세 사람은 이미 태어난 아이나 앞으로 태어날 아이를 위해 싸우지 않으면 안 되었습니다. 그래서 저희는 셋이서 기쿠노의 저택으로 몰려가 아버지와 기쿠노에게 입을 모아 욕했습니다."

마츠코 부인의 입술은 기묘하게 뒤틀리고 이야기에는 점점 불이 붙었다. 긴다이치 코스케는 다시금 뭐라 말할 수 없는 무서움에, 겨드랑이 아래 흥건하게 흐르는 땀을 느꼈다. 다치바나 서장과 후루다테 변호사도 눈썹을 찌푸리고 얼굴을 마주 보았다.

"이런 이야기를 드리면 필시 얌전치 못한 여자, 상스런 여자로 생각하시겠지만 뭐라 생각하셔도 상관없습니다. 이것이 어미란 겁니다. 게다가 세월의 한이란 것도 있어서 셋이서 호되게 아버지를 몰아붙이고는 마지막으로 제가 이렇게 말했습니다. 혹시 아버지가 끝까지 이 여자를 정실로 앉히려고 하신다면 제 쪽에서도 각오가 되어 있습니다. 저는 이 여자가 아이를 낳기 전에 당신들 두 사람을 죽이고 저도 찔러 죽겠습니다. 그렇게 하면 이누가미 가문의 재산은 스케키요의 것으로 남겼죠. 살인자 어미를 둔 아이라는 오명은 남겠지만……."

마츠코 부인은 거기서 말을 끊고는 입술 끝에 무서운 미소를 띠고 힐끗 일동을 둘러보았다. 긴다이치 코스케는 오싹한 기분으로 다치바나 서장이나 후루다테 변호사와 얼굴을 마주 보았다. 뭐라 말할 수 없이 무서운 부모에 대한 증오, 뭐라 말할 수 없이 무서운 부자 상극의 광경이다. 긴다이치 코스케는 마치 방석에서 바늘이라도 튀어나온 것처럼 불쾌함을 느끼지 않을 수 없었다.

마츠코 부인은 말을 이었다.

"여기에는 아버지 역시 두려움을 느끼셨던 모양입니다. 분명 그 정도 짓을 할 만한 여자라 생각하신 게지요. 기쿠노 정실 건은 그걸로 흐지부지되고 말았습니다. 아니, 아니, 두려움을 느낀 건 아버지뿐만이 아니었습니다. 기쿠노의 공포는 여자인지라 훨씬 큰 것이었습니다. 그야말로 혼이 나갈 정도로 겁에 질려 있었습니다만, 그러는 사이 차츰 참을 수 없게 되었는지 산달이 다가온 배를 안고 저택을 뛰쳐나가 모습을 감춰 버렸던 겁니다. 이 소식을 들었을 때는 저희는 안심해서 가슴을 쓸어내리며 모두 쾌재를 불렀지만 어찌 알았겠습니까, 저희는 감쪽같이 아버지께 당했던 겁니다."

마츠코 부인은 거기서 다시금 힐끗 일동을 둘러보더니,

"여러분은 이누가미 가문의 세 가보, 요키, 고토, 기쿠를 아시겠지요. 그리고 그것이 이누가미 가문에게 어떤 의미를 지니는

지도. ……기쿠노가 자취를 감춘 지 얼마 안 되어서의 일이었습니다. 저희는 이누가미 봉공회의 간부로부터 그 가보가 없어졌다는 사실, 그리고 아무래도 아버지가 그 가보를 기쿠노에게 준 것 같다는 사실을 통보받았습니다. 아아, 그때 저의 분노, ……너무도 분노한 나머지 저는 숨이 막힐 것 같았습니다. 그때 저는 결심했던 겁니다. 좋아, 저쪽이 그렇게 나온다면 이쪽도 가만있지 않겠다, 이렇게 됐으니 어떤 비상수단이라도 쓰겠어…… 라고. 당장 저희가 해야 할 일은 샅샅이 뒤져 기쿠노의 거처를 찾아내는 것이었습니다. 그리고 요키, 고토, 기쿠의 세 가보를 되찾는 것이었습니다. 그래서 저희는 한 떼의 사람들을 불러 기쿠노의 거처를 찾도록 했는데, 이런 시골에서는 완전히 모습을 감추기는 어렵습니다. 저희는 금세 기쿠노가 이나의 농가의 별채에 잠복하고 있다는 사실을 알았습니다. 그뿐 아니라 2주 정도 전에 무사히 남자 아이를 낳았다는 사실까지 알게 되었으니, 자, 이제 이렇게 되면 한시도 머뭇거릴 수 없지요. 그래서 어느 날 밤, 저희는 셋이서 이나의 농가에 있는 기쿠노를 습격했던 겁니다."

어지간한 마츠코 부인도 머뭇거렸다. 다케코도 우메코도 당시 자신들의 무서운 소행을 생각해냈는지 꿈틀 어깨를 떨었다. 일동은 숨을 삼키고 마츠코 부인의 이야기를 듣고 있다.

"그것은 달도 얼어붙을 것처럼 추운 밤의 일이었습니다. 지면에는 서리가 내려 눈처럼 빛나고 있었습니다. 저희는 우선 기쿠노가 방을 빌린 농가 주인에게 돈을 주고 가족 전체가 집을 비우도록 명령했습니다. 이누가미 가문의 위세는 이나 지방에도 닿아 있어서 저희의 명령을 거역할 사람은 없었지요. 그렇게 해 두고 복도를 따라 별채에 들어가자 기쿠노는 가는 띠를 두른 차림으로 아기 옆에 누워 젖을 먹이고 있던 참이었는데, 저희의 모습을 보고는 한순간 참혹한 공포로 일그러졌습니다. 하지만 바로 다음 순간 거기 있던 주전자를 집어 저희 쪽에 던졌습니다. 주전자는 기둥에 부딪쳐 산산조각이 났고 뜨거운 물이 저희에게 쏟아졌습니다. 그로 인해 저는 흥분했습니다. 아기를 안고 툇마루에서 뛰어나가려는 기쿠노를 뒤에서 덮친 저는 띠에 손을 뻗었습니다. 띠는 술술 풀려 기쿠노는 띠 없는 차림으로 툇마루에서 뛰어내렸습니다. 제가 목덜미를 붙들고 있는 사이에 우메코 씨가 아기를 빼앗았습니다. 아기를 되찾으려고 발버둥치는 동안 기모노가 벗겨져 기쿠노는 속치마 한 장만 입은 알몸이 되었습니다. 저는 그 머리채를 잡고 서리 위로 내던지고는 거기 있던 대나무 빗자루를 잡고 무참히 때렸습니다. 기쿠노의 흰 피부에는 무수한 금이 생기고 피가 생생하게 맺혔습니다. 다케코 씨가 우물에서 물을 퍼서 그 위에 뿌렸습니다. 몇 번이고 몇 번이고……."

그 무서운 정경을 말하면서도 마츠코 부인은 아무 동요도 보이지 않았다. 그녀의 얼굴은 노의 가면을 쓴 것처럼 아무 감정도 비치지 않고 목소리는 암송이라도 하는 것처럼 아무 억양도 없다. 때문에 이야기의 무서운 내용을 한층 생생하게 전달할 수 있었다. 긴다이치 코스케는 몸에 사무치는 귀기에 무심코 어깨를 떨었다.

"그때까지 저희는 거의 말을 하지 않았습니다만, 그때 기쿠노가 엉엉 울면서 소리쳤습니다. 당신들은 대체 나를 어쩌려는 건가요, 하고. 그래서 제가 말했습니다. 그런 얘기는 묻지 않아도 알지 않느냐. 요키, 고토, 기쿠를 돌려받으러 온 거다. 자, 그걸 빨리 내놓아라. 하지만 기쿠노란 여자는 의외로 고집이 센 여자로, 좀처럼 알겠다, 말하지 않았습니다. 그것은 어르신이 아이에게 주신 것이니 돌려드릴 수 없습니다, 그러기에 저는 대나무 빗자루로 심하게 때렸습니다. 다케코 씨가 몇 번이고 몇 번이고 물을 퍼부었습니다. 그때 툇마루에서 아기를 안고 있던 우메코 씨가 이런 말을 했습니다. 언니, 이런 난폭한 짓을 안 해도 좀 더 간단하게 이 여자가 수긍하게 할 방법이 있잖아요. 그렇게 말하고 아기 엉덩이에 타는 부젓가락을 댔던 겁니다. 아기는 불붙은 것처럼 울기 시작했습니다."

긴다이치 코스케는 심한 욕지기를 느꼈다. 뭐라 말할 수 없는 혐오감으로 뱃속이 딱딱해지는 것 같았다. 다치바나 서장이나 후루다테 변호사 그리고 요시이 형사도 이마에 흥건하게 진땀을 흘리고 있다. 사루조도 질린 얼굴을 하고 있었으나, 다마요만은 변함없이 단정하고 아름다울 따름이었다.

마츠코 부인은 입술 끄트머리에 엷은 미소를 띠고는,

"언제나 그렇지만 저희 셋 중에서 우메코가 가장 전략가입니다. 또 가장 과감하죠. 우메코의 일격으로 역시 고집 센 기쿠노도 항복했습니다. 실성한 듯 울면서, 그러면서도 요키, 고토, 기쿠의 세 가보를 돌려주었습니다. 그것은 벽장 천장 뒤에 숨겨져 있었습니다. 저는 그것을 받자 만족해서 돌아갈 생각이었으나 그때 다케코 씨가 이런 말을 했습니다. 기쿠노, 넌 얼굴에 어울리지 않게 대담한 여자로구나. 제사 공장에 있을 때부터 네게는 결혼할 남자가 있어 그 후에도 관계를 계속하고 있다는 걸 나는 잘 알고 있어. 그 남자의 씨앗이잖니. 그걸 아버지 아이라고 하다니 너도 참 뻔뻔스런 여자로구나. 자, 여기에 그렇게 쓰렴. 이 아이는 이누가미 사헤의 핏줄이 아닙니다. 정부의 아이입니다, 라고. 물론 기쿠노는 화를 내며 항변했습니다. 하지만 그때 다시 우메코가 아이의 엉덩이에 부젓가락을 대서 기쿠노는 울면서 그렇다고 썼습니다. 그 뒤에 저는 기쿠노에게 이렇게 말했습니다. 너, 이 일을 경찰에 신고하려면 해도 좋아. 우리는 붙들려 감방에 들어가겠지. 하지만 설마 사형이나 무기징역이 되지는 않을 거고 감방에서 나오면 또 앙갚음하러 올 테니까. 다케코 씨도 말했습니다. 기쿠노, 너 두 번 다시 아버지 앞에 나타나거나 편지를 쓰거나 하지 않는 게 좋아. 우리는 탐정을 잔뜩 고용했으니 네가 아무리 비밀로 해도 금방 알아차릴 수 있어. 알게 되면 또 이렇게 올 테니까. 그러자 마지막으로 우메코가 웃으면서 이렇게 말했던 겁니다. 정말 오늘밤 같은 일이 두세 번 더 있으면 이 아이는 죽어 버리겠죠, 호호호, 하고. 이렇게만 말해 두면 두 번 다시 이 여자는 아버지가 있는 곳에 돌아오지 않을 거라고 생각했습니다. 그래서 안심하고 저희는 물러가려고 했는데, 그때 아기를 안고 쓰러져 울고 있던 기쿠노가 번쩍 고개를 들더니 이런 말을 했던 겁니다."

마츠코 부인은 말을 끊고 날카로운 눈으로 일동을 둘러보더니 갑자기 열기를 띠고,

"아, 당신들은 뭐라 말할 수 없이 무서운 여자구나. 이대로 끝나면 하느님은 못 본 체 하시겠지. 좋아, 하느님은 못 본 체 하셔도 나는 이대로 끝내지 않아. 언젠가 이 보답을 해 주겠어. 요키, 고토, 기쿠…… 호호호호호, 요키고토기쿠(좋은 소식을 듣는다)라고. 아니, 아니, 언제까지나 당신들이 좋은 소식만 듣게 두지는 않을 거야. 지금 그 요키, 고토, 기쿠가 당신들에게 앙갚음을 해 줄 거다. 잘 기억해 둬, 요키는 당신, 고토는 당신이야. 그리고 기쿠는 당신. ……머리가 마구 헝클어진 채 입 끝에 피가 밴 무서운 형상으로 그렇게 말하고는 기쿠노는 발광한 듯 빠득빠득 이를 갈면서 저희 세 사람을 순서대로 손가락질하며 말했습니다. 누가 요키고, 누가 고토, 그리고 누가 기쿠인지는 잊었습니다만……."

마츠코 부인은 거기까지 말하고는 입을 딱 다물어 버렸다.

옆에서는 가면을 쓴 스케키요가 학질에 걸린 것처럼 부들부들 몸을 떨고 있었다…….

다마요의 혈통

마츠코 부인의 이야기는 끝났으나 한동안 아무도 입을 열지 않았다. 처참한 이야기의 떨떠름한 뒷맛이 마음을 어지럽혔는지 모두 안절부절못하면서 어색하게 얼굴을 마주 보고 있었다. 마침내 다치바나 서장이 나서서,

"그렇군요. 그럼 이번 사건 범인은 기쿠노란 부인이라고 하시는 거군요."

"아뇨. 저는 그런 말씀을 드린 기억은 없습니다."

마츠코 부인은 변함없이 딱딱한 태도로,

"단지 이번 살인에 요키, 고토, 기쿠가 관계 있을 것 같다고 하시니, 혹시 관련이 있다면 이 이야기밖에 없어서 말씀드린 것뿐입니다. 이 이야기가 참고가 될지 어떨지는 모르겠지만, 그걸 판단하는 것은 여러분의 몫이 아니겠습니까."

심술궂은 말투다. 다치바나 서장은 후루다테 변호사 쪽으로

몸을 돌려,

"후루다테 씨, 그래서 기쿠노 모자의 소식은 아직 모릅니까……?"

"글쎄요, 그거 말인데요. 실은 오늘은 부인의 전화가 없어도 그 일로 여기 들르려고 생각하던 참입니다."

"뭔가 단서가 있군요."

"있다면 있고 없다면 없는…… 이것만으로는 아무것도 못합니다만……."

후루다테 변호사는 가방에서 서류를 꺼내더니,

"원래 아오누마 기쿠노란 부인은 어릴 때부터 고아나 마찬가지였습니다. 친척이랄 만한 사람이 거의 없었습니다. 그래서 조사가 힘들었는데, 그래요, 그에 대해 조금 흥미로운 사실을 발견했습니다. 기쿠노란 부인은 다마요 씨의 조모에 해당하는 하루요 씨, 즉 사헤 옹에게는 평생 은인이라고 해야 할 다이니 씨의 부인이죠, 그 하루요 씨의 사촌 아이에 해당합니다."

일동은 무심코 얼굴을 마주 보았다.

"이러니 사헤 옹이 그토록 기쿠노 씨를 총애한 이유도 아시겠죠. 《이누가미 사헤전》를 읽어도 아시겠지만 사헤 옹은 하루요란 사람을 어머니로서 누나로서 흠모하고 있죠. 마치 신처럼 숭배하고 있었습니다. 기쿠노란 부인은 그 하루요 씨의 핏줄 중 남은 단 한 사람이었어요. 사헤 옹이 그녀를 총애하고 그녀가 낳은 아이를 상속인으로 하려던 것은 다분히 은혜를 갚는 의미에서였겠죠."

마츠코 부인, 다케코, 우메코 세 사람은 심술궂은 얼굴로 마주 보았다. 마츠코 부인의 입술에는 빈정거리는 미소가 떠올랐다. 분명 그런 일을 당하고 참을까 보냐는 의미일 것이다.

"아무튼 그것만 말씀 드려 두고, 그럼 그 후 기쿠노 씨의 소식에 대해 말씀 드리죠. 기쿠노 씨는 그날 밤 세 분의 협박이 어지간히 무서웠던 듯 시즈마 군…… 이 이름은 사헤 옹이 붙인 것 같습니다만…… 그 시즈마 군을 안고 이나에서 모습을 감추고는 도야마(富山) 시에 있는 먼 친척집에 갔습니다. 그녀는 두 번 다시 사헤 옹에게 돌아오지 않겠다고 결심했던 듯 편지도 보내지 않은 것 같습니다. 그녀는 거기서 한동안 시즈마 군과 함께 살다가 시즈마 군이 세 살 때 그를 친척에게 맡기고 자신은 따로 시집을 갔는데, 그 시댁을 알 수가 없습니다. 어쨌거나 20년이나 지난 일이고, 게다가 그 친척이 도야마 시의 공습 때 전멸했어요. 게다가 이 친척에게는 달리 혈연관계가 있는 사람이 하나도 없어서 이걸로 기쿠노 씨의 소식은 딱 끊기고 말았어요. 죄다 운 나쁜 사람들이죠."

후루다테 변호사는 한숨을 쉬고,

"아무튼 시즈마 군은 전에 근처에 살던 사람이 기억하고 있었습니다. 시즈마 군은 그 친척에게 입적되어 성도 아오누마가 아니고 츠다(津田)가 되었습니다. 츠다 가는 굉장히 가난했지만 부부가 다 친절한 사람이었던 듯, 게다가 아이가 없어서 자기 아이로 거뒀어요. 게다가 기쿠노 씨는 사헤 옹을 떠나올 때 요키, 고토, 기쿠 외에 꽤 많은 액수의 돈을 가지고 있었던 듯 그 일부를 시즈마 군의 양육비로 남겨 두고 간 모양입니다. 그래서 시즈마 군도 중학교까지는 나왔습니다. 그리고 그 이후 어딘가에서 근무했던 모양이지만 스물한 살 때 군대에 끌려갔죠. 그리고 두세 번 돌려 보내지든가 돌아왔든가 했답니다만 마지막으로 쇼와 19년 봄인가 여름에 소집령이 떨어져서 가네자와로 입대했습니다. 그리고 소식을 알 수 없게 되었던 겁니다. 현재 시즈마 군에 대해 아는 것은 거기까지로 나머지는 구름처럼 붙잡기 힘들군요."

"그럼……"

하고 그때 처음으로 긴다이치 코스케가 입을 열었다.

"가네자와에서 어느 쪽으로 파견되었는지 그 정도는 아시겠죠?"

"아뇨, 그게 불가능입니다."

후루다테 변호사는 어두운 얼굴을 하고,

"어쨌거나 전쟁이 끝난 직후에는 혼란스러웠지 않습니까. 서류 같은 건 엉망진창이고 어떤 부대인지 어느 쪽으로 파견되었는지 전혀 모르게 되었습니다. 게다가 다른 부대원들은 슬슬 귀환한 사람들이 있어서 아직 귀환하지 않은 사람들의 소식도 대충 알 수 있었지만 시즈마 군의 부대만은 한 사람도 귀환병이 없습니다. 그래서 어쩌면 수송 도중 폭탄을 맞고 전원 바다 속에 가라앉은 게 아닌가 생각됩니다. 당시의 해상 수송이라면 그럴 가능성도 충분하죠."

긴다이치 코스케는 그 말을 듣자 뭐라 말할 수 없는 암담한 기분에 사로잡혔다. 아아, 혹시 그게 사실이라면 시즈마란 청년은 그 무슨 불행의 별 아래 태어난 거란 말인가. 출생에 대해 자신의 존재와 권리를 주장할 수 없었던 그는 마지막까지 언제 어디서 죽었는지를 분명히 주장할 수 없었던 것이다. 어둠에서 태어나 어둠으로 돌아간다. 시즈마의 생애야말로 말 그대로 물거품 같은 꿈이 아닌가. 긴다이치 코스케는 어쩐지 측은한 마음이 생기지 않을 수 없었다.

"지금도 앞으로도 조사는 계속하겠지만 기쿠노란 부인 쪽은 어쨌든 시즈마 군 쪽은 절망적이지 않나 합니다. 그렇지 않길 빕니다만."

후루다테 변호사는 그렇게 말하고 가방 속에 서류를 챙겨 넣었다.

물을 끼얹은 것 같은 고요함이 방안에 넘쳐흐른다. 누구 한 사람 입을 여는 사람은 없다. 무슨 생각을 하는 건지 모두 자신의 눈앞을 멍하니 응시하고 있다.

그 침묵을 깬 것은 다치바나 서장이었다. 서장은 어색하게 헛기침을 하더니,

"그럼."

이누가미 가문의 일족 쪽으로 고쳐 앉으며 운을 뗐다.

"대충 지금 이야기로 요키, 고토, 기쿠와 이번 살인 사건의 관계까지 알았으니 그럼 어젯밤 사건으로 돌아갑시다. 여러분도 이미 들으셨으리라 생각합니다만 스케토모 군은 풍전촌의 빈집에서 교살당했는데, 그 시각이 대충 어젯밤 8시부터 9시 사이라고 합니다. 그럼 느닷없는 질문입니다만……."

하고 일동의 얼굴을 둘러보면서,

"그 시각에 여러분이 무엇을 하셨는지 말씀해 주셨으면 합니다만…… 마츠코 부인, 부인부터 부탁 드립니다!"

마츠코 부인은 불쾌한 표정을 하고 힐끗 서장의 얼굴을 보았지만 이윽고 스케키요 쪽으로 몸을 돌리더니 태연자약한 목소리로,

"스케키요, 어젯밤 스승님이 돌아가신 건 몇 시였지? 10시가 넘어서였지."

스케키요가 말없이 끄덕였다. 마츠코 부인은 서장 쪽으로 몸을 돌리더니,

"들으신 대롭니다. 어젯밤은 초저녁부터 미야카와 고킨 선생님이 오셔서 저녁을 같이 먹은 후 10시경까지 계속 거문고 지도를 받았습니다. 그 사실은 거문고 소리를 들었으니 이 사람들도 알고 있을 겁니다."

하고 다케코와 우메코 쪽으로 턱을 치켜 올렸다.

"식사는 몇 시쯤?"

"7시쯤 했습니다. 그 후 한동안 쉬고 나서 거문고를 갖고 나왔습니다. 이 사실은 스승님에게 물어보셔도 알 수 있을 겁니다."

"그동안 한 번도 자리를 뜨지 않고……."

마츠코 부인은 입술에 씁쓸한 미소를 띠고,

"장시간이었으니 두세 번 화장실에…… 그래요, 참, 한 번 거문고 줄을 가지러 안채에 다녀왔습니다. 아시는지 모르겠습니다만 저는 지금 이 사람들이 머물고 있어서 이 별채로 옮겨와 있지만 여느 때는 안채에 살고 있으니까요. ……하지만 그렇다 쳐도

5분인가 10분 정도였어요."

"거문고 줄……?"

서장은 잠시 눈썹을 찌푸렸지만 이내 생각을 고쳐먹은 듯,

"그래서 스케키요 씨는?"

"이 아이도 저희 옆에서 거문고를 듣고 있었습니다. 차를 들여 온다든지 하며…… 이 아이도 두세 번 자리를 비웠지만 풍전촌에 간다니 말도 안 되죠."

마츠코 부인은 다시금 씁쓰레한 미소를 띠고,

"이 사실은 고킨 씨에게 물어보시면 금방 아실 수 있을 겁니다. 그분, 눈이 불편하시지만 전혀 보이지 않는 것은 아닌데다 굉장히 감이 좋은 분이니까요."

이걸로 마츠코 부인과 스케키요의 알리바이는 완전해졌다. 아무리 마츠코 부인이 강인한 여자라 한들 미야카와 고킨에게 물으면 금방 들킬 거짓말을 할 리는 없다.

다음으로 다치바나 서장이 다케코 쪽을 돌아보려고 하자 갑자기 옆에서 우메코가 끼어들었다.

"아니, 다케코 언니나 형부 얘기라면 저희 부부가 보증해요. 초저녁부터 스케토모가 보이지 않아서 저희 둘 다 걱정돼서 언니 방에 상담하러 갔거든요. 언니나 형부, 그리고 사요코 씨도 걱정해서 우리와 함께 이쪽저쪽 음식점이나 카바레에 전화로 물어봤거든요. 그 애가 최근 다소 답답해선지 가끔 그런 데서 놀고 오기에……."

우메코는 밉살스런 듯 다마요를 노려보면서,

"예, 그래요. 8시경부터 11시경까지 그렇게 난리를 치고 있었어요. 그 사실은 하녀들에게 물어보셔도 알 수 있을 거예요. 게다가 서장님, 스케토모를 죽인 것은 스케타케를 죽인 놈과 같은 인물일게 분명해요. 언니나 형부가 자기 자식인 스케타케를 죽일 리가 없잖아요."

우메코의 목소리는 차츰 히스테릭해지다가 마침내 울음을 터뜨렸다.

마지막으로 다마요와 사루조 차례였는데, 서장이 그쪽으로 화살을 돌리자 사루조는 화난 듯 이를 드러내고 이렇게 말했다.

"아가씨는 아까 말했듯 수면제에 취해 아무것도 모르고 주무셨어요. 지는 또 어떤 무뢰한이 장난을 치지 않을까 해서 저녁부터 계속 옆방에서 불침번을 섰구먼요."

"그 사실을 누구 아는 사람 있나."

"그런 건 지는 몰라요. 모두 밥 먹을 때 아가씨 상태가 안 좋아서 오늘 하룻밤은 계속 붙어 있어야겠다고 생각했지만요."

"식사는 몇 시쯤이었나."

"이 집 고용인들은 저녁을 매일 저녁 7시 반에 먹어요."

"사루조, 자네는 낡은 거문고 줄을 갖고 있다던데."

사루조는 눈을 번뜩이고는 화난 듯 말없이 고개를 끄덕였을 따름이었다.

"좋아, 나중에 보여 주게."

결국 사루조와 다마요의 알리바이가 가장 애매했으나 사루조가 스케토모를 죽였다면 다마요를 데리러 갔을 때 기회가 있었을 것이다. 그런데도 사루조는 일단 이 집에 돌아온 후 갑자기 살의가 생겨 다시 나갔다는 것일까?

긴다이치 코스케는 아까 후루다테 변호사가 사루조에 대해 한 말을 떠올렸다.

"긴다이치 씨, 언젠가 당신은 사루조가 혹시 시즈마가 아닐까 하셨죠. 그건 아닙니다. 그 후 사루조의 신원 조사를 해 봤는데 그 녀석은 풍전촌 사람으로, 다섯 살 때 양친을 잃고 다마요 씨 어머니인 노리코 씨가 불쌍히 여겨 거둬 키워 주었던 거예요. 녀석을 받은 산파가 아직 살아 있어서 그 사실을 보증하고 있고, 풍전촌에는 또 그 외에도 많은 증인이 있으니 이것만은 틀림없습니다."

하지만 사루조가 시즈마든 아니든 그의 거동에 많은 의문이 있는 것은 부정할 수 없는 사실이다. 전부 우연의 일치라 치면 어쩔 수 없지만······.

그때 마츠코 부인이 옆에서 따지듯 날카로운 말투로 끼어들었다.

"서장님, 풍전촌의 빈집에는 귀환병 차림의 남자 발자국이 남아 있었다지 않습니까. 스케타케가 살해당했던 날 밤, 나스 하류의 가시와야에 묵었다는 귀환병 차림의 남자는 아직 이 부근을 어슬렁거리고 있습니다. 왜 그놈을 한시라도 빨리 잡지 않는 겁니까. 그놈은 대체 누군가요?"

마츠코 부인의 날카로운 힐문에 서장도 약간 압도된 듯 주춤거리면서,

"아니……. 아, 그건 빈틈없이 수배해 두었습니다만, 꽤 날랜 놈입니다. 그리고 아아, 그놈의 신원 말인데, 그에 대해선 스케타케 군의 사건 직후 하카타의 귀환원호국에 조회해 뒀는데 이삼일 전에 답을 받은 바에 의하면 11월 12일, 즉 스케타케 군이 살해당한 날로부터 3일전이죠. 그 12일에 버마에서 귀환병을 태운 배가 하카타에 입항했다고 합니다. 그 배에는 분명 야마다 산페이라는 인물이 타고 있었다고 합니다. 게다가 그 남자는 목적지로 도쿄도 고지마치구 산반초 21번지, 즉 도쿄 자택을 언급했습니다. 그리고 그놈은 하카타에서 하룻밤 묵은 다음 13일에 그곳을 떠나 도쿄로 향했죠. 그래서 15일 밤 나스 하류의 가시와야에 투숙한 사람은 분명 그놈이 틀림없습니다만, 마츠코 부인, 스케키요 씨, 몇 번이나 묻는 건지 모르겠지만 마음 짚이는 인물은 없습니까?"

가면을 쓴 스케키요는 말없이 고개를 가볍게 저었다. 마츠코 부인은 그저 이상한 듯 물끄러미 서장의 얼굴을 보고 있었지만 이윽고 떨떠름한 미소를 띠고는,

"그것만 알 수 있다면 어떻게든 되겠군요. ……그래서 풍전촌 현장에는 발자국 외에 아무것도 증거가 될 만한 것은 남아 있지 않았나요?"

"아, 그건 뭐 여러 가지 있지만……."

서장이 이야기를 꺼냈을 때 갑자기 옆에서 긴다이치 코스케가 끼어들었다.

"아, 그에 관해 좀 묘한 게 있습니다."

"묘한 거라니요?"

"여러분도 이미 들으셨겠지만 스케토모 군은 상반신 나체로 의자에 묶여 있었는데, 가슴에도 팔에도 죄다 희미한 밧줄 자국이 나 있어요. 즉 포박을 풀려고 발버둥친 자국입니다. 그리고 그런 희미한 상처가 나려면 밧줄이 상당히 느슨하지 않으면 안 되는데, 저희가 발견했을 때 밧줄은 빈틈없이, 전혀 느슨하지 않게 스케토모 군의 몸을 조이고 있었습니다."

마츠코 부인은 물끄러미 긴다이치 코스케의 얼굴을 지켜보고 있었지만 이윽고 침착한 목소리로,

"그래서…… 그게 어떻다는 건가요."

"아니, 아무래도 이상합니다. 그게 전부입니다만. 하지만 저는 아무래도 이상해서 견딜 수가 없습니다. 그리고 또 하나, 서장님, 그걸……."

긴다이치 코스케가 독촉해 서장이 가방 속에서 꺼낸 것은 한 장의 와이셔츠였다.

"우메코 부인. 이건 스케토모 군의 와이셔츠죠."

우메코는 눈물이 가득 고인 눈으로 그것을 보더니 말없이 끄덕였다.

스케토모의 와이셔츠에는 커다란 특징이 있다. 다섯 개의 단추가 모두 국화 형태의 황금 받침에 다이아를 박아 놓은 호화로운 것이었는데, 가장 위에 있는 것이 하나 사라졌다.

"이게 언제 없어졌는지 아십니까?"

우메코는 고개를 저었다.

"모릅니다. 하지만 그게 없어졌더라도 스케토모가 밖에 나간 후의 일이겠죠. 그 아이는 굉장히 멋을 부렸으니 단추가 떨어진 와이셔츠 따윈 입고 나갔을 리가 없으니까요. 현장에는 없었나요?"

"없었습니다. 죄다 뒤져 봐도 보이질 않습니다. 혹시 다마요 씨를, 그…… 어떻게 한 일이 있었을 때 모터보트 안에 떨어뜨린 건 아닐까 하고 조사했지만 보이지 않습니다. 혹시 그때 호수 속에 떨어진 걸까요. 그렇다면 아무 증거도 되지 않겠지만요."

서장은 그렇게 말하고 그 와이셔츠를 긴다이치 코스케 쪽으로 넘겼는데, 아아, 그때였다. 오야마 신주가 바람처럼 달려 들어온 것은. 그리고 더할 수 없이 무서운 비밀이 폭로되었던 것은…….

그렇다 쳐도 오야마 신주란 사람은 얼마나 경박한 인물이란 말인가. 그는 아마 자신의 발견에 흥분하고 도취하고 너무 기뻤겠지만 그렇게나 커다란 남의 비밀을 그토록 득의양양하게 발설하다니…….

오야마 신주는 일동의 얼굴을 보더니 냉큼 보자기 꾸러미를 툭 단 위에 던지고는 득의양양하게 이렇게 말했다.

"알았습니다. 알았어요, 여러분. 고 사헤 옹의 유언장의 비밀을. ……사헤 옹이 다마요 씨에게 그렇게 유리한 지위를 준 것은 다마요 씨가 은인의 손녀라서가 아니었어요. 다마요 씨는 진짜 사헤 옹의 손녀였어요. 다마요 씨의 어머니, 노리코 씨는 다이니 씨의 부인 하루요 씨와 사헤 옹 사이에서 태어난 아이였습니다. 그리고 그 사실은 다이니 씨도 알고 허락해 주었던 겁니다."

처음, 일동은 그게 무슨 의미인지 몰라 멍하니, 흥분한 오야마 신주의 불그레한 얼굴을 보고 있다가 마침내 그 무서운 의미를 깨닫자 격한 동요에 휩싸였다.

다마요는 창백해져서 금방이라도 졸도할 것 같은 눈을 하고 있었다. 가면을 쓴 스케키요는 부들부들 어깨를 떨고 있었다. 마츠코, 다케코, 우메코 세 부인조차 이 사실은 처음 듣는 듯 거의 살기라 해도 좋을 광채를 눈에 담고 추궁하듯 다마요의 옆얼굴을 노려보고 있었다.

긴다이치 코스케는 갑자기 벅벅, 벅벅, 무턱대고 머리 위의 참새집을 긁기 시작했다.

기괴한 수수께끼

12월도 중순을 넘기면 나스 호수는 물가부터 얼어붙기 시작한다. 스케이트를 탈 수 있으려면 보통 해를 넘겨 1월 중순이나 되어야 하지만 유독 추운 해는 12월 중에 얼음을 지칠 수 있을 정도가 된다. 그런 해가 5, 6년에 1번은 있었다.

마침 올해가 그런 해인 듯 12월도 중순에 접어들자 나스 호텔 뒤쪽에 펼쳐진 물가의 얼음은 아침저녁으로 눈에 띄게 두터워져 갔다. 그리고 12월 13일 아침 마침내 그 얼음 속에서 이누가미 가문의 마지막 희생자, 더없이 기묘한 시체가 발견되었던 것이나, 여기에는 그 일에 대해 언급하기 전에 다시 한 번 사건을 처음부터 살펴보기로 하자.

그 무렵 긴다이치 코스케는 적막한 호반의 풍경을 보면서 날마다 우울한 상념이 깊어져 가는 것을 느꼈다.

그러고 보니 그가 와카바야시 도요이치로의 초대에 응해 나스 시에 발을 디딘지 벌써 두 달이 가까워지고 있다. 그리고 그 2개월 동안 세 남자가 잇따라 살해당했음에도 불구하고 아직도 사건은 오리무중인 것이다.

범인은 바로 옆에 있다. 자신들의 눈앞에서 얼쩡거리고 있다. ……그런 기분이 강하게 들면서도 왠지 눈에 먼지가 낀 것처럼 그 정체를 제대로 파악할 수 없는 안타까움……. 긴다이치 코스케는 날마다 깊어져 가는 초조함에 최근 침착함을 완전히 잃고 가슴을 쥐어뜯을 듯 안달하기 시작했다.

하다못해 다시 한 번 사건을 처음부터 검토하면 뭔가 단서를 발견할 수 있을지도 모른다고 생각하고 코스케는 최근 여러 번 자신의 일기를 뒤져 그 속에서 중요 사항을 정리해 보았지만 거기서 짐작할 수 있었던 것은 이미 세간에 알려진 사실뿐, 그 연막 뒤에 꼬리를 끌고 있는 신비한 그림자는 바로 코앞에 있으면서도 잡히지 않는다. 긴다이치 코스케는 몇 번이고 머리 위의 참새 둥지를 긁으면서 자신의 한심함을 한탄했다.

그때 긴다이치 코스케가 뽑아 놓은 중요 사항을 언급해 두기로 하자. 긴다이치 코스케는 아직 전부 간파하지 못했지만 그 각각의 조항 속에 저 무서운 이누가미 가문 살인 사건의 진상에 관한 수수께끼가 숨겨져 있으므로.

1. 10월 18일, 와카바야시 도요이치로의 초대에 응해 긴다이치 코스케 나스 시에 오다. 같은 날 다마요, 보트 사고를 당하고 와카바야시 도요이치로 독살당하다.

2. 11월 1일, 가면을 쓴 스케키요가 귀환하고 이누가미 가문의 일족 앞에서 사헤 옹의 유언장이 발표되다.

3. 11월 15일, 스케타케와 스케토모, 가면의 정체를 의심하고 나스 신사에 스케키요의 손도장을 찍으러 간다(이것은 다마요의 아이디어였다).

4. 같은 날 밤, 마츠코 부인과 스케키요, 손도장 찍기를 거부하고 10시경 헤어진다.

5. 같은 날 밤 11시경, 다마요, 스케타케를 전망대로 불러내어 가면을 쓴 스케키요의 지문이 있는 회중시계를 건넨다(이 시계는 현재 행방불명, 혹은 호수에 가라앉았든가).

6. 같은 날 밤, 스케타케 살해당하다. 범행 시각은 11시에서 12시 사이라고 추정된다.

7. 같은 날 밤 8시경, 야마다 산페이란 귀환병 차림의 남자가 얼굴을 감추고 나스 하류에 있는 가시와야에 투숙, 10시경 숙소를 나가 어딘가에 가서 12시경 돌아온다. 숙소에 돌아왔을 때 무척 허둥거리는 모습이었다고.

8. 11월 16일 아침, 스케타케의 목, 국화 인형과 함께 발견되었고 범행 현장은 전망대라고 판명.

9. 같은 날, 마츠코 부인과 가면의 스케키요, 자진해서 스케키요의 손도장을 찍는다. 이 손도장과 나스 신사에서 가지고 돌아온 손도장을 비교 분석한 결과 동일인의 것임이 판명됨. 그러므로 가면의 스케키요는 진짜 스케키요가 틀림없다는 사실 확정(의문, 이 때 다마요, 두 번이나 뭔가 말하려다가 그만둔다. 그녀

는 무슨 말을 하고 싶었을까?).

10. 같은 날, 호수에서 스케타케의 시체가 떠오른다.

11. 같은 날, 스케타케의 시체를 운반한 걸로 보이는 피투성이의 보트, 나스 하류 호반에서 발견된다.

12. 같은 날 아침 5시경, 야마다 산페이란 귀환병 차림의 남자, 가시와야를 나가다. 그는 아무한테도 얼굴을 보이지 않았다.

13. 같은 날 밤, 스케타케를 추도하는 밤샘이 10시 무렵 끝나다.

14. 같은 날 밤, 다마요의 방에 얼굴을 가린 귀환병 차림의 남자가 숨어들어 어떤 물건을 찾는다(의문, 그는 무엇을 찾고 있었는가, 그리고 목적은 달성했는가 아닌가?).

15. 같은 날 밤 10시 반경, 귀환병 차림 남자를 보고 다마요가 비명을 지른다. 이 비명 때문에 이누가미 가문에는 큰 소란이 벌어진다.

16. 같은 날 밤 같은 시각, 귀환병 차림의 남자와 사루조가 격투를 벌이는 걸 사요코가 목격한다(그러므로 귀환병 차림의 남자는 사루조가 아닌 셈이 된다).

17. 같은 날 같은 시각, 다마요의 비명을 듣고 달려 나온 가면의 스케키요, 전망대 아래에서 누군가에게 턱을 얻어맞고 정신을 잃은 채 쓰러진다(가면을 벗고 추한 얼굴을 여러 사람 앞에 드러낸다).

18. 11월 25일, 스케토모, 다마요를 겁탈하기 위해 마취약을 맡게 한 후 모터보트로 풍전촌의 빈집에 데려간다(단, 이상은 다마요의 이야기다).

19. 같은 날 4시경, 누군가가 사루조에게 전화를 걸어 다마요가 풍전촌의 빈집에 있다는 사실을 알린다. 사루조, 즉시 보트로 풍전촌에 달려가자 다마요는 의식을 잃은 채 침대 위에 있었고 그녀의 가슴 위에 '그림자 사람'이라는 서명이 있는 문서가 있는 한편, 의자에는 스케토모가 반라의 모습으로 묶인 채 재갈을 물고 있었다나. 사루조는 스케토모를 그대로 놓아두고 다마요만 데리고 모터보트로 돌아온다. 4시 반에서 5시 반 무렵이다(단, 이상은 사루조의 이야기다).

20. 같은 날 밤 8시부터 9시 사이에 스케토모, 교살당하다. 그 시각, 이누가미 가문의 일족의 알리바이는 전부 입증되었다. 즉, 그들 중 아무도 그 시각에 이누가미 가문을 나간 흔적은 없다.

21. 11월 26일, 다마요와 사루조의 이야기에 의해 스케토모를 구하러 풍전촌으로 간 일행은 반라의 모습으로 의자에 묶인 스케토모가 교살당한 것을 발견, 스케토모의 목에는 약간 조인 정도의 거문고 줄이 감겨 있었다(의문, 스케토모의 피부에는 하나 가득 줄을 풀기 위해 몸부림친 희미한 상처가 있음에도 불구하고 줄이 꼼짝하지 못할 정도로 조여 있는 것은 왜일까. 다이아를 박은 스케토모의 와이셔츠 단추 하나는 어디에?).

22. 같은 날, 사요코 미침.

23. 같은 날, 풍전촌에 간 일행은 거기서 귀환병 차림의 남자가 잠복했을 거라 생각되는 흔적을 몇 가지 발견한다.

24. 같은 날, 마츠코 부인, 요키, 고토, 기쿠에 관한 아오누마 기쿠노란 여성의 저주 이야기를 털어놓는다.

25. 같은 날, 다마요의 태생에 관해 놀랄 만한 비밀이 발표된다.

사실 긴다이치 코스케는 좀 더 자세하게 메모해 놓았지만 그것을 다 적는 것은 너무 번거롭고 또 각 조항만으로는 의미를 파악하기 힘든 사항도 있어, 나중에 좀 더 찬찬히 이야기하기 위해 여기서는 코스케의 메모 중 중요한 부분만 뽑아서 적어 두도록 한다.

긴다이치 코스케는 이 메모를 되풀이해 들여다본 끝에 마지막에 있는 제25항 다마요의 태생에 관한 부분에 이를 때마다 암담한 기분에 사로잡히지 않을 수 없었다.

사건이 전부 마무리되고 이른바 수수께끼가 풀린 후에 되짚어 보면 오야마 신주의 경박한 폭로야말로 이누가미 가문 살인 사건의 절정이었던 것이다.

오야마 신주가 나스 신사의 흙 창고 속에서 발견한 비밀 상자에 대해 언급한 것은 분명 스케타케가 살해당했을 때의 일이었다. 그 상자에는 이누가미 사헤 옹의 은인 노노미야 다이니가 서명한 봉인이 있었고, 안에는 사헤 옹과 노노미야 다이니 사이에 주고받은 오래된 연애편지 같은 것들이 있었다고 한다.

그 상자의 발견에 대해 언급했을 때 오야마 신주가 득의양양해서 다음과 같은 의미의 말을 했던 것을 긴다이치 코스케는 기억한다.

"긴다이치 씨, 저는 그 상자의 내용물을 철저하게 조사해 보려고 생각해요. 어쩌면 그 상자에서 지금까지 아무도 몰랐던 사헤 옹에 관한 귀중한 문헌이 나올지도 모른다고 생각하고 있습니다. 이런 얘기를 한다고 해도 저는 한심한 호기심에서 타인의 비밀을 들추려는 게 아닙니다. 사헤 옹은 우리 나스 사람들의 은인입니다. 저는 그 위대한 인물의 적나라한 모습을 찾아 그 전기를 남기고 싶습니다."

생각해 보면 사람의 마음만큼 무서운 것은 없다. 오야마 신주는 결국 그 소망을 이루었던 것이다. 그는 그 상자에 숨겨진 갖가지 잡다한 문서를 잘 정리하고 열심히 조사하는 동안 결국 사헤 옹의 비밀을 찾아냈던 것이다. 게다가 오오, 그 비밀이란 얼마나 섬뜩한 것이었던가.

긴다이치 코스케도 오야마 신주가 정리한 문서를 보았지만, 그것이야말로 젊은 날 사헤 옹을 필두로 노노미야 다이니와 처하루요 세 사람 사이에 펼쳐진 괴이한 동시에 더없이 이상한 성생활의 기록이었다. 그것은 실로 세 남녀의 피나는 애욕과 고투의 참담한 회고록이었던 것이다.

나는 지금 그들 기록을 그대로 발표하기는 너무 버거우니 가능한 한 간단히 사실을 보고하는 걸로 그치려고 한다. 왜냐하면 그것은 너무나 윤리에 어긋나고 너무나 이상한 애욕의 생태였으므로.

다마요의 조부 노노미야 다이니와 젊은 사헤 옹 사이에 남색의 정교가 오갔다는 사실은 그 문서들을 보아서도 확실했으나 그 관계는 첫 이삼 년으로 그쳤던 것 같다.

그 사실은 사헤 옹이 성장함에 따라 다이니 쪽에서 그만둔 것을 의미하는 것일지도 모르지만, 또 한 가지 여러 문서의 행간에 흐르는 무언의 의미로 파악할 수 있는 것은 노노미야 다이니란 사람이 성적으로 불능이라고까지는 할 수 없어도 아주 건강하지는 못했던 것 같다는 사실이다.

게다가 한층 기괴한 사실은 젊은 사헤 옹에 대해서는 다소 발동했던 다이니의 애욕도 처인 하루요에 대해서는 전혀 흥미가 생기지 않았던 것 같다는 것이다. 즉 다이니란 사람은 남성에 대해서는 미약하나마 성욕을 느꼈지만 여성해 대해서는 완전히 불능이었던 모양이다. 그러므로 사헤 옹이 다이니의 총애를 받게 된 무렵 다이니는 42세, 처인 하루요는 22세, 게다가 그들은 결혼해서 이미 3년이 지났음에도 불구하고 하루요는 아직 처녀였다고 한다.

아무튼 전에도 말했듯 다이니와 사헤 옹의 관계는 이삼 년에 그쳤으나 그 후에도 연하의 친구로서 자주 다이니의 집에 드나드는 사이에 사헤 옹은 어느샌가 은인의 처와 새로운 관계를 시작했던 모양이다.

대관절 두 사람이 어떤 충동에 의해 그렇게 되었는지 거기까지는 상자 속 문서에도 쓰여 있지 않았지만, 이 사실이 실로 사헤 옹의 성정을 크게 뒤흔들었고 옹이 평생 참담한 성 생활을 한 커다란 원인이 되었던 것이다.

당시 사헤는 20세, 하루요는 다섯 살 연상인 25세, 둘 다 처음 알게 된 이성이었기에 끓어오르는 애욕의 불꽃도 강렬했던 것이나, 그와 동시에 양심의 가책 또한 격렬했다. 사헤도 하루요도 죄업을 저지르면서 태연히 모른 척할 만큼 파렴치한 인간은 아니었던 것이다. 그야말로 피가 마르는 엄청난 고민 끝에 두 사람은 독을 들이켜 속죄하려 했던 일까지 있었던 것 같다.

다행인지 불행인지 이 계획은 가장 먼저 다이니가 알게 되어 미수로 끝났다. 그리고 그와 동시에 두 사람의 비밀은 전부 다이니에게 알려지고 말았는데, 그때 다이니의 태도야말로 괴상하기 짝이 없었다.

그는 두 사람의 죄를 용서해 주었을 뿐 아니라 그 후에도 그들이 이 불륜의 관계를 계속하도록 도리어 종용하기까지 했던 모양이다. 분명 그것은 결혼 후 손가락 하나 대지 않고 오랫동안 처녀로 방치해 두었던 처에 대한 속죄의 마음에서였기도 했겠지만 그렇다고 세상 사람들 이목 때문에 처와 이별하고 공공연히 사헤에게 주기는 망설여졌던 모양이다. 하루요 또한 같은 이유에서 그러기를 원치 않았다. 그리고 거기에 세 사람의 더없이 이상한 관계가 시작되었던 것이다.

표면상 하루요는 다이니의 처이면서 사실상으로는 사헤의 처이자 연인이었다. 다이니는 이 연인들의 밀회를 가능한 한 도와주었을 뿐 아니라 그런 비밀이 누설되지 않도록 힘을 다해 방지했다. 두 사람의 밀회는 항상 나스 신사의 한 방에서 이루어졌는데, 그럴 경우 다이니는 자리는 비켜 주었지만 결코 집을 나가는 일은 없었다. 그는 충실한 개처럼 자신의 처와 연인의 밀회 사실이 밖으로 새어 나가는 일을 막기 위해 다른 방에서 보초 역할을 했던 것이다.

이렇게 비밀은 완전히 보존되었고 그들의 기괴하고 부자연스런 관계는 그 후에도 오래도록 지속되었다. 그리고 마침내 노리코가 태어났는데, 다이니는 아무 망설임 없이 그녀를 자신의 아이로 입적했다.

　표면상 세 사람 사이에는 아무 파란도 일어나지 않고 부자연스러우면서도 평온한 애욕의 세월이 흘렀으나 평온함은 표면적인 것이었을 뿐 내부에 도사린 세 사람 각각의 고뇌는 얼마나 컸을까. 게다가 여자인 하루요의 양심의 가책은 격렬했을 것임에 틀림없다.

　당시에는 아직 《채털리 부인의 사랑》 같은 소설은 세상에 나와 있지 않았다. 남편이 불능이라고 해서 부인이 따로 연인을 사귄다는 대담한 정신은 일본인 누구도 생각하지 못했다. 남편이 손을 대지 않아도 처는 잠자코 참아야 하는 것이 일반의 상식이었고 도덕이었다. 특히나 구식으로 자란 하루요도 그런 의식이 강했던 탓에 사헤와의 관계에 대한 양심의 가책은 컸다. 하지만 한편으로 자신보다 연하인 미모의 연인에 대한 애정의 굴레를 끊는 것은 불가능했다. 그녀는 후회와 번민으로 몸부림치면서도 사헤와의 밀회에 몸도 마음도 문란해져 갔다. 하루요의 이런 고민, 참담한 고뇌를 아는 탓에 그녀에 대한 사헤 옹의 애정은 한층 깊었던 것 같다. 사실상 자신의 처이고 자신의 아이까지 낳았으면서도 결코 자신의 처가 될 수 없는 여자, 이 박복한 여자를 향한 사헤의 연민과 가련함은 옹이 차츰 성공을 거두고 일류 사업가가 됨에 따라 한층 깊어져 갔으리라. 옹이 평생 정실을 두지 않았던 것도 사실 그 이유 때문이다. 그는 평생 하루요에게 의리를 지켰던 것이다.

옹이 동시에 세 측실을 두고 그녀들을 한 지붕 아래 살게 하는 불길한 생활을 한 것도 자신의 애정이 하루요 이외의 여자에게 가는 것을 경계했기 때문이었으리라.

사혜 옹이 출세하면 출세할수록 하루요와의 밀회는 어려워졌을 것이다. 그래서 충동의 배출구를 얻기 위해 따로 여자가 필요했던 것이리라. 그럴 경우 한 사람의 첩을 두면 언젠가 그 여자에게 애정을 쏟을지도 모른다. 옹은 그것이 두려웠던 것이다. 그래서 동시에 세 첩을 두면서 그들의 추한 질투나 갈등을 똑똑히 보고 그에 따라 그녀들을 경멸하고자 했던 것이리라. 마츠코 부인의 말에 따르면 옹은 세 사람의 측실을 단순한 성욕의 도구로 안았을 뿐 털끝만큼도 애정을 가지고 있지 않았다고 하지만, 옹은 오히려 애정을 갖는 것을 두려워하고 경계했던 것이다.

사혜 옹이 세 딸에 대해 애정을 가질 수 없었던 것도 마찬가지의 이유에서였으리라. 옹에게는 노리코란 딸이 있다. 노리코야말로 옹의 장녀이고, 게다가 옹이 평생 사랑한 단 한 사람의 여자가 낳은 딸이다. 옹은 얼마나 노리코를 사랑했을까. 그럼에도 불구하고 옹은 노리코를 내 자식이라고 부를 수 없었다. 이누가미 가문이 점차 번영함에도 불구하고 노리코는 언제까지고 가난한 나스 신사의 신관의 자식으로 남아 있지 않으면 안 되었다. 그런 불공평함에 대한 희미한 분노 때문에 옹은 평생 마츠코, 다케코, 우메코 세 자매의 차가운 아버지가 되지 않을 수 없었던 것이다.

그리고 그런 한이나 분노, 번민이 쌓여 마침내 그 유언장이 되었던 것이리라. 평생을 그늘의 꽃으로 보낸 하루요, 게다가 이누가미 가문의 장녀이면서 가난한 신관의 처로 끝난 노리코…… 그들 모녀에 대한 미안함이 쌓인 끝에 다마요에게 그 같은 파격적인 은전을 준비해 두었던 것이리라.

긴다이치 코스케도 참담한 옹의 심정을 알게 되자 왠지 모를 연민의 정을 금할 수 없었으나 그래도 그 유언장이야말로 계속되는 대참극의 원인이 되었다는 사실을 생각하면 좀 더 다른 방법을 쓸 수는 없었는지 탄식을 금할 수 없었다.

이렇게 날은 멋대로 흐르고 스케토모가 살해당하고도 벌써 20일 가까이 지났다. 그리고 일전에 말했던 12월 13일 아침 다시금, 재차 더없이 이상한 살인 사건이 일어났던 것이다.

긴다이치 코스케는 그날 밤에도 늦게까지 생각을 더듬고 고심하느라 잠을 자지 못해서 무심코 늦잠을 자 버렸는데, 날이 밝고 7시가 되자 머리맡의 전화벨이 시끄럽게 울려 무심코 깜짝 놀라 눈을 떴다.

수화기를 들자 바로 외선으로 연결되었고 들려온 것은 다치바나 서장의 목소리였다.

"긴다이치 씨입니까. 긴다이치 씨죠?"

서장의 목소리가 전화 저편에서 떨리고 있는 것은 꼭 오늘 아침의 추위 탓만은 아닌 듯하다.

"긴다이치 씨, 바로 와 주십시오. 결국 당했습니다. 이누가미 가문의 세 번째가……."

"앗, 당했다니 누가……."

긴다이치 코스케는 무심코 수화기를 움켜쥐었다. 수화기는 얼어붙을 듯 차가웠다.

"아무래도 좋으니 빨리 와 주십시오. 아니, 그 전에 호수 쪽에 난 창에서 이누가미 저택 뒤쪽을 보십시오. 그러면 무슨 일이 일어났는지 알 수 있을 겁니다. 어쨌든 기다릴 테니 빨리 와 주십시오. 제길, 정말이지…… 정말이지 싫은 사건입니다."

긴다이치 코스케는 수화기를 내려놓자 메뚜기처럼 침대를 박차고 나가 호수 쪽으로 난 덧문을 하나 열었다. 얼음 위를 불어오는 찬바람이 잠옷 차림인 코스케의 피부를 바늘처럼 찔렀다.

코스케는 두세 번 재채기를 하면서 그래도 가방 속에서 쌍안경을 꺼내 서둘러 이누가미 저택 뒤쪽을 향해 초점을 맞추었다. 그 이후 추위도 잊은 채 얼어붙은 듯 움직이지 못했다.

언젠가 스케타케가 죽은 전망대 바로 아래쪽이었다. 물가로 뻗어 나간 얼음 속에 더없이 이상한 것이 서 있었던 것이다.

그것은 '사람'이었다. 하지만 나중에 알게 된 기괴한 암호의 의미로 보면 '람사'라고 하는 편이 정확할지도 모른다. 왜냐하면 그 사람은 몸통부터 위는 얼음 속에 박힌 채 물구나무를 서고 있었기 때문이다. 그리고 면 파자마 바지를 입은 두 다리가 八자를 거꾸로 한 것처럼 허공에 쫙 벌어져 있었던 것이다.

그것은 이가 딱딱 부딪칠 정도로 무섭고, 하지만 뭐라 말할 수 없이 우스꽝스런 광경이었다.

이 거꾸로 박힌 무서운 시체를 눈앞에 두고, 보트 하우스의 중턱이나 전망대 위에서 바라보는 이누가미 가문의 사람들은 얼어붙은 표정을 하고 서 있었다.

긴다이치 코스케는 그들 사람들의 얼굴을 재빨리 쌍안경으로 둘러보다가 거기에 한 남자가 빠져 있는 것을 깨닫자 무심코 숨을 삼키고 눈을 감았다.

빠진 사람은 가면의 스케키요였다.

피로 물든 단추

 이누가미 가문의 마지막 사건은 통신사에 의해 전국 신문에 보도되어, 그날 석간은 일제히 이 사건을 대대적으로 보도했다.
 이누가미 사헤 옹의 기괴한 유언장에서 기인한 잇단 대참극은 이미 지방 사건이 아니라 전국적인 주목거리가 되어 있었던 것이다.
 그래서 이누가미 가문에서 세 번째 희생자가 나왔다는 사실은 (와카바야시 도요이치로부터 헤아린다면 실은 네 번째 희생자이지만) 그것만으로도 충격적인데, 한층 독자들을 경악시킨 것은 세 번째 희생자가 몸으로 그린 기괴한 암호의 수수께끼였다.
 그 암호를 푼 사람은 두말할 것도 없이 긴다이치 코스케였다.
 "서장님, 대, 대, 대체, 저, 저, 저 시체는 어떻게 된 겁니까? 어, 어, 어째서 저런데 거꾸로 처박힌 겁니까?"
 그로부터 곧장 이누가미 가문의 전망대로 달려온 긴다이치 코스케는 흥분 때문에 말조차 잘 못했다. 달려오는 길에 그의 머리에 번뜩인 기괴하고 정말이지 우스꽝스럽기조차 한 영감 때문에 그는 미칠 지경이었다.

"긴다이치 씨, 그런 걸 나한테 물어도 소용없어요. 제가 우왕좌왕하고 있는데요, 어째서 저런 데 스케키요 군을 거꾸로 처박아 둔 건지……. 제길, 아아, 짜증난다, 왠지 기분 나빠서 오싹해지는군."

다치바나 서장은 똥 씹은 표정을 하고 토해내듯 그렇게 말했다. 그리고 눈 아래 얼음 속에 솟아올라 있는 불길한 시체를 자못 부아가 치미는 듯 응시하고 있다. 그 시체를 둘러싸고 형사들이 발굴 작업에 우왕좌왕하고 있다. 그것은 언뜻 간단하게 보였지만 사실은 꽤 곤란한 작업이었다. 왜냐하면 얼음은 아직 두텁진 않아서 자칫하면 얼음이 깨져서 호수로 떨어질 우려가 있었고, 그렇다고 보트를 보내기도 어려웠다. 형사들은 얼음을 제치면서 보트를 시체 쪽으로 이동시키고 있었다.

눈이 올지도 모른다. 호수를 덮은 하늘은 잿빛으로 얼어붙어 있었다.

"그, 그럼 저 시체는 스케키요 군이 틀림없군요."

긴다이치 코스케는 딱딱 턱을 울리며 중얼거렸다. 그가 떨고 있는 이유는 결코 그날 아침의 추위 탓은 아니다. 어떤 이상한 생각 때문에 몸과 마음이 떨려 왔다.

"흠, 그 점에 대해서는 틀림없는 것 같아요. 마츠코 부인의 말에 의하면 저 파자마는 분명 스케키요 군의 것이라고 하고, 게다가 뭣보다 스케키요 군의 모습은 어디에도 보이질 않아."

"마츠코 부인은……?"

긴다이치 코스케는 주변을 둘러보았으나 부인의 모습은 아무 데도 보이지 않았다.

"아, 그분은 대단한 사람이에요. 스케키요 군의 마지막을 보고도 동생들처럼 울거나 아우성치지 않더라고. 그저 한 마디, 그년이다, 그년이 복수의 마무리를 하고 간 거야……라고 그 한 마디뿐, 자기 방에 틀어박혀 버렸어요. 그것만으로도 절절한 한은 한층 깊을지도 모르지만 말이지요."

긴다이치 코스케는 전망대 다리에 다마요가 서 있는 걸 깨달았다. 그녀는 깊숙이 외투 깃을 세운 채 꼼짝 않고 저 불길한 시체를 내려다보고 있다. 대체 무슨 생각을 하는 건지, 변함없이 단려한 얼굴은 스핑크스처럼 수수께끼를 감춘 채 무표정할 따름이다.

"서장님, 서장님, 근데 대체 누가 가장 먼저 저 시체를 발견했습니까?"

"사루조지, 항상 그렇듯."

서장의 목소리는 변함없이 토해내는 듯한 투였다.

"사루조……?"

긴다이치 코스케는 다마요 쪽으로 눈을 돌리면서 한숨을 쉬었다. 다마요는 그러나, 두 사람의 이야기를 들었는지 아닌지 의연히 조각상처럼 움직이지 않는다.

"서장님, 그래서 스케키요 군의 사인은……? 설마 죽지 않은 상태에서 이런 곳에 거꾸로 처박힌 건 아닐 테죠?"

"그건 아직 모르지. 스케키요 군의 시체를 파내 보지 않으면……. 하지만 어쩌면 도끼로 얼굴을 맞은 건 아닌지……."

긴다이치 코스케도 숨을 삼켰다.

"그렇군요. 스케키요 군이 살해당했다면 이번에는 도끼(요키) 차례군요. 하지만 그렇다고 하기에는 서장님, 아무데도 핏자국은 보이지 않는 게 이상하지 않습니까."

긴다이치 코스케의 말대로 하얗게 얼어붙은 호수 표면 어디에도 핏자국은 보이지 않았다.

"그래요, 나도 그게 이상하다고 생각했는데……. 게다가 범인이 도끼를 썼다면 자기가 가지고 왔을 텐데. 이 집에는 도끼, 혹은 도끼에 가까운 흉기는 하나도 없어. 마츠코 부인이 한 고백 이후로 그런 건 죄다 치워 버렸으니까."

그때 겨우 형사들이 시체 옆으로 보트를 댔다. 그리고 형사 두 사람이 보트 안에서, 손을 뻗어 물구나무선 시체의 두 다리에 손을 댔다.

"어이, 조심해. 함부로 시체에 상처 내지 말라고."

전망대 위에서 서장이 소리쳤다.

"알겠습니다. 주의하고 있습니다."

세 번째 형사가 시체 주위의 얼음을 깨뜨린다. 전에도 말했듯 시체는 정확히 배꼽 언저리까지 거꾸로 얼음 속에 파묻혀 있었다.

금세 얼음이 깨져 흔들리자, 물구나무선 시체가 흔들흔들 흔들리기 시작했다.

"어이, 이제 됐겠지. 조심해 주게."

"영차."

형사 두 사람이 다리를 하나씩 잡고 무 뽑듯 시체를 뽑아 올렸는데, 그 순간 전망대 위에 서 있던 사람들은 소리 없는 비명을 지르며 숨을 삼킨 채 주먹을 움켜쥐었다.

스케키요의 가면은 사라지고, 얼음 속에서 거꾸로 올라온 것은 석류처럼 살이 허물어진 더없이 추하고 괴이한 얼굴이었다.

긴다이치 코스케는 언젠가 한 번, 그렇다, 스케키요가 돌아온 직후다, 유언장을 발표한 자리에서 스케키요가 코언저리까지 가면을 들어 올린 것을 보았지만 그 역겨운 얼굴을 똑똑히 본 것은 이번이 처음이었다. 게다가 그 추한 얼굴은 하룻밤을 얼음 속에 처박혀 있었던 탓에 보랏빛으로 썩어서 공포, 역겨움이 한층 배가되어 있었다. 하지만 이상하게도 시체 머리 부분에는 다치바나 서장이 예상한 상처 같은 것은 아무데도 눈에 띄지 않았다.

긴다이치 코스케는 한동안 그 역겨운 얼굴을 본 후 마침내 고개를 돌렸는데, 그때 문득 그의 시선을 붙든 것은 다마요의 안색이었다.

남자인 코스케조차 두 눈 뜨고 볼 수 없는 그 얼굴을 다마요는 집중해서 보고 있었던 것이다. 아아, 그때 다마요의 머릿속을 오가는 것은 대체 어떤 생각이었을까?

아무튼 형사들이 얼어붙은 시체를 보트에 태워 돌아왔을 때, 경찰의인 구스다 씨가 허둥지둥 전망대에 달려왔다. 연이은 변사에 구스다 씨는 지겨운지 서장의 얼굴을 보고도 변변한 인사조차 하지 않았다.

"구스다 씨, 고생이지만 또 한 번 부탁합니다. 자세한 것은 해부해 보면 알겠지만 일단 사인과 사후 경과 시간을 알고 싶은데요……."

구스다 의사는 말없이 끄덕이고 전망대에서 내려가려고 했는데, 다마요가 입을 연 것은 그때였다.

"저, 잠시, 선생님……."

계단에 한 발 디딘 구스다 의사가 놀란 듯 멈춰서더니 다마요 쪽으로 몸을 돌린다.

"음? 아가씨, 무슨 일이지?"

"네, 저……."

다마요는 구스다 의사와 다치바나 서장의 얼굴을 번갈아 보면서 잠시 망설였지만, 이윽고 결심한 듯 입을 열었다.

"혹시 저 시체를 해부하실 거라면 그 전에 부디 오른손도장을…… 지문을 찍어 주십사 합니다."

그 말을 들은 찰나 긴다이치 코스케는 마치 무거운 곤봉으로 정수리를 강타당한 듯 격한 충격을 느꼈다.

"뭐, 뭐, 뭐라고요, 다마요 씨!"

그는 한 발 앞으로 나와 무심코 숨을 크게 몰아쉬었다.

"그럼 당신은 저 시체에 의문이 있다는 말씀이십니까?"

다마요는 그 말에 대답하지 않았다. 눈동자를 호수 쪽으로 돌리고는 말없이 서 있다. 다마요란 여자는 스스로 하고 싶은 말은 하지만 다른 사람의 의지로 입을 여는 일은 거의 없는 성격이었다.

분명 고독한 그녀의 상황이 그런 강인한 의지를 만들었으리라.

"하지만 다마요 씨."

긴다이치 코스케는 왠지 압도당하는 기분으로 입술을 몇 번이나 핥고는,

"스케키요 군의 손도장이라면 언젠가 찍지 않았습니까. 그리고 전에 찍어둔 것과 일치해서······."

긴다이치 코스케는 거기까지 말하고 입을 다물어 버렸다. 다마요의 눈 속에 반짝인 조소의 빛을 알아차렸기 때문이다.

다마요는 하지만 역시 금세 그 빛을 거두더니 낮고 조용한 음성으로 말했다.

"예, 하지만······. 돌다리도 두들겨 보라는 말이 있으니까요. ······게다가 손도장을 찍는 건 그다지 번거로운 일도 아니지 않은가요?"

다치바나 서장도 눈썹을 찌푸리고 다마요의 얼굴을 보고 있었으나 이윽고 구스다 의사에게 고개를 끄덕이더니,

"구스다 씨, 그럼 나중에 형사를 보낼 테니 해부 전에 한 번 지문을 찍도록 조처해 주십시오."

구스다 의사는 말없이 끄덕이고는 계단을 내려갔다. 다마요도 서장과 긴다이치 쪽에 목례하더니 서둘러 따라 내려갔다.

긴다이치 코스케와 다치바나 서장도 바로 계단을 내려갔는데 그때 코스케의 걸음은 마치 취한 것 같았다. 긴다이치 코스케의 머리에는 지금 무서운 바람이 휘몰아치기 시작했던 것이다.

아아, 다마요는 어째서 스케키요의 지문에 집착하는 것일까.

그 지문은 분명 한 번 찍었던 것이다. 그리고 의문의 여지가 없다는 결론이 나오지 않았나. 하지만, ……하지만 지금 다마요의 확신에 찬 표정. ……그녀는 대체 어떤 생각을 가슴에 감추고 있는 것일까. 어쩌면 자신은 뭔가 중대한 것을 놓치고 있었던 것은 아닐까.

긴다이치 코스케는 바로 우뚝 멈춰 섰다. 그때 그의 머리에 번뜩인 것은 스케키요의 지문과 전에 찍은 손도장을 비교 분석했을 때의 일이다.

후지사키 감식원이 두 개의 손도장이 동일한 것이라고 발표한 찰나 다마요는 두 번이나 뭔가 말하려고 하지 않았던가. 아아, 그녀는 뭔가를 알고 있었던 것이다. 뭔가 자신이 놓친 것을 알아차리고 있었던 것이다. 하지만 그것은 무엇인지…….

전망대 아래서 긴다이치 코스케는 서장과 헤어졌다. 다치바나 서장은 구스다 의사 뒤를 따라 보트 하우스에 들어갔으나 긴다이치 코스케는 생각에 잠긴 표정으로 혼자 터벅터벅 안채 쪽으로 왔다.

안채 방에서는 다케코 부부와 우메코 부부가 모여 뭔가 소곤소곤 이야기를 하고 있었는데 유리문 밖을 지나가는 긴다이치 코스케의 모습을 보고는,

"앗, 잠시요."

툇마루 유리문을 열고 다케코가 말했다.

"긴다이치 님, 댁에게 잠시 드릴 말씀이……."

"예."

긴다이치 코스케가 툇마루 옆에 다다가자,

"이거…… 언젠가 댁께서 말씀하셨던 단추가……."

부드러운 휴지에 싸인 것을 다케코는 살며시 긴다이치 코스케 앞에 펼쳐 보였는데, 그 순간 코스케는 눈을 크게 떴다.

그것은 분명 스케토모의 와이셔츠에서 하나 없어졌던 단추가 아닌가.

"부인, 대체 이건 어디 있었습니까?"

"그걸 모르겠어요. 사요코가 갖고 있는 것을 오늘 아침 발견했는데 그 아인 아시다시피 그 지경이라서. 대체 어디서 찾았는지……."

"사요코 씨, 아직 안 좋습니까?"

다케코는 어두운 얼굴을 하고 끄덕였다.

"요전처럼 발작하는 일은 없어졌지만 아직 전혀 말에 두서가 없어서……."

"긴다이치 님."

그때 방안에서 우메코가 불렀다.

"그날…… 스케토모의 시체를 발견한 날, 사요코 씨도 댁과 같이 풍전촌의 빈집에 갔죠. 어쩌면 그때 주운 건 아닐까요?"

하지만 코스케는 딱 잘라 부정했다.

"그런 일은 없습니다. 절대 그런 일은 없습니다. 사요코 씨는 스케토모 씨의 시체를 보자마자 졸도해 버려서 그럴 겨를은 전혀 없었을 겁니다. 이 사실은 우메코 부인의 부군께서도 아시겠지만……."

우메코의 남편인 고키치도 어두운 얼굴을 하고 끄덕였다.

"그렇다면 이상하네요."

다케코는 망설이는 눈을 하고,

"사요코는 그날 여러분과 여기 돌아온 이래 한 발짝도 이 집을 나간 적이 없습니다만, ……대체 어디서 이걸 주웠는지?"

"잠시 보겠습니다."

긴다이치 코스케는 다케코의 손에서 종이 꾸러미를 받아들고는, 찬찬히 그 단추를 살폈다. 전에도 말했듯 그것은 국화 모양을 한 황금 받침에 다이아를 박은 것이었는데, 받침에 살짝 검은 얼룩이 있다. 그 얼룩은 아무래도 피가 아닐까 생각되었다.

"우메코 부인, 이 단추는 분명 스케토모 군의 와이셔츠 단추인 거죠?"

우메코는 말없이 끄덕였다.

"하지만 어쩌면 이런 단추가 여분으로 있었던 건……."

"아뇨, 그런 일은 없습니다. 이 단추는 다섯 개 나란히 있을 뿐, 절대 여분은 없습니다."

"그렇다면 역시 그날 스케토모 군의 와이셔츠에서 떨어진 단추란 게 되는군요. 다케코 부인, 어떠십니까. 한동안 이 단추를 제게 맡겨 주시지 않겠습니까. 서장님께 부탁해서 잠시 조사해 보고 싶은데요."

"그렇게 하세요."

긴다이치 코스케가 정중히 단추를 종이에 싸고 있는데 다치바나 서장이 서둘러 다가왔다.

"아, 긴다이치 씨, 여기 계셨군."

서장은 성큼성큼 옆에 다가오더니,

"이번 사건은 좀 이상해. 이번 살인이 일어나면 당연히 도끼를 썼을 거라 우리는 생각했는데, 범인은 감쪽같이 뒤통수를 치는군. 스케키요 군은 스케토모 군과 마찬가지로 가는 끈 같은 걸로 교살당했어. 범인은 그 후 시체를 전망대 위에서 거꾸로 내던진 것 같은데……."

긴다이치 코스케는 그 이야기를 자못 흥미 없는 듯한 얼굴로 듣고 있었으나, 이윽고 서장의 이야기가 끝나기를 기다려 나른하게 고개를 저었다.

"아뇨, 서장님. 그걸로 충분합니다. 그걸로 역시 도끼(요키)가 되는 겁니다."

서장은 눈썹을 찌푸리고,

"하지만 긴다이치 씨, 어디에도 도끼 자국 따위……."

긴다이치 코스케는 품에서 수첩과 만년필을 꺼내,

"서장님, 그 시체는 스케키요 군이었죠. 그 스케키요 군이 거꾸로 있었으니……."

하고 수첩 한 페이지에 긴다이치 코스케는 커다랗게,

'요키케스'

라고 적고는,

"게다가 물구나무를 선 스케키요의 상반신은 물속에 잠겨 있었으니……."

하고 요키케스 넉 자 중에서 아래 두 자를 만년필로 지우자 남

은 것은 곧,

'요키'

두 자였다.

서장은 깜짝 놀라 금방이라도 튀어오를 듯 눈을 크게 떴다.

"긴다이치 씨!"

서장은 큰 소리로 신음하고 손을 쥐었다 폈다 했다.

"서장님, 그렇습니다. 어린애 속임수 같은 암호였어요. 범인은 피해자의 몸을 이용해 도끼(요키)를 암시하려 했던 겁니다."

긴다이치 코스케는 경련하는 듯한 웃음을 터뜨렸다. 그것은 흡사 히스테릭하게조차 들리는 공허한 웃음소리였다.

눈이 올 거라는 예상이 들어맞아, 잿빛 하늘에서 팔랑팔랑 하얀 것이 흩날리고 있었다.

제8장
운명의 모자

오후 9시 반.

나스 호반 일대는 아침부터 줄곧 내린 눈이 쌓여 두툼하게 옷을 껴입은 것처럼 부풀어 있었다. 호수도 호반 마을도, 그리고 그 뒤에 있는 산봉우리들도 어지러울 정도로 내린 함박눈 속에 흥건히 젖은 채 호흡하고 있다.

바람은 없었다.

사락사락 부드러운 눈꽃이 어두운 하늘에서 끊임없이 춤추며 내려온다. 눈 오는 밤의 고요함이 몸에 스며든다.

그 고요함을 여기 한데 모은 것처럼 이누가미 가문의 응접실에는 긴다이치 코스케와 다치바나 서장, 그리고 후루다테 변호사 세 사람이 난로를 향해 묵묵히 앉아 있었다. 이미 오랫동안 아무도 입을 열지 않았다. 모두 침묵한 채 타오르는 난롯불을 지켜보고 있다. 영국풍 난로 속에는 이따금 탁탁 하고 석탄이 부스러지는 소리가 났다.

세 사람은 기다리고 있었다. 제대로 된 해부 결과가 나오기를. 그리고 새로이 스케키요의 시체로부터 찍은 손자국과 그 손도장을 비교 조사 중인 후지사키 감식원의 보고가 있기를.

긴다이치 코스케는 커다란 안락의자 속에 몸을 파묻듯이 하고 앉아서 아까부터 지그시 눈을 감고 있다. 지금 그의 두뇌 속에는 사고의 소용돌이가 어떤 확실한 형태가 되어 굳어지기 시작하고 있다. 이제까지 그것이 불가능했던 이유는 그의 사고에 하나의 커다란 맹점이 있었기 때문이다. 오늘에서야 겨우 그는 그 맹점의 소재를 깨달았다. 그리고 그것을 가르쳐 준 것은 다마요였다. 긴다이치 코스케는 희미하게 몸을 떨고는 눈을 떠서 꿈에서 깨어난 것처럼 주위를 둘러보았다. 눈은 아직도 내리고 있는 듯 창밖에는 끊임없이 부드러운 것이 비스듬히 가로질러 춤추고 있다.

그때 현관 밖에 눈을 밟는 바퀴 소리가 났다가 멈추나 했더니 이윽고 요란스러운 초인종 소리가 울렸다.

세 사람은 깜짝 놀라 얼굴을 마주 보았다. 다치바나 서장이 몸을 일으켰으나 그전에 안에서 가볍게 슬리퍼를 끄는 소리가 나더니 누군가 서둘러 현관으로 나갔다. 현관에서 두세 마디 말을 주고받는 소리가 들려왔는데, 이윽고 슬리퍼 소리가 이쪽으로 가까워지더니 응접실 문이 열렸다. 얼굴을 내민 것은 하녀였다.

"서장님, 손님이 찾아오셨는데요……."

하녀의 얼굴에는 왠지 모르게 의아한 기색이 담겨 있었다.

"나한테 손님? 어떤 사람인데?"

"여자 분이세요. 아오누마 기쿠노 씨라고 하시는데요……."

그 순간 세 사람은 튕기듯 의자에서 일어섰다.

"아오누마 기쿠노 씨라고!"

서장은 꿀꺽, 하고 크게 목울대를 울리더니,

"어서, 어서. 바로 이쪽으로 모시도록."

하녀가 고개를 숙이자마자 자그마한 부인의 모습이 문가에 나타났다. 그 부인은 검은 코트를 입고 고풍스런 팥죽색 얼굴 가리개를 쓰고 있었다. 택시를 타고 온 듯 코트도 얼굴 가리개도 눈에 젖지는 않았다.

부인은 가볍게 일동에게 목례를 하더니 맞은편을 보고 코트와 얼굴 가리개를 벗어 하녀에게 건네고는 다시금 이쪽을 향해 고개를 숙였는데, 그 순간 세 사람은 각자 발밑을 채인 것처럼 크게 비틀거리고 숨을 몰아쉬었으며 주먹을 움켜쥐었다.

"당신이…… 당신이 아오누마 기쿠노 씨였습니까?"

"네."

조용히 대답하고 고개를 든 것은 다름 아닌 거문고 스승, 미야카와 고킨 여사가 아닌가.

그때까지 막대기처럼 서 있던 긴다이치 코스케는 갑자기 박박, 벅벅 무턱대고 머리 위의 참새 둥지를 긁기 시작했다. 후루다테 변호사도 손수건을 꺼내 양 손바닥을 벅벅 문질렀다.

미야카와 고킨…… 아니, 막 스스로를 아오누마 기쿠노라고 밝힌 부인은 불편한 눈을 껌벅이고 조용히 일동의 얼굴을 둘러보면서,

"오늘 도쿄에서 제자로부터 석간 소식을 들어서요. ······스케키요 씨 얘길 들었기에 이 이상 신분을 감춰서는 안 되겠다고 생각하고 서둘러 달려왔습니다."

세 사람은 그 말을 듣고 무심코 얼굴을 마주 보았다. 역시 도쿄에서 석간 제1판을 본 직후 바로 기차에 탔다면 이 시각까지 나스 상류에 오기란 불가능한 건 아니다. 하지만 아오누마 기쿠노는 그 말을 하면서 완곡하게 알리바이를 내세우려는 건 아닐까? ······다치바나 서장의 눈에는 이내 의심의 기색이 떠올랐다.

"이런, 이런. ······그럼 방금 도착하신 참입니까."

"네."

추운데서 바로 따뜻한 방에 들어와서인지 얼굴이 달아오른 것인지 기쿠노는 손수건을 꺼내 조용히 이마의 땀을 닦았다.

"혼자서······?"

"아뇨, 제자가 한 사람 따라와 주었습니다만, 그 애는 한발 앞서 숙소로 갔습니다. 저는 역에서 곧장 경찰 쪽에 온 겁니다만, 서장님, 이쪽에 와 계시다고 해서······."

다치바나 서장은 조금 실망한 듯 가볍게 숨을 토해냈다. 제자가 같이 왔다면 기쿠노가 거짓말을 할 리는 없다.

"고맙습니다. 자, 어서, 이쪽에 와서 앉으십시오."

서장이 의자를 내밀었다. 긴다이치 코스케가 옆에 와서 가볍게 손을 붙들었다.

"송구스럽습니다. 아니, 이렇게 하지 않으셔도······. 그렇습니까. 그럼······."

긴다이치 코스케에게 부축받아 의자까지 가자 기쿠노는 정중히 예를 표하고 앉았다. 긴다이치 코스케는 문가까지 와서 일단 문을 열고 밖을 둘러본 후 꽉 닫았다.

"당신이 아오누마 기쿠노 씨라고는……. 등잔 밑이 어둡다는 게 딱 이 경우군요. 후루다테 군, 전혀 짐작 못했나요?"

"전혀요. ……어쨌거나 전란이 있었으니까요. 그것만 아니었다면 좀 더 수사했을지도 모르겠지만요."

기쿠노는 가볍게 미소 짓고,

"무리도 아닙니다. 과거를 숨기기 위해 무척이나 노력했으니까요. ……제 과거를 아는 사람은 아마 7년 전에 죽은 남편과 도야마의 친척 분뿐일 겁니다. 그 세 사람은 다 돌아가셔서요."

"남편 분은?"

긴다이치 코스케가 물었다.

"미야카와 마츠카제(松風)라고 역시 거문고 스승이었습니다. 도야마에 적을 두던 시절에 그쪽에 놀러 갔다가 친해졌습니다."

"그래서 결혼하신 겁니까?"

"아니, 저, 그게……."

기쿠노는 조금 머뭇거리고,

"결혼은 안했습니다. 그때 남편의 부인되시는 분이 아직 살아 계셔서요."

기쿠노는 얼굴을 붉히고 고개를 숙였다. 긴다이치 코스케는 무심코 애처로운 눈빛을 보냈다. 인생의 초반부를 남의 첩으로 출발한 그녀는 그 후에도 정식 처가 되지 못하고 음지의 꽃으로 보냈던 것이다. 긴다이치 코스케는 이 박복한 여자의 어두운 운명의 별을 생각하고 딱하게 여기지 않을 수 없었다.

기쿠노는 여전히 머뭇거린 끝에,

"원래 제가 남편과 지낸 이후, 3년째 부인께서 돌아가셔서 그때 남편이 저를 호적에 넣어 주겠다고 해 주었습니다만, 제 쪽에서 거절했습니다. 아이라도 있으면 모를까, 완전히 호적을 옮겨 고향 쪽에 제 일이 알려지면, 또 어떤 연고로든 도야마에 남겨 두고 온 아이 일이 이쪽 분들에게 알려지지 않을까 그게 걱정되어서요."

기쿠노는 손에 든 손수건으로 살며시 눈가를 눌렀다. 긴다이치 코스케와 다치바나 서장, 그리고 후루다테 변호사 세 사람은 무심코 애처로운 시선을 주고받았다.

아아, 이 부인에게 있어서는 서리가 얼어붙던 그 밤의 기억은 평생 지우려고 해도 지워지지 않는 공포의 근원이었을 것이다. 그날 밤 마츠코, 다케코, 우메코 세 딸의 협박은 골수까지 스몄고, 그랬기에 그녀는 자기 인생을 걸어서라도 자기 아이를 그들 눈에 닿지 않게 하려고 노력했을 것이다. 역시 후루다테 변호사의 조사가 미치지 않았던 것도 무리가 아니다.

"그러니 제가 미야카와 성을 이어받은 것도 아닙니다. 하지만 제자들은 아무것도 모르고 저를 남편의 정식 부인이라고 생각하고 있어서 어느새 미야카와 고킨이 되어 버려서……."

"거문고는 남편 분께 배워서……."

"네, 하지만 그전부터 취미가 있어서요. ……남편과 친해지게 된 것도 그런 이유로……."

기쿠노는 다시금 엷게 볼을 붉혔다.

그때 다치바나 서장이 의자에 앉은 자세를 고치고는 어색하게 헛기침을 하더니,

"음…… 그런데 도야마에 남겨진 아드님 말인데요. 분명 시즈마 군이라고 했죠. 그 시즈마 군은 그 후 만나셨습니까?"

"네, 가끔요. ……3년에 한 번 정도 꼴로……."

"그럼 시즈마 군은 당신이 생모란 걸 알고 있었겠군요."

"아닙니다. 아이였을 때는 몰랐던 것 같습니다. 호적도 저쪽에 가 있고, 완전히 츠다의 자식이 되어서……. 저를 그저 친절한 숙모 정도로 생각하고 있었던 것 같습니다. 하지만 중학교에 들어갔을 무렵에는 역시 누구한테 들었겠죠. 어렴풋이 알았던 것 같습니다."

"아버지에 대해서는?"

"아뇨, 이쪽은 전혀 몰랐겠죠. 뭣보다 츠다 쪽에도 그 아이 아버지에 대해서는 거의 자세한 건 설명 안 했으니까요. 물론 츠다는 어렴풋이 알고 있었겠지만……."

"그럼 시즈마 군은 마지막까지 자신의 아버지에 대해 몰랐습니까?"

"아, 그게……."

기쿠노는 손수건을 꺼내 조용히 입가를 훔치면서,

"아는지 모르는지 모르겠지만 그 아이는 두 번인가 세 번을 군대에 끌려가서 그때마다 저도 도야마까지 만나러 갔습니다만,

마지막으로 쇼와 19년 봄 소집이 왔을 때 왠지 모를 예감에 이번에야말로 오래 헤어져 있을 것 같은 기분이 들고 결국 참을 수 없어져서 부모 자식 관계란 얘기를 했습니다. 그때 묻기에 아버지 얘기도……."

"하셨군요."

"예……."

불편한 눈에서 그때 진주처럼 맑은 눈물이 주룩 뺨을 타고 내려왔다. 긴다이치 코스케는 그것을 보고 왠지 가슴이 조이는 듯한 기분이 들어 무심코 어두운 눈을 돌렸다.

다치바나 서장도 어색하게 헛기침을 하더니,

"그렇군요. 아아, 음, 그래서, 당신이 어째서 시즈마 군의 아버님, 즉 이누가미 사헤 옹을 떠나게 됐는지 그 사정에 대해서도 말씀하셨겠군요."

"예. 저, 그건……. 그 얘길 안하면 그 아이도 납득해 주지 않아서요……."

"요키, 고토, 기쿠의 저주에 대해서도……."

다치바나 서장은 그 단어를 가능한 한 아무렇지도 않게 말할 작정이었지만 그래도 기쿠노는 고개를 확 들고 겁먹은 눈으로 세 사람의 얼굴을 보더니 금세 다시금 덜컥 고개를 떨어뜨렸다.

"네. 저…… 제가 얼마나 엄청난 일을 당했는지 그 아이가 알아 줬으면 해서……."

기쿠노는 어깨를 떨면서 손수건으로 눈을 누르고 있다. 그때 옆에서 조용히 끼어든 것은 긴다이치 코스케였다.

"그때 시즈마 군의 상태는 어땠습니까. 물론 분개했겠죠."

"네. 저…… 그 아이는 원래는 굉장히 착하지만 감정에 잘 휘둘리는 편이라……. 그때 말은 한 마디도 안 했지만 눈에 가득 눈물이 고이고 파랗게 질려서 부들부들 떨고 있었습니다."

"그리고 바로 입대해서 어딘지 모를 곳을 향해 고국을 떠났군요."

긴다이치 코스케는 어두운 눈을 하고 의자에서 일어나더니 창가로 다가가 밖을 본다. 눈은 좀처럼 그칠 기미가 없었고 거기에 바람이 부는 듯 유리창 밖을 하얀 소용돌이가 미친 듯이 춤추고 있다. 긴다이치 코스케는 멍하니 그것을 보면서 후우, 하고 무거운 한숨을 쉬었다.

생각해 보면 시즈마란 청년은 슬픈 사람이다. 그가 처음으로 아버지를 알았을 때는 그가 암담한 운명을 향해 출발할 때였다. 처음 들은 아버지의 이름을 가슴에 담아 두고 떠나는 그를 기다리는 것은 어뢰였을까 폭격기였을까. 그렇지 않으면 그는 교묘히 그 습격을 피해 지금도 어딘가에 살아 있을까…….

긴다이치 코스케는 갑자기 몸을 떨더니 기쿠노 옆으로 돌아와서 그녀의 어깨에 손을 얹고 내려다보며,

"기쿠노 씨. 시즈마 군에 대해 또 하나 여쭤볼 게 있습니다."

"네."

"당신은 스케키요 군을 아시죠. 스케키요 군이 쓴 고무 가면을……."

"네, 압니다."

"그 가면은 스케키요 군의 진짜 얼굴과 똑같이 만들어져 있습니다만, 어떻습니까. 시즈마 군은 스케키요 군과 닮지 않았습니까?"

긴다이치 코스케의 마지막 한 마디는 마치 응접실 안에 폭탄을 던진 것 같았다. 기쿠노는 의자에 앉은 채 굳었고, 다치바나 서장과 후루다테 변호사는 의자의 팔걸이를 움켜쥔 채 당장이라도 뛰어오를 것 같은 자세를 하고 있다.

기묘하고 긴박한 공기 속에서, 난로의 석탄이 요란하게 타오른다.

세 개의 손도장

"어떻게…… 어떻게, 그걸 알고 계시나요?"

기쿠노가 입을 연 것은 어지간히 시간이 흐르고 나서의 일이었다. 그녀는 의자에 몸을 푹 파묻고는 마음이 가라앉지 않은 듯 이마의 땀을 훔치고 있다. 불편한 한쪽 눈에 두려운 빛이 감돌고 있었다.

"그, 그럼 역시, 다, 닮았군요."

기쿠노는 희미하게 끄덕이고는 건조한 목소리로 말했다.

"처음 스케키요 님을 보았을 때 저는 정말 놀랐습니다. 물론 그분의 얼굴은 진짜 얼굴이 아니죠. 고무로 만든 가면 얼굴 말이에요. 하지만 어쨌거나 이렇게 눈이 불편하니 처음에는 그게 확실치 않아서 그저 아, 저 아이…… 시즈마를 닮았구나 하고 놀랐습니다. 아니, 아니, 닮은 정도가 아닙니다. 정말 판박이라서……. 저는 틀림없이 시즈마가 돌아와서 거기 앉아 있는 거라 생각했을 정도입니다. 하지만 얼굴을 뜯어보는 사이에 역시 시즈마가 아니란 걸 알게 되었습니다. 눈썹 언저리부터 눈가에 걸쳐서…… 그리고 코 주변이 시즈마와 달랐습니다. 그래도 피는 속일 수 없나 봅니다. 스케키요 님은 돌아가신 어른의 손자, 시즈마는 그분의 유복자, 나이는 같아도 숙부와 조카 사이라 둘 다 분명 돌아가신 어른을 닮았겠죠."

기쿠노는 조용히 말을 마치고는 흐르는 눈물을 손수건으로 눌렀다. 분명 이누가미 사헤의 아들로 태어났으면서 반생을 그늘에 묻혀 살다가 이후 행방을 알 수 없게 된 자기 자식을 생각하니 가슴이 메는 것이리라.

그때 갑자기 다치바나 서장이 긴다이치 코스케를 돌아보았다.

"긴다이치 씨, 당신은 어떻게 그런 걸 알고 있습니까?"

"아, 아."

긴다이치 코스케는 서장의 시선을 피하듯 얼굴을 돌리면서,

"알고 있는 게 아닙니다. 방금 기쿠노 씨가 말씀하셨듯이 숙부와 조카 사이고 게다가 동갑이라 어딘가 닮은 데가 있지는 않을까 하고 생각했습니다만 판박이라니 놀랐어요."

긴다이치 코스케는 기쿠노 뒤에 서서 가볍게 더벅머리를 긁고 있다. 그 눈에는 기묘한 번뜩임이 어려 있었다.

다치바나 서장은 의심스런 눈으로 물끄러미 긴다이치 코스케의 옆얼굴을 응시하고 있었지만, 이윽고 포기한 듯 어깨를 늘어뜨리고 기쿠노 쪽으로 고쳐 앉더니,

"기쿠노 씨, 당신은 시즈마 군의 소식을 모르십니까?"

"모릅니다."

기쿠노는 딱 잘라 답하고는,

"그걸 알 정도라면……."

하고 손수건을 눈에 대고 흐느껴 울었다.

"하지만 시즈마 군은 당신의 주소를 알지 않습니까?"

"네."

"그럼 무사하다면 댁으로 전갈이 갔을 텐데요."

"네. 그래서 저, 기다리고 있습니다. 매일같이 그 애로부터 편지가 오기를."

다치바나 서장은 딱한 듯, 하지만 어딘가 의혹에 찬 시선으로 흐느껴 우는 늙은 여자의 모습을 지켜보다가, 이윽고 조용히 상대의 어깨에 손을 올리고는,

"기쿠노 씨, 당신은 언제부터 이 저택에 출입하게 되신 겁니까. 그리고 거기에는 뭔가 특별한 목적이라도……."

기쿠노는 눈물을 닦고는 조용히 고개를 들더니,

"서장님, 그에 대해 말씀 드리기 위해 저는 오늘밤 이렇게 찾아온 겁니다. 제가 이 저택에 오게 된 것은 결코 흑심이 있어서가 아니라 그런 운명을 만났던 겁니다. 아시는지 모르겠지만 재작년 무렵까지 이 부근에 다닌 것은 후루야 쇼우(古谷蕉雨)라는 분이었습니다. 그런데 그 쇼우 씨가 재작년에 중풍으로 쓰러지셔서 제가 대신 오게 된 겁니다. 처음에는 쇼우 씨가 그래달라고 했을 때 저는 몸을 떨며 거절했습니다. 나스에서 이나까지는 제 평생 발을 디디고 싶지 않은 장소였습니다. 하물며 제자 중에 여

기 마츠코 님이 계시다고 들었을 때 저, 몸이 다 떨려서……. 하지만 거기엔 여러 가지 사정이 있어서 아무래도 받아들이지 않을 수 없는 입장이 되고 말았습니다. 그때 저는 생각했습니다. 그로부터 벌써 30년이나 지났고 이름도 상황도 얼굴 생김새도 이렇게 죄다 변했으니…….."

기쿠노는 쓸쓸히 뺨을 누르고는,

"어쩌면 마츠코 님도 눈치 채지 못할지도 모른다. 그렇게 생각하고 얼마쯤 이쪽 분에게 호기심도 있어서 조금 대담하진 않나 했지만 얼굴을 내밀기로 했습니다. 네, 그 외에는 결코 흑심 같은 건……."

"그리고 마츠코 부인은 알아차리지 못했군요."

"그렇습니다. 아무래도 이렇게 괴물 같은 얼굴이 되어 버렸으니……."

역시 현재의 미야카와 고킨에게서 그 옛날의 모습을 찾기는 불가능할지도 모른다. 사헤 옹의 총애를 한 몸에 받았던 무렵의 기쿠노는 필시 아름다웠으련만 현재의 고킨은 한 눈은 튀어나오고 한 눈은 움푹 들어가 찌부러져 있다. 게다가 이마에는 커다란 상처, 어떻게 봐도 예전에는 그 같은 미인이었으리라는 생각은 들지 않는다. 게다가 옛날 제사 공장의 여공이었던 여자가 도쿄에서 거문고를 가르치러 오는 유명 선생이 되어 있으리라고는 내로라 하는 마츠코 부인도 생각지 못했을 것이다. 30년이라는 세월은 각기 다른 운명의 베를 짜는 법이다.

"당신이 여기 오게 된 게 재작년이었다면 아직 사헤 옹이 살아 계실 무렵이군요. 만나셨습니까?"

"아뇨, 한 번도. 이미 그 시절부터 어른은 잠만 주무시고 계셔서요. ……게다가 저도 이런 얼굴이 되어 버려서야. ……적어도 모습이나마 잠시라도 뵙고 싶었습니다만……."

기쿠노는 푹 한숨을 쉬고,

"하지만 저도 거문고를 가르치러 오게 된 덕에 타계하신 뒤 장례식에도 참석할 수 있었고 또 영전에 비쭈기나무*도 바칠 수 있었으니……."

기쿠노는 거기서 다시금 손수건을 눈에 누르고 흐느껴 울었다.

생각해 보면 사헤 옹과 기쿠노의 인연도 덧없는 것이었다. 서로 끌리는 영혼을 지녔으면서도 사나운 말 같은 세 딸 때문에 헤어져, 옹의 임종 때 기쿠노는 가까이 있으면서 만나지도 이름을 밝히지도 못했던 것이다. 남몰래 눈물로 소매를 적시며 옹의 영전에 비쭈기나무를 바친 기쿠노의 마음을 생각하니 긴다이치 코스케는 왠지 뜨거운 것이 목구멍에 치미는 것 같았다.

다치바나 서장도 어색하게 헛기침을 하면서,

"아, 아니. 그렇군요. 잘 알았습니다. 그럼 드디어 이번 사건 얘긴데요. 당신은 처음부터 이 사건이 요키, 고토, 기쿠에 관련이 있다는 걸 알고 계셨습니까?"

"아뇨, 당치도 않아요. 스케타케 님 때는 아무것도 눈치 채지 못했습니다. 하지만 두 번째 스케토모 님 때…… 그때 저는 마츠

---

*신사 경내에 심는 상록수. 신성하다 하여 그 가지를 신전에 바친다.

코 님의 거문고 상대를 하고 있었습니다만, 거기 형사님이 오셔서……."

"아, 그래요."

그때 긴다이치 코스케가 갑자기 옆에서 끼어들었다.

"요시이 형사가 풍전촌 사건을 이쪽에 보고하러 들렀을 때 당신은 마츠코 부인의 상대를 하며 거문고를 뜯고 계셨죠. 그때 일에 대해 좀 여쭙고 싶은 게 있는데요……."

"네."

"이건 요시이 형사에게 들은 얘깁니다만, 형사님이 이번 사건이 뭔가 요키, 고토, 기쿠와 관계 있지 않나 얘기했을 때 마츠코 부인이 무심코 거문고를 강하게 뜯었어요. 그리고 그 바람에 줄이 뚝 끊겼다고 하더군요."

"네."

기쿠노는 의아한 듯 불편한 눈을 크게 뜨고,

"하지만 그게 무슨……."

"아니, 그건 아무것도 아니지만, 여쭙고 싶은 것은 실은 그 뒷부분입니다. ……줄이 끊어지는 바람에 상처를 입었는지 마츠코 부인의 오른쪽 검지가 갈라져 피가 뚝뚝 떨어지고 있었죠. 그래서 요시이 형사가 어, 다치셨네요, 하고 물었다고 합니다. 기억하십니까."

"네. 저, 잘 기억하고 있습니다."

"그때 마츠코 부인은 네, 방금 거문고 줄이 끊어지는 바람에…… 하고 말했다고 하는데, 문제는 그다음입니다. 마츠코 부인의 말을 듣자 당신은 이상한 듯 눈썹을 찌푸리고, 방금 거문고 줄이 끊어지는 바람에……? 하고 말씀하셨다고 하더군요. 기억하십니까?"

기쿠노는 조금 고개를 갸우뚱하며,

"글쎄요, 그런 말을 했는지 거기까지는 확실치 않지만 했을지도 모르겠네요."

"그런데 말이죠. 당신의 그 말을 듣자 한순간 마츠코 부인은 뭐라 말할 수 없이 험악한 표정을 지었다고 합니다. 흡사 살기와도 같은 증오의 기색이 마츠코 부인의 눈에서 용솟음쳤다던데 당신은 눈치 채지 못하셨습니까?"

"어머!"

기쿠노는 숨을 삼키고,

"그건…… 몰랐어요. 뭣보다 이처럼 눈이 불편하니까."

"아, 모르는 편이 좋았을지도 모릅니다. 굉장히 섬뜩한 모습이었다고 하니, 즉 그 모습이 너무 무서워서 요시이 형사도 이상하게 생각하고 한참 뒤에까지 인상에 남았던 거겠죠. 하지만 문제는 마츠코 부인이 방금 거문고 줄이 끊어지는 바람에…… 하고 말했을 때 당신이 왜 이상한 얼굴을 하고 그 말을 되풀이했는지, 그리고 또 당신의 반문을 듣고 마츠코 부인이 왜 그처럼 무서운 얼굴을 했는지 입니다. 뭔가 마음 짚이는 곳이 있으십니까?"

기쿠노는 불편한 눈을 크게 뜬 채 한동안 꼼짝 않고 생각하고 있다가, 이윽고 희미하게 몸을 떨더니,

"마츠코 부인께서 왜 그런 무서운 얼굴을 했는지 저도 모릅니

운명의 모자

다. 하지만 제가 왜 부인의 말을 되풀이했는지에 대해서는 짚이는 데가 있습니다. 그런 말을 했는지는 기억나지 않지만 이상하게 생각했으니까 곧바로 말이 나온 거겠죠."

"이상하게 생각했다니요?"

"부인은 그때 거문고 줄이 끊어지는 바람에 손가락을 다쳤다고 하셨지만 그건 거짓말입니다. 역시 그때 거문고 줄에 닿아 상처 부분이 갈라져 피가 나온 건 맞지만 부인이 정말 손가락을 다친 것은 그때가 아닙니다."

"그럼 언제?"

"그 전날 밤이었습니다. 아시다시피 그 전날 밤에도 저는 부인의 거문고 상대를 하고 있었습니다만……."

"전날 밤……?"

다치바나 서장은 깜짝 놀란 듯 긴다이치 코스케의 얼굴을 돌아보았다. 코스케는 그러나 별로 놀라지도 않고,

"전날 밤이라면 스케토모가 살해당한 밤 말이군요."

"네."

"마츠코 부인은 왜 다쳤습니까? 기쿠노 씨, 그때 일에 대해 좀 더 자세히 말씀해 주실 수 있겠습니까?"

"네, 저……."

기쿠노는 왠지 불안한 얼굴로 손수건을 구기면서,

"그때도 저는 이상하게 생각했습니다. 마츠코 부인의 상대를 하는 동안, 부인이 두세 번 자리를 비운 것은 부인도 말씀하셨다고 하고 저도 질문을 받았을 때 말씀드렸습니다. 네, 언제든 5분

이나 10분 정도의 극히 짧은 시간동안……. 그런데 몇 번째 비우셨을 때인지, 거기까지는 확실히 기억나지 않지만 금방 자리에 돌아와 부인은 다시금 거문고를 뜯었는데 그때 저는 어머, 하고 생각했습니다. 저는 보시다시피 눈이 불편합니다. 전혀 안 보이는 것은 아니지만 세세한 곳까지는 보이지 않습니다. 하지만 귀란 것이 있지요. 건방진 말씀을 드리는 것 같지만 저는 오랜 수업 덕분에 거문고의 음색을 구별하는 정도는 가능합니다. 저는 부인이 손가락을 다치셨고 그것도, 검지를 다치셨으며 그것을 감추기 위해 아픔을 참고 거문고를 뜯고 계신다는 걸 금세 알아차렸습니다."

이야기를 듣는 동안 긴다이치 코스케는 차츰 흥분한 모양이다. 처음에는 아주 천천히 더벅머리를 긁고 있었으나 점차 맹렬해지더니, 결국에는 박박, 벅벅, 무턱대고 다섯 손가락으로 긁으면서,

"그, 그, 그리고 마츠코 부인은 사, 사, 상처에 대해 아, 아, 아무것도 말씀 안하셨군요."

"네, 한 마디도 하지 않으셨습니다."

"그, 그, 그리고 당신 쪽에서는……."

"아뇨, 아무 말도 안 했습니다. 상대가 감추고 계시니 건드리지 않는 편이 좋을 거라 생각하고 일부러 모른 척 했습니다."

"그, 그렇군요. 그렇군요."

긴다이치 코스케는 군침을 꿀꺽 삼키더니 약간 평정을 되찾고,

"그래서 그 다음 날 마츠코 부인이 방금 다쳤습니다, 라고 했

을 때 무심코 반문하셨던 거군요."

"네……."

"하지만 그에 대해 마츠코 부인이 무서운 표정을 한 이유는……?"

기쿠노는 한층 힘을 주어 손수건을 구기면서,

"글쎄요, 거기까지는 모릅니다. 하지만 어쩌면 제가 손가락 상처에 대해 전부터 안다는 걸 알아차리시고 마음 상했던 게 아니었을까요."

"그렇군요. 그러니까 마츠코 부인은 전날 밤 상처 입었다는 사실을 아무한테도 알리고 싶지 않았던 거군요. 아, 고맙습니다."

긴다이치 코스케의 더벅머리를 긁어대던 행동이 거기서 처음으로 뚝 그쳤다. 코스케는 다치바나 서장 쪽을 돌아보고,

"서장님, 서장님부터 하십시오. 뭔가 질문할 게 있으시면."

다치바나 서장은 수상한 듯 눈을 크게 떴다.

"긴다이치 씨, 방금 한 말은 무슨 뜻입니까. 마츠코 부인이 뭔가 스케토모 살해에 관계가 있다는 건가요. 그러나 스케토모 군은 풍전촌에서 살해되었어요. 하지만 마츠코 부인은 이 집에 있었고 10분 이상 자리를 비우지 않았다는데……."

"아, 아니, 서장님. 그 얘긴 나중에 천천히 연구하죠. 그보다 뭔가 질문이 있으시면……."

서장은 약간 불만인 듯 긴다이치 코스케의 옆얼굴을 응시하고 있었으나 마침내 포기한 듯 기쿠노 쪽으로 고쳐 앉았다.

"그럼 기쿠노 씨, 마지막으로 하나 여쭤볼 게 있는데요, 당신

은 이번 사건을 어찌 생각하십니까? 범인은 이쪽 세 분과 당신 사이에 일어난 일을 아는 놈이 분명합니다만. 그건 누구라 생각하십니까. 혹시 당신이 범인이 아니라면······."

기쿠노는 몸을 꿈틀 떨었다. 그리고 격하게 숨을 들이켜면서 한동안 서장의 얼굴을 보고 있다가 마침내 겨우 고개를 숙이더니,

"그렇습니다. 그런 생각을 하실까 봐 두려워서 오늘밤 이렇게 찾아왔습니다. 이 이상 신원을 숨기다 들키면 분명 의심을 받겠다. ······그렇게 생각하고 스스로 이름을 밝힌 겁니다. 범인은 제가 아닙니다. 그리고 또 누가 범인인지 저는 전혀 모릅니다."

기쿠노는 딱 잘라 말했다.

기쿠노는 그다음에도 두세 가지 별로 중요치 않은 질문을 받았으나 그러는 사이에 경찰이 우르르 몰려와서 그녀는 일단 제자가 기다리는 숙소로 물러갔다.

경찰에서 가지고 온 것은 말할 것도 없이 해부 보고서와 손도장 감정서였다.

"서장님."

낯익은 후지사키 감식원이 왠지 흥분으로 얼굴이 달아올라 서장에게 말하려는데,

"아, 잠깐."

긴다이치 코스케가 가로막더니 벨을 눌러 하녀를 불렀다. 하녀가 얼굴을 내밀자,

"다마요 씨께 잠시 이쪽으로 와 주십사 부탁 드려 줘."

바로 다마요가 왔다. 그녀는 조용히 일동에게 인사하고는 구

석에 있는 의자에 앉았다. 변함없이 그녀는 스핑크스처럼 수수께끼를 감춘 아름다움을 지니고 있다.

"자, 그럼 순서대로 여쭤 보죠. 우선 해부 결과는?"

"예."

형사 한 사람이 나와서,

"간단하게 요령만 말씀 드리겠습니다. 사인은 교살, 흉기는 가느다란 끈 같은 것, 사망시각은 어젯밤 10시부터 11시까지, 단호수에 거꾸로 잠긴 것은 그로부터 1시간 정도 뒤라고 합니다."

"아, 고마워요. 아, 요시이 씨. 단추에 묻은 얼룩에 대해 보고하러 온 거죠. 어떻습니까, 결과는?"

"예, 인간의 피가 확실하다고 합니다. 혈액형은 O형."

"아, 그래요. 고맙습니다."

긴다이치 코스케는 거기서 처음으로 후지사키 감식원 쪽으로 몸을 돌리더니,

"후지사키 씨, 자, 이제 당신 차롑니다. 결과는……."

아까부터 근질근질 좀이 쑤셔 하던 후지사키 감식원은 흥분에 떨리는 손으로 가방에서 두루마리 하나와 종이 두 장을 꺼내더니,

"서장님, 정말 이상합니다. 이누가미 스케키요 씨의 손도장을 전에도 한 번 찍었던 건 서장님도 아시죠. 그게 이겁니다. 여기 11월 16일이라고 쓰여 있습니다. 이 손도장은 후루다테 씨가 맡아두었던 그 두루마리와 딱 일치합니다. 그런데 오늘 그 시체에서 찍은 이것, ……이 손도장은 전혀 그 두 개와 다릅니다."

바람이 갈대 위에 불듯 갑자기 떠들썩한 술렁임이 일동으로부

터 터져 나왔다. 서장은 의자에서 일어났고, 후루다테 변호사는 숨을 삼키고 눈을 커다랗게 떴다.

"그런 바보 같은! 그런 바보 같은! 그럼 어젯밤 살해당한 것은 스케키요 군이 아니란 말인가?"

"그렇습니다. 이 손도장으로 판단하면……."

"하지만, 하지만, 요전에 손도장을 찍었을 때는……."

그때 조용히 끼어든 것은 긴다이치 코스케였다.

"서장님, 그때는 분명 진짜 스케키요였어요. 이 일이 제게 큰 맹점이 되었습니다. 지문의 일치, 이만큼 확실한 신분증명서가 있을까요. 저는 설마 그 가면을 교묘히 이용해서 진짜와 가짜가 바뀌치기하리라고는 꿈에도 생각지 못했으니까요."

그러고 나서 긴다이치 코스케는 다마요 쪽으로 다가서서,

"다마요 씨, 하지만 당신은 그 사실을 알고 계셨군요."

다마요는 잠자코 긴다이치 코스케의 눈을 마주 보았지만, 이윽고 엷게 뺨을 붉히더니 일어나 일동에게 가볍게 고개를 숙이고는 조용히 방에서 나갔다.

눈 덮인 봉우리

12월 14일.

이 날이야말로 엄청난 분란을 몰고 왔던 이누가미 가문 살인 사건 해결의 첫 서광이 싹트기 시작한 날이었다. 이 기념할 만한 날, 긴다이치 코스케는 아침 이른 시간에 눈을 떴다.

이제까지 그의 뇌리를 가리고 있던 맹점의 검은 구름이 싹 걷히자 그다음부터는 일사천리였다. 어제 하루에 걸쳐 그는 머릿속에서 추리의 탑을 쌓아 올렸고, 수수께끼를 형성하는 복잡한 골격은 이제 완전히 완성되어 있었다. 이제 다음은 진짜 스케키요를 찾아내는 일만 남았다. 그리고 이번에는 경찰도 성공할 것이다. 어쨌든 찾는 대상이 스케키요라는 사실을 알고 있고 스케키요의 사진도 있으니까.

긴다이치 코스케는 오랜만에 푹 잤다. 그리고 8시 무렵 눈을 떠 느긋하게 온천에 몸을 담근 후, 아침 식사를 하고 한숨 쉬고 있던 참에 전화가 걸려 왔다.

전화한 사람은 다치바나 서장이었다.

"긴다이치 씨, 긴다이치 씨죠."

서장의 목소리는 약간 흥분으로 들떠 있다. 긴다이치 코스케는 눈썹을 찌푸렸다. 무슨 일이 일어난 것일까. 이제 더 일어날 게 없지 않은가.

"예, 그렇습니다. 긴다이치입니다. 서장님, 무, 무슨 일이 있는 겁니까?"

"긴다이치 씨, 스케키요 놈이 나타났어요. 어젯밤, 이누가미 가문에."

"뭐, 뭐, 뭐라고요! 스케키요가 이누가미 가문에……? 그, 그래, 무슨 일을 저지른 겁니까?"

"예, 그래요. 하지만 다행히 미수에 그쳤어요. 긴다이치 씨, 얼른 서로 와 주시지 않겠습니까. 이제부터 스케키요를 잡으러 가려는 겁니다."

"알겠습니다."

긴다이치 코스케는 택시를 불러 달라고 하고, 하오리 위에 코트를 걸치고 서둘러 숙소에서 뛰어나갔다.

눈은 이미 밤중에 그쳤고 오늘은 눈이 부시도록 좋은 날씨다. 호수의 얼음도, 호반의 거리도, 배후에 있는 산봉우리들도 새하얀 이불을 살짝 덮고 있었지만 함박눈이라 녹기엔 아직 일렀다. 길 가장자리 처마 끝에서 눈이 녹는 소리가 계속 나고 있었다.

경찰 앞에서 택시를 내리자 스키 도구를 뒤에 실은 자동차가 세 대 서 있고, 삼엄한 모습을 한 순사들이 여러 명 서성거리고 있었다.

긴다이치 코스케가 서장실로 뛰어 들어가자 서장과 후루다테 변호사가 스키복과 스키모를 입은 차림으로 서서 이야기를 나누고 있었다.

서장은 긴다이치 코스케의 모습을 보더니 눈썹을 찌푸리고,

"긴다이치 씨, 그 모습으로는……. 당신 양복을 안 갖고 왔습니까?"

"서장님, 대체 무슨 일을 하시려는 겁니까. 설마 사건을 내던지고 눈을 맞으러 나가시는 건 아니겠죠?"

"바보 같은 소리 하지 말아요. 스케키요가 눈 덮인 산봉우리로 도망쳤다는 보고가 있었어요. 그래서 이렇게 쫓아가려는 참입니다."

"스케키요가 산봉우리에……."

긴다이치 코스케는 깜짝 놀라 눈을 크게 뜨고,

"서장님. 스케키요 놈, 설마 자살한 건……."

"충분히 그럴 수 있죠. 그래서 한시라도 빨리 잡지 않으면 안 되는데, 당신, 그런 모습으론 무리에요."

긴다이치 코스케는 싱긋 웃었다.

"서장님, 잘못 보셨어요. 저는 이래 봬도 도호쿠(東北) 출신입니다. 스키는 게다(下駄)*보다 익숙해요. 옷자락을 걷고 있어도

---

*나막신.

스키는 탑니다. 하지만 장비가 없으면……."

"장비는 준비해 뒀습니다. 그럼 같이 갈까요."

거기 순사가 한 사람, 분주하게 들어와서 서장에게 뭔가 귓속말을 했다. 서장은 힘차게 끄덕이더니,

"좋아, 그럼 출발이다."

앞선 두 대의 자동차에는 순사나 사복 차림의 형사들이 모여 있었다. 마지막 한 대에는 다치바나 서장과 긴다이치 코스케, 후루다테 변호사가 탔다. 그리고 경부가 한 사람 운전대를 잡았다. 자동차는 금세 눈 녹은 진창길을 박차고 달려 나갔다.

"스기야마 군, 어디까지 자동차로 갈 수 있겠나?"

서장이 운전석에 있는 경부에게 물었다.

"이 정도 눈이면 별 거 아닙니다. 8부 정도까지는 갈 수 있겠죠. 상당히 미끄럽긴 합니다만."

"8부까지 간다니 다행이군. 이 나이에 스키를 타리라곤 생각도 못했어. 산 타는 건 영 못해서 말이야."

너구리란 별명이 있을 정도로 술살이 찌고 똥배가 나온 다치바나 서장에게는 눈 덮인 산을 오르는 일은 무리일 것이다.

"서장님, 한데 대체 무슨 일이 일어난 겁니까. 스케키요가 대체 무슨 일을 했다는 겁니까?"

"그래요, 참. 긴다이치 씨한테는 미처 말 안했군. 어젯밤, 스케키요가 와서 다마요 씨를 죽이려고 했어요."

"다마요 씨를……."

긴다이치 코스케는 무심코 눈을 크게 떴다.

운명의 모자

"아, 그래요."

서장의 이야기는 이러했다.

어젯밤 다마요는 긴다이치 코스케의 초청에 응해 응접실에 왔는데, 다마요가 자리를 비웠을 때 스케키요가 숨어들었던 것 같았다. 스케키요는 다마요의 침실 벽장에 숨어 있었던 것이다.

다마요는 11시쯤 침실로 돌아와 불을 끄고 잠자리에 들었다. 하지만 흥분한 탓인지 좀처럼 잠이 오질 않아 1시간 남짓 엎치락뒤치락하고 있었는데, 그러는 사이 왠지 벽장 안이 신경 쓰였다. 아주 희미하게나마 뭔가가 움직이는 기척, 숨소리가 들려온 듯한 기분이 들었던 것이다.

다마요는 대담한 여자였다. 불을 켜고 슬리퍼를 신고는 벽장 앞으로 가서 문을 열었다. 그 순간 안에서 뛰어나온 남자가 다마요에게 덤벼들어 침대 위에 밀어 넘어뜨리고는 양손으로 목을 졸랐던 것이다. 머플러로 얼굴을 가린 남자였다. 이 소리에 복도에서 옆방으로 사루조가 뛰어 들어왔다.

침실 문은 안에서 자물쇠를 걸어 놓았지만 거인 사루조에게는 별 거 아니었다. 문이 부서지고 사루조가 안에 뛰어들어 왔을 때 다마요는 수상한 자에게 목을 졸려 이미 반쯤 기절해 있었다. 사루조는 바로 수상한 자에게 덤벼들었다. 수상한 자도 다마요를 놓아 두고 사루조에게 다가왔다.

이때 평소 같으면 상대는 사루조의 적수가 안 되었겠지만 두세 번 부딪치는 사이에 상대의 머플러가 스르르 풀어져 내렸다. 사루조는 그 얼굴을 보고 멈춰 서 버렸다. 반쯤 기절해 있던 다마요도 비명을 질렀다.

수상한 자는 스케키요였다.

스케키요는 우뚝 선 사루조를 곁눈질로 보더니 침실에서 뛰어나갔는데, 거기에 도라노스케와 고키치가 왔다. 그들도 스케키요의 얼굴을 보더니 망연해서 멈춰 서 버렸다. 그러는 사이 스케키요는 눈 속으로 달아나 버렸다.

"이 보고가 내 귀에 들어온 게 1시경 일이에요. 그리고 비상선을 치느니 어쩌니 하면서 난리가 났지. 나는 눈 속을 헤치고 이 누가미 가문에 갔는데, 불쌍하게도 다마요 씨는 목에 참담한 멍 자국을 새긴 채 히스테릭하게 울고 있었어요."

"다마요 씨가 울고 있었다고요?"

긴다이치 코스케는 깜짝 놀라 반문했다.

"그야 울만하지. 자칫하면 살해당했을 테니까. 아무리 기가 세도 그 사람은 여자잖아."

"그래서 마츠코 부인은?"

"아아, 마츠코 부인 말인가. 아무래도 난 그 여자가 버거워요. 마녀 같은 얼굴을 하고 눈만 번뜩이면서 한 마디도 하질 않아. 그 사람의 입을 열게 하는 건 보통 일이 아니야."

"그래도 스케키요는 왜 위험을 무릅쓰고 다마요 씨를 죽이러 왔을까요? 게다가 지금까지 어디 있었던 걸까요?"

"그야 스케키요를 체포해야 알게 되겠지."

슬슬 해결의 서광이 비쳐서 다치바나 서장은 기분이 좋았지만 긴다이치 코스케는 그걸 끝으로 침묵해 버렸다.

자동차는 이미 눈 덮인 등산로에 들어서 있다. 골짜기 사이의 논을 넘어 골짜기 사이의 부락을 지나가자 더 이상은 인가가 없다. 이미·꽤 많은 스키어가 올라간 듯 눈에도 제법 발자국이 있었고 예상보다 훨씬 편한 찻길이었다.

"음, 다행이군."

대숲 부근까지 오자 스키를 신은 사복 차림의 형사가 한 사람, 길가에서 기다리고 있었다.

"서장님, 이 길이 확실합니다. 지금 쫓고 있습니다."

"좋아."

자동차는 눈을 헤치면서 질주한다. 씻은 듯이 갠 하늘에는 태양이 아름답게 빛나고 산골짜기마다 쌓인 눈이 빛을 반사해 눈을 찌른다. 때때로 길가 나뭇가지 끝에서 눈이 풀썩 하고 큰 소리를 내며 떨어진다. 자동차는 금세 8부쯤 되는 지장 고개에 다다랐다. 여기서부터는 자동차로는 무리다.

일동은 자동차에서 뛰어내려 각자 스키를 신었다.

"긴다이치 씨, 괜찮겠습니까?"

"괜찮아요. 그 대신 상당히 괴상한 꼴을 보여드리게 생겼네요."

그렇다, 그때 긴다이치 코스케의 모습이야말로 더없는 구경거리였다. 그는 코트를 벗고, 하오리도 벗고, 하카마도 벗고는 옷자락을 걷어 올리고 내복 바지 위에 양말을 신고 그 위에 스키부츠를 신었다.

"긴다이치 씨, 그 모습은……. 하하하."

"웃으시면 안 됩니다. 그 대신 실력을 봐 주세요."

역시 호언장담한 만큼 일행 중에서는 그가 가장 실력자였다. 양어깨에 스틱을 짊어지고 쏜살같이 올라간다. 다치바나 서장은 커다란 배를 주체 못하면서 헉헉 숨을 몰아쉬며 따라온다.

금세 일행은 9부째를 지나 정상에 있는 늪지대 부근까지 왔으나 그때 위에서 미끄러져 내려온 사복형사 한 사람과 만났다.

"서장님, 빨리 와 주십시오. 지금 발견해 쫓고 있는 중입니다. 놈, 권총을 갖고 있어서요."

"좋아."

일행이 걸음을 빨리 해서 올라갔을 때 갑자기 위쪽에서 탕탕, 총 쏘는 소리가 들렸다.

"앗, 시작했군!"

긴다이치 코스케는 토끼처럼 깡충깡충 급한 경사를 올라갔으나 이윽고 늪지대 슬로프 정상까지 다다랐을 때 그런 상황에도 불구하고 그는 무심코,

"아, 아름답다."

하고 외치며 멈춰 서지 않을 수 없었다.

확 트인 경치, 눈으로 가득 메운 완만한 기복, 그 저편에 우뚝 솟은 8개 산봉우리들이 마찬가지로 눈에 덮여 코앞에 보인다. 군청색 하늘, 엷은 보랏빛으로 빛나는 눈으로 덮인 습곡.

하지만 긴다이치 코스케의 황홀경은 그리 오래가지 못했다. 슬로프 아래쪽에서 다시금 탕탕 총소리가 들려왔다.

보니 저 아래쪽에서 귀환병 차림의 남자를 멀리서 에워싸고 세

사람의 사복형사가 한발 한발 쫓아간다. 코스케와 함께 올라온 사람들은 그 장면을 보고 일제히 제비처럼 미끄러져 내려간다. 긴다이치 코스케도 그 뒤에서 옷자락을 걷어 올리고 내려갔다.

귀환병 차림의 남자는 팔방에서 사복차림의 형사들에게 에워싸여 이미 독안의 쥐와 마찬가지였다. 그는 스틱을 버리고 스키를 신은 채 인왕상처럼 서 있었다. 눈에 핏발이 서고 입술 끝에서 피를 흘리는 형상이 섬뜩하다.

귀환병 차림의 남자는 또 한 발, 두 발 총을 쏘았다. 그에 응해 순사들의 권총이 불을 뿜었다. 긴다이치 코스케는 그 뒤에서 미끄러져 내려가면서,

"그놈을 죽이면 안돼요. 그놈은 범인이 아니니까."

그 소리를 들었는지 귀환병 차림의 남자는 깜짝 놀란 듯 긴다이치 코스케 쪽을 올려다보았다. 한순간 상처 입은 멧돼지처럼 흉포한 빛이 남자의 눈에 떠올랐다.

남자는 권총을 든 손을 잽싸게 뒤집더니 자신의 관자놀이에 총구를 갖다 댔다.

"앗, 그놈을 죽이지 말아요!"

긴다이치 코스케가 절규한 찰나, 누군가가 쏜 한발이 남자의 주먹을 꿰뚫은 듯 상대는 권총을 떨어뜨리나 싶더니 눈 위에 무릎을 꿇었다. 그리고 그다음 순간 덤벼든 몇 사람의 형사들에 의해 남자의 양손에 수갑이 채워졌다.

다치바나 서장과 후루다테 변호사가 남자 옆에 다가갔다.

"후루다테 씨, 어떻습니까. 이 사람을 본 적 있습니까."

후루다테 변호사는 숨을 삼키고 상대의 얼굴을 들여다보다가 이내 어두운 눈을 하고 외면했다.

"그렇습니다. 이 사람이야말로 이누가미 스케키요 군이 틀림없습니다."

다치바나 서장은 기쁜 듯 양손을 문질렀으나 이윽고 긴다이치 코스케 쪽을 돌아보더니 눈썹을 찌푸리고,

"긴다이치 씨, 당신은 아까 묘한 소릴 했죠. 이 남자는 범인이 아니라고, 그건 무슨 뜻입니까?"

긴다이치 코스케는 갑자기 박박, 벅벅, 더벅머리를 긁기 시작했다. 그리고 자못 기쁜 듯,

"서, 서, 서장님, 아, 아, 아무 뜻도, 아, 아, 아닙니다. 이, 이, 이 사람은 범인이 아니에요. 아, 아, 아마 이 사람은 끝까지 자기가 범인이라고 우기겠지만 말이죠."

아까부터 흉포한 눈으로 코스케를 노려보던 스케키요는 그때 수갑이 채워진 양손을 절망한 듯 휘두르더니 눈 위에 풀썩 쓰러졌다.

나의 고백

12월 15일.

어제부터 좋은 날씨가 계속되어 나스 호반을 메운 눈도 꽤 많이 녹았지만 그럼에도 나스 시와 그 부근에 사는 사람들 사이에는 지금 차가운 전율과 긴장이 공기 중에 부유하는 박테리아처럼 퍼져 있다.

그들은 모두 알고 있었다. 나스 호반 일대를 뒤흔든 저 이누가미 가문에 일어난 연속 살인 사건의 가장 유력한 용의자가 어제 눈 덮인 산에서 잡혔다는 사실을. 그리고 그 용의자야말로 다름 아닌 이누가미 스케키요 그 사람이란 사실을. 또한 그 스케키요와 이번 사건의 관계자 일동과의 대결이 오늘 이제부터 이누가미 가문 저택에서 펼쳐질 것이란 사실을.

또한 그들은 알고 있었다. 지난 10월 18일 와카바야시 도요이치로 살인으로 시작된 이 일련의 살인 사건도 슬슬 대단원에 이르렀다는 사실을. 단지 누구도 알지 못했던 것은 이누가미 스케키요가 과연 진범일까 하는 것이었다. 하지만 그것도 오늘 대결로 인해 확실히 알 수 있지 않을까.

그래서 나스 호반에 사는 사람들은 침을 삼키며 이누가미 가문을 지켜보고 있었다.

그 이누가미 가문 안채에서는 언제나처럼 열두 칸 다다미방을 터놓고, 이상하게 긴장한 얼굴, 얼굴, 얼굴들이 늘어서 있다.

마츠코 부인은 변함없이 고집 센 표정으로 담배 상자를 끌어당겨 침착하게 긴 담뱃대로 살담배를 피우고 있다. 가늘면서도 용수철처럼 강인한 체질을 지닌 이 여성은 대체 지금 무슨 생각을 하고 있는 것일까.

그녀도 어젯밤 눈 덮인 봉우리에서 진짜 스케키요가 잡혔다는 사실을 듣지 못했을 리 없다. 그렇다면…… 아니, 아니, 진짜 스케키요가 붙잡히기 전 호수에 거꾸로 박혀 있던 인물이 스케키요가 아니었다는 사실을 손도장 얘기를 들어 알고 있었을 것이다.

그럼에도 그녀의 태도에도 표정에도 전혀 동요는 보이지 않는다. 동생들의 의심과 증오에 가득 찬 시선을 아무렇지도 않게 받아넘기면서 밉살스러울 정도로 침착하게 붉은 담뱃대로 담배를 피우고 있다. 살담배를 주무르는 손끝은 털끝만큼도 떨리지 않았다.

마츠코로부터 조금 떨어진 자리에 다케코와 남편인 도라노스케, 우메코와 남편인 고키치가 한 덩어리가 되어 앉아 있다. 마츠코가 침착한데 반해 그들은 모두 하나같이 의심과 공포와 불안으로 떨고 있다. 다케코의 출렁이는 이중 턱은 극도의 긴장 탓인지 끊임없이 떨리고 있다.

이 무리에서 조금 떨어진 자리에 다마요가 홀로 고립되어 있다.

그녀는 변함없이 아름답다. 아름다움에 관해서는 여느 때와 조금도 변함이 없으나, 하지만 오늘의 다마요는 여느 때의 그녀가 아니었다. 망연히 마음을 놓은 듯 부릅뜬 눈동자에는 어딘가 애처로운 상심의 기색이 짙었다. 무슨 말을 들어도 어떤 눈으로 바라봐도 그저 단정하고 아름답고 새침하던 다마요였건만, 오늘은 처음부터 왠지 평정을 잃은 모습이다. 그녀를 지탱하던 강한 자아의 근원이 어떤 원인으로 인해 뚝 부러진 듯한 모습이다. 때때로 무언가 생각하는 듯 격한 전율이 그녀를 엄습한다.

다마요로부터 조금 떨어진 자리에 거문고 스승인 미야카와 고킨이 있다. 그녀 또한 자신이 왜 이 자리에 불려 왔는지 모르는 듯하다. 무서운 마츠코, 다케코, 우메코 세 사람을 앞에 두고 그녀는 그저 벌벌 떨고 있다.

고킨으로부터 조금 떨어져, 긴다이치 코스케와 후루다테 변호사가 있다. 후루다테 변호사는 완전히 침착함을 잃은 채 자꾸만 헛기침을 하고 이마를 문지르거나 다리를 떨고 있다. 긴다이치 코스케도 역시 흥분했는지 일동의 얼굴을 둘러보며 아까부터 더벅머리를 긁고 있다.

오후 2시 정각.

멀리서 초인종 소리가 나서 일동은 갑자기 긴장한다. 금세 툇마루 저편에서 우르르 발소리가 다가오고, 가장 먼저 모습을 드러낸 것은 다치바나 서장. 그에 이어 양쪽에서 형사에게 팔을 잡힌 이누가미 스케키요. 비틀거리는 발걸음으로 수갑을 찬 오른손에 하얀 붕대를 감은 모습이 애처롭다.

스케키요는 장지문까지 오더니 겁먹은 듯 우뚝 멈춰 섰다. 그리고 머뭇거리며 일동의 얼굴을 둘러보다가 그 시선이 마츠코 부인에게 닿자 튕기듯 고개를 돌렸다.

그와 동시에 그의 시선은 다마요의 눈과 딱 마주쳤다. 한동안 두 사람은 활인화(活人畫)*처럼 시선을 마주한 채 미동도 하지 않았으나, 이윽고 스케키요가 목구멍에서 흐느껴 우는 소리를 내며 외면하자 다마요도 주박이 확 풀린 듯 고개를 숙였다.

그때 긴다이치 코스케가 가장 흥미를 갖고 응시한 것은 누가 뭐라 해도 마츠코 부인이다. 역시 그녀도 스케키요의 얼굴을 본 순간 볼에 홍조를 띤 채 담뱃대를 쥔 손이 떨렸지만, 이내 여느 때의 고집 센 얼굴로 돌아오더니 침착하고 조용하게 살담배를 주무르기 시작한다.

그 강한 의지에는 긴다이치 코스케도 혀를 차며 경탄했다.

"어이, 스케키요 군을 이쪽으로……."

다치바나 서장의 목소리에 형사 한 사람이 수갑을 찬 스케키요의 어깨를 밀었다. 스케키요는 비틀비틀 방 안에 들어오더니 다치바나 서장이 지시한 대로 긴다이치 코스케 앞자리에 앉는

---

*배경을 적당하게 꾸미고 분장한 사람이 그림 속의 사람처럼 보이게 만든 옛날 구경거리.

운명의 모자 375

다. 형사가 두 사람, 여차할 경우 언제라도 덤벼들 기세로 뒤에 대기한다. 다치바나 서장은 긴다이치 코스케 옆자리에 앉았다.

"그래서……?"

잠시 침묵이 흐른 뒤 긴다이치 코스케가 서장 쪽을 돌아보고,

"뭔가 새로운 사실을 들으셨습니까?"

서장은 무뚝뚝하게 입을 다문 채 주머니에서 우글쭈글한 갈색 봉투를 꺼냈다.

"읽어 보세요."

긴다이치 코스케가 봉투를 들자 겉에는,

'나의 고백'

이라고 쓰여져 있었고 뒤에는

'이누가미 스케키요'

굵은 만년필로 휘갈겨져 있었다.

봉투 속에는 허름한 편지지가 한 장, 겉에 쓴 것과 같은 글씨로,

    이누가미 가문에 일어난 연속 살인 사건의 범인은 전부 나, 이누가미 스케키요다. 나 외 아무도 이번 사건과 관련이 없다. 자결 직전에 이르러 이 사실을 고백한다.

이누가미 스케키요

긴다이치 코스케는 이것을 읽고도 특별히 아무런 흥미도 보이지 않았다. 말없이 편지지를 봉투에 넣더니 그것을 서장에게 돌려주고는,

"스케키요 군이 이것을 갖고 있었군요."

"그래요, 안주머니에."

"하지만 스케키요 군은 자살할 작정이었다면 왜 진작 자살하지 않았을까요? 왜 그런 식으로 경찰에게 저항하지 않으면 안 되었던 겁니까?"

다치바나 서장은 눈썹을 찌푸리고,

"긴다이치 씨, 그건 무슨 뜻입니까. 그럼 당신은 스케키요 군이 자살할 작정이 아니었다는 겁니까. 하지만 당신도 어제 그 자리에 있었으니 알고 계실 텐데요. 그때 이쪽 누군가가 쏜 탄환이 스케키요 군의 오른손에 명중하지 않았다면 이 사람은 분명 자살했을 거예요."

"아니, 아니, 서장님. 제 말은 그런 뜻이 아닙니다. 스케키요 군은 분명 자살할 작정이었어요. 하지만 그것을 가능한 한 화려하게, 극적으로 하고 싶었던 겁니다. 가능한 한 세간의 주목을 받고 싶었던 겁니다. 그렇게 하면 할수록 고백서의 효과가 크니까요."

다치바나 서장은 또다시 납득이 안 되는 표정이었으나 긴다이치 코스케는 전혀 개의치 않고,

"아, 아까 제가 한 말에는 한 가지 커다란 오류가 있어요. 스케키요 군은 왜 경관에게 저항했냐고 했지만 이건 잘못된 겁니다. 스케키요 군은 저항 같은 건 전혀 할 생각이 없었어요. 그저 저항하는 척을 하고 있었을 뿐입니다. 이 사람의 총구는 절대 경관을 노리지 않았어요. 항상 눈밭을 노리고 있었습니다. 서장님,

당신은 그걸 눈치 채지 못하셨습니까?"

"그러고 보니 나도 그때 조금 이상하게 생각했는데……."

"아, 그럼 서장님도 눈치 채고 계셨군요."

긴다이치 코스케는 기쁜 듯 더벅머리를 긁으면서,

"서장님, 이 일은 잘 기억해 주십시오. 스케키요 군의 죄를 결정할 경우 한 가지 반증이 될 테니까요."

다치바나 서장은 또다시 납득이 되지 않는 듯 얼굴을 찌푸렸다. 하지만 긴다이치 코스케는 개의치 않고 태연히,

"그런데 서장님, 스케키요 군은 이 고백서에 쓰여 있는 것에 대해 구체적으로 얘기했습니까, 어떤 식으로 죽였는지……."

"아니, 그게……."

서장은 못마땅한 표정으로,

"이 사람은 절대 털어놓질 않아요. 모든 사건의 범인은 자신이다. 다른 아무도 관계없다고만 주장할 뿐, 그 외에는 절대 입 밖에 내질 않아."

"그렇군요, 그렇군요. 대충 그럴 거라 생각했습니다. 하지만 말이죠, 스케키요 씨."

긴다이치 코스케는 싱글벙글 애교 있는 웃는 얼굴을 스케키요 쪽으로 돌린다. 스케키요는 하지만 아까부터 말없이 고개를 숙이고 있을 따름이었다.

역시 그 얼굴은 최근까지 스케키요를 사칭한 남자가 쓰고 있던 그 고무 가면과 꼭 닮았다. 그저 다른 점은 그 가면은 표정에 생기가 결여되어 있었으나 지금 눈앞에 있는 스케키요의 얼굴에

는 피가 통하고 애처로운 표정으로 가득 차 있다. 또한 남쪽에서 그을린, 싱싱하고 늠름한 얼굴이면서도 훌쩍 여위어 초췌해 있었다.

하지만 차림새는 그리 볼썽사납지 않았다. 수염도 깎았고 머리도 최근 다듬은 듯 목 언저리에서 뒤통수에 걸쳐 깨끗이 잘려 있었다. 물론 머리카락은 흐트러져 있었지만……

긴다이치 코스케는 왠지 기쁜 듯 스케키요의 다듬은 머리를 보면서,

"저, 스케키요 씨."

하고 다시 한 번 말하고,

"당신이 모든 사건의 범인이란 건 불가능해요. 예를 들면 와카바야시 도요이치로 씨 경우 말인데요. 와카바야시 씨가 살해당한 것은 10월 18일입니다. 하지만 당신이 야마다 산페이라 칭하며 버마에서 하카타로 돌아온 건 11월 12일의 일이었어요. 이 사실은 서장님한테도 들었겠지만 스케타케 씨가 살해당한 밤, 즉 11월 15일 밤 야마다 산페이란 귀환병 차림의 남자가 나스 하류의 가시와야란 여관에서 하룻밤 묵었어요. 게다가 그 남자가 간 뒤에는 '귀환원호 하카다우애회'라고 염색한 피 묻은 수건이 남겨져 있었죠. 그래서 경찰 쪽에서 하카타에 조회해 본 결과 11월 12일 입항한 귀환선 안에 야마다 산페이란 인물이 분명 있었다고 해요. 게다가 야마다 산페이란 인물이 행선지라 말한 주소가 도쿄도 고지마치구 산반초 21번지. 가시와야에 남겨져 있는 번지와 마찬가지로 이것은 도쿄에 있는 댁 별장의 번지였죠. 즉 당

운명의 모자

신은 이름을 바꾸어 귀환했지만 순간 적당한 장소가 생각나지 않아서 행선지로 도쿄에 있는 자택 번지를 말한 겁니다. 하지만 그때 막 귀환한 참인 당신은 구 이름이 바뀐 걸 모르고 옛날처럼 고지마치구라 했던 거죠."

스케키요는 여전히 말이 없다. 그보다 오히려 다른 사람들 쪽이 열심히 긴다이치 코스케의 목소리에 귀를 기울이고 있었다.

"아무튼 야마다 산페이란 인물은 하카타에서 하룻밤 머문 후 다음 날인 13일 그곳을 떠나 도쿄로 향했다. 그렇다면 15일 밤 나스 하류의 가시와야에 나타났다는 것도 불가능하진 않으니 당연히 15일 밤 가시와야에 나타난 야마다 산페이와 12일 하카타를 떠난 귀환병 야마다 산페이는 동일 인물, 즉 어느 쪽이든 당신이라는 게 되죠. 스케키요 씨, 제가 뭘 말하려고 하는지 아시겠습니까. 즉 11월 12일에 하카타에 귀환한 당신이 어떻게 10월 18일에 일어난 와카바야시 도요이치로 살인의 범인일 수 있는 겁니까?"

일동은 마른침을 삼키고 스케키요의 얼굴을 응시하고 있다. 스케키요는 그때 처음으로 머뭇거리며 고개를 들었다.

"그건…… 그건……."

스케키요는 입술을 떨면서,

"와카바야시 사건은 저도 모릅니다. 제가 말하는 건 이 집에서 살해된 세 사람 얘깁니다. 와카바야시 사건은 이 사건과 아무 관계가 없습니다."

그때였다. 긴다이치 코스케가 갑자기 박박, 벅벅 머리 위의 참새 둥지를 긁기 시작한 것은. 코스케의 버릇을 아직 모르는 스케키요가 깜짝 놀라 눈을 동그랗게 뜰 정도로 맹렬한 행동이었다.

"서, 서, 서장님, 스케키요 군이 방금 한 말 들으셨습니까. 스케키요 군은 암묵적으로 11월 12일 하카타에 귀환한 야마다 산페이, 그리고 11월 15일 가시와야에 나타난 야마다 산페이가 둘 다 자신이라는 사실을 인정하는 겁니다."

맙소사! 당황한 듯한 흉포한 빛이 일순 스케키요의 눈에 떠올랐다. 하지만 금세 포기한 듯 어깨를 푹 늘어뜨리고 고개를 숙였다.

긴다이치 코스케는 싱글벙글하면서,

"아니, 스케키요 씨. 저는 결코 떠볼 생각은 없었어요. 하지만 그 사실은 일단 확인해 보고 싶었습니다. 이걸로 수고를 덜었습니다. 그런데 스케키요 씨, 와카바야시 사건 말인데요, 그게 이 누가미 가문 살인 사건과 관계가 있다는 사실은 아직 확실히 증명된 건 아닙니다. 하지만 상식적으로 동일범에 의한 것이라고밖에 생각되질 않아요. 하지만 그건 그렇다 치고 그럼 마지막으로 가짜 스케키요 살인의 경우로 돌아가죠. 그 사람이 살해된 것은 12일 밤 10시부터 11시 사이였는데요, 시체가 호수에 박힌 것은 그로부터 1시간 후라고 합니다. 그런데 스케키요 씨, 당신은 그 시각에 이쪽, 즉 나스 시에 계셨습니까?"

스케키요는 말이 없다. 그는 이제 어떤 일이 있어도 절대 입을 열지 않을 각오를 한 것 같았다. 긴다이치 코스케는 빙긋 웃고 초인종을 눌렀다. 그 소리를 듣고 하녀가 오자,

"아, 저쪽에서 기다리는 분들을 이쪽으로 데려와 줘."

하녀는 일단 물러갔다가 금세 두 남자를 안내했다. 한 사람은 검은 차이나 칼라 양복을 입은 남자, 또 한 사람은 카키색 귀환 복장을 한 인물, 둘 다 아직 젊은 청년이다. 다치바나 서장은 이상한 듯 눈썹을 찌푸렸다.

"서장님, 소개하겠습니다. 이쪽은 나스 상류역에 근무하는 우에다 게이키치(上田啓吉) 군, 13일 밤 신주쿠 발 하행 열차가 9시 5분에 나스 상류역에 도착했을 때 하차하는 쪽 개찰구에 서서 차표를 받았던 사람입니다. 그리고 저쪽은 택시 운전수로 같은 때 역 앞에서 손님을 기다리고 있던 오구치 류타(小口竜太) 군, 그런데 우에다 군, 오구치 군, 이 사람을 본 기억이 있습니까?"

긴다이치 코스케가 스케키요를 가리키자, 두 사람은 바로 끄덕였다.

"이 사람이라면……."

하고 우에다 게이키치는 새삼 할 말이 생각난 듯,

"13일 밤 오후 9시 5분 나스 상류 도착 예정인 하행 열차에서 내린 손님 중 한 분입니다. 눈이 많이 온 밤이었고 왠지 이 사람의 거동이 이상해서 잘 기억하고 있습니다. 받은 차표는 신주쿠 역에서 발행한 것이었습니다."

택시 운전수 오구치 류타도 말을 거들었다.

"이 사람이라면 저도 기억합니다. 13일 밤 9시 5분 하행 열차가 도착했을 때 저는 역 앞에서 손님을 기다리고 있었습니다만 그 열차에서라면 손님이 얼마 안 내렸기 때문에……. 저는 이 분에게 택시를 권했지만 이 분은 한 마디도 하지 않고 외면하듯 부리나케 눈 속을 걸어갔습니다. 예, 틀림없습니다. 눈이 많이 내린 밤이었으니까요."

"아, 그래요. 고마워요. 그럼 언제 또 경찰이 부를지도 모르겠지만 오늘은 이걸로……."

두 사람이 가 버리자 긴다이치 코스케는 서장 쪽을 돌아보고,

"오늘 아침 말이죠, 스케키요 군의 사진을 가지고 나스 상류역에 물으러 가 봤습니다. 그도 그럴 것이, 스케키요 군의 저 머리 말이죠. 저게 저는 신경 쓰였어요. 저 머리는 깎고 나서 아직 사나흘밖에 안 지난 머리에요. 그런데 스케키요 군은 이곳에서 머리를 깎을 일은 절대로 없었죠. 이발소에서는 얼굴을 감출 수도 없고 혹시 이발소에서 스케키요 군을 몰라도 언제 어느 때 아는 사람이 들어올지 모르니까요. 그래서 스케키요 군이 머리를 잘랐다면 어딘가 다른 지역이 틀림없다. 그렇다면 언제 여기 왔는지 그걸 알고 싶어서 역에 물으러 가 봤습니다. 그때 저는 이렇게 생각했어요. 스케키요가 얼굴을 감추고 있었다면 아무것도 못 건지겠지만 절대 그럴 일은 없다고. 왜냐하면 스케키요 군은 보시다시피 귀환병 차림을 하고 있습니다. 지금 이 나스 일대에서는 얼굴을 감춘 귀환병 차림의 남자라 하면 모두 혈안이 되어 찾고 있으니까요. 그래서 스케키요 군은 사람 눈을 피하고 다녔지만 얼굴을 감출 수가 없었죠. 그래서 저렇게 우에다 군과 오구치 군에게 얼굴을 보이고 말았던 겁니다."

긴다이치 코스케는 거기서 미야카와 고킨을 돌아보더니,

"그런데 미야카와 선생님. 당신이 이쪽에 오신 것도 13일 오후 9시 5분 나스 상류 도착 열차였죠?"

"네, 그렇습니다."

고킨의 음성은 꺼져 들어갈 것 같다.

"그리고 당신은 도쿄에서 석간을 읽고 스케키요 씨 살해 건을 알게 되어 놀라 달려왔죠?"

"예."

긴다이치 코스케는 싱글벙글하며 다치바나 서장 쪽을 돌아보고,

"서장님, 아시겠습니까? 미야카와 선생님은 석간에서 스케키요 씨 살해 사건을 알고 서둘러 도쿄에서 달려왔어요. 그렇다면 같은 열차로 도쿄에서 내려온 스케키요 군도, 도쿄에서 석간을 읽었을지도 모릅니다. 적어도 그럴 가능성은 있겠죠. 즉 스케키요 군도 석간에서 가짜 스케키요 살해 건을 알고 놀라 달려왔을지도 모른다는 겁니다."

"하지만 그건 무엇 때문에……?"

"다마요 씨를 죽이는 척하기 위해서입니다."

"척…… 척이라고요?"

튕기듯 고개를 든 것은 다마요다. 창백한 얼굴에 슬며시 핏기가 비치고, 긴다이치 코스케를 응시하는 눈동자에는 기묘한 열기와 반짝임이 있다.

긴다이치 코스케는 달래듯,

"그렇습니다. 척이었어요. 스케키요 군에게는 당신을 죽일 의지 같은 건 털끝만큼도 없었습니다. 그저 고백서의 효과를 내기

위해 당신을 죽이는 척해 보였던 겁니다."

갑자기 커다란 감동이 다마요의 전신을 감쌌다. 다마요는 격하게 몸을 떨면서 벅찬 눈으로 긴다이치 코스케를 응시했다. 그 사이 눈동자가 젖어 오더니 샘처럼 눈물이 솟구쳤고, 마침내 그녀는 흐느끼듯 울기 시작했다.

시즈마와 스케키요

 여기에는 긴다이치 코스케도 놀랐다. 한동안 그는 망연해서 다마요의 격한 행동을 지켜보고 있었다.

 긴다이치 코스케는 지금까지 다마요를 강한 여자라고 생각하고 있었다. 사실 강한 여자임에 틀림없었다. 그리고 그 때문에 여자답지 못한 것처럼 보여 안타까워했던 것이다. 그런데 지금 눈앞에 있는 다마요의 애처로움은 어떠한가. 흐느껴 우는 그녀의 전신에서 뿜어져 나오는 것은 애절할 정도의 고독한 호소였다. 긴다이치 코스케는 처음으로 다마요란 여자의 혼에 휘둘리는 기분이 들었다.

 코스케는 목에 걸린 걸 삼키면서,

 "다마요 씨, 당신에게는 요전 일…… 스케키요 군에게 살해당할 뻔한 일이 그토록 큰 충격이었던 겁니까?"

 "저…… 저……."

다마요는 얼굴에 양손을 댄 채 여전히 오열하면서,

"스케키요 씨가 이번 사건의 범인이라고는 도저히 생각되지 않았습니다. 그래서…… 그 스케키요 씨가 저를 죽이려고 했다는 것은 어쩌면 반대로 저를 의심하고 있기 때문이 아닐까…… 저 그렇게 생각했습니다. 그게 저는 싫었습니다. 슬펐습니다. 저, 누구한테 의심받아도 상관없어요. 괜찮아요. 하지만 스케키요 씨한테만은 의심받고 싶지 않아요. 그런 거, 싫어요, 싫어요, 저, 그게 슬퍼서……."

다마요는 어깨를 떨며 다시금 격하게 오열한다.

긴다이치 코스케는 스케키요 쪽을 돌아보고,

"스케키요 씨, 지금 말을 들으셨습니까. 당신은 어떤 사람을 감싸기 위해 다마요 씨의 혼을 죽이려고 한 것과 마찬가지예요. 잘 생각해 보시지 않으면 안 됩니다. 다마요 씨, 이제 그만 울어요. 당신 정도의 여성이 어째서 요전 습격이 간단한 눈속임에 지나지 않는다는 걸 모르셨나요. 스케키요 군은 권총을 갖고 있었어요. 당신을 죽이려 했다면 단 한 발로 해치웠을 겁니다. 게다가 당신을 죽이고 자신은 끝까지 도망치려 했다면 모를까, 스케키요 군은 자살할 각오를 하고 있었어요. 스케키요 군은 당신을 죽이려다 실패한 끝에 경찰에게 쫓긴 결과 자살하려고 했던 게 아니에요. 왜냐하면 스케키요 군은 주머니에 유서를 갖고 있었어요. 그 유서는 도쿄를 떠났을 때부터 갖고 있었던 게 분명해요. 설마 당신을 죽이려다 실패하고 눈 속으로 달려 나간 스케키요 군이 경관에게 쫓기던 중에 편지지나 봉투를 샀다고는 생각되지 않아요. 그렇습니다. 스케키요 군은 도쿄를 떠났을 때부터 자살할 각오를 하고 있었던 겁니다. 자살을 각오한 사람이 총소리에 겁먹을 턱이 없죠. 그러니 스케키요 군에게 정말 당신을 죽일 의지가 있었다면 13일 밤 한 발로 당신을 쏘아 죽이고 자신도 자살했을 겁니다. 그런 걸 따져 봐도 그날 밤 습격이 단순한 눈속임에 지나지 않는다는 걸 알 수 있지 않겠습니까."

"잘 알겠습니다."

다마요는 조용히 대답했다. 그녀는 더 이상 울지 않는다. 그리고 긴다이치 코스케를 보는 눈에 뭐라 말할 수 없는 상냥함과 깊은 감사의 빛이 가득 차 있었다.

"당신 덕분에 저는 지옥의 고통에서 벗어났어요. 뭐라 감사 드려야 할지……."

그것은 다마요에게 듣는 최초의 다정한 말이었다. 긴다이치 코스케는 굉장히 겸연쩍어 하며,

"아니, 그, 그, 그렇게 말씀하시면, 가, 가, 감사."

하며 계속 더벅머리를 긁고 있다가 이윽고 꿀꺽 군침을 삼키더니,

"아무튼……. 그래서 스케키요 군이 13일 밤 도쿄에서 이쪽으로 왔던 일, 그리고 다마요 씨 습격이 단순한 눈속임에 지나지 않는다는 걸 알았습니다만, 그러나 아직 이것만으로는 12일 밤의 가짜 스케키요 살해와 관계가 없다고는 할 수 없죠. 왜냐하면 12일 밤 가짜 스케키요 군을 죽이고 그 밤 막차나 다음 날 새벽 기차로 도쿄로 떠나면 13일 밤 9시 5분에는 다시 이쪽으로 돌아

올 수 있습니다. 하지만 그것은 불가능하지 않다고 할 정도일 뿐, 아무리 생각해도 불합리하죠. 그런 짓을 할 정도라면 12일 밤 바로 다마요 씨를 습격하고 자살해 버리면 되니까요. 게다가 문제는 스케키요 군의 머리입니다."

긴다이치 코스케는 싱글벙글하고 스케키요의 머리를 보면서,

"이 머리는 아무리 봐도 손질한지 얼마 안 되는 머립니다. 그러니 스케키요 군의 사진을 도쿄 시내 이발소에 배포하고 주의를 환기시키면 분명 어딘가에서 머리를 잘랐는지 알 수 있겠죠. 이발소만으로는 어렵겠지만 거기서 스케키요 군의 발자취를 더듬어 나가면 12일 밤 스케키요 군이 어디에 있었는지 알 수 있을 거고 그에 따라 가짜 스케키요 군 살해에 관한 알리바이를 구성할 수 있지 않을까 생각합니다. 스케키요 군, 어떻습니까. 이 방법으로는 안 될까요?"

스케키요는 고개를 숙인 채 부들부들 어깨를 떨고 있다. 이마에는 흠뻑 진땀이 배어 있었다. 그런 모습으로 보아 긴다이치 코스케가 방금 한 말이 아픈 곳을 찔렀다는 사실을 알 수 있었다.

다치바나 서장이 나서서,

"그럼 뭔가요. 13일 밤 스케키요 군이 여기 온 건 누군가를 감싸려고 자신이 범인 역을 자처하기 위해서였다는 겁니까?"

"그렇습니다, 그렇습니다. 가짜 스케키요 군 살해는 스케키요 군에게 있어서도 의외의 일이었던 게 분명해요. 그래서 13일 석간에서 그 사실을 알았을 때 스케키요 군은 굉장히 충격을 받았겠죠. 게다가 이전 스케타케 군이나 스케토모 군의 경우에는 항

상 범인이 외부에서 왔거나 외부에 있었던 것처럼 꾸며져 있었지만 이번 경우에는 그렇지가 않았죠. 그래서 이대로 놔두면 진범이 부각되어 버려요. 때문에 스케키요 군은 결심을 굳히고 스스로 몸을 던져 범인을 감싸려고 했던 겁니다."

"누굽니까. 그럼, 그 범인이란 건……."

다치바나 서장의 목소리는 마치 목에 생선 가시라도 걸린 것 같았으나 그에 대한 긴다이치 코스케의 대답은 매우 간단한 것이었다.

"여기까지 말씀 드리면 새삼 지적할 것까지도 없을 거라 생각합니다만…… 거기 계신 마츠코 부인입니다."

뼈를 에이는 듯한 침묵이 일순 방 안에 가득 찼다. 아무도 딱히 놀란 사람은 없었다. 긴다이치 코스케의 이야기 중간부터 모두 알고 있었던 것이다. 그래서 코스케의 입에서 범인의 이름이 나왔을 때 일제히 마츠코 부인에게 돌린 시선에는 혐오와 증오의 빛은 강렬했으나 놀라움을 드러낸 사람은 아무도 없었다.

그런 증오의 시선에 감싸이면서도 마츠코 부인은 침착하다. 조용히 살담배를 문지르는 마츠코 부인의 입술에는 엷은 웃음마저 맴돌고 있었다.

긴다이치 코스케는 몸을 내밀고,

"마츠코 부인, 말씀해 주십시오. 아니, 분명 당신은 말씀해 주실 겁니다. 당신이 하신 일은 모두 스케키요 군을 위해서였으니까요. 그 스케키요 군을 범인으로 몰게 되면 이제까지 당신의 고충은 모두 물거품이 되어 버리고 맙니다."

마츠코 부인은 하지만 그 말이 들리지 않는 듯 그쪽으로 몸도 돌리지 않았다. 집어삼킬 것 같은 눈매로 자기 자식의 옆얼굴을 응시하면서,

"스케키요야, 잘 돌아왔구나. 네가 그처럼 무사히 돌아올 줄 알았다면 어미는 그런 바보짓을 하지 않았어. 또 할 필요도 없었겠지. 다마요 씨는 분명 너를 선택했을 테니까."

그 말, 그 목소리에는 이제까지의 마츠코 부인이라고는 생각되지 않을 만큼 상냥함이 넘쳐흐르고 있다. 다마요는 그 말을 듣자 살며시 볼을 붉혔고 스케키요는 고개를 숙인 채 부들부들 어깨를 떨었다.

"스케키요야."

마츠코 부인은 말을 이어,

"그런데 너는 언제 돌아온 거니. 그래, 참. 아까 긴다이치 님의 말씀에 따르면 11월 12일 하카타에 도착했다던데. 그럼 왜 거기서 전보라도 치지 않았니. 왜 바로 돌아오지 않았니. 그랬다면 어미는 살인 같은 걸 하지 않아도 되었을 텐데……"

"저는…… 저는……"

스케키요는 신음하듯 뭔가 말하려 했으나 이내 격하게 몸을 떨더니 입을 꾹 다물어 버렸다. 그러나 다시금 다음 순간 힘차게 고개를 들더니,

"아뇨, 어머니. 어머니는 아무것도 모르세요. 모두 제가 한 짓이에요. 제가 세 사람을 죽였습니다."

"입 다물렴, 스케키요!"

마츠코 부인의 혀가 채찍처럼 날카롭게 휘감겼다. 하지만 금세 다시 말투를 부드럽게 하여,

"스케키요야, 너의 그런 태도는 어미를 괴롭게 한단다. 너는 어머니를 위해서라고 생각하겠지만 오히려 그것은 어머니를 괴롭히는 짓인 거야. 그걸 안다면 전부 솔직히 말해 주렴. 너는 대체 뭘 했니. 스케타케의 목을 베었거나 스케토모의 시체를 풍전촌에 옮겨놓은 것은 네가 한 짓이니? 어미는 그런 짓을 해 주길 바란 적 없었는데."

긴다이치 코스케가 갑자기 박박, 벅벅, 더벅머리를 긁기 시작했던 것은 그때였다.

"앗, 그, 그, 그럼 역시 당신은 보통의 의미에서의 공범자는 아니었군요. 스케키요 군은 마츠코 부인 모르게 은밀히 뒤처리를 했던 거군요."

마츠코 부인은 처음으로 긴다이치 코스케 쪽을 돌아보았다.

"긴다이치 님, 저는 이런 사건에서 남의 손을 빌릴 생각 따위를 하는 여자가 아닙니다. 하물며 내 아이의 도움 따위……. 우선 스케키요가 이렇게 무사히 돌아올 줄 알았다면 살인할 필요가 없지 않습니까."

"알겠습니다. 저도 대충 그렇지 않을까 했습니다만 그렇다고 하기엔 너무나 많은 우연을 계산에 넣지 않으면 안 되었기에……."

"그렇습니다. 우연입니다. 무서운 우연이었습니다. 무서운 우연이 몇 번이나 몇 번이나 겹쳤던 겁니다."

신음하듯 말한 것은 스케키요였다. 긴다이치 코스케는 가엾다는 시선으로 스케키요의 야윈 옆얼굴을 응시하면서,

"아, 스케키요 군. 당신도 인정하셨군요. 그렇습니다. 그쪽이 좋습니다. 어머니가 말씀하신 대로 전부 정직하게 털어놓는 편이 좋습니다. 이야기해 주시지 않겠습니까. 그렇지 않으면 제가 대신 얘기할까요?"

스케키요는 깜짝 놀란 듯 긴다이치 코스케의 얼굴을 고쳐 보았으나 상대의 자신에 가득 찬 시선을 보자 쓸쓸히 고개를 숙이고,

"말씀해 주십시오. 저로서는 도저히……."

"마츠코 부인, 괜찮으시겠습니까?"

"하세요."

마츠코 부인은 변함없이 태연하게 담배를 피우면서 침착한 목소리로 대답했다.

"그렇습니까. 그럼 제가 대신 말씀 드리죠. 부인도 스케키요 군도 틀린 곳이 있다면 거리낌 없이 정정해 주십시오."

긴다이치 코스케는 잠시 숨을 고르고는,

"우선 11월 12일에 스케키요 군이 야마다 산페이란 가명으로 귀환한 사실은 아까도 말씀드렸지만, 스케키요 군이 왜 그 같은 가명을 썼는지 거기까지는 저도 모릅니다. 그에 대해서는 언젠가 스케키요 군이 이야기해 주지 않을까 생각합니다만……. 아무튼 귀환한 스케키요 군이 가장 먼저 무엇을 했는지, 이건 저도 귀환한 경험이 있기에 아는데 분명 신문을 읽었을 거라 생각합니다. 귀환병은 누구든 일본의 정보에 굶주려 있고 그 굶주림을

채우기 위해 수용소에서는 어디든 신문철이 갖춰져 있습니다. 스케키요 군도 하카타에 상륙하자 분명 가장 먼저 신문을 찾았을 거라 생각합니다. 그런데 스케키요 군은 그 신문에서 대체 무엇을 발견했을까……?"

긴다이치 코스케는 쓱 일동을 둘러보더니,

"여러분도 아시겠죠. 가짜 스케키요 군의 면전에서 사헤 옹의 유언장이 발표된 것은 11월 1일의 일이었습니다. 그리고 그 사실이 전국적인 뉴스가 되어 2일 신문에 대대적으로 게재되었습니다. 스케키요 군은 하카타에서 그 기사를 읽고 분명 엄청난 충격을 받았을 거라 생각됩니다. 왜냐하면 누군가가 자기 이름을 사칭해 자신의 집에 들어가 있다는 걸 알았기 때문이죠."

"스케키요!"

그때 옆에서 쳇소리를 낸 것은 마츠코 부인이었다.

"그렇다면 너는 왜 바로 전보를 치지 않았니. 그놈은 가짜라고 왜 밝히지 않았어. 그렇게 했다면…… 그렇게 했다면 이런 일은 없었을 텐데."

스케키요는 뭔가 말하려 했으나 금세 겁먹은 듯 고개를 숙였다. 긴다이치 코스케가 그 말을 받아,

"그렇습니다. 마츠코 부인, 당신 말씀대롭니다. 그렇게 했었다면 이런 일이 되지 않았을 겁니다. 하지만 스케키요 군에게는 스케키요 군대로 생각이 있었죠. 분명 스케키요 군은 가짜에 대해 짚이는 데가 있었겠죠. 스케키요 군에게는 가짜가 밉지 않았어요. 오히려 동정했을지도 모릅니다. 그래서 정면에서 고발하는

대신 은밀하게 일을 추진하려고 했지만 결과적으로 잘 되지 않았죠."

"대체 그 가짜란 건 누군가요."

다치바나 서장의 질문이었다. 긴다이치 코스케는 잠시 망설였다. 그것은 말하기 힘든 이름이었다. 그렇다고 말하지 않을 수는 없었다. 긴다이치 코스케는 머뭇거리면서,

"이건 스케키요 군에게 물어봐야 알겠지만, 소설에나 나올 법한 상상을 할 수 있도록 허락하신다면 그것은…… 그것은…… 시즈마 군이 아니었을까 합니다."

"아아, 역시……."

격한 목소리를 토해낸 것은 미야가와 고킨이었다. 그녀는 헤엄치는 듯한 손놀림을 하고 한 발 두 발 앞으로 나서더니,

"오오, 오오, 그럼 그건 역시 시즈마였군요. 아니, 아니, 그저께 밤 당신이 시즈마와 스케키요 님이 닮지 않았냐고 물으셨을 때부터 혹시 하고 생각하고 있었습니다. 오오, 오오, 그럼 언젠가 내 손을 잡아 주었을 때도 상대는 어머니란 걸 알고 있었군요."

불편한 고킨의 눈에서 이내 폭포수처럼 눈물이 솟아났다.

"그렇다 해도 너무 지독해요. 신은 어쩌면 이다지도 가혹하신가요. 남을 빙자해 돌아온 것은 그 아이도 나빴습니다. 하지만 이렇게 기다리던 어미에게 한 번도 이름을 밝히지 않고 죽이다니 신도 너무나 가혹하십니다."

고킨이 한탄하는 것도 당연했다. 생각해 보면 그들도 행복해

야 마땅할 사람들이다. 시즈마가 대체 어떤 마음으로 스케키요를 사칭하기로 했는지 모르지만, 그 때문에 바로 어머니를 눈앞에 두고도 이름조차 밝히지 못하고, 게다가 남몰래 살해당하고 말았던 것이다. 만약 이 사건의 진상이 밝혀지지 않았다면 그는 결국 스케키요로서 장례를 마쳤을 것이고 고킨은 영원히 돌아오지 않을 자식을 언제까지고, 언제까지고 기다리고 있었을 것임에 틀림없다.

스케키요는 어두운 얼굴을 하고 한숨을 쉬었다. 다케코와 우메코는 무서운 듯 어깨를 움츠린다. 그저 마츠코 부인만이 변함없이 태연하게 담뱃대를 주무르고 있었다.

"스케키요 씨."

고킨의 한탄이 다소 가라앉기를 기다려, 긴다이치 코스케는 스케키요 쪽을 돌아보았다.

"당신은 버마에서 시즈마 군과 함께 있었습니까?"

"아니요."

스케키요는 낮은 목소리로,

"함께는 아니었습니다. 부대는 달랐습니다. 하지만 너무 둘이 닮았다고 양쪽 부대에서 소문이 나서 어느 날 시즈마 군 쪽에서 만나러 왔습니다. 시즈마 군은 제 이름을 알고 있었습니다. 이름을 밝히고 경력을 밝히자 저도 마음 짚이는 데가 있었습니다. 어머님들께서는 결코 그 일을 입 밖에 내지 않으셨지만 돌아가신 조부님께서 들려 주신 적이 있습니다. 전선에서는 두터운 원한이라도 잊을 수 있습니다. 시즈마 군도 원한을 잊고 손을 잡아

주었습니다. 그 당시 서로 오가며 자신들의 과거에 대한 이야기를 주고받는 게 즐거움이었지만 그러던 중 전쟁이 차츰 격렬해졌을 무렵 저희는 헤어지고 말았습니다. 그 후 시즈마 군은 저희 부대가 전멸했다는 말을 듣고 분명 저도 전사했을 거라 생각하고 있던 참에, 자신도 얼굴에 그 같은 상처를 입고 게다가 있던 부대에서도 홀로 떨어지는 신세가 되어서, 그때 처음으로 제 대역을 하려고 결심했다고 합니다. 어쨌든 버마 전선은 엉망진창이었으니 그처럼 소설 같은 일도 아무나 의심받지 않고 할 수 있었죠."

거기까지 말하고 스케키요는 다시금 깊은 한숨을 쉬었다.

제9장
무서운 우연

"그렇군요. 알겠습니다. 그럼 당신은 시즈마 군을 차마 고발하지 못하고 가능한 한, 일을 은밀하게 진행하자고 생각하고 나스 시에 돌아와서는 얼굴을 감추고 일단 가시와야에 머물렀던 거로군요."

"하지만 긴다이치 씨, 스케키요 군은 왜 얼굴을 감출 필요가 있었나요?"

그렇게 말하며 끼어든 것은 다치바나 서장이다.

"서장님. 그건 말할 필요도 없죠. 이누가미 가문에는 가면을 쓴 스케키요 군이 머물러 있습니다. 혹시 스케키요 군이 마을사람들에게 얼굴을 보여 보십시오. 스케키요 군이 둘 있는 게 되어 모처럼 고심한 것도 물거품이 되어 버리지 않겠습니까?"

"아, 그렇군요."

"그런데 그때 스케키요 군이 얼굴을 감추고 돌아온 것이 나중에 매우 잘 들어맞았던 겁니다. 물론 스케키요 군은 그런 걸 염두에 두지 않았겠지만. 아무튼 가시와야에 일단 머문 스케키요 군은 10시경 거기를 나와 이 집에 숨어들었어요. 그리고 몰래 가면을 쓴 스케키요, 즉 시즈마 군을 불러냈죠. 스케키요 씨, 당신은 그때 어디서 이야기를 했습니까?"

스케키요는 마음이 가라앉지 못한 듯 안절부절 주위를 둘러보며 헐떡이는 듯한 목소리로,

"보트 하우스 안에서……."

"보, 보트 하우스!"

긴다이치 코스케는 눈을 크게 뜨고 자못 기쁜 듯 더벅머리를 긁으면서,

"그, 그럼 범죄 현장 바로 아래로군요. 그런데 스케키요 군, 당신은 시즈마 군을 대체 어쩌려고 생각했습니까?"

"저는…… 저는……."

스케키요의 목소리에는 짙은 탄식이 어려 있다. 세상을 저주하고 사람을 원망하듯,

"큰 오산을 하고 있었습니다. 제가 읽은 신문에는 가짜 스케키요가 얼굴에 상처를 입어 고무 가면을 쓰고 있다는 말은 나와 있지 않았어요. 그래서 저는 별일 없이 시즈마 군과 바꿔치기 할 수 있으리라 생각했습니다. 물론 시즈마 군에게는…… 상당한 재산을 줄 작정이었어요. 하지만 만나 보니 시즈마 군은…… 뜻밖에 그런 몰골이었고 남몰래 바꿔치기 하는 것은 생각할 수 없게 되었습니다. 그래서 둘이서 이런저런 대책을 협의하고 있던

참에……."

"보트 하우스 위 전망대에 스케타케 군이 왔고, 그리고 바로 다마요 씨가 왔던 거군요."

스케키요는 어두운 얼굴을 하고 끄덕였다.

일동은 일순 긴장했다. 마침내 사건의 핵심에 도달했던 것이다.

"스케타케 군와 다마요 씨는 5분 정도 이야기하고 있었습니다. 그사이 우당탕하고 다투는 발소리가 나서 저희가 깜짝 놀라고 있는데 거기 사루조가 달려와서 서둘러 전망대 위로 올라갔습니다. 그로부터 바로 누군가가 쾅 하고 엉덩방아를 찧는 소리가 나고 서둘러 계단을 내려오는 발소리가 났습니다. 보트 하우스 창에서 엿보니 그것은 다마요 씨를 안고 있는 사루조였습니다. 사루조와 다마요 씨는 도망치듯 안채 쪽으로 달려갔습니다만, 그때 보트 하우스 그늘에서 슥 사람이 나타났던 겁니다. 그게…… 그게……."

"마츠코 부인이었군요."

스케키요는 양손으로 얼굴을 가렸다.

일동은 마른침을 삼키고 마츠코를 보았지만 변함없이 그녀는 강인한 얼굴로 유유히 담뱃대를 주무르고 있다. 다케코의 눈에서 섬뜩한 증오의 빛이 용솟음쳤다.

긴다이치 코스케는 목소리에 힘을 주어,

"스케키요 씨, 확실히 해 주십시오. 여기서 가장 중요한 부분이 아닙니까. 마츠코 부인은 전망대 위로 올라갔군요."

스케키요는 힘없이 끄덕이고,

"바로 그때 스케타케 군도 계단을 내려오려던 듯 도중에 이야기하는 소리가 났습니다만, 그대로 둘이서 다시 전망대에 올라갔습니다. 아니 그렇게 생각할 새도 없이 낮은 신음 앓는 소리가……. 쿵 하고 누군가가 쓰러지는 소리, 구르듯 계단을 내려온 것은 어머니였습니다. 저희, 저와 시즈마 군은 망연히 얼굴을 마주 보고 있었는데, 아무리 기다려도 스케타케 군이 내려올 기미가 없고 또한 소리 하나 들리지 않아 시즈마 군과 둘이서 슬쩍 계단을 올라가니……."

스케키요는 거기서 다시금 양손으로 머리를 감싸고 말았다. 아아, 스케키요의 몸을 덮친 고민, 번민, 고뇌도 무리가 아니다. 그는 현재 눈앞에서 어머니가 살인하는 장면을 보고 있는 것이다. 아들로서 이처럼 큰 충격이 있을까. 움켜쥔 일동의 손바닥에서는 흠뻑 땀이 솟아났다.

긴다이치 코스케도 역시 그 자리의 정경을 그 이상 스케키요에게 말하게 할 수 없었다.

"아무튼 그러고 나서 가면과 머플러를 이용해서 당신과 시즈마 군이 바꿔치기 하는 수법이 연출되었는데, 그걸 생각해낸 사람은 시즈마 군이죠."

스케키요는 힘없이 끄덕이고,

"그 일이 있은 이후 저희는 주객이 완전히 뒤바뀌어 버렸습니다. 그때까지는 제가 질책하고 시즈마 군이 허둥거리고 있었지만, 이번에는 그게 뒤바뀌었습니다. 시즈마 군은 결코 악한 사람은 아니었지만 어머님들에 대한 원한은 깊었어요. 그는 저에게 물러나라고 협박했습니다. 스케키요의 지위를 영구히 자신에게 양도하고 자신은 다마요 씨와 결혼해 이누가미 가문을 상속하겠다. 혹시 그에 이의를 주장한다면 나는 너의 어머니를 살인범으로 고발하겠다······."

아, 뭐라 말할 수 없이 무서운 딜레마. 자신의 정당한 지위를 주장하려면 그는 어머니를 고발하지 않으면 안 된다. 어머니를 지키려면 지위도 신분도 재산도, 심지어 연인마저 남에게 넘기고 자신은 평생 이름 없이 숨어 살지 않으면 안 되는 것이다. 세상에 이만큼 무서운 궁지에 몰린 인간이 달리 있을까.

"당신은 그것을 승낙했습니까?"

스케키요는 힘없이 끄덕이고,

"승낙했습니다. 그 자리의 분위기로 보아 그렇게 하는 것 외에 다른 방법이 없었습니다. 그런데 그때 시즈마 군이 그날 밤 행해진 손도장 비교를 생각해냈던 겁니다. 그날 밤은 어머니가 강경하게 거절해서 손도장을 찍지 않고 끝났지만 이렇게 살인이 일어났으니 내일은 분명 강요하겠죠. 그렇게 되면 가짜인 게 드러날 것이다. 시즈마 군은 거기서 딜레마에 빠졌습니다만, 그때 생각해낸 것이 그 고무 가면. 그것을 이용해서 하루만 제가 스케키요의 역할을 했던 겁니다."

아, 이 무슨 괴이한 이야기인가. 그 고무 가면을 가짜 스케키요에게 씌우겠다고 생각한 것은 마츠코 부인이었는데, 그때 설마 그것이 이런 식으로 쓰이리라고는 꿈에도 생각지 못했을 것이다.

스케키요는 훌쩍이듯 숨을 삼키고,

"무슨 말을 들어도 저는 이제 따를 뿐이었습니다. 저는 싸구려 술에 취한 것 같은 기분으로, 그저 명령에 복종할 뿐이었습니다. 그러자 시즈마 군은 전망대를 내려가서 어디선가 일본도를 가져왔습니다. 제가 깜짝 놀라 뭘 하는 거냐고 묻자, 이것도 모두 너의 모친을 구하기 위해서다, 범행이 잔혹하면 할수록 여자를 의심하지 않을 거라며……"

역시 그 다음은 스케키요도 차마 말하지 못하고 마찬가지로 긴다이치 코스케도 억지로 말하게 하지는 않았다. 미야카와 고킨은 자기 자식의 무서운 소행을 떠올리고 부들부들 가는 어깨를 떨고 있다.

스케키요는 후, 하고 무거운 한숨을 토해낸 후,

"하지만 나중에 생각하면 그 일은 제 어머니를 구하기 위해서만이 아니라 자기 어머니의 저주를 실현하려고 했던 것이었군요. 아무튼 스케타케의 목을 자르자 저희는 옷을 갈아입고 저는 그 기분 나쁜 고무 가면을 썼습니다. 그때 시즈마 군이 제게 어디서 왔냐고 묻기에 가시와야에 머물렀던 것, 그리고 추문을 두려워하여 아무한테도 절대 얼굴을 보이지 않았던 것을 말했더니 시즈마 군은 손뼉을 치며 웃었습니다. 좋아, 좋아, 그럼 내일 하루 넌 여기서 내 대역을 맡아라, 나는 이제부터 가시와야에 가서 네 대역을 하지……"

긴다이치 코스케는 다치바나 서장을 돌아보고,

"서장님, 아시겠습니까. 스케키요 군이 머플러로 얼굴을 가렸던 게 여기서 역할을 했던 겁니다. 11월 15일부터 16일에 걸쳐 이 집과 가시와야에서 2중의 대역, 2중의 1인 2역이 연출되었던 겁니다. 눈만 내놓은 상태라면 시즈마 군의 그 무섭게 망가진 얼굴도 누구 하나 알아차릴 염려는 없으니까요."

이 무슨 기묘한 이야기란 말인가. 전부가 우연이었다. 전부가 우연이 겹쳤던 것이었다. 하지만 그 우연을 솜씨 있게 틀에 넣어 하나의 베를 짜내기 위해서는 보통 아닌 지혜가 필요하다. 시즈마는 그런 지혜를 갖고 있어 이렇게 여기 더없이 기괴한, 범행 은폐를 위한 위장술이 행해졌던 것이다.

"옷을 갈아입고 머플러로 얼굴을 가리더니 시즈마 군은 아래로 내려가 보트 하우스에서 보트를 저어 나갔습니다. 저는 전망대 다리에서 스케타케의 목 없는 시체와 일본도를 보트에 던져 넣었습니다. 보트는 바로 호수 중심으로 저어 나갔습니다. 저는 시즈마 군의 명령대로 스케타케 군의 목을 국화 인형의 목과 바꿔치기 한 후 시즈마 군이 가르쳐 준 방에 몰래 숨어 들어왔던 겁니다."

스케키요의 얼굴에는 짙은 피로의 기색이 역력했다. 눈동자가 멍하니 빛을 잃고 상체가 비틀비틀 흔들렸으며 목소리에도 그늘이 짙어졌다.

그래서 긴다이치 코스케가 이어받아,

"이상이 15일 밤 있었던 일입니다. 그렇게 해서 그 다음 날인 16일에 손도장 대조가 있었던 것인데, 그 손도장 비교야말로 제게 있어서는 치명적인 맹점이 되었습니다. 왜냐하면 인간의 손도장, 지문만큼 확실한 신분증명서는 없으니까요. 설마 거기서 그처럼 대담한 수법을 연출하리라고는 꿈에도 몰랐으니, 그 얼굴이 뭉개진 스케키요 군이야말로 진짜 스케키요 군이 틀림없다고 저는 믿어 버렸던 겁니다. 그리고 그 일이 제 추리에 있어 커다란 방해가 되었습니다. 하지만 다마요 씨, 당신은 그걸 눈치채고 계셨죠."

다마요는 놀란 듯 긴다이치 코스케의 얼굴을 본다.

"손도장 비교가 끝나고 가면의 스케키요 씨가 진짜 스케키요 씨임에 틀림없다고 알았을 때 당신은 두 번이나 뭔가 말하려고 했었습니다. 그때 당신은 대체 무슨 말을 하려고 했습니까?"

"아, 그거요……."

다마요는 약간 얼굴이 창백해져서,

"저…… 알고 있었습니다. 아니, 알고 있다고 말하는 건 잘못이겠군요. 느끼고 있었습니다. 온몸으로 느끼고 있었습니다. 망가진 얼굴을 그 기분 나쁜 가면 속에 감추고 있는 사람이 스케키요 씨가 아니란 사실을……. 그것은 여자의 직감이랄까요……?"

"아니면 사랑하는 사람의 직감이라고는……?"

긴다이치 코스케가 끼어들자,

"어머!"

하고 다마요는 볼을 붉혔으나 이내 당당히 몸을 똑바로 세우고,

"그럴지도 모릅니다. 아뇨, 분명 그랬겠죠. 아무튼 저는 그 사람이 스케키요 씨가 아니라고 확신하고 있었는데 손도장이 일치했으니 깜짝 놀라 이 사람이 정말 얼굴이 뭉그러진 사람일까 하

는 의심이 한순간 머릿속에 떠올랐던 겁니다. 그래서……."

"그래서?"

"그래서 저는 말하고 싶었습니다, 가면을 벗고…… 가면을 벗고 얼굴을 보여 달라……고."

긴다이치 코스케의 입술에서 날카로운 신음 소리가 터져 나왔다.

"그때 당신이 그 말을 해 주었다면…… 적어도 나중의 사건은 일어나지 않고 끝났을 텐데……."

"죄송합니다."

다마요는 숙연하게 고개를 숙인다. 긴다이치 코스케는 조금 당황해서,

"아니, 아니, 이건 당신을 책망하는 게 아닙니다. 저 자신의 불민함을 책망하는 겁니다. 아무튼 그날 밤, 스케키요 씨는 다시 시즈마 군과 역할을 바꿨겠군요."

스케키요는 말없이 나른하게 끄덕였다.

"당신은 전망대 아래에서 시즈마 군과 만났어요. 그리고 재빨리 옷을 교환하고는 시즈마 군의 청에 따라 턱에 주먹 한 방을 먹이고 도망쳤습니다. 그때 시즈마 군이 가면을 벗고 일부러 그 추한 얼굴을 드러낸 것은 대역 같은 건 쓰지 않았다, 봐라, 보시다시피 나는 역시 얼굴이 망가진 남자다, 라는 사실을 모두에게 보이기 위해서였죠."

스케키요는 다시금 힘없이 끄덕였는데, 그때였다, 다마요가 끼어든 것은.

"하지만 선생님, 그럼 그날 밤 제 방에 숨어든 사람은 대체 누군가요?"

"물론 시즈마 군이죠. 시즈마 군이 이 집에 온 것은 약속 시간보다 일렀습니다. 그때는 아직 스케타케 군의 밤샘으로 모두 이 방에 모여 있어서 당신 방에 숨어들었죠."

"무엇 때문에……!"

"그건 말이죠, 시즈마 군이 죽은 지금에 와서는 상상하는 수밖에 달리 방법이 없지만, 분명 시즈마 군은 그 시계…… 지문이 있는 시계를 가지러 왔을 거라 생각합니다."

"앗!"

하고 다마요는 입을 누른다. 그녀도 그제야 납득했던 것이다.

"시즈마 군은 이 땅에 스케키요 군의 손도장이 남아 있을 거라고는 꿈에도 몰랐죠. 하지만 15일 밤 손도장을 찍네 어쩌네 다툼이 있었을 때 처음 당신의 책략을 알아차렸어요. 어쩌면 그건 시계에 지문을 찍기 위해서가 아니었나 하고. ……시즈마 군은 스케키요 씨를 시켜 손도장을 찍게 했습니다. 그렇게 한 번 손도장을 찍으면 두 번 지문을 찍자고는 하지 않을 거라 생각했지만, 혹시 당신이 그 시계를 갖고 나와 나스 신사에서 갖고 돌아온 스케키요 군의 손도장과 비교한다면 죄다 엉망이 됩니다. 그래서 시계를 찾으러 갔는데, 이 일은 시즈마 군이 16일에 이 집에 없었다는 사실을 가리키고 있습니다. 이 집에 있었던 사람이라면 16일 아침 당신의 고백을 들어서 시계는 스케타케 군에게 건넸고 그날 밤 행방불명이 되었다는 사실을 모두 알고 있었을 겁니다. 그런데 그 시계는······."

"그 시계라면 여기 있습니다."

차가운 음성으로 그렇게 말한 것은 마츠코다. 마츠코는 담배 상자 서랍을 열더니 가득 찬 담배 속에서 도금된 회중시계를 꺼내 그것을 긴다이치 코스케 쪽으로 밀어 놓았다. 빙글빙글 방바닥을 회전하며 미끄러지는 금색 물건을 보았을 때 일동은 무심코 온몸의 털이 서는 것 같은 느낌이었다. 앗, 그 시계야말로 무엇보다 유력한 죄의 증거물이 아닌가. 그 시계를 가진 사람이야말로 스케타케를 살해한 범인인 것이다.

마츠코 부인은 엷은 미소를 띠고,

"저는 지문 같은 건 모릅니다. 하지만 스케타케를 뒤에서 찔렀을 때 비틀거리며 넘어진 스케타케의 가슴에서 떨어진 것이 그 시계, 손에 들어보니 다마요 씨가 스케키요······ 가짜 스케키요에게 수선을 부탁했다가 거절당한 시계였습니다. 그것을 왜 스케타케가 갖고 있는지는 몰랐지만 왠지 납득이 가지 않아서 가지고 돌아와 이렇게 숨겨 두었던 겁니다."

이 또한 우연이었다. 마츠코 부인은 그 시계가 지닌 진짜 가치를 알고 숨긴 게 아니었던 것이다. 사실은 언제나 그런 것이리라. 이렇게 대충 수수께끼는 풀렸으나 거기에는 아직도 언급되지 않은 많은 수수께끼가 남아 있었다.

슬픈 방랑자

"아, 마츠코 부인. 고맙습니다. 이 시계만 나오면 완벽합니다."

긴다이치 코스케는 어색한 듯 목에 걸린 것을 삼키면서 스케키요 쪽을 돌아보고,

"스케키요 씨, 지금까지 얘기로 대충 첫 번째 사건은 파악했으니 그럼 두 번째 사건으로 가 보지 않겠습니까. 보기에 무척 피곤해 보이시니 제 쪽에서 질문을 하겠습니다. 당신은 적당히 대답해 주십시오. 괜찮겠습니까?"

스케키요는 힘없이 끄덕인다.

"아무튼 11월 16일 밤, 여기를 나간 이후 당신은 어디에 잠복해 있었는지 모르겠지만, 두 번째 사건이 일어난 11월 25일에는 당신은 풍전촌의 빈집에 있었어요. 거기에 스케토모 군이 다마요 씨를 데려와 괘씸한 짓을 하려고 해서 당신은 뛰어나가 격투 끝에 스케토모 군을 의자에 묶었어요. 그리고 사루조에게 전화

를 걸었던 거죠."

스케키요는 힘없는 눈으로 끄덕이고,

"그렇습니다. 그렇게 해두면 사루조가 다마요 씨를 구하러 왔을 때 스케토모 군의 포박을 풀어 주리라 생각했습니다."

"그렇군요. 그런데 사루조는 스케토모 군은 거들떠보지도 않고 다마요 씨만 데리고 가서 스케토모 군이 고심 끝에 포박을 풀 수 있었던 것은 그로부터 어지간히 시간이 지나서의 일, 분명 7시나 8시 무렵의 일이었겠죠. 스케토모 군은 포박을 풀고는 벗어둔 셔츠나 와이셔츠, 그러니까 상의를 입고 밖에 뛰어나갔지만 모터보트는 사루조가 타고 돌아가서 사루조가 타고 온 보트로 이 집에 돌아왔죠."

"뭐, 뭐, 뭐라고요. 그, 그럼 그날 밤 스케토모 군은 이 집에 돌아왔던 겁니까?"

다치바나 서장이 놀란 소리를 냈다.

"그렇습니다. 서장님, 당신도 보셨죠. 스케토모 군의 피부에 가득 찍혀 있던 밧줄로 인한 희미한 상처, 그 정도 자국이 남으려면 어지간히 밧줄이 느슨하지 않으면 안 되는데 저희가 발견했을 때는 밧줄은 약간의 틈도 없이 스케토모 군의 피부를 꽉 조이고 있었습니다. 그러니 그것은 나중에 다시 누군가가 묶었다는 증겁니다. 그리고 또 스케토모 군의 와이셔츠 단추, 그것은 사요코 씨가 갖고 있었습니다만, 사요코 씨는 그날 이후 한 발짝도 이 저택을 나가지 않았으니 어딘가에 버렸든 이 저택 안에서인 게 분명합니다. 그래서 저는 그날 밤 분명 스케토모 군은 여기 돌아왔음에 틀림없다. 그리고 이 저택 어딘가에서 살해당했을 거라 짐작하고 있었습니다."

다치바나 서장이 다시금 으음, 하고 신음했다.

"그걸 다시 스케키요 군이 풍전촌의 빈집에 옮겼던 겁니까?"

"그럴 거라 생각합니다. 스케키요 씨, 그 부분을 당신 입으로 듣고 싶은데요. 당신은 왜 이 집에 왔던 건가요."

스케키요는 다시금 격하게 몸을 떨었다. 그리고 빛이 없는 눈으로 멍하니 바닥을 응시하면서 낮은 목소리로 입을 열었다.

"무서운 우연입니다. 모두 저주스런 운명이었습니다. 풍전촌의 빈집을 뛰어나간 저는 두 번 다시 거기 돌아갈 수 없게 되었습니다. 스케토모에게는 전혀 얼굴을 보이지 않았지만 얼굴을 감춘 귀환병 차림의 남자가 거기 있었다는 사실은 바로 경찰에 알려질 테죠. 그렇다면 경찰의 추적은 심해질 게 분명합니다. 그때까지 저는 왠지 모르게 이 호반에서 떨어져 있기가 힘들어서 이곳저곳을 전전하며 숨어 있었지만, 이제 이렇게 되니 도리가 없었어요. 도쿄에라도 가 버리자. 그렇게 생각했습니다만, 거기에는 상당히 돈이 필요해요. 그래서 그걸 상담하기 위해 저는 여기 숨어들어 휘파람으로 시즈마 군을 불러냈습니다. 실은 전에도 한번 그렇게 시즈마 군을 만나 돈을 받은 적이 있어서 그날 밤도 시즈마 군은 바로 나왔습니다. 저희는 언제나처럼 보트 하우스 안에서 만났는데, 제가 그날의 경위를 이야기하고 도쿄에 가고 싶다고 하자 시즈마 군은 굉장히 기뻐했습니다. 그 남자는 전부터 저를 나스 주변에서 쫓아내고 싶어서 어쩔 줄 몰라 했으니까요. 그런데 그런 얘기를 하고 있는 참에 누군가가 수문 밖에 돌아왔습니다. 그리고 수문이 열리지 않는 것 같으니까 벽을 타고 올라와 건물 안으로 들어오는 겁니다. 저희는 깜짝 놀라 보트 하우스 창으로 슬며시 엿보았는데, 그게 스케토모 군이었습니다."

스케키요는 거기서 숨을 들이켜고는,

"저는 깜짝 놀랐습니다. 스케토모 군은 사루조가 포박을 풀어 주어 이미 돌아왔을 거라 생각했으니까요. 그 스케토모 군은 무척 지치고 흐트러진 모습으로 보트 하우스 앞을 지나 비칠비칠 안채 쪽으로 가는 겁니다. 저희는 아무 생각 없이 그 뒷모습을 보고 있었는데, 그러자 그때 느닷없이 어둠 속에서 두 개의 팔이 나오더니 뒤에서 끈 같은 걸 스케토모 군의 목에 감고……."

스케키요는 거기서 말을 끊더니 격하게 몸을 떨며 오른손 붕대로 이마의 땀을 훔쳤다. 뼈를 찌를 듯한 침묵이 스산한 방안에 넘쳐흐른다. 우메코와 고키치의 눈에 칠흑 같은 증오의 불꽃이 타올랐다.

"격투는 한순간에 끝났습니다. 스케토모 군은 흙 위에 푹 쓰러졌습니다. 스케토모 군을 교살한 인물은 그제야 어둠 속에서 나와 한동안 스케토모 군 위로 몸을 굽히고 있다가 마침내 몸을 일으켜 주위를 둘러보았습니다. 그때, 저는…… 저는……."

"그게 누군지 알았던 거군요."

스케키요는 힘없이 끄덕이고 격하게 몸을 떨었다. 아아, 그렇다 해도 이 무슨 무서운 우연일까. 스케키요는 한 번이 아니라

무서운 우연 415

두 번이나 어머니가 저지른 더없이 무서운 소행을 목격했던 것이다. 세상에 이만치 잔혹한 운명에 빠진 인물이 달리 있을까.

"그때 저는……."

그렇게 말을 꺼낸 것은 마츠코 부인이다. 마츠코 부인은 일동의 험악한 시선을 완전히 무시하고 억양 없는, 마치 암송이라도 하는 것 같은 목소리로 말했다.

"거문고 수업을 받고 있었지만 뭔가 일이 있어서 스케키요의 방으로 들어갔습니다. 모두 아시는지 모르겠지만 스케키요의 방 둥근 창문에서는 호수 일부가 보입니다. 그때 마침 창이 열려 있어서 아무 생각 없이 밖을 보니 누군가가 보트를 타고 이쪽으로 오더군요. 금세 보트는 보트 하우스의 어둠속으로 사라졌지만 어쩌면 그게 스케토모가 아닐까 생각했습니다. 그도 그럴 것이 저녁부터 우메코 씨가 스케토모의 모습이 보이질 않는다며 난리를 피우고 있던 걸 알고 있었으니까요. ……그래서 살며시 별채를 나가 어둠속에서 기다리고 있으려니 예상대로 온 것은 스케토모였습니다. 그래서 기모노 띠가 흘러내리지 않게 묶는 끈으로 뒤에서……. 스케토모는 무척 쇠약해져 있었던 듯 거의 저항다운 저항도 못하고……."

마츠코 부인은 섬뜩한 미소를 떠올린다. 우메코가 히스테리를 일으킬 듯 격하게 울음을 터뜨렸으나 긴다이치 코스케는 그것을 완전히 무시하고,

"그때 당신은 스케토모 군의 와이셔츠 단추에 오른손 검지를 다쳤죠. 그리고 그와 동시에 단추가 떨어져 나갔던……."

"그랬겠죠. 하지만 그때 저는 조금도 그 사실을 모르고 있었어요. 별채에 돌아와서 손가락 상처를 알아차린 겁니다. 다행히 피는 금방 멎어서 아픔을 참고 거문고를 뜯었습니다만, 고킨 씨에게 아무래도 간파당한 것 같군요."

마츠코 부인은 다시금 섬뜩한 미소를 짓는다. 분명 그것이야말로 살인귀의 미소이리라.

긴다이치 코스케는 스케키요 쪽을 돌아보고,

"스케키요 씨, 그럼 부탁 드립니다. 당신의 이야기를 계속해 주십시오."

스케키요는 성난 듯한 눈으로 긴다이치 코스케를 노려보았으나 그래도 별 수 없는 듯 저주스런 이야기를 계속한다.

"어머니의 모습이 보이지 않게 되자 저희는 현장에 달려 나왔습니다. 그리고 시즈마 군과 둘이서 스케토모의 몸을 보트 하우스에 옮겨 놓고는 어떻게든 다시 한 번 살려 보려고 인공호흡을 해보았지만 헛수고였습니다. 시즈마 군은 너무 오래 나와 있으면 의심을 받을 터인지라 일단 안채로 물러갔지만 그 후에도 저는 필사적으로 인공호흡을 계속했습니다. 반 시간 정도 지나자 다시 시즈마 군이 왔습니다. 어때 하고 묻기에 실패라고 말하자 그럼 시체를 여기 두면 안 돼. 다시 한 번 풍전촌으로 옮겨서 원래대로 벌거벗겨 의자에 묶어 둬, 그렇게 하면 그쪽에서 살해당했을 거라 생각하겠지. ……그렇게 말하고 도쿄 갈 돈과 거문고 줄 토막을 주고 그 줄의 용도까지 가르쳐 주었습니다."

스케키요의 말은 이상하게 흐트러지고 거의 꺼져 들어갈 것 같았다. 그래도 그는 마지막 힘까지 쥐어 짜내 헐떡이듯 말하는 것이었다.

"아아, 그때 저는 그 외에 대체 무엇을 할 수 있었겠습니까. 저는 시즈마 군의 명령에 따르는 수밖에 도리 없었습니다. 시즈마 군이 수문을 열자 스케토모 군이 타고 온 보트가 바로 옆에 있었습니다. 저희는 스케토모 군의 시체를 짊어지고 그 보트에 태웠습니다. 그리고 저는 풍전촌을 향해 노를 저어 갔습니다. 시즈마 군이 뒤에서 수문을 닫았습니다. 저는 풍전촌의 빈집에 다다르자 시즈마 군이 말해준 대로 시체를 처분하고 육지를 따라 나스 상류에 와서 바로 그 길로 도쿄로 떠났던 겁니다. 그리고 그저께 석간을 볼 때까지 도쿄 여기저기를 정처 없이 희망도 없이 절망적인 슬픔과 괴로움을 안고 방랑하고 있었던 겁니다."

스케키요의 눈에서 갑자기 눈물이 폭포수처럼 흘러내렸다.

시즈마의 딜레마

해가 점차 저무는 탓인지 아까부터 시끄러울 정도로 들려오던 눈 녹는 소리도 딱 그치고 열두 장 다다미방을 두 칸 터서 만든 방 구석구석에 점차 추위가 스며든다. 하지만 그때 긴다이치 코스케가 어깨를 움츠린 것은 그런 육체적인 한기보다도 정신적인 추위 때문이었다. 마츠코 부인의 귀신같은 소행도 그렇지만 그보다 한층 추위를 느끼게 한 것은 스케키요가 처한 위치와 운명의 잔혹함, 참혹함이었다. 긴다이치 코스케는 뼈가 얼어붙는 공포를 느끼지 않을 수 없었다.

하지만 지금 그 같은 감개에 빠져 있을 때가 아니다. 그는 마츠코 부인 쪽으로 몸을 돌리고는,

"마츠코 부인, 그럼 드디어 부인 차례입니다. 말씀해 주십시오."

마츠코 부인은 독수리 같은 눈으로 긴다이치 코스케 쪽을 보

았지만 이내 엷은 미소를 띠고,

"네네, 말씀 드리죠. 제가 말하면 말할수록 귀여운 아들의 죄가 가벼워질 테니까요."

"그럼 부탁 드립니다. 와카바야시 군의 사건부터……."

"와카바야시……?"

마츠코 부인은 움찔 놀란 눈을 크게 떴으나 이내 호호호, 하고 가볍게 웃더니,

"그래요, 참. 그게 있었죠. 그건 제가 외출했을 때 일어난 사건이라 죄다 잊고 있었습니다. 예, 그래요. 와카바야시에게 명해서 유언장 사본을 빼낸 것은 접니다. 물론 와카바야시는 완강하게 거부했지만 으름장을 놓거나 얼렀고, 게다가 와카바야시는 예전에 저한테 신세를 진 적이 있었으니 차츰 거절하기 어려워져서 제 부탁을 들어주었습니다. 아무튼 이렇게 와카바야시가 빼낸 사본을 보았을 때의 저의 분노를 상상해 보십시오. 그저 은인의 자손일 따름인데 그처럼 유리한 지위를 받은 다마요 씨에 대한 분노와 미움, 그야말로 여덟 조각으로 찢어 죽여도 성에 차지 않을 정도였습니다. 그래서 저는 결심했던 겁니다. 다마요 씨를 죽이지 않으면 안 되겠다고. ……일단 결심하면 저는 강해집니다. 그래서 침실에 살무사를 넣는다든지 자동차 브레이크를 고장 내놓는다든지 보트에 구멍을 뚫는다든지, 여러 가지 뒷 공작을 했습니다. 죄다 사루조란 남자 때문에 미수로 끝났습니다만……."

마츠코 부인은 거기서 잠시 담배에 불을 붙이고는,

"그런데 그러는 사이에 곤란한 일이 생겼습니다. 와카바야시

가 제 거동을 수상하게 생각했던 겁니다. 그 인간은 다마요 씨에게 반해 있었죠. 그 다마요 씨가 여러 차례 위험한 일을 당하니 저를 의심하기 시작했던 겁니다. 안 되겠다 하고 저는 생각했습니다. 장래 어떻게 될지 모르지만 내가 유언장을 훔쳐 읽은 걸 알면 곤란해. 그렇게 생각하고 스케키요를 데리러 떠나기 전에 독 묻은 담배를 주었던 겁니다. 그게 그토록 아슬아슬한 순간에 효과를 낼 줄은 생각 못했지만 말입니다."

마츠코 부인은 기분 나쁘게 냉소하더니,

"네? 독 묻은 담배의 입수 경로 말인가요? 그것만은 묻지 말아 주십시오. 다른 사람에게 폐를 끼치게 될 테니까요. ……아무튼 그렇게 해 두고 스케키요를 마중하러 갔습니다만, 그 도중에 저는 갑자기 마음이 바뀌었습니다. 그도 그럴 것이 그 유언장, 그걸 자세히 음미해 보면 다마요 씨가 죽으면, 역시 이누가미 가문의 전 사업은 스케키요의 것이 됩니다. 하지만 재산 쪽은 5등분되어 스케키요는 단지 5분의 1밖에 못 받게 되는데 아오누마 기쿠노가 낳은 애송이는 그 배를 받게 되지 않겠습니까."

마츠코 부인은 이 자리에 서서도 분노가 풀리지 않는 듯 빠득빠득 어금니를 갈면서,

"게다가 새삼 자세히 유언장을 읽어보니 아오누마 기쿠노가 낳은 애송이가 유산 분배를 받는 것은 다마요 씨가 죽든가 혹은 다마요 씨가 세 사람을 거절하고 상속권을 잃든가 두 가지 경우에 한해서입니다. 그때 저는 처음으로 돌아가신 아버님의 용의주도함에 혀를 차고 경탄했습니다. 돌아가신 아버님은 저희를

잘 알고 있었습니다. 어쩌면 저희가 다마요 씨에게 위해를 가하지나 않을까 하고, 그것을 방지하게 위해 아오누마 기쿠노 건을 끄집어낸 겁니다. 왜냐하면 저희가 얼마나 격렬하게 기쿠노 모자를 증오하고 있는가를 돌아가신 아버님은 이미 뼈에 사무치도록 잘 알고 있습니다. 그 밉고 미운 기쿠노의 자식한테 유산을 갈라 주지 않으려면 아무래도 다마요 씨를 살려 두지 않으면 안 되는 겁니다. 참 기가 막힌 발상 아닙니까."

그 일이라면 긴다이치 코스케도 눈치 채고 있었다. 그리고 그렇기 때문에 다마요가 가끔씩 험한 일을 당하면서도 항상 무사히 빠져나갔다고 들었을 때 혹시 그것은 전부 다마요의 기만, 눈속임은 아닐까, 그리고 와카바야시를 농락해서 유언장을 훔쳐 읽은 것은 다마요가 아닐까 하는 의혹이 한동안 머리를 떠나지 않았던 것이다.

마츠코 부인은 말을 이어,

"아무튼 이렇게 다마요 씨를 살려 두려면 아무래도 스케키요와 결혼시키지 않으면 안 됩니다. 그리고 그 일이라면 저도 자신이 있었습니다. 다마요 씨는 스케키요에게 호의를 가지고 있었습니다. 아니, 호의 이상의 감정을 갖고 있는 것 같다는 사실은 제 눈에도 확실히 드러나 보였습니다. 그래서 저는 자신에 차 하카타까지 마중하러 갔습니다만, 스케키요의 얼굴을 처음 보았을 때 그 자신감은 무참히 부서져 버렸습니다. 아아, 처음 스케키요의 얼굴을 보았을 때 저의 놀라움, 절망…… 상상해 보십시오."

마츠코 부인은 훅 하고 더운 숨을 토했다. 그때 긴다이치 코스

케가 나와서,

"이야기 중이지만 잠깐만요. ……부인은 그 얼굴이 뭉개진 인물이 가짜라고는 전혀 알아차리지 못하셨던 겁니까?"

마츠코 부인은 찌릿 하고 무서운 눈으로 긴다이치 코스케를 보더니,

"긴다이치 님, 제가 아무리 강인한 여자라도 설마 가짜란 걸 알고 거둘 턱이 없지 않습니까. 또 가짜 때문에 그처럼 무서운 일을 할 리도 없지 않습니까. 아뇨, 조금도 몰랐습니다. 하지만 이상하다 생각한 일은 간혹 있었습니다. 하지만 그놈이 말하기를, 얼굴을 다쳤을 때 머리에 엄청난 충격을 받고 옛날 일을 깡그리 잊어버렸다고……. 그런 말을 곧이듣고…… 그래요, 참. 가장 이상하다고 생각한 것은 그 손도장 비교 때였습니다. 그때 저는 발끈해서 옹고집이 되어 반대했습니다만 그래도 스케키요 쪽에서 손도장을 찍자고 해 주지는 않을까 내심 기다렸습니다. 그런데 그 아이는 제 반대를 좋다고 받아들여 결국 손도장을 찍지 않고 끝이 났습니다. 그때만은 저도 어찌할 수 없는 불길한 느낌을 받았습니다. 어쩌면 이건 역시 스케타케나 스케토모가 말한 대로 가짜가 아닐까…… 하고 그런 의심이 파득 고개를 들었습니다. 물론 이내 그런 생각은 부정해 버렸습니다만……. 하지만 그 다음 날이 되어 스케키요 쪽에서 손도장을 찍자고 해 주어서 그때 저의 기쁨, 또 손도장이 딱 맞았을 때의 저의 반가움, 너무 반가워서 저는 정신이 아찔해져서 또 아무리 한때였다 하더라도 의심한 걸 미안하다고 생각했을 정도입니다. 그러니 훨씬 나중

이 될 때까지 그 아이를 의심하는 짓은 꿈에도 생각지 못했던 겁니다."

마츠코 부인은 거기서 잠깐 쉬었다가,

"아무튼 이야기를 앞으로 돌려서 어쨌든 그렇게 추하게 얼굴이 망가졌으니 도저히 그대로 데려갈 수는 없었습니다. 그런 짓을 하면 다마요 씨에게 미움받을 게 뻔합니다. 그래서 이래저래 생각한 끝에 도쿄에서 만들게 한 것이 그 고무 가면입니다. 그걸 옛날 스케키요의 얼굴과 똑 닮게 만들게 한 것은 그로 인해 조금이라도 다마요 씨에게 옛날 일을 떠올리게 해서 애정을 가져 주십사 하는 생각에서였습니다."

마츠코 부인은 후, 하고 한숨을 쉬고,

"하지만 그 고심도 물거품이 되어 버렸습니다. 다마요 씨가 그 아이를 싫어한다는 것은 아무리 좋게 보려고 해도 확실히 알 수 있었습니다. 지금 들으니 다마요 씨는 그 아이가 가짜라고 느꼈기에 싫어했던 거라고 합니다만, 어떻게 제가 그걸 알았겠습니까. 그래서 저는 생각했습니다. 이래서는 다마요 씨가 저 아일 선택하도록 하긴 힘들겠구나. 스케타케와 스케토모가 죽어 주지 않는 한은……."

"그래서 당신은 그것을 착착 실행하셨군요."

마츠코 부인은 섬뜩한 미소를 띠고,

"그렇습니다. 아까 말했듯 저는 결심하면 강해지는 여잡니다. 하지만 여기서 말씀 드리지만 스케타케 경우에도 스케토모 경우에도 저는 범행을 조작하려는 생각은 그리 강하지 않았습니다.

저는 두 사람을 죽이기만 하면 됐어요. 그 뒤에 붙들려 사형을 당하든 그런 건 아무래도 좋았던 겁니다. 저는 그 애를 위해 방해물을 제거하기만 하면 됐기에 자신의 목숨 같은 건 아무래도 좋았습니다."

분명 그것이 이 희대의 살인마의 본심일 것이다.

"그럼에도 불구하고 누군가 뒤에서 교묘히 범행 흔적을 조작하고 있다는 사실을 알아차렸을 때는 부인도 필시 놀랐겠군요."

"물론 놀랐습니다. 하지만 한편 될 대로 되라는 심정도 있었습니다. 단지 그런 잔꾀가 아무래도 가면을 쓴 스케키요와 관계 있는 것 같다는 데는 약해졌습니다. 약해짐과 동시에 왠지 기분 나쁘기까지 했습니다. 저희는 한 번도 그 일에 대해 이야기한 적이 없는데, 어떻게 그렇게 잘도 속이나 그게 이상해서 어쩐지 그 아이가 더없이 무서운 괴물처럼 생각되기조차 했습니다."

긴다이치 코스케는 다치바나 서장을 돌아보고,

"서장님, 아시겠습니까. 이 사건에서 진범은 조금도 기교를 부리지 않았던 겁니다. 그걸 두 사람의 공범자, 사후 공범자들이 나중에 기교를 부린 거죠. 거기에 사건의 흥미로움과 어려움이 있었던 거구요."

다치바나 서장은 끄덕이면서 마츠코 부인 쪽으로 다가서더니,

"그럼 마츠코 부인, 마지막으로 시즈마 군 살해에 대해 묻겠습니다. 그거야말로 당신 혼자 손으로 하신 거죠?"

마츠코 부인은 끄덕였다.

"대체 어떻게 그 사람을 해칠 생각을 하신 겁니까. 결국 정체

를 알게 된 겁니까?"

마츠코 부인은 끄덕였다.

"그렇습니다. 알게 되었습니다. 하지만 여기서는 어떻게 그걸 알게 되었는지…… 그것부터 이야기하도록 하죠. 스케타케와 스케토모가 사라지니 이제 이쪽의 승립니다. 그래서 저는 입에 신물이 나도록 다마요 씨에게 결혼 신청을 하라고 그놈을 설득했습니다. 하지만 그놈은 절대 그렇게 하겠다고 하질 않았습니다."

다치바나 서장은 눈썹을 찌푸리고,

"어째섭니까. 아까 스케키요 군의 말로는 시즈마 군은 스케키요 군 대신 다마요 씨와 결혼할 작정이라고 확실히 말하지 않았습니까?"

"그, 그, 그거요. 서, 서, 서장님, 그, 그, 그때는 시즈마 군, 다마요 씨와 결혼할 작정이었습니다."

긴다이치 코스케가 박박, 벅벅 더벅머리를 긁으면서 맹렬하게 말을 더듬기 시작한 것은 그때였다.

"시, 시, 시즈마 군은 저, 저, 적어도 11월 16일, 스, 스, 스케토모 군의 시체가 발견되었을 무렵까지는 그, 그, 그럴 작정이었습니다."

긴다이치 코스케는 거기서 겨우 정신이 들었는지 꿀꺽 군침을 삼키고 침착함을 되찾고는,

"하지만 스케토모 군의 시체가 발견된 후 나스 신사의 오야마 신주가 엄청난 폭탄을 던졌습니다. 즉 그 궤짝의 비밀 말입니다. 그에 의해 다마요 씨는 단순한 은인의 손녀가 아니라 사헤 옹 자

신의 친손녀란 사실이 판명된 겁니다. 그래서 시즈마 군은 다마요 씨와 결혼할 수 없게 되었죠."

"어째서……?."

다치바나 서장은 아직도 납득이 가지 않는 얼굴이다. 긴다이치 코스케는 싱글거리면서,

"서장님, 아직도 모르시겠습니까. 시즈마 군은 사헤 옹의 아들입니다. 그러니 다마요 씨가 옹의 손녀라면 숙부와 질녀에 해당하는 관계이지 않습니까?"

"앗!"

하는 외침이 다치바나 서장의 입에서 터져 나왔다.

"그렇군, 그렇군, 그랬어. 시즈마는 그래서 진퇴양난에 몰린 거로군요."

서장은 커다란 손수건으로 자꾸만 굵고 짧은 목을 벅벅 문지르고 있다. 긴다이치 코스케는 후, 하고 뜨거운 한숨을 쉬고,

"그렇습니다. 생각해 보면 오야마 신주의 그 무서운 폭로야말로 이번 사건의 클라이맥스였습니다. 시즈마 군은 그래서 완전히 딜레마에 빠졌어요. 물론 호적에서는 시즈마 군도, 다마요 씨도 둘 다 사헤 옹과는 타인이죠. 그래서 법률상으로는 문제가 없지만 혈통을 생각하면 시즈마 군도 쉽사리 이 결혼에 덤벼들 수 없었겠죠. 거기에 시즈마 군의 딜레마가 있었어요. 스케키요 군의 이야기를 들어봐도 시즈마 군은 굉장히 악한 사람은 아니었고 그저 복수심에 불타 있었을 뿐이었으니, 그런 점에 관해서는 저희와 마찬가지로 결벽을 갖고 있었겠죠."

긴다이치 코스케는 다시 한 번 깊은 한숨을 쉬고 마츠코 부인 쪽을 돌아보고,

"그런데 마츠코 부인, 부인이 시즈마 군의 정체를 안 것은 언제였습니까?"

"12일 밤 10시 반 무렵의 일이었습니다."

마츠코 부인은 떨떠름하게 웃더니,

"그날 밤도 결혼하지 않느냐고 그놈과 옥신각신하고 있었는데, 그러던 중 차츰 말이 격해져서 결국 그놈이 참을 수 없어졌는지 결혼 못하는 이유를 털어놓았던 겁니다. 이제 와서 생각하니 아무리 그걸 털어놔도 제 비밀을 아는 이상 아무 짓도 못하겠거니 생각했던 걸 텐데, 아아, 그때 저의 놀라움과 분노, 상상해보십시오. 그야말로 저는 눈앞이 캄캄해졌습니다. 그래도 아직 두세 마디 의문 나는 부분을 물어보았는데, 그런 중에 제가 무서운 얼굴을 하고 있다는 사실을 알아차렸는지 슬며시 몸을 일으켜 도망쳤던 겁니다. 그래서 저는 확 뒤집혔습니다. 정신이 들자 제가 조인 끈 안에서 그놈은 녹초가 되어 숨이 끊어져 있었습니다."

꺅 하고 비명을 올리고 바닥에 엎드린 것은 고킨이었다.

"무섭구나, 무섭구나. 당신은 귀신입니다. 악한입니다. 어떻게 그리 무서운……."

고킨은 어깨를 떨면서 흐느껴 울었으나, 마츠코 부인은 속눈썹 하나 까딱 않고,

"그놈을 살해한 일에 대해서는 저는 그러나 그다지 후회 안합

니다. 어차피 언젠가는 이렇게 될 거였어요. 30년 전에 해야 했을 일을 지금 했을 뿐이라고 생각했습니다. 따져 보면 그 아이도 불운의 별 아래 태어난 아이죠. 하지만 그 시체의 뒤처리는 힘들었습니다. 서장님, 긴다이치 님, 세상 일이란 얄궂군요. 스케타케나 스케토모를 죽였을 때는 저는 범행 흔적을 조작한다는 생각은 조금도 안 했어요. 체포하려면 체포해도 좋다고 생각하고 있었습니다. 그래도 그때는 누군지 잘도 꾸며 주었습니다. 하지만 이번 경우에는 저는 당분간 붙들리고 싶지 않았어요. 어떻게 해서든 한동안 살아 있고 싶다고 생각했습니다. 하지만 그때는 아무도 저를 도와줄 사람은 없었습니다……."

"아, 잠깐……."

하고 긴다이치 코스케가 끼어들었다.

"이번 경우에 한해 왜 붙들리고 싶지 않았던 건가요?"

"말할 필요도 없습니다. 스케키요가 있으니까요. 그렇게 손도장이 일치한 이상 그때의 스케키요는 진짜임에 틀림없습니다. 시즈마도 그렇다고 했습니다. 그때 저는 너무나 흥분해서 그 다음의 스케키요 상황을 못 들었지만 그걸 확실히 파악할 때까지 저는 죽어도 죽을 수 없었습니다."

"그래서 시체에 그런 곡예를 부리신 거군요."

"네, 그래요. 그 생각을 할 때까지 1시간이 넘게 걸렸습니다. 저는 그리 머리가 좋지는 않으니까요. 하지만 그런 암호를 만들어서 그 시체를 스케키요라고 생각하게 할 수 있다. 그리고 그놈이 스케키요라고 믿어 주는 한, 스케키요의 어머니인 나는 안전하다고 생각했던 겁니다."

 시즈마가 그린 요키, 고토, 기쿠의 저주는 이렇게 멋들어지게 완성되었던 것이다. 마지막은 시즈마의 육체를 이용해서…….

 "그렇게 생각을 정리하고 저는 바로 보트 하우스에 그놈의 시체를 가져 가, 보트에 태워 수문에서 나왔습니다. 그리고 가능한 한 물이 얕은 곳을 골라 진흙 위에서 그놈의 시체를 거꾸로 처박았습니다. 말해두는데, 그때는 아직 그렇게 얼음은 두껍지 않았지만 밤이 지나감에 따라 그렇게 두껍게 얼어 뭐라 말할 수 없는 이상한 모양이 되어 버렸던 겁니다."

대단원

 마츠코 부인의 이야기는 끝났다. 그리고 이 사건에 관한 한, 모든 수수께끼는 풀렸다.
 그럼에도 불구하고 일동은 조금도 마음이 가벼워지지 않았다. 아니, 아니, 그 반대로 너무나 거무죽죽하고 너무나 음침한 진상에 뱃속이 납처럼 무거워지는 것을 느꼈다.
 조용해진 방안에 황혼의 추위가 한층 더해진다. 하늘은 다시 흐려지기 시작한 모양이다.
 "스케키요야."
 갑자기 마츠코 부인이 말했다. 그것은 마치 깊은 산에 울리는 괴조의 외침 같은 날카로운 목소리였다. 스케키요가 깜짝 놀란 듯 얼굴을 든다.
 "너는 왜 가명을 쓰며 돌아왔니. 너는 무언가 뒤가 켕기는 짓이라도 했던 거니?"

"어머님!"

스케키요는 열띤 목소리로 외친 후 사람들의 얼굴을 둘러보았다. 그 얼굴에는 왠지 모를 기이한 분노의 그림자가 있었다.

"어머님, 당신이 말씀하시는 것 같은 의미라면 저는 아무 거리끼는 점도 없습니다. 일본 내의 인정이 이토록 크게 변했다는 사실을 알았다면 저는 절대 가명을 쓰지 않았을 겁니다. 저는 하지만 그렇게 생각지 않았어요. 지금도 새삼, 이기고 오겠다며 일장기를 흔들며 전송하던 그 당시 일본인일 거라고 믿고 있었습니다. 저는 전선에서 큰 과오를 범했습니다. 제 지휘 실수가 부대를 전멸시키고 말았던 겁니다. 저는 부하와 단 둘이서 버마 오지를 방랑했습니다. 그때 저는 몇 번이나 할복해서 책임을 지자고 생각했는지 모를 정돕니다. 무슨 면목으로 두 번 다시 고국 땅을 밟겠나…… 그런 기분이었습니다. 그러던 중 단 하나 남은 부하마저 죽어 버렸고, 저 혼자 포로가 되었는데, 그때 불쑥 가명을 쓰고 말았습니다. 이누가미 가문의 이름에 대해서도 저는 포로가 되는 것이 부끄러웠습니다. 그랬건만…… 그랬건만…… 일본에 돌아와 보니……."

스케키요는 목소리를 떨며 뜨거운 숨을 삼켰다.

아아, 스케키요가 가명을 쓰고 신분을 숨긴 채 고국에 돌아온 데는 그런 동기가 있었던가. 역시 그것은 약간 상식을 벗어난 엉뚱한 행동이었을지도 모른다. 하지만 전쟁 전의 일본인이라면 누구나 그 정도의 허영과 책임감을 갖고 있었을 것이다. 그리고 그 허영과 책임감을 패전 후까지 끌고 온 데서 스케키요의 순정을 찾을 수 있지 않을까. 그저 그 순정 때문에 이번의 비참하기 이를 데 없는 사건을 미연에 방지할 수 없었던 것은 천추의 한으로 남겠지만…….

"스케키요야, 그게 정말이지? 네가 가명을 쓴 것은 그저 그 이유 때문이지?"

"어머님, 정말입니다. 그 외에 저에겐 아무것도 부끄러울 게 없습니다."

스케키요가 열렬히 말했다. 마츠코 부인은 싱긋 웃고,

"안심했습니다. 서장님."

"예."

"스케키요는 형을 받겠죠?"

"그건…… 피할 수 없겠죠."

서장은 어색한 목소리로,

"어떤 이유가 있든 간에, 공범…… 사후 공범의 죄가 있으니까요. 거기에 권총 불법 소지……."

"아주 무거운 죄입니까?"

"글쎄요……."

"설마 사형에 처해지는 건 아니겠죠?"

"그건 물론……. 게다가 뭐, 정상참작을 꽤 할 거라 생각합니다만……."

"다마요 씨."

"네."

갑자기 마츠코 부인이 부르자 다마요는 어깨를 꿈틀 떨었다.

"너는 스케키요가 감옥에서 나올 때까지 기다려 주겠지?"

다마요는 납처럼 창백해졌지만 마침내 그 얼굴에 핏기가 돌아오자 눈동자가 물기를 띠고 반짝반짝 빛났다. 그녀는 결의에 가득 찬 목소리로 아무 망설임 없이 딱 잘라 말했다.

"기다리겠습니다. 10년이든, 20년이든······. 스케키요 씨만 원한다면······."

"다마요, 미안해."

철커덩 수갑을 울리며 스케키요가 양손을 무릎에 짚고 고개를 숙였다.

그때였다. 긴다이치 코스케가 후루다테 변호사에게 뭔가 귓속말을 한 것은.

후루다테 변호사는 그 말을 듣자 힘차게 끄덕이더니 뒤에 두었던 큰 보자기 꾸러미를 끌어당겼다. 일동의 시선은 이상한 듯 보자기 꾸러미로 몰렸다.

후루다테 변호사가 보자기 꾸러미를 풀어 안에서 꺼낸 것은 길이 1척(30센티미터) 남짓한 오동나무로 만든 장방형 상자였다. 오동나무 상자는 세 개 있었다.

후루다테 변호사는 그 상자를 받들고 사뿐히 다마요 앞으로 걸어가더니, 그것을 공손히 그녀 앞에 두었다.

다마요는 이상한 듯 눈을 크게 뜨고 있다. 뭔가 말하려는 듯 입술이 와들와들 떨렸다.

후루다테 변호사는 하나하나 뚜껑을 열어 내용물을 꺼내더니 그것을 상자 위에 놓았다.

그와 동시에 일동의 입술에서는 감동의 목소리가 새어 나왔고 바람에 흔들리는 갈대 밭 같은 웅성거림이 한순간 방안을 꽉 채웠다.

오오, 그것이야말로 다름 아닌 이누가미 가문의 세 가지 가보, 금색 창연한 요키, 고토, 기쿠가 아닌가.

"다마요 씨."

후루다테 변호사는 감동에 떨리는 목소리로,

"사헤 옹의 유언에 의해 이것은 당신에게 드립니다. 당신은 이것을 자신이 선택한 사람에게 주십시오."

다마요의 뺨에 수줍은 기색이 퍼졌다. 그녀는 주저하는 눈으로 일동의 얼굴을 둘러보다가 그 눈이 긴다이치 코스케의 시선과 마주치자 바로 그 자리에 못 박혔다. 코스케는 싱글벙글하면서 끄덕인다. 다마요는 피리 같은 소리를 내며 크게 숨을 들이켰다.

그리고 꺼져 들어갈 것 같은 목소리로,

"스케키요 님, 이것을 받아주세요. ……모자란 저이지만……."

"다마요, 고, 고마워."

스케키요는 붕대를 감은 손으로 눈을 문지른다.

이렇게 해서 저 거대한 이누가미 가문의 전 사업 및 전 재산을 상속할 사람은 결정되었다. 그 사람은 이후 몇 년간을 어두운 감옥에서 신음하지 않으면 안 될 운명이었지만.

마츠코 부인은 그 모습을 만족스런 듯 응시하고 있다가 다시 하나 담배를 집어 긴 담뱃대에 채웠다. 혹시 그때 긴다이치 코스케가 좀 더 주의를 기울이고 있었다면 방금 마츠코 부인이 채운 담배가 지금까지 피우고 있던 상자 속의 담배가 아니라 담배 함 서랍, 즉 아까 시계를 꺼낸 그 서랍에서 집은 것이라는 사실을 알아차릴 수 있었을 것이다.

"다마요 씨."

마츠코 부인은 조용히 담배를 피우면서 말한다.

"너에게 또 하나 부탁이 있어."

"무엇인가요?"

마츠코 부인은 또 서랍에서 담배를 꺼내 담뱃대에 채웠다.

"다름 아니라 사요코 말인데."

"네."

사요코란 말을 듣고 다케코와 우메코는 깜짝 놀라 마츠코의 얼굴을 본다. 하지만 마츠코는 변함없이 태연하게 담배를 피우고 몇 번이나 담배를 채우면서,

"사요코는 곧 아이를 낳습니다. 그 아이의 아버지는 스케토모입니다. 그 아이는 다케코 씨에게도 우메코 씨에게도 손자입니다. 다마요 씨, 내 말을 알겠지?"

"네, 알겠습니다. 그래서……."

"그래서 부탁이란 다름이 아니야. 그 아이가 자라거든 이누가미 가문의 재산을 반 갈라 주었으면 해."

다케코와 우메코는 깜짝 놀란 듯 얼굴을 마주본다. 다마요는 즉시 딱 잘라,

"아주머니, 아니 어머님, 잘 알겠습니다. 꼭 말씀대로 하겠습

니다."

"그래, 고맙다. 스케키요야, 너도 그 일을 잘 새겨 두렴. 후루다테 씨, 당신은 증인이에요. 그리고 그 아이가 혹시 똑똑한 남자 아이라면 이누가미 가문의 사업에도 참여시켜 줘. 이것이 나의, 다케코 씨나 우메코 씨에 대한 속죄……하……는…… 길……."

"앗, 안 돼!"

긴다이치 코스케가 하카마 자락을 밟고 뛰어갔을 때 마츠코 부인은 맥없이 긴 담뱃대를 떨어뜨리고 앞에 푹 쓰러져 있었다.

"맙소사! 당했다! 당했다! 이 담배야. 와카바야시 군을 죽인 독…… 몰랐어. 몰랐어. 의사를…… 의사를……."

하지만 그 의사가 달려왔을 때는 세상을 뒤흔든 희대의 여성, 희대의 살인귀, 이누가미 마츠코는 이미 숨을 거둔 상태였다. 입술 끝에 약간 붉은 얼룩이 번져 있는 채.

나스 호반의 눈마저 얼어붙을 것처럼 춥고 싸늘한 황혼 무렵의 일이었다.

일본 호러와 미스터리의 아이콘, 『이누가미 일족』
- 내용 노출이 있으니 미리 읽지 마시길 바랍니다.

howmystery.com 운영자 decca

『이누가미 일족』은 1950년 1월부터 1951년에 걸쳐 잡지 《킹》에서 연재됐다. 당시 요코미조 세이시가 잡지 《신청년》에 연재하고 있었던 『팔묘촌』과 시기상으로 살짝 겹치는데, 그래서인지 몰라도 이 두 작품은 묘하게 닮아 있다. 모두 본격추리소설의 모양새를 갖추고 있지만 '공포'가 작품 전체를 지배하고 있고 그것을 상징화하는 인물(요조와 이누가미 스케키요)이 등장한다.

『이누가미 일족』 역시 국내에 소개됐던 『옥문도』 『팔묘촌』 『악마의 공놀이 노래』와 더불어 긴다이치 코스케 시리즈 중 가장 유명하다. 각종 인기투표에서 예외 없이 다섯 손가락 안에 드는 작품이며, 영화로는 세 번, 드라마로는 다섯 번 만들어져 『팔묘촌』을 제외하면 가장 많이 영상화됐다. 사실, 『이누가미 일족』은 일본인에게 요코미조 세이시의 글보다 영상이 더 잘 알려져 있다.

1971년, 『팔묘촌』이 가도카와 문고의 첫 권을 장식한 이후,

긴다이치 코스케 시리즈는 1,000만 부가 넘게 판매되며 최고의 인기를 누렸다. 당시 절필 중이었던 요코미조 세이시는 문고본의 성공과 함께 극적인 2차 전성기를 맞이하려던 참이었다. 이 드라마틱한 순간에 일본 문화 산업계의 풍운아 가도카와 하루키가 있었다. 당시 가도카와 쇼텐의 편집국장이었던 그는 1949년에 발간된 가도카와 문고를 요코미조 세이시의 작품과 함께 대중적인 노선으로 바꾸고 향후 활발히 전개될 미디어믹스로의 변화를 예고했다. 1975년 아버지의 뒤를 이어 사장에 취임한 후, 1976년 가도카와 하루키 사무소라는 영화사를 만들었는데, 〈이누가미 가문의 일족〉이 바로 그 첫 영화였다.

〈도쿄 올림픽〉 등으로 이미 국제적인 명성을 얻고 있던 거장이자 요코미조 세이시의 팬이기도 했던 이치가와 곤(2008년 타계했다)이 감독을 맡은 〈이누가미 가문의 일족〉은 '일본 미스터리 영화의 금자탑'이라는 극찬을 받으며 당대 최고의 흥행을 기록했다. 영화의 기념비적인 성공을 통해 긴다이치 코스케 시리즈는 새롭게 태어났다. 노년의 요코미조 세이시는 공백을 깨고 활동을 시작했고, 긴다이치 코스케 시리즈는 이후 6,000만 부가 넘는 판매고를 기록한다. 기존에 양복을 입고 시거를 무는 등 다소 어처구니없는 모습으로 등장하기도 했던 긴다이치 코스케는 〈이누가미 가문의 일족〉 이후로 완전히 정착됐다. 일본식 복장을 입고 비듬이 눈처럼 흩날리는 긴다이치 코스케의 대표적인 모습은 이 영화에서 처음 표현된 것이다. 가장 최근에 영상으로 소개된 후지TV 스페셜 드라마 〈악마가 와서 피리를 분다〉 속 긴다이치 코스케(SMAP의 이나가키 고로가 분한)의 모습도 이때와 다르지 않다.

1976년 판 〈이누가미 가문의 일족〉은 지금 봐도 전혀 어색하지 않을 정도의 높은 완성도를 갖추고 있다(〈러브레터〉로 잘 알려진 이와이 슈운지 감독은 이 영화가 자신의 교과서였다고 술회한 바 있다). 이누가마 사헤가 생사왕이 아닌 제약왕으로 등장하는 등 몇 가지 디테일이 조금씩 다르지만, 원작의 내용을 충실하게 살리고 있고 이누가미 일족의 비틀린 마음과 섬뜩한 사건이 영상으로 충실하게 되살아난다. 영화 속에는 반가운 카메오도 눈에 띄는데, 긴다이치 코스케가 사건 현장에 도착해 묵는 나스 시의 민박 주인이 바로 작가 요코미조 세이시다. 또 사건 현장에 등장하는 와타나베 형사는 가도카와 하루키가 직접 맡았다. 이후 네 편의 긴다이치 코스케 시리즈를 감독한 이치가와 곤은 아흔이 넘는 노구에도 불구하고 30년 만에 이 영화를 그대로 리메이크했는데, 예순이 넘은 이시자카 코지가 긴다이치 코스케 역을 그대로 맡았고 '두려울 정도로 아름다운' 다마요 역은 마츠시마 나나코가 맡아 화제가 됐다.

영화 이야기는 잠시 접고, 소설 『이누가미 일족』을 간단하게나마 이야기해 보자. 전체 작품 수를 보면 알 수 있듯 요코미조 세이시는 결코 과작 작가가 아니었다. 그는 한 해에도 두세 편의 작품을 동시에 연재하는 등 왕성한 필력을 자랑했는데, 그래서인지 초기 작품은 매우 비슷한 구조와 분위기를 지니고 있다. 패전 이후 일본의 혼란이 사건의 주요한 열쇠로 등장하며 시대의 흐름을 거부한 고리타분한 인습이 언제나 주요한 동기로 작용한다. 두세 권만 읽으면 파악할 수 있는 구조적 유사성에도 불구하고 긴다이치 코스케 시리즈의 재미는 언제나 새롭다. 그중에서도 『이누가미 일족』은 특히 걸작이라 칭할 만하다. 복잡하게 얽힌 가족사, 살인을 일으키는 추악한 유언장. 주범으로 인해 연쇄살인의 규칙이 만들어지지만 공범들이 거기에 변칙을 더한다. 게다가 공범의 존재를 모르는 주범. 독자를 현혹하는 이 어지럽고 으스스한 구조를 요코미조 세이시는 믿을 수 없는 솜씨로 단정하게 빚어낸다. 그것도 끝까지 공정함을 지키면서.

겨울 호수와 요사스런 분위기가 감도는 대저택, 비틀린 욕망이 담긴 유언장과 일그러진 가족들. 섬뜩한 하얀 고무 가면과 거꾸로 박힌 시체. 요코미조 세이시의 글로 시작된 『이누가미 일족』은 이치가와 곤의 영상으로 재창조돼, 지금도 끊임없이 재생산되고 있다. 가히 호러와 미스터리를 상징하는 일본 문화의 아이콘이라 할 만하다. 『이누가미 일족』이 발표된 지 어언 60여 년이 지났다. 사회도 변했고 추리소설도 물론 변했지만, 걸작은 이토록 생생하다.